Das nutzlose Büchlein

Ein Buch reist um die Welt und durch die Zeit

Das Buch:

Tauche ein in die geheimnisvolle Welt dieses abgegriffenen, nutzlosen Büchleins, das die Jahrhunderte durchreist. Seine Reise beginnt 1953 in der Nähe der geheimnisumwitterten Area 51 und führt es durch tausend Hände, Zeiten und Schicksale. Dieses Buch offenbart mehr als nur Seiten und Worte - es ist ein Zeuge der Menschheitsgeschichte, ein Spiegel unserer Hoffnungen und Ängste.

Die Autoren:

24 Geschichten von 23 Nachwuchstalenten auf über 400 Seiten. Geballte Spannung quer durch die Genres - Thriller, Abenteuer, Romantik, Krimi, Fantasy, Nachdenkliches, Jugend, Dystopien und mehr.

Das nutzlose Büchlein

Ein Buch reist um die Welt und durch die Zeit

Herausgeber: Allan Rexword

Impressum

© 2023 Allan Rexword

Verlagslabel:
Allan Rexword - Thriller & Fiction

ISBN Softcover: 978-3-384-07770-7
ISBN Hardcover: 978-3-384-07771-4
ISBN E-Book: 978-3-384-07772-1

Druck und Distribution im Auftrag:
tredition GmbH, Heinz-Beusen-Stieg 5,
22926 Ahrensburg, Germany

Inhaltsverzeichnis

Vorwort

»Nutzlos« ist ein Wort, das sofort Assoziationen weckt. Meist negative. Warum also ein *nutzloses* Büchlein? Oder besser: Eine Geschichte *über* ein nutzloses Büchlein?

Ganz einfach: weil der Nutzen doch im Auge des Betrachters liegt. Vielleicht hat es seiner Besitzerin eine kleine Freude bereitet. Oder es hat seinen Nutzen gehabt, ohne dass der Eigentümer es bemerkte. Eventuell liegt der Nutzen auch einfach darin, anderen eine Freude zu bereiten.

So, wie dir, liebe Leserin, lieber Leser.

Und damit herzlich willkommen zu dieser einmaligen Anthologie, in der 23 Nachwuchstalente jeweils eine kurze (oder auch längere) Episode aus dem Leben des »Nutzlosen Büchleins« erzählen. Spannendes, Trauriges, Nachdenkliches und Humorvolles, das es während seiner Reise um die Welt und durch die Zeit erlebt hat. Von der *Geburt* im Jahre 1953 bis hin zum ... sagen wir mal ... *Ende* des Büchleins in weit entfernter Zukunft.

Jede Autorin und jeder Autor hat dabei seinen ganz eigenen Stil und sein Herzblut in die Geschichte eingebracht. Was allen gemeinsam ist: Sie wollen dir mit ihrer Geschichte eine Freude bereiten. Egal, ob sie bereits viel Übung haben und das Erzählhandwerk in Perfektion beherrschen, oder ob sie dich mit einer kreativen Idee verzaubern, der eventuell noch das letzte Quäntchen Perfektion fehlt.

In jedem Fall wünsche ich dir, lieber Leserin, lieber Leser, viel Freude mit unserem »Nutzlosen Büchlein«.

Dein

Allan Rexword *(Herausgeber und Mitautor)*

- 2 -

1953 | Der Anfang

Nevada, USA.

»Buh!«, ein Totenkopf flog seitlich auf Mary zu. Ihr Herz setzte einen Schlag aus und sie schrak nach hinten. Ihre Schwester hatte sich hinterrücks angeschlichen und hielt ihr kichernd den Metallschädel vor das Gesicht.

»Anne«, beschwerte sie sich und schob ein Kochbuch aus Vorkriegszeiten zurück in das Regal, »das ist nicht witzig. Du weißt, dass ich diese Dinger hasse.«

»Oh, Mary. Jetzt sei doch nicht so.« Die Ältere zog einen Schmollmund und stellte den Horrorkopf auf eine Kommode zu bronzenen Kerzenhaltern, Brieföffnern in Schwertform, winzigen Schatztruhen und anderem auf mittelalterlich getrimmten Dekogegenständen zurück.

Anne war mit sechsundzwanzig nur zwei Jahre älter als sie, aber ihren schelmischen Humor hatte sie seit Kindheitstagen nicht abgelegt. Lang und dürr überragte ihre Schwester die meisten Männer um einen halben Kopf. Ihre strohigen blonden Haare und der Überbiss machten es ihr ebenfalls nicht einfacher, die Aufmerksamkeit des anderen Geschlechts zu erregen.

Sie selbst war das genaue Gegenteil. Als hätte Gott sich bei der Geburt einen Scherz erlaubt: ruhig, eher schüchtern, leicht gedrungen gebaut, kastanienbraune, schulterlang gelockte Haare. Aber dafür mit einem ebenmäßigen Antlitz gesegnet – und inzwischen mit ihrem zukünftigen Ehemann John seit drei Monaten verlobt.

Ein »Antiquariat« nannte sich dieses Geschäft am Rande von Las Vegas, der nächstgrößeren Stadt kaum zwei Stunden

Autofahrt von ihrem Zuhause in Crystal Springs. Aus ihrer Sicht war es jedoch eher ein Trödelhändler. Die meisten Bücher und Ausstellungsstücke waren alter Tand, den man auf jedem Flohmarkt finden konnte. Nur doppelt so teuer. Leider hatte sich ihre Schwester in den Kopf gesetzt, genau hier ein originelles Weihnachtsgeschenk für John zu erstehen.

»Mary!« Anne stupste sie an die Schulter. »Hier. Was hältst du davon?«

Die Ältere hielt ihr ein abgegriffenes, in abgewetztes Leder eingebundenes Buch entgegen, das von einer braunen Schnur zusammengehalten wurde. Es machte den Eindruck, als wäre es bereits durch tausend Hände gegangen und von Gutenberg persönlich gebunden worden.

»Ich weiß nicht. Meinst du, das ist ein passendes Geschenk für John?«, fragte sie zweifelnd und nahm das Büchlein entgegen. »Steht nichts drauf und sieht tatsächlich alt aus. Was ist das für ein Buch?«

»Keine Ahnung. Los, schau halt rein!«

Umständlich öffnete Mary das Bändchen und klappte die ersten Seiten auf. Sie waren unbeschrieben. Genau wie alle nachfolgenden. Ein sehr stabil gebundenes, alt wirkendes, komplett leeres Notiz- oder Tagebuch, wie es schien.

»Hm ... ein Notizbuch«, antwortete sie nachdenklich und wog es abschätzend. »Aber warum nicht, er hat ja auch so eine hellbraune abgetragene Aktentasche, für die ich ihm keine neue schenken darf. Angeblich ein Erbstück seines Vaters.« Sie konnte sich ein Augenrollen nicht verkneifen.

»Na, das ist doch perfekt!« Anne klatschte in die Hände. »Nimmst du es? Ja?«

Alles war besser als weitere Stunden in diesem Trödelladen zu verbringen, daher stimmte Mary zu, zahlte den erwartungsgemäß vollkommen überzogenen Preis und steckte es in ihre

Handtasche. Vermutlich sollte sie nachher noch eine Krawatte und ein Paar Socken für John kaufen. Ohne Anne. Nur zur Sicherheit.

»Bis später, Schatz«, verabschiedete sie sich von John, der sie nur mit einer säuerlichen Miene bedachte.

Mit einem letzten Blick in den Spiegel rückte sie ihre Locken zurecht. Rote, aber nicht zu rote Lippen, leichtes Make-up, dicker Wintermantel, Handschuhe, Hut. Es passte ihrem Verlobten nicht, dass sie Arbeiten ging. Allerdings hatten sie noch keine Kinder und das Geld konnten sie definitiv gebrauchen. In der Ein-Schlafraum-Wohnung mit der billigen Einrichtung, wollte sie keinesfalls eine Familie groß-ziehen.

Draußen blies ihr der knochentrockene, eiskalte Winter-wind auf dem Weg zu ihrem Käfer um die Beine. Schnee gab es hier nur Fernsehen, trotzdem hing bei dem einen oder anderen Nachbarn bereits ein Mistelzweig über der Tür-schwelle. Zügig schritt sie durch ihren verdorrten Vorgarten und setzte sich in ihr Gefährt. Noch so eine »Marotte«, wie John es nennen würde. Frauen, die arbeiteten und Auto fuhren. Aber in den Kriegsjahren, als die Männer an die Front mussten, hatte die weibliche Bevölkerung selbst die Ver-antwortung für ihre Familien übernommen. Diese Selbststän-digkeit und Unabhängigkeit hatten sie danach nicht mehr abgegeben. Zumindest nicht vollständig. Mary war froh drum und genoss diese Freiheiten, die für ihre Mutter undenkbar gewesen wären.

»Hey!« Etwas knallte auf das Blechdach und der Ruf einer männlichen Stimme ließ sie zusammenschrecken.

Neben der Fahrertür bückte sich ein Mann. Etwa in ihrem Alter mit hochgeschlagenem Kragen. Der Wind wirbelte durch seine braunen Haare, während sie seine blauen Augen aus einem glattrasierten Gesicht auffordernd anschauten.

»Haben Sie einen Moment, M'am?« Seine Stimme drang gedämpft durch die Seitenscheibe und er bedeutete mit der Hand, sie zu senken.

Vermutlich wäre es besser, wenn sie einfach losführe. Aber wie ein Landstreicher sah er nicht aus. Nach kurzem Zögern kurbelte sie das Fenster handbreit herunter.

»Was kann ich für Sie tun?«, fragte Mary.

»Sie arbeiten draußen in der Wüste auf der Militärbasis, nicht wahr?«, stellte er eine Gegenfrage.

Das wurde ihr langsam zu suspekt. Zügig bemühte sie sich, die Scheibe wieder hochzukurbeln, doch er blockierte sie mit beiden Händen.

»Entschuldigung, Ma'm, ich vergaß, mich vorzustellen: Henry McWire. Crystal Springs Gazette. Bin Reporter. Hätten Sie vielleicht später kurz für mich? Habe da ein paar komische Sachen über die Basis gehört.«

»Sie haben eine seltsame Art, sich vorzustellen«, erwiderte sie erbost, »und jetzt nehmen sie ihre Finger weg oder ich fahre einfach los.«

»Tut mir leid, M'am.« Davon ließ er sich nicht beeindrucken. »Hier. Meine Karte. Rufen sie mich gerne an! Ich zahle gut für interessante Informationen!« Damit ließ er seine Visitenkarte durch den Schlitz segeln und zog endlich seine Hände weg.

Ohne ein weiteres Wort drehte sie den Zündschlüssel um und fuhr Sekunden später mit quietschenden Reifen davon. Erst jetzt wagte sie, tief durchzuatmen, und fragte sich, was für eine skurrile Begegnung das war. Reporter? Wer weiß, vielleicht war das einer dieser Kommunisten oder ein russischer Spion, von denen man in letzter Zeit öfters hörte. Und was bitte sollten das für seltsame Dinge sein? Ihr Job als Sekretärin auf der Militärbasis war langweiliger als Wäsche waschen.

Den ganzen Weg hing ihr das Ereignis nach. Etwa eine Stunde später fuhr sie auf die breite, von zwei Wachhäuschen und einem drei Meter hohem Stacheldraht gesäumte Einfahrt des militärischen Sicherheitsbereichs zu. Die Soldaten und ihre Familien wohnten direkt auf der Basis, die rund fünf Meilen hinter dem Gatter lag. Zivile Angestellte, wie sie, kamen jedoch häufig aus der Gegend und hatten eine längere Anfahrt. Erst den Highway hinauf, dann führte eine planierte Schotterpiste durch die Wüste und am Ende ging es über eine kahle Hügelkette hinweg. Der Stützpunkt lag sprichwörtlich im Nirgendwo und war auf keiner Karte verzeichnet, wie sie bereits beim Vorstellungsgespräch feststellen musste.

Während sie bei den Wachsoldaten hielt und brav ihren Sicherheitsausweis zeigte, fiel ihr zum ersten Mal auf, dass hier kein Schild existierte, welches das Gelände als offiziellen Militärstützpunkt auswies. Auch vorne an der Abzweigung vom Highway hatte man keinen Wegweiser aufgestellt. Warum eigentlich? War das nicht unpraktisch, falls hier Lebensmittel und Ähnliches geliefert wurden? Vor dem Tor warteten bereits drei andere Wagen von Kolleginnen, die ebenfalls auf das Gelände wollten.

»Vielen Dank, M'am«, riss der Soldat sie aus ihren Gedanken, als sie endlich an der Reihe war, und tippte mit der Hand an seine beige Uniformmütze, bevor er das Tor aufschob.

Kurz darauf parkte sie ihren staubbedeckten Käfer auf den Angestelltenparkplatz zwischen den anderen Autos und lief mit verschränkten Armen zu einem von sechs kastenförmigen Betonbauten hinüber. Der Klotz beinhaltete im Grunde nicht mehr als ein Empfangsbüro und einen Fahrstuhl. Er war wie die Spitze eines Eisbergs: Die eigentliche Anlage war komplett unterirdisch angelegt und erstreckte sich auf mindestens fünf Ebenen, wie die Knöpfe in der Liftkabine zeigten. Zur Sicherheit, um im Falle eines Angriffs durch die Russen geschützt zu sein, wie man ihr erklärt hatte. Erneut musste sie ihren Sicherheitsausweiß sowohl einer Wache vor dem Gebäude als auch am Empfang dahinter vorzeigen und sich in eine Liste eintragen.

Kurz darauf stand sie in der ausladenden Kabine, in der problemlos zwei Dutzend Personen Platz fänden. Wie üblich steckte sie ihren Schlüssel ins Schloss neben der minus fünf und drückte den schwarzen Knopf für das Stockwerk mit dem Büro ihres Chefs. Der graugestrichene Kasten setzte sich quietschend in Bewegung. Die Fahrt würde einige Minuten dauern. Leider gab es hier keine verspiegelten Wände. Nur eine vergitterte Lampe, die minimal flackerte sowie einen penetranten Geruch nach Schmieröl und beißenden, chemischen Putzmitteln. Was wohl die anderen Etagen enthalten mochten? Man hatte ihr eingeschärft, immer direkt zu ihrem Arbeitsplatz zu gehen und sich zum Mittagessen selbst zu versorgen. Nicht, dass sie eine Wahl gehabt hätte. Sie verfügte über genau zwei Schlüssel: Einen für das Schloss im Fahrstuhl und einen für das Büro, das sie in ein paar Minuten betreten würde. Andere militärische oder zivile Mitarbeiter sah sie selten. Na ja, außer einen. Davor graute ihr schon jetzt.

Ehe sie den Gedanken vertiefen konnte, kam die Kabine mit einem Ruck zum Stehen. Das Licht erlosch und tauchte sie in tintenartige Finsternis. Ein überraschter Schrei entrang sich ihrer Kehle. Hastig griff sie hinter sich an die kühle Metallwand. Hielt sich krampfhaft am Handlauf fest. Was war passiert? Ein Stromausfall? In diesem Moment erwachte die Deckenlampe mit einem Flackern zum Leben und die Türen zogen sich schabend auseinander.

Ein halbes Dutzend Menschen, zwei in weißen Kitteln, ein Offizier sowie drei Soldaten stürmten in den Raum. Sie schoben eine Bahre mit einem länglichen Metallkasten in der Größe eines überdimensionalen Sarges zwischen sich. Lautstarke Kommandos wurden gewechselt, während sie Mary komplett ignorierten:

»Los!«

»Rein da!«

»Vorsichtig, nicht anstoßen!«

»Beeilung, sonst verblutet er!«

»Runter zur vier!«

»Schockteam ist bereit!«

Noch den vorigen Schrecken in den Gliedern und mit überforderten Sinnen, drückte sie sich in die hinterste Ecke. Versuchte, nicht im Weg zu stehen.

Einer der Weißkittel mit dicker Hornbrille, die seine Augen auf das Doppelte vergrößerte, wandte sich mit zusammengezogener Stirn direkt an sie: »Was zum Teufel tun Sie hier? Ich dachte, der Aufzug ist leer.«

In diesem Augenblick verstummte die hektische Betriebsamkeit und alle Augenpaare richteten sich auf sie.

»Äh ... ich fahre zur Arbeit ...? Bei ... Prof. Dr. Dr. Howard«, antwortete sie stockend.

»Eine Zivilistin?«, fragte der Offizier, ein Major den Abzeichen nach. »Verdammt! Dafür haben wir jetzt keine Zeit. Sie haben nichts gesehen. Verstanden?«

Eifrig nickte sie, wobei ihr nicht klar war, was sie hätte gesehen haben können.

Es hämmerte krachend von innen gegen die Kiste, wie mit einem Vorschlaghammer. Einzelne Beulen entstanden. Eine verzerrte Stimme, deren Klang so fremdartig war, als versuchte eine Horde Tiger, menschliche Laute im Chor aus ihren Kehlen herauszupressen, brüllte: »NEIN! Lasst mich hier raus! Ihr habt meinen Sohn getötet! Ihr Tiere! Tötet auch mich, dann hat es endlich ...«

Erneut setzten das Rufen und Gewusel ein. Einer der Wissenschaftler öffnete eine Klappe an der Kopfseite des Kastens und bediente eine Reihe handgroßer Hebel. Die weiteren Worte der Person – Person? – in der Kiste gingen unter, während Mary heilfroh war, dem Aufmerksamkeitsfokus der Mannschaft entgangen zu sein. Der Aufzug stoppte und der Trupp verschwand zusammen mit dem blechernen Sarg im Laufschritt in einem hellweiß erleuchteten Gang.

Am Ende stand sie mit zitternden Knien allein in der leeren Kabine, die ihren Weg in das fünfte Untergeschoss fortsetzte, als sei nichts geschehen. Nur ein paar grüne Tropfen auf dem Boden zeugten davon, dass hier etwas Ungewöhnliches transportiert worden war.

↢→

»Marrry, Darrrling«, begrüßte sie Francesco mit übertrieben rollendem ›R‹. Als wäre er reinrassiger Spanier und kein Halbitaliener aus der Bronx. Er stand von der Kante ihres Schreibtischs auf, spazierte auf sie zu und wollte direkt nach ihrer Hand greifen. Um einen feuchten Kuss drauf zu schmatzen, wie sie früher schon festgestellt hatte.

So ein aufdringlicher Widerling. Jeden Morgen die gleiche Leier. Am Anfang hatte sie das noch lustig gefunden und sich geschmeichelt gefühlt. Inzwischen wusste sie jedoch, dass er diese Masche bei allen Frauen in der Basis versuchte, und sich scheinbar für unwiderstehlich hielt. Die gegelten Haare und sein dürres Oberlippenbärtchen machten es nicht besser.

»Francesco, lass es«, entgegnete sie mit möglichst fester Stimme und tauchte an seinem rasierwassergeschwängerten Körper vorbei. »Ich habe zu tun.«

Nach dem Horrorerlebnis im Fahrstuhl wollte sie für den Moment einfach nur ihre Ruhe, um sich zu sammeln und ihre Gedanken zu sortieren.

»Oh, Mi Amor. Du brichst mir das Herz«, antwortete er und griff sich mit schmerzverzerrtem Gesicht theatralisch an die Brust.

Am liebsten hätte sie ihn sofort rausgeworfen oder ihm eine unhöfliche Erwiderung an den Kopf geknallt. Allerdings war er der persönliche Assistent von Prof. Dr. Dr. Howard. Ihrem Chef und Arbeitgeber.

»Francesco. Kannst du bitte ...« Sie unterbrach sich und hielt inne.

Ihr kam ein Gedanke: Falls hier jemand etwas über das beängstigende Erlebnis im Lift wusste – und ihr davon erzählen würde – dann er.

»Gerade im Fahrstuhl«, setzte sie daher neu an, »sind ein paar Wissenschaftler und Soldaten mit einem sargähnlichen Kasten zugestiegen. Allerdings viel zu groß für einen Menschen. Jemand hat von innen dagegen gepoltert. Ziemlich gruselig. Hast du eine Idee, was da drin gewesen sein könnte?« Die schaurigen Details mit der verzerrten Stimme ließ sie bewusst unter den Tisch fallen und fragte sich bereits, ob sie sich das nicht nur eingebildet hatte.

Für einen Augenblick fiel das schmierige Lächeln aus seinem Gesicht. Dann fasste er sich wieder, kam zu ihr herüber und murmelte im verschwörerischen Tonfall: »Oh, ja. Dazu kann ich dir einiges erzählen ... Wie wäre es heute Abend? Ich kenne ein nettes, ruhiges Diner nahe dem Strip. Nur wir zwei? Hm ...?«

Na super. Das war so ziemlich das Letzte, was sie vorhatte. Und erpressen, ließ sie sich von diesem Schürzenjäger schon gar nicht. Abgesehen davon wusste er vermutlich nichts und hatte einfach nur die Gelegenheit am Schopf gepackt.

»Vergiss es«, antwortete sie daher fest, umrundete ihren Schreibtisch und setzte sich mit geradem Rücken vor ihre Schreibmaschine. »Entschuldige, aber ich habe zu tun.«

Er lächelte siegesbewusst. »Wie du meinst. Falls du es dir noch anders überlegst ...« Damit stolzierte er zur Seitentür hinaus. Der Assistent des Prof. Dr. Dr. hatte natürlich ein eigenes Büro und musste sich nicht mit den niederen Arbeiten einer Sekretärin abgeben.

Bevor sie erneut die Erlebnisse im Fahrstuhl gedanklich hinterfragen konnte, öffnete sich bereits die Tür auf der gegenüberliegenden Seite. Wenn man vom Teufel sprach ...

»Hier.« Ihr Chef, ein hagerer Texaner mit schlohweißem Vollbart und Halbglatze, knallte ihr einen Stapel seiner Notizen auf den Schreibtisch, ohne sie eines Blickes zu würdigen. »Bis um elf.«

Damit wirbelte er herum und entschwand durch seine Tür so schnell, wie er erschienen war. Warum sollte man sich auch mit einer Begrüßung für seine Tippmaschine aufhalten? Denn mehr war sie nicht für ihn. Ein nützliches Werkzeug, das aus seinen meist unleserlichen Notizen wohlgeformte Akteneinträge und Berichte formte, die er stolz seinen Chefs präsentieren konnte.

»Gern geschehen«, murmelte sie in den leeren Raum mit seinen drei geschlossenen Türen und atmete tief durch.

Was war das vorhin im Fahrstuhl? Hatten die jemanden in diesen Sarg eingesperrt? Aber warum die Hebel? Führten die hier irgendwelche Experimente an lebenden Menschen durch? Die Stimme klang jedoch seltsam. Eher wie die eines Tieres oder ... sie wusste es nicht. Reiß dich zusammen, Mary, sagte sie sich. Das hier war eine Militärbasis mit vielen Wissenschaftlern und Experimenten. Da machten sie solche Sachen. Auf der anderen Seite war das definitiv keine Labormaus in dem Sarg, an der man Versuche vornahm, sondern ein ziemlich großes, ziemlich lebendiges, sprechendes Wesen ... Eines mit Gefühlen und einem Sohn.

Diese Gedanken führten zu nichts. Vor ihr lagen zwei Dutzend Blätter in der krakeligen Handschrift des Professors, die sie in Form bringen musste. Tief durchatmend griff sie sich ein blankes Exemplar vom Stapel, auf dessen Ecke bereits der knallrote Vordruck »Top Secret« prangte. Ratschend spannte sie es in ihre Schreibmaschine. Ohne auf die Tasten zu schauen, hämmerte sie den Text in die Maschine, während die Worte durch ihren Geist in die Finger flossen. Eine beinahe meditative Tätigkeit, da sie von den Inhalten, die mit Fremdworten und komplexen Schachtelsätzen gespickt waren, kaum etwas kapierte.

... die posthume Inspektion der craniellen Vault ergab eine auffallende Aplasie exzeptioneller Charakteristika, bis auf eine dezente grünliche Chlorose, welche durch den adaptiven Gehalt der biochemisch konformen Körperflüssigkeiten, speziell zur Kompatibilität mit der Methanatmosphäre innerhalb der cranialen Schutzkapsel ausgerichtet, hervorgerufen schien. Ebenso manifestierte sich eine signifikante Augmentierung der Cerebral-Gyrierungen, deren Genese jedoch primär auf die schwerkraftangepassten Körpermaße des Sub-

jekts zurückzuführen sein dürfte, ohne konkrete pathologische Konnotation ...

Moment ... sie hielt inne und lass sich die Buchstaben, die sie in den letzten Sekunden getippt hatte, nochmals durch. *Posthum, Verfärbung, Methanatmosphäre, Schutzkapsel, Schwerkraft, Körpermaße, pathologisch.* Der Rest sagte ihr nichts, aber es schien sich um eine Art Autopsiebericht zu handeln. Den eines großen Subjektes, mit grünem Blut, das Methan atmete. Dessen Körpergröße an eine Schwerkraft angepasst war, die offenbar nicht der irdischen entsprach. Eine Gänsehaut zog sich von ihrem Steiß über ihren gesamten Körper und trieb ihr kalten Schweiß auf die Stirn. Das war nicht möglich. Oder war es das? Was war in dem Riesensarg für ein Lebewesen gefangen gewesen? Ein ... Sie wagte es kaum, den Gedanken zu Ende zu denken. Ein Außerirdischer? Gerade erst hatte sie mit John »Kampf der Welten« im Kino gesehen. Aber das hier war kein überdimensionales Ungeheuer mit Strahlenaugen, das die Menschheit vernichtete. Sondern ein hilfloser Vater in einem sargähnlichen Gefängnis, dessen Sohn getötet und seziert worden war. Einer, der um sein eigenes Leben fürchtete. Außerirdischer hin oder her, er hatte offensichtlich Gefühle und konnte sprechen wie ein Mensch.

Was sollte sie tun? Einfach weitermachen und vergessen, was sie gesehen, gehört und gelesen hatte? Nur, um demnächst den nächsten Bericht über den Tod des Vaters zu lesen? Und vielleicht auch noch der Mutter? Das war es, was von ihr als brave Sekretärin erwartet wurde. Tippen und das Gelesene ignorieren.

Zum Teufel damit! Die Öffentlichkeit musste davon erfahren. Das Militär durfte nicht einfach Außerirdische foltern und töten, die mit ihrem Wissen sicherlich die gesamte

Menschheit weiterbringen konnten. Alle Wissenschaftler sollten sich mit denen unterhalten können und von ihnen lernen. Nicht durch deren Tod, sondern durch Gespräche.

Eine halbe Stunde des Zweifelns und Abwägens später stand ihr Entschluss fest: Sie musste es an die Öffentlichkeit bringen. Nur so konnte sie dem Wesen helfen und sicherstellen, dass die ganze Welt von dem Wissen der Außerirdischen profitierte.

Der Bericht des Professors wäre dafür hilfreich. Sie warf einen Blick in die Runde. Alle Türen waren geschlossen. Dann nahm sie das handbeschriebene Notizblatt, faltete es zweimal und schob es verstohlen in ihren BH. Das wäre geschafft, sie bräuchte jedoch einen glaubwürdigen Zeugen, der darüber jemandem von der Presse berichtete.

Aber auch dafür hatte sie bereits eine Idee.

↤

»Pa Pa Pa paia, Pa Pa Pa paia, too many miles, too many days, too many nights to be alone ...«, schallte ein bekannter Song fröhlich aus der Jukebox an der Wand. Na toll. Sie saß in einem Diner unweit des Las Vegas Strip, in das sie sich von Francesco hatte einladen lassen. John hatte sie gesagt, dass sie sich mit ein paar Kolleginnen amüsieren wolle. *Too many lies,* wäre wohl der passendere Text für ihre aktuelle Situation. Aber sie sagte sich, dass der gute Zweck in diesem Fall die Mittel heiligte.

Die roten Lederbänke, die unmittelbar am Fenster einen Ausblick auf die wenig befahrene Nebenstraße erlaubten, waren mit nur einer Handvoll Gäste besetzt. Ein junges Pärchen im Collage-Look, zwei Geschäftsmänner in dunklen Anzügen und drei Frauen mittleren Alters, die sich angeregt unterhielten.

Der Assistent des Professors gab gerade eine weitere belanglose Anekdote zum Besten, während er bereits sein drittes Glas Rotwein herunterstürzte. Sie hörte ihm nicht richtig zu, ließ die Worte an sich vorbeiplätschern und starrte die ganze Zeit auf den Eingang am anderen Ende. Sie wartete auf einen speziellen Gast. Was, falls dieser nicht käme? Dann müsste sie versuchen, sich so schnell wie möglich von dem inzwischen stark angetrunkenen Halbitaliener zu lösen. Und was, falls er übergriffig wurde? Konnte sie auf die Hilfe der anderen Gäste zählen? Warum hatte sie ...

Da war er endlich! Die schlanke Silhouette des Reporters schob sich durch die Glastür und betrat den blank polierten Gang zwischen Tresen und Sitzbänken. Sie musste sich zurückhalten, um nicht erleichtert aufzuatmen und ihm zuzuwinken. Im Gegenteil: Keinesfalls durfte sie die Aufmerksamkeit ihres ungewollten Verehrers auf den Neuankömmling lenken. Daher richtete sie bewusst ihren Blick auf Francesco.

»... und dann, stell dir vor«, erzählte er gerade mit lallender Stimme, »hat er ernsthaft behauptet: Diese Röhren sind quasdrophobisch. Kannst du dir das vorstellen? Quasdrophobisch! Was für ein Unsinn. Niemals könnte halbleitendes Material ...«

Inzwischen war Henry McWire, der aufdringliche Reporter von heute Morgen, beinahe auf ihrer Höhe angekommen. Auch er ließ seinen Blick ohne Anteilnahme über sie gleiten und zeigte keinerlei Erkennen. Wie verabredet. Scheinbar zufällig setzte er sich an den Tisch vor ihr, Rücken an Rücken mit dem Assistenten. Kurz darauf bestellte er sich bei der blond gelockten Bedienung ein Gin-Tonic. Das war ihr vereinbartes Zeichen. Fast wie in einem dieser neuen Agentenfilme, ging ihr durch den Kopf. Jetzt war sie am Zug.

Sie nahm einen winzigen Schluck von ihrem eigenen Rotwein – dem ersten und einzigen Glas des Abends – und wandte sich erstmalig bewusst an den Halbitaliener: »Francesco, entschuldige, aber du wolltest mir doch etwas über die aktuellen Projekte erzählen. Den seltsamen Kasten im Fahrstuhl, den ich gesehen habe ...«

Einen Augenblick schaute er sie irritiert an, dann erwiderte er: »Aber ich erzähle dir doch schon die ganze Zeit über die wichtigen Vorgänge. Diese quasdrophobischen Röhren, die der Professor ...«

»Äh ... ja, schon«, unterbrach sie ihn und presste sich ein Lächeln auf die Lippen, »aber ich meine speziell diesen komischen Sarg im Fahrstuhl.«

Noch immer zeigte sich kein Erkennen in seinen Augen. »Sarg? Fahrstuhl?«

»Ja, Moment.« Sie wühlte in ihrer Handtasche nach Zettel und Stift. Fand jedoch nur einen Bleistift und das in Leder eingebundene Notizbuch für John. »Äh ...«

»Was?«, hakte er nach und zog die Stirn kraus.

Sie durfte sich nicht aus der Ruhe bringen lassen. Daher nahm sie einfach das Büchlein aus der Tasche, öffnete die Schnüre und schlug es in der Mitte auf.

»Hier. So in etwa sah das Gerät aus.« Mit dem Stift zog sie Linien, um den Sarg sowie den Rollwagen darunter darzustellen. An der Vorderseite fügte sie eine Öffnung mit diversen Hebeln hinzu. Zum Schluss ergänzte sie noch grobe Strichmännchen, um die Größenrelation zu Menschen aufzuzeigen. »Er war deutlich größer als ein normaler Sarg, hatte diese Apparatur und ... ich bin sicher, da war jemand drin und hat geschrien.«

»Oh, Mi Amor«, gab er nach langer Zeit wieder seinen pseudo-spanischen Akzent zum Besten. »Du hast wohl schlecht geträumt.«

»Nein. Hier.« Obwohl sie es eigentlich nicht wollte, holte sie jetzt zusätzlich noch den Zettel aus ihrem BH und entfaltete ihn auf den Tisch. »Das sind Notizen vom Professor, die das beweisen! Lies sie dir durch.«

Mist. Hoffentlich wusste er überhaupt etwas und hatte das nicht nur als Ausrede verwendet, um mit ihr essenzugehen. Papiere aus dem militärischen Sicherheitsbereich zu entfernen, war eine Straftat.

Ihre Beweise ignorierend erhob er sich, hangelte sich um den Tisch und ließ sich neben sie fallen. Oh, Mist. Sein Arm umschlang ihre Schulter.

»Das war nur ein Albtraum«, murmelte er lallend und sein saurer Atem wehte ihr ins Gesicht, »aber keine Sorge. Heute Nacht wirst du gut schlafen. Ich passe auf dich auf. Vergiss diesen Marsmenschen-Unsinn und den Alten. Mi Amor.«

Seine Lippen näherten sich weiter in eindeutiger Absicht. Verflucht! Panisch drückte sie sich von ihm weg, stieß jedoch mit der Schulter an die kühle Außenscheibe, während er ihr nachrückte.

»Bitte, Francesco. Hast du davon nichts gehört? Wirf doch einen Blick drauf«, versuchte sie es trotzdem nochmals.

»Ach, quatsch. So ein Blödsinn. Und jetzt lass uns über angenehmere Dinge reden, als die Arbeit ...«

Seine Hand glitt als glitschiger Aal über ihren Oberschenkel und schob langsam den Rock zurück. Was zu viel war, war zu viel! »Francesco! Nein! Wir wollten nur etwas Essen gehen. Mehr nicht.«

»Ach was, Mi Querida, du willst es doch auch. Das habe ich in dem Moment gesehen, als du das erste Mal im Büro aufgetaucht bist. Dein gieriger Blick ...«

Inzwischen hatte er sie komplett umschlungen und sie konnte sich kaum noch bewegen. Seine Hände glitten an Stellen, an denen sie sie keinesfalls spüren wollte.

»Nein! Will ich nicht!«, widersprach sie mit einer Stimme, die vor Panik zitterte, statt eine klare Linie zu ziehen, wie sie es beabsichtigte. »Ich ...«

»Miss Muller, belästigt Sie der Kerl?«

Beinahe gleichzeitig ruckte ihr Kopf und der ihres Peinigers herum. Vor dem Tisch hatte sich Henry, der Reporter, positioniert und starrte sie mit zu Fäusten geballten Händen und Zornesfalte auf der Stirn an. Erleichterung und neue Energie durchströmte ihre Glieder.

»Francesco«, wiederholte sie, »lass mich gehen.«

Beherzt versuchte sie erneut, den Assistenten von sich zu schieben, aber solange er auf der Bank saß, wäre der einzige Ausweg über die Rückenlehne hinter ihr oder unter dem Tisch durch. So verzweifelt, sich diese Blöße zu geben, war sie noch nicht.

»Was wollen Sie?«, pflaumte der Halbitaliener den Reporter an. »Sehen Sie nicht, dass wir beschäftigt sind?«

Henry trat einen weiteren Schritt an die Bank heran. »Die Dame will gehen. Das haben Sie doch gehört. Also lassen Sie sie bitte raus. Jetzt.«

»Dir zeige ich, wer hier gehen will ...« Damit machte sich Francesco daran, sich von dem roten Leder zu erheben.

Die Faust des Reporters krachte als rechter Haken an die Schläfe des Forschungsassistenten. Sein Körper wurde nach vorne auf den Tisch geworfen, fegte die Rotweingläser gegen die Scheibe, an der sie mit lautem Klirren zerbarsten und feuchte Flecken hinterließen. Ein Schrei entrang sich ihrer Kehle und sie zuckte zurück, von der plötzlichen Gewalt überrascht.

»Los, Mary!«, rief Henry und deutete ihr, über die Lehne zu klettern. »Lass uns verschwinden.«

»Aber, ich ...« Sie wusste nicht so recht, wie ihr geschah, folgte jedoch seinem Wink und kletterte ungeschickt über das glatte Leder. Verharren war definitiv die schlechteste Option. Francesco rührte sich nicht. Ihr Mitleid hielt sich in Grenzen. »Ja, okay. Nichts wie weg«, stimmte sie ihm zu.

»STOPP!«, mischte sich eine tiefe, befehlsgewohnte Stimme ein. »FBI.«

Was zum Teufel ...? Drei Sitzbänke entfernt hatten sich die beiden Herren in den dunklen Anzügen erhoben und hielten auf die Distanz nicht erkennbare Dienstausweise in die Höhe. FBI? Ihre Gedanken rasten, während sie vollends zum Reporter vortrat.

»Henry«, flüsterte sie. »Der Zettel und meine Notizen. Wenn die uns damit erwischen ...«, wäre das Verrat von Militärgeheimnissen. Darauf stand lebenslange Haft. Den Gedanken sprach sie jedoch nicht aus.

Mit einem Griff angelte sich der Reporter das Blatt und das abgegriffene Büchlein. Gemeinsam stürmten sie in die entgegengesetzte Richtung. Es bedurfte keiner weiteren Worte.

»STEHENBLEIBEN habe ich gesagt«, hörten sie die Männer, während sie bereits zum Ausgang hetzten.

Mit der Schulter stieß Henry die Tür auf und zog sie an der Hand hinterher. Der peitschende Knall eines Schusses krachte und er kam ins Taumeln. Erneut konnte sie einen Aufschrei nicht unterdrücken. War er getroffen? Er zog sie jedoch weiter in die kühle Nacht. Auf der Straße herrschte kein Verkehr, in der Ferne leuchteten die bunten Schilder des Strips am Nachthimmel.

»Mein ... Auto. Da vorne«, stieß er atemlos hervor und deutete auf einen braunen Pick-up mit großer Ladefläche.

Schnell öffnete er die Fahrertür und schob sie auf die ausladende, durchgängige Sitzbank. Sie schubste Papiere und eine leere Kameratasche in den Fußraum. Henry warf sich hinter das Steuer, drehte den Zündschlüssel und ließ den Motor mit einem lauten Röhren zum Leben erwachen. Ein erneuter Knall und ein metallischer Aufschlag. Dann wurde sie mit einem Ruck heftig in den Sitz gedrückt, als das Fahrzeug mit quietschenden Reifen losschoss. Weitere Schüsse folgten. Die Scheibe hinter ihr zerbarst in tausend kleine Kügelchen, die sich auf die Rückbank ergossen.

Der Pick-up jagte um eine Ecke nach der nächsten. Schleuderte sie von links nach rechts, während sich ihre Hände am Türgriff festkrallten. Mehrfaches langgezogenes Hupen, aufblitzende Scheinwerfer und zügig vorbeiziehende Straßenlaternen begleiteten ihre rasante Flucht. Sie hatte keinen blassen Schimmer, wo sie sich befanden, aber Henry reduzierte bereits die Geschwindigkeit an der nächsten Ecke und bog gemächlich auf eine stärker befahrene Hauptstraße ein.

»Haben wir sie abgehängt?«, vergewisserte sie sich und warf einen Blick durch die zerschossene Rückscheibe, von der letzte Brocken im Rahmen hingen.

Es dauerte ein paar Sekunden, bis Henry antwortete. »Denke ja.«

»Haben die wirklich auf uns geschossen?« So richtig glauben konnte sie es immer noch nicht. »Und warum war überhaupt das FBI im Restaurant? Wegen mir?«

Erneut erntete sie Schweigen. Als sie schon nachfragen wollte, erwiderte der Reporter: »Hm ... schwer zu sagen.

Denke nicht, dass es das FBI war. Die verhaften Verdächtige. Knallen sie aber nicht ab.«

»Sondern ...?«

»Keine Ahnung. Sicher ging es um deine Notizen. Dein Kollege, die Flachpfeife, war wohl kaum ihr Ziel.« Er verringerte die Geschwindigkeit weiter und parkte am Straßenrand. »Bleibt die Frage, was wir jetzt machen.«

Darüber hatte sie noch nicht nachgedacht. Ursprünglich wollte sie die Informationen zusammen mit der unfreiwilligen Zeugenaussage Francescos dem Reporter überlassen. Dann hätte sie ihren langweiligen Job gekündigt und sich aus allem raushalten können, was folgte. Aber jetzt wussten die sicher, wer sie war und wo sie wohnte und arbeitete. Wer auch immer »die« waren, egal ob Regierungsbeamte, Kommunisten oder sonst was. Mit der Geschichte zur Polizei zu gehen, konnte sie ebenfalls vergessen. Gleiches galt für das Militär, denn der Zettel, der in dem Lederbüchlein im Fußraum eingeklemmt war, war mehr als brisant. Er war Hochverrat.

»Du musst die Story bringen«, schloss sie ihre Gedanken ab. »Erst sobald alles der Öffentlichkeit bekannt ist und die ... Experimente kein Geheimnis mehr sind, bin ich wieder sicher. Erst dann wird man nicht mehr nach mir – nach uns – suchen.«

Mit einem Seitenblick, den sie nicht richtig deuten konnte, erwiderte er: »Hast recht. Die Schießerei hat klar gemacht, dass deine Infos echt sind. Du tauchst erst mal unter. Nimm dir hier ein Hotel. Check unter falschem Namen ein. Ich bring die Story.«

Er öffnete das Handschuhfach und holte einen beigen Umschlag heraus, den er ihr in die Hand drückte.

»Was ist das?«

»Bezahlung.« Er hob das Buch auf und holte den Notizzettel des Professors heraus. Ihr übergab er den abgegriffenen Einband. »Für die Infos. Damit kommst du vorerst über die Runden. Bis die Story steht.«

Ein kurzer Blick zeigte ein Bündel großer Scheine. Sie schluckte und schaute ihn an. »Du meinst, das war es?«

»Ja. Ist jetzt meine Sache.«

»Na dann ... Danke.« Sie gab ihm die Hand. Er schlug kurz ein und nickte ihr zum Abschied zu.

Langsam stieg sie aus dem Fahrzeug auf den nächtlichen Gehsteig. Die eiskalte Luft und ein leichter Wind ließen sie frösteln. Außer ihrem Winterkleid, einer Strickjacke, dem Büchlein und dem Umschlag mit dem Geld trug sie nichts bei sich. Alles andere hatten sie im Restaurant gelassen. Röhrend entfernte sich der Pick-up. Sie sah den roten Rücklichtern wehmütig hinterher, während diese langsam kleiner wurden. Hätte sie mit ihm ...

In diesem Moment knallte ein übergroßer Lkw, der über eine Kreuzung geschossen kam, in den Pick-up des Reportes. Wie die Konservendose, die einen kräftigen Fußtritt bekommt, wurde er angehoben und davon geschleudert. Flog ein paar Meter, traf auf dem Asphalt auf und überschlug sich ein halbes Dutzend Male. Glas, Metall und Reifen sprengten als Schauer davon, während die Karosserie zusammen mit seinem Insassen vollkommen zerstört wurde. So wie die Dose, mit der die Kinder zu heftig Fußball gespielt und am Ende nochmals kräftig draufgetreten hatten.

Schockstarr blickte sie auf die entfernte Zerstörung. Nicht nur Henry, sondern auch ihre Hoffnung, glimpflich aus dieser Geschichte herauszukommen, war in diesem Moment brutal zerstampft worden.

Endlich löste sie sich von dem Anblick, während sich in

der Ferne eine Sirene näherte. Sie musste hier weg. Durfte keine Beweise bei sich tragen. Kurzentschlossen warf sie das nutzlose Büchlein in den nächsten Papierkorb am Straßenrand und sprintete den Bürgersteig hinab.

Allan Rexword
© AllanRexword

Wattpad-Profil:
https://www.wattpad.com/user/AllanRexword

1961 | eines Tages vielleicht

Vorwort: *Die folgende Geschichte ist in einem historischen Rahmen eingebettet. Allerdings habe ich einige historische Belange und Fakten so abändern müssen, dass ein paar historische Ungenauigkeiten entstanden sind. Wenn man sich genau mit dem zweiten Weltkrieg und dem geteilten Berlin der Nachkriegszeit beschäftigt, wird man schnell merken, dass manches eben doch anders war, als es hier dargestellt wird. Dies bitte ich zu beachten! Die Kurzgeschichte dient alleine der Unterhaltung und erhebt keinerlei Ansprüche auf eine historische Korrektheit!*

Berlin, Sommer.

Es war ein lauer Sommerabend. Die Abendsonne tauchte die Stadt in ein rötliches Licht, das an die Flammen eines brennenden Kamins erinnerte. Die Stadt mit all ihren Narben sah in diesem Licht geradezu einladend aus. Ins rechte Licht gerückt, konnte eben alles eine Schönheit sein.

An diesem Abend war die *Rote Lola*, eine recht heruntergekommene Kneipe in Kreuzberg, gut besucht. Vorwiegend Männer verprassten hier ihren hart verdienten Arbeitslohn. Die wenigen Frauen, die sich hier in dieser düsteren Spelunke aufhielten, genossen sichtlich die Aufmerksamkeit, die sie von den Männern erhielten. Die Kneipenbesucher waren allesamt unterschiedlich, aber eines hatten sie gemeinsam: Sie waren alle hier, um dem Alltag zu entfliehen. Es wurde angeregt diskutiert, geflirtet und manchmal auch gestritten - natürlich alles bei einem entsprechenden Lärmpegel, wie man ihn auch nicht anders in der *Roten Lola* kannte.

Inmitten des bunten Treibens saßen zwei Männer an der Bar. Der eine, Uwe, war ein älter Mann mit kurzen, grauen Haaren und trug einen schwarzen Anzug. Er hatte ein freundliches Lächeln auf den Lippen und trank ein Bier. Der andere, Heinz, war ein junger Mann mit kurzen, blonden Haaren, gekleidet in eine hellblaue Jeansjacke. Die beiden Kneipenbesucher unterhielten sich schon eine ganze Weile.

»Ich muss sagen, das ist wirklich eine gute Geschäftsidee! Das ist genau das, was die Welt braucht! Du solltest dir aber besser erst das Patent sichern, ehe du jemanden davon erzählst«, sagte Uwe, dieser schlanke, ältere Mann, der erstaunlich gut zuhören konnte.

»Findest du wirklich?«, antwortete Heinz euphorisch, »Ich habe mich da schon mal informiert, aber ich habe einfach nicht genug Kohle! Weder für das Patent, noch das Startkapital für die Firmengründung und die verdammte Bank will mir auch nichts leihen. Es ist wirklich zum Mäusemelken!« Er ballte seine rechte Hand zur Faust und hämmerte fest auf den Tresen, um seinen Ärger Ausdruck zu verleihen. Dafür erntete er einen bösen Blick vom Wirt, der nur wenige Meter von ihm entfernt stand und gerade ein paar Bier für seine Gäste zapfte.

»Na, dann musst du eben welches auftreiben. Ich sag ja immer: Für seine Träume muss man kämpfen! Ich habe es selbst erlebt, dass man alles erreichen kann, wenn man nur hart genug dafür arbeitet. Ich wünsche dir auf jeden Fall alles erdenklich Gute!« Uwe setze sein Bierglas, welches kaum mehr gefüllt war, an die Lippen und goss sich den letzten Rest des goldenen Gerstensaftes in die Kehle. Dann stellte er das leere Glas ab, kramte ein paar Markstücke aus seiner Jackentasche und legte sie vor sich auf den Tisch. »Das stimmt so«, murmelte er in Richtung des Kneipenwirts, der sich freudestrahlend bedankte. Dann stand Uwe von seinem Barhocker auf und verabschiedete sich freundlich von Heinz. Leicht torkelnd verließ er die *Rote Lola* und ließ seine Kneipenbekanntschaft alleine zurück.

Vielleicht hatte ihr Vater ja recht. Heinz war zwar kreativ und hatte stets gute Ideen, dennoch war er einfach chronisch erfolglos.

Er spülte seinen Frust mit einem kräftigen Schluck seines Bieres herunter. Uwes aufmunternde Worte hatten zwar ein bisschen geholfen, allerdings nicht genug, denn er fühlte sich noch immer miserabel. Er hatte in seinem jungen Leben schon etliche Niederlagen einstecken müssen - die heutige war jedoch die bislang heftigste gewesen!
Er hatte endlich Nägel mit Köpfen machen wollen und hatte Annabell, seine absolute Traumfrau, welcher er schon seit einer Ewigkeit hinterherrannte, bei ihr Zuhause aufgesucht. Blöd nur, dass ihr Alter ebenfalls dagewesen war, denn der hatte seiner Tochter schon mehrfach den Kontakt zu ihm verboten. Er sei nicht gut genug für sie, hatte er ihm ganz unverhohlen mitgeteilt. Unambitioniert, erfolglos und ein Einfaltspinsel! Keine gute Partie, kein Mann, der eine Familie ernähren könnte und erst recht kein Mann für seine Annabell. Diese Worte schwirrten noch immer durch seinen Kopf und verletzten ihn, als seien es rasiermesserscharfe Dolche.

Er wäre viel lieber mehr wie sein Bruder Günther, denn der hatte die sonderbare Gabe, dass alles zu Gold wurde, was er anfasste. Er hatte ein eigenes Unternehmen gegründet, das innerhalb kürzester Zeit zu einem der erfolgreichsten in der Branche geworden war. Günther war das genaue Gegenteil zu Heinz, der stets mit allem scheiterte. Doch er wollte kämpfen, er wollte es zu etwas bringen und genauso erfolgreich sein wie Günther - eines Tages vielleicht!

Seufzend stellte er sein Glas ab und blickte wehmütig auf den Barhocker neben seinem, auf dem eben noch der trostspendende Uwe gesessen hatte. Er hätte sich gerne länger mit ihm unterhalten, denn seine Worte waren Balsam für seine gequälte Seele gewesen.

Plötzlich erkannte Heinz ein kleines Buch, das auf dem Barhocker lag. Uwe musste es dort wohl vergessen haben. Es war ziemlich dick, hatte einen ledernen Einband, auf dem jedoch kein Titel stand, und wirkte sehr abgegriffen. Schnell schnappte er es sich Büchlein, schritt zur Kneipentür und steckte seinen Kopf hinaus auf die Straße.

»Ey Uwe! Du hast dein Buch liegen lassen!«, rief Heinz auf draußen und blickte sich nach beiden Seiten um, aber Uwe war nirgends mehr zu sehen. Er musste wohl schon zu weit weg sein. Also ging er zurück zur Bar, nahm wieder Platz auf dem Hocker, bestellte noch ein weiteres Bier und warf einen Blick in Uwes Buch. *Vielleicht hat Uwe ja seine Anschrift hineingeschrieben*, dachte er sich, doch bereits ein Blick auf die erste, leicht vergilbte Seite widerlegte diese Vermutung.

Was war das überhaupt für ein Buch? Ein Notizbuch? Ein Adressbuch? Ein Tagebuch? Eifrig blätterte Heinz in dem kleinen Büchlein umher und überflog Texte, doch nichts davon war wirklich interessant für ihn. Er wunderte sich, dass Uwe so einen Schund las und wieso er es überhaupt mit in die *Rote Lola* gebracht hatte. Als er einen hastigen Schluck von seinem neuen Bier nahm, verschluckte er sich und spuckte versehentlich ein wenig seines Getränks in das Buch.

Oh Mist!, dachte er sich. *Na ja, sieht ja ohnehin schon etwas mitgenommen aus.*

Heinz stellte sein Trinkgefäß vorsichtig ab, griff nach einer Papierserviette und versuchte, die Seiten zu trocknen. Zerknirscht blickte er auf das Resultat seines Rettungsversuchs: Die Tinte des Geschriebenen war leicht verlaufen und das Papier wellte sich. Dann blätterte er weiter, um zu sehen, ob noch weitere Seiten in Mitleidenschaft gezogen worden waren. Dabei erkannte er, dass auf den folgenden Seiten neben dem Text des Buches mit einer anderen Handschrift etwas geschrieben stand. Jemand hatte sämtliche freie Stellen dazu genutzt, um sich hier zu verewigen. Angestrengt versuchte er, die krakelige Schrift zu entziffern. Und tatsächlich gelang es ihm, folgende Notiz zu erkennen:

St. Joseph Krankenhaus Berlin Tempelhof 1956,

ich fühle mich so schwach und ich bin mir sicher, dass mich dieser räudige Husten bald endgültig dahingerafft hat. Es ist tragisch, dass mein Leben bald enden muss, doch was nutzt es schon in Selbstmitleid zu versinken? Mein letztes Geheimnis, möchte ich nicht mit ins Grab nehmen. Auch wenn es mir selbst nichts mehr nützt, so will ich, dass jemand anderes die Chance auf das Leben hat, welches das Schicksal mir verwehrt hat.

Nur ich allein weiß, wo der Schatz der Familie Goldstein versteckt ist, denn ich habe ihn kurz vor Ende des Kriegs gehoben. Diese cleveren Juden hatten ihre wertvollsten Besitztümer kurz vor ihrer Deportation noch versteckt, damit er nicht von den Nazis in Beschlag genommen werden konnte. Ich habe den Vater dabei beobachten können, wie er all die Vermögenswerte in ihrem Familiengrab vergrub. Er fühlte sich wohl unbeobachtet und dachte, hier seien sie gut versteckt. Er meinte wohl, sie wieder ausgraben zu können, wenn er zurückkäme. Aber er kam nicht wieder. Keiner der Goldsteins kam je wieder zurück. Ich hatte leider keine Gelegenheit, mir den Schatz zu schnappen, da ich bald darauf einberufen wurde und in der Wehrmacht dienen musste.

1945 wurde die Lage dann aussichtslos, als die Rote Armee immer weiter vorrückte. Wir wurden gezwungen, die Verteidigungsstellungen zu halten, aber das war Irrsinn. Blinder Gehorsam kostete meinen Kameraden ihre Leben! Ich bin nicht sonderlich stolz darauf, aber ich habe die turbulenten Kriegswirren genutzt, um zu desertieren. Was nutzt einem Ehre, wenn man tot ist?

Es war nicht einfach, aber ich konnte erfolgreich von der Front entkommen. Ich schlich mich nachts durch die feindlichen Linien und versteckte mich in den Wäldern. Nach Tagen der Flucht vor den Russen und den Feldjägern, die verbissen nach Fahnenflüchtigen fahndeten, erreichte ich endlich die Heimat. Ich war erschöpft und hungrig, aber ich war auch erleichtert, es lebend geschafft zu haben. Auf einem Hof stahl ich ein Pferdegespann und machte mich auf zum Friedhof. Der Schatz der Goldsteins lag noch immer im Familiengrab und ich konnte ihn im Schutze der Nacht bergen. Als ich den Schatz aufgeladen hatte und bereits auf dem Weg war, hörte ich die Sowjets aus der Ferne einen Vorstoß wagen. Ich überlegte, ob ich fliehen sollte, aber mit dem schweren Goldschatz hätte es dieser Gaul niemals rechtzeitig fortgeschafft. Wenn diese roten Hunde mich mit dem Schatz eingeholt hätten, dann hätten sie ihn ganz sicher an sich gerissen, also entschied ich, ihn samt dem Wagen im nächsten See zu versenken. Mit dem Pferd machte ich mich dann davon, aber ich ritt den Russen direkt in die Arme. Die Feinde bekamen irgendwie raus, dass ich ein Soldat war, und steckten mich in Kriegsgefangenschaft.

Mit dem Zug wurde ich irgendwo nach Sibirien verfrachtet, wo ich in einem Arbeitslager bei Wasser und Brot in einem Bergwerk schuften musste. Die Umstände im Lager waren elend, doch die Erinnerung an den Schatz, der in der Heimat *auf mich wartete, ließ mich durchhalten. Ganze neun verdammte Jahre!*

Als ich zurückkam, war ich nur noch Haut und Knochen und dieser Husten fingen an, mich zu plagen. In dieser Verfassung war ich leider nicht mehr kräftig genug, um den Schatz aus dem See heben zu können, doch ich hatte noch die Hoffnung zu genesen - eines Tages vielleicht.

Heute weiß ich, dass ich nicht mehr genesen werde. Der Reichtum der Goldsteins bleibt mir verwehrt. Vielleicht gelingt es aber jemanden, den Schatz zu finden - wenn er denn überhaupt noch da ist.

Gezeichnet V.G.

Was um alles in der Welt hatte er da gerade gelesen? Ein Schatz? Gab es sowas wirklich, oder hat sich da nur jemand etwas ausgedacht? Kannte Uwe den Standort des Schatzes? War er etwa sogar auf der Suche danach?

Heinz wusste das eben Gelesene erst nicht so recht einzuordnen, doch nach einigen weiteren Gläsern Bier beschloss er, schon am nächsten Tag in der Bibliothek Nachforschungen anzustellen, ob die Geschichte stimmen könnte. Sein Leben verlief derzeit ohnehin in eine frustrierende Sackgasse, was hatte er also schon groß zu verlieren?

Den gesamten Folgetag verbrachte Heinz in der Bibliothek. Dort wälzte er Bücher, Verzeichnisse und Zeitungen. Für ihn war das eine ungewohnte und überraschend anstrengende Arbeit. Nie hätte er gedacht, dass ihn Lesen so ermüden würde, doch die wahre Schwierigkeit bestand in erster Linie darin, die wenigen nützlichen Daten in der Fülle aller Informationen der Bibliothek herauszufiltern. Doch am Ende des Tages blickte er zufrieden in seine Notizen. Heute hatte er herausgefunden, dass es die Familie Goldstein wirklich gegeben hatte. Ezechiel Goldstein musste ein wohlhabender

Kaufmann aus Strausberg gewesen sein. Er lebte mit seiner Frau und seinen fünf Kindern in einer stattlichen Villa, bis sie 1941 deportiert wurden. Über ihr weiteres Verbleiben hatte er nichts herausfinden können, doch gerade deshalb vermutete er, dass ihnen wohl ein grausiges Schicksal zuteilwurde. Strausberg war nur etwa 35 Kilometer von Berlin entfernt - es lag also nah genug, um sich bei einem Tagesausflug auf Schatzsuche zu begeben - Heinz war durch die ausgiebige Recherche nun ohnehin schon geradezu besessen von der spannenden Geschichte rund um die Familie und ihrem Schatz. Er hatte sich auch bereits eine Karte von der märkischen Stadt besorgt. Wie es in der Notiz aus dem Büchlein beschrieben war, sollte es dort auch einen See geben, in dem der Schatz versteckt sein könnte. Direkt an den Stadtkern grenzte der Straussee. Es gab allerdings auch noch weitere Seen in der näheren Umgebung: den Fängersee, den Bötzsee sowie den Ihlandsee. Leider hatte der Verfasser, dieser mysteriöse V.G., nicht deutlich geschrieben, in welchem See er den Fuhrwagen samt Schatz versenkt hatte. Das hätte die Suche deutlich vereinfacht. Aber vermutlich war ihm damals selbst nicht ganz klar gewesen, an welchem See er gerade war, als er die Sowjets bereits in der Ferne ausmachte und zum schnellen Handeln gezwungen war.

Schon am Folgetag lieh sich Heinz das Auto seines Bruders und fuhr nach Strausberg. Im Kofferraum befand sich sogar Günthers Taucherausrüstung - für alle Fälle. Er hatte sich aufgemacht, um nach dem Urheber der Notiz im Buch zu forschen und den richtigen See auszumachen. Wenn er das schaffen würde, dann könnte er sich ernsthafte Hoffnungen machen, dass er einen Schatz finden könnte. Im Ort angekommen fuhr er einige Straßen ab auf der Suche nach einer stattlichen Villa. Er hatte das sandsteinerne Anwesen der Goldsteins auf Zeitungsfotos gesehen und sich bestens eingeprägt. Aber er konnte das repräsentative Gebäude nirgends erblicken. Irgendwann parkte er den Wagen am Straßenrand und sprach eine ältere Passantin mit grauen Haaren an, die einen hellblauen Hauskittel trug und gerade einen altersschwachen Kurzhaardackel ausführte:

»Entschuldigen Sie bitte, gnädige Frau!«

»Ja bitte?« Erstaunt blickte die betagte Dame ihm entgegen.

»Ich untersuche das Leben der jüdischen Familie Goldstein, die hier in Strausberg gelebt haben soll. Können Sie mir eventuell sagen, wo ich die Villa finden kann?« Er hatte es kaum ausgesprochen, da bekam Heinz auch schon ein schlechtes Gewissen, da er sich bewusst nicht als Schatzsucher ausgab und daher ein wenig flunkern musste. Zumindest stimmte es, dass er Untersuchungen über die Familie anstellte, wenn es auch nur ein Teil der Wahrheit war.

»Die Villa? Ach, die gibt es schon lange nicht mehr. Ist komplett weg. Der fiel im Krieg eine Bombe aufs Dach. Ist komplett ausgebrannt und den Rest hat man dann später abgerissen.« Während die alte Frau mit ruhiger Stimme sprach, sprang ihr Hund freudig am Hosenbein ihres Gegenübers auf und ab.

»Oh, das ist schade. Können Sie mir denn sonst etwas über die Familie Goldstein erzählen?«

»Natürlich! Nun, die Goldsteins, ja, die kannte hier jeder. Ezechiel war ein findiger Kaufmann, der es zu einem stattlichen Reichtum gebracht hatte. Man munkelt, er habe in die Vereinigten Staaten auswandern wollen, nachdem es für die Juden hier immer ungemütlicher wurde. 1938 wurde die Synagoge während der Pogrome verwüstet und seinen Laden hatte er auch schon geschlossen. Da kann ich schon gut verstehen, dass er abhauen wollte! Aber irgendwas muss wohl schiefgelaufen sein, weil sie nie fortgegangen sind. 1940 wurden sie dann abgeholt und man hat nie wieder was von denen gehört. Seltsam war allerdings, dass die Familie damals nur das Nötigste mitgenommen hatte und man in der Villa auch nicht wirklich viel Wertvolles finden konnte. Entweder waren die Goldsteins doch nicht so reich, wie man immer angenommen hatte, oder sie hatten ihre Wertsachen schon irgendwie ins Ausland gebracht. Es waren einige Leute da, die sich die Villa ansahen und verwüsteten. Na ja, den Krieg überstand das Gebäude dann ohnehin nicht.«

»Oh, das ist aber schade! Dann gibt es also keine noch lebenden Familienmitglieder.«

»Ich fürchte nicht. Kann ich Ihnen sonst noch irgendwie helfen? Sie sehen so verloren aus.«

»Wenn Sie so fragen, dann habe ich tatsächlich noch eine Frage. Kannten Sie vielleicht einen Rückkehrer aus der sowjetischen Kriegsgefangenschaft, der hier in der Gegend gelebt hat?«

»Nun ja, ich kenne keinen persönlich, aber es hat da schon mehrere gegeben.«

»Der, von dem ich hörte, ist vermutlich vor fünf Jahren in einem Krankenhaus in Berlin gestorben.«

Die Dame überlegte einen Moment angestrengt. Man konnte in ihren Augen regelrecht sehen, wie es in ihrem Kopf arbeitete.

»Ich verstehe. Ja, da gab es mal einen, dem ging es wirklich schlecht, als er nach Hause kam. Hatte große Probleme mit seinen Atemwegen. Ständig am Husten. Mehr tot als lebendig. Ich glaube, er hieß Volker Grassmann. Der wohnte nur eine Straße weiter von mir in der Schulstraße. Hatte keine Familie. Das Leben hat es nicht gut gemeint mit dem.«

Volker Grassmann? Das passte zu den Initialen V.G. aus der Notiz! Heinz hätte vor Glück in die Luft springen können! Niemals hätte er gedacht, so viele nützliche Informationen von einer willkürlich angesprochenen Passantin zu erhalten.

»Vielen Dank, werte Dame! Sie haben mir wirklich sehr geholfen!«, dankte Heinz der Frau, die sich daraufhin verabschiedete und die Runde mit ihrem Dackel wieder aufnahm.

Jetzt wo er wusste, dass die Villa nicht mehr stand und die Notiz im Büchlein authentisch erschien, musste er nur noch herausfinden, in welchem See der Schatz versteckt war.

Ich muss den Weg von Grassmann rekonstruieren, dachte Heinz und schnappte sich den Stadtplan, den er tags zuvor in der Bibliothek ausgeliehen hatte.

Der jüdische Friedhof lag direkt am Straussee am westlichen Stadtrand. Die Schulstraße lag nur einige Meter davon entfernt in nordöstlicher Richtung. Wenn Grassmann hier den Schatz geborgen hätte, dann hätte er ihn doch sicherlich auch in sein Haus bringen können. Aber so mitten im Ort, hätten das die Leute beobachtet. Es muss also Nacht gewesen sein! Dann wird er den Schatz in der Nähe des Friedhofs im Straussee versenkt haben. Blöd nur, dass der See so groß ist!

Um sich ein genaueres Bild von den Örtlichkeiten zu verschaffen, lief er zum jüdischen Friedhof. Dieser war nicht sonderlich groß und umgeben von einer Feldsteinmauer. Inmitten von zerbrochenen Grabsteinen, die oft jüdische Symbole wie den Davidstern enthielten, suchte er nach Hinweisen auf das Familiengrab der Goldsteins. Immer wieder lief er auf und ab und versuchte, die Inschriften der Grabmale zu entziffern. Die meisten bestanden jedoch aus hebräischen Schriftzeichen, die er nicht lesen konnte. Er versuchte, sich irgendwie herleiten zu können, welches dieser Gräber den Goldsteins gehören könnte. Plötzlich hörte er Schritte hinter sich, die ihn aus seinen Gedanken rissen. Er drehte sich um und erschrak sich, als er auf einmal einen hageren Mann in einer dunklen Latzhose vor sich erblickte.

Der Mann hatte ein eingefallenes Gesicht und starrte ihn mit wütenden Augen an. »Sieh zu, dass du Land gewinnst, du Lump! Hat man diesen Leuten nicht schon genug angetan?!«, schrie der Mann und drohte mit der Faust.

»Was?«, entwich es Heinz, ehe er instinktiv zwei Schritte zurückwich.

»Unruhestifter wie dich brauchen wir hier nicht in Strausberg! Keinen Funken Anstand! Selbst die letzte Ruhestätte der Juden ist nicht sicher vor euch!« Verärgert schubste der Mann Heinz von dem Grabstein weg, den dieser eben noch untersucht hatte.

»Das muss ein Missverständnis sein!«, versuchte Heinz sich zu erklären, »Ich bin gar kein Unruhestifter!«

»Was suchst du denn dann hier auf dem Friedhof?«, fragte der Mann. »Viel ist ja nicht mehr da. Das hat man hier 1938 alles kurz und klein gehauen, so wie man es auch mit der Synagoge gemacht hat.«

»Ich suche das Familiengrab der Goldsteins«, antwortete Heinz.

»Tja, da kannst du hier lange suchen«, sagte der Mann. »Die wurden alle mitgenommen und kamen nicht zurück. Gott weiß, wo die abgeblieben sind.«

»Aber sie mussten doch vorher auch schon ein Grab gehabt haben, wo ihre Ahnen beerdigt worden waren.«

»Ja, das stimmt. So was gab es natürlich. Das war aber nicht hier in Strausberg. Das war drüben in Altlandsberg.«

»Altlandsberg?«, fragte Heinz. »Wo liegt das denn?«

»Das ist die Stadt weiter westlich hinter dem großen Wald.«

Heinz packte seinen Stadtplan aus und der Mann zeigte mit dem Finger auf den Rand der Karte. »Altlandsberg ist nicht mehr auf ihrer Karte drauf, aber hier müsste es etwa sein.«

»Ich danke Ihnen!«, antwortete Heinz und hastete in Richtung des Autos. Der Mann sah ihm nur fragend hinterher.

Es war eine längere Fahrt durch den Wald bis nach Altlandsberg, doch in dem kleinen Ort fand sich Heinz sofort zurecht und entdeckte den alten jüdischen Friedhof direkt auf Anhieb. Die letzte Ruhestätte lag am Rande des Ortes, umgeben von hohen Bäumen. Er parkte das Auto und ging zu Fuß über das Gelände. Die meisten Grabsteine waren verwittert und kaum noch lesbar. Aber er hatte Glück. In einer Ecke des Friedhofs fand er ein großes Grabmal mit dem Namen Goldstein. Er hatte es tatsächlich gefunden! Hier muss er also einmal versteckt gewesen sein, der Schatz der Goldsteins. Zumindest bis Volker Grassmann von der Front zurückkehrte und ihn ausgrub. Vor seinem inneren Auge sah er ihn genau vor sich, wie er schwere Kisten auf die Kutsche lud.

Nun nahm Heinz wieder die Karte zur Hand und versuchte, sich vorzustellen, welchen Weg Grassmann genommen haben musste, wenn er zurück nach Strausberg gehen wollte. Er fuhr mit dem Zeigefinger über die Karte und blieb am Bötzsee stehen. Klare Sache: Hier musste der Schatz versteckt worden sein!

Angespannt schwang sich Heinz nun wieder hinters Steuer und fuhr die kurze Strecke zum See, indem er unermessliche Reichtümer vermutete. Umgeben von uralten Bäumen lag der See ruhig da. Er strahlte in einem satten Blau, auf dem sich die Sonnenstrahlen spiegelten, während sanfte Wellen auf das Ufer trafen. Er war groß und recht tief. Heinz wusste, dass es lange dauern würde, bis er hier etwas finden würde. Aber es war einen Versuch wert!

Als er am See ankam, parkte er sein Auto und machte sich bereit für den Tauchgang. Er zog sich seine Taucherausrüstung an und überprüfte, ob alles in Ordnung war. Dann ging er ins Wasser. Der See war kalt und trüb, aber Heinz ließ sich davon nicht abschrecken. Er tauchte ab und begann, den Grund des Sees zu erkunden.

Den restlichen Tag verbrachte Heinz damit nach dem Schatz zu tauchen. Wieder und wieder tauchte er ab und suchte systematisch, aber auch vergeblich nach einer Spur, doch alles, was er am Grund fand, war Müll und Unrat. Als es langsam dunkel wurde, war Heinz müde und frustriert. Ihm war schon ganz übel, denn er bekam den widerlichen Geschmack des Gummis der Tauchermaske nicht mehr aus seinem Mund. Außerdem war er schon ganz durchgefroren. Er hatte schon so viel Zeit und Mühe investiert, und jetzt schien alles umsonst gewesen zu sein. Er wollte schon fast aufgeben, da entdeckte er am Rand des Gewässers schließlich einige rostige Metallkisten, die mit Seilen zusammengebunden waren. Mit Steinen als Ballast wurden sie am Grund des Sees gehalten. Er wusste sofort: Das musste der Schatz sein!

Heinz war sehr nervös, als er die Kisten schließlich heben wollte. Er wusste, dass es ein wertvoller Schatz war, und er wollte ihn nicht verlieren. Zu viele Hoffnungen verband er damit und er hatte lange für diesen Moment gearbeitet und er wollte ihn nicht vermasseln. Dieses Mal nicht! Er tauchte noch einmal zu der Stelle hinab und wickelte ein stabiles Abschleppseil um die Metallkisten. Dann tauchte er auf und band das andere Ende des Seils an die Stoßstange des Autos.

Nun war es an der Zeit den Schatz der Goldsteins zu heben! Was diesem Volker Grassmann nicht gelungen war, würde er nun versuchen. Heinz startete den Motor des Wagens und fuhr langsam an. Der Schatz war sehr schwer und Günters Auto plagte sich, beinahe wäre es sogar rückwärts in den See hineingerutscht, aber Heinz gelang es schließlich, die Kisten an Land zu ziehen.

Ungeduldig und gespannt machte er sich an einer Kiste zu schaffen und nach einer Weile gelang es ihm auch sie zu öffnen! Seine Augen strahlten sogar noch mehr, als es der Inhalt tat: Die Kiste war bis obenhin gefüllt mit Goldbarren! Es war Wasser in die Kiste eingedrungen, aber es hatte dem Gold nichts anhaben können! Schnell öffnete er noch die weiteren Kisten und auch diese waren mit Gold gefüllt! Heinz konnte seinen Augen kaum trauen! Er hatte es geschafft! Er war reich! Diese Notiz in diesem abgenutzten Büchlein hatte ihn dorthin geführt. Es war alles echt! Fortan würde sich einiges in seinem Leben ändern! Er war nun endlich auf der Erfolgsspur! Er würde es Annabells Vater beweisen und um ihre Hand anhalten! Einer wunderbaren Zukunft stand nun nichts mehr im Wege!

↢→

Einige Tage später macht sich Heinz auf den Weg zu Annabell und ihrem Vater. Er hatte sich bei einem Herrenausstatter gut einkleiden lassen und trug über seiner vor Stolz geschwollenen Brust einen teuren Herrenanzug, der seinem Stand als Geschäftsmann würdig war. Denn er hatte einen Teil des gefundenen Goldes dazu genutzt, seine eigene Firma zu gründen und seine brillante Geschäftsidee patentieren zu lassen. In einem schicken ledernen Aktenkoffer trug er all den Papierkram mit sich. Damit wollte er bei Annabells Vater mächtig Eindruck schinden und direkt um ihre Hand anhalten. Wie sollte er ihn denn jetzt noch als schlechte Partie für seine Tochter ansehen können, jetzt wo er ein ambitionierter und ehrgeiziger Macher geworden war?

Heinz war schon sehr aufgeregt, als er sich dem Checkpoint näherte. Er hatte sich so lange auf diesen Moment gefreut, endlich Annabell wiederzusehen und ihr seine Liebe zu gestehen.

Doch am Checkpoint, an dem er für gewöhnlich von Ost- nach Westberlin ging, wurde er aufgehalten. Unbeeindruckt ließ der Grenzbeamte nicht mit sich diskutieren: »Haben Sie denn nicht mitbekommen, dass wir hier kürzlich eine Mauer aufgebaut haben, die uns endlich von den Leuten im Westen schützt?«

»Nein«, sagte Heinz, »ich war die letzten Tage nicht in der Stadt und sehr beschäftigt.«

»Ein jeder hat mitgeholfen, sie zu errichten. Durch den Zusammenhalt der Genossen ging es ganz schnell. Man nennt es den antifaschistischen Schutzwall. Er wird uns fortan schützen!«

»Aber ich muss doch in den Westen! Ich muss meiner Traumfrau die Liebe gestehen.«

»Ich fürchte, das wird nicht gehen! Aber glauben Sie mir, Sie sind sicherlich besser dran ohne so eine kapitalistische Frau!«

Geschlagen und genervt ließ Heinz von dem Beamten ab. Waren denn plötzlich alle verrückt geworden?! Die Stadt war ja schon eine Weile getrennt, aber sollte ein übertreten der Grenze zwischen den beiden Staaten nun etwa gar nicht mehr möglich sein? Nein! Das durfte doch nicht wahr sein! Gab es denn gar keine Chance, von der DDR in die Bundesrepublik zu gelangen?

Es war für ihn unmöglich geworden den Ostteil der Stadt in Richtung Westberlin zu verlassen. Frustriert lief er die Mauer entlang. Nun hatte Heinz zwar den Schatz der Goldsteins gefunden und war zu Reichtum gekommen - doch sein eigentliches Ziel, Annabell, war unmöglich geworden! Er war also wieder einmal erfolglos - eine weitere herbe Niederlage in seinem Leben! Und dieses Büchlein, das Uwe in der *roten Lola* liegen gelassen hatte, war für ihn nur noch ein Symbol seiner Niederlage, welches ihn hämisch angrinste, wie er es so in seiner Hand hielt.

»Dies ist wahrlich ein nutzloses Büchlein!«, rief Heinz verärgert und warf es in einem hohen Bogen über die Mauer. Dann machte er sich auf, um die nächstgelegene Kneipe aufzusuchen.

Wuerzburg
© Wuerzburg

Wattpad-Profil:
https://www.wattpad.com/user/wuerzburg

- 42 -

1966 | Der wahre Schatz

Deutschland.

Für die Fußballweltmeisterschaft reiste das deutsche Team nach England, obwohl die Erinnerung an den Zweiten Weltkrieg und die sogenannten Bombennächte, noch in aller Köpfe waren. England schaffte es, Deutschland in der Verlängerung zu besiegen und wurde zum ersten Mal Weltmeister.

Aber all das interessierte Hannes nicht. Er war ein acht Jahre alter Junge, der mit seinen beiden älteren Brüdern und den Eltern in einem idyllischen Dorf in Süddeutschland wohnte. Hannes ging lieber an die frische Luft, anstatt sich vor den Fernseher zu hocken. Er verstand nicht, wieso man stundenlang zweiundzwanzig Männern zuschauen sollte, die sich um einen Ball stritten.

Bereits den vierten Tag in Folge war er mit seinen beiden Brüdern, Michel und Jörg unterwegs zu der Ruine des alten Wachturms. Dieser thronte außerhalb ihres Heimatdorfes auf einem kleinen Hügel. Fast erschien er Hannes wie ein stummer Wächter über die Zeit. Es waren die ersten offiziellen Sommerferien des Jungen und es fühlte sich für ihn etwas anders an, als die Sommer davor. Irgendwie aufregender. Der kernige Duft von Sonnenblumen und lauwarmem Sommerregen lag in der flirrenden Luft. Und es schien, etwas Sentimentales lauerte in Hannes` Herz, vergraben zwischen der Freude und kindlichen Leichtigkeit, die er in sich trug.

Hannes` Mutter war Hausfrau. Der Vater Mathematiker.

Michel war der erste der drei Brüder, der im September nach den großen Ferien aufs Gymnasium wechselte. Er war es auch, der in die Fußstapfen des Vaters treten sollte.

Ein wenig Angst hatte Hannes schon davor. Bestimmt änderte sich dann alles zwischen ihm und seinen Brüdern. Neben dem neuen Lernpensum, das Michel erwartete, blieb wahrscheinlich kaum noch Zeit, um miteinander zu spielen und zu toben. Er war zwar der Jüngste und trotzdem nicht auf den Kopf gefallen.

Achtlos ließ Hannes sein Fahrrad auf die Wiese fallen, die rings um den Wachturm wuchs. Seine Füße sprangen mit einer Leichtigkeit über die Grashalme, die sich jeder seiner Bewegungen anpassten. Sie streiften die Gänseblümchen, die in voller Pracht blühten und ihre weißgelben Köpfe sehnsüchtig zur Sonne reckten. Fröhliches Kinderlachen verlieh der tristen Kulisse, die Hannes vor sich sah, etwas Magisches. Seine sturmgrauen Augen huschten über die Steine der Ruine, wanderten das Efeu empor, das sich zwischen den Mauern einen Weg erklettert hatte und dem alten Gemäuer etwas Märchenhaftes verlieh. Schließlich hafteten sich Hannes' Augen auf die Überreste der alten Steintreppe, die in den oberen Teil der Ruine führte. An vielen Stellen war der Stein abgeschlagen und die oberste Stufe war komplett zerstört. Das Unkraut wuchs an jeder freien Stelle, und dort oben, in stetiger Einsamkeit gedieh ein kleiner Baum, dessen Samen wohl der Wind dort hingetragen hatte. Er würde wohl nie so kräftig sein, wie seine Brüder im Wald. Hannes kletterte die Überreste der Treppe nach oben. Beinahe rutschte er auf dem glatten Stein der einzelnen Stufen aus. Die betroffene Stelle an seinem rechten Knie begann aber nicht zu bluten. Es zeigte sich lediglich eine kleine Schürfung. Der Junge konnte trotzdem nicht leugnen, dass sein Herz in seiner Brust wild trommelte. Oben angekommen, machte Hannes eine kurze Verschnaufpause, ehe er sich neugierig umschaute. Vor seinem inneren Auge sah er unzählige Wachmänner, die ihre langen Speere in die Öffnungen drückten. Überall um ihn herum hektisches Durcheinander und laute Schreie, die die Nacht, die nur von dem Schein der Fackeln erleuchtet wurde, durchbrachen.

Hannes streckte sich etwas und schaute durch eine der schmalen Öffnungen. Dabei strichen seine kleinen Finger über die Steine neben ihm. Es war angenehm, da die Wand relativ kühl war, ein schöner Kontrast zu der schwülen Mittagshitze die draußen brütete. Plötzlich hielt er inne. Einer der Steine fehlte und da war ein kleiner … Hohlraum. Mit bloßem Auge hätte Hannes das nie erkannt. Zittrig schnappte er tief nach Luft. Obwohl ihm ganz und gar nicht kalt war, fröstelte er nun etwas. Eine Gänsehaut zierte seine Arme, die Härchen reckten sich gleichmäßig in die Höhe. Der modrige Geruch in der Luft drang plötzlich in all seine Poren. Leichte Übelkeit überkam ihn.

Sollte er seine Brüder rufen?

Nein!

Immerhin war er der Jüngste von den dreien und das hier war sein Moment. Hannes Finger tasteten sich jetzt mutig in die Lücke und tatsächlich konnte er etwas … erfühlen. Ein raues Material, wohl aus Leder. Im Kontrast zu seiner zierlichen Hand erschien es ihm groß und sperrig. Mutig steckte er diese noch etwas tiefer in den Hohlraum. Sein Atem ging schnell und unregelmäßig. Die Angst war für den Moment übermächtig. Aber es tat sich nichts. Von innen lauerte keine Gefahr, die seine Hand schnappen wollte. Michel erzählte eindeutig zu viele Gruselgeschichten. Neugieriger als zuvor versuchte Hannes ein Ende des Gegenstandes herauszuziehen.

Aber er bekam es nicht in seine Hände. Glitschig waren sie. Und das änderte sich auch nicht, als er sie an seinen Shorts abrieb. Der Junge linste in das Loch hinein, aber viel zu sehen gab es nicht. Lediglich eine kleine Spinne, die sich mit ihren langen Beinen einen Weg über die Steine suchte. Womöglich hatte Hannes sie aus ihrem Zuhause verjagt. Auch sie stellte keine Gefahr da. Sie waren kostenlose Haustiere, wie der Vater sich immer ausdrückte. Ein wenig mulmig wurde dem Jungen trotzdem, als er darüber nachdachte, dass die Spinne womöglich Familie hatte. Für einen Moment blieb Hannes ganz still, dann probierte er es erneut. Alles Nachdenken und Hoffen brachte doch sowieso nichts. Mit einem leisen Ächzen schaffte er es, den Gegenstand ans Tageslicht zu befördern.

Er entpuppte sich als ein altes … Notizbuch. Ein seitenreiches Exemplar, mit einem braunen, ledernen Einband, das durch einen dünnen Faden verschlossen war. Schwer lag es in Hannes` Händen, aber zu leicht für das, was er sich vorgestellt hatte. Enttäuschung zeichnete sich auf seinem Gesicht ab. Tränen sammelten sich in den grauen Augen und erinnerten an eine dicke Wolkendecke, aus der sich ein Unwetter entwickelte. Der Junge hatte mit einem alten, ledernen Stoff gerechnet, in den ein Klumpen Gold oder etwas anderes Wertvolles gewickelt war. Oder zumindest mit einem großen Lederbeutel voller Münzen. Aber doch nicht mit einem abgenutzten, staubigen Notizbuch, das dazu auch noch modrig stank. Mit der freien linken Hand versuchte Hannes es erneut und schob diese zurück in den Hohlraum. Seine Finger suchten weiter, vielleicht verbarg sich noch etwas vor ihm, aber außer kaltem Stein war da nichts mehr. Hannes` graue Pupillen, legten sich mit einem Schimmer der Hoffnung zurück auf das Büchlein. Der Sturm wich wieder. Was, wenn das hier doch so viel mehr war, als es auf den ersten Blick hermachte? Bestimmt schlummerte unter dem sichtbar abgewetzten Einband etwas, das nur darauf wartete, von ihm entdeckt zu werden. Womöglich der Hinweis zu einem Schatz, der hier auf diesem alten, verkommenen Wachturm vergraben lag. Voller zurückgewonnener Euphorie und mit der kindlichen Neugier in seinem Herzen öffnete Hannes das Büchlein. Vorher pustete er natürlich noch den Staub und Dreck, der auf dem Einband haftete, weg. Daraufhin hustete er zwei Mal gequält auf. Hannes` Herz schlug ihm voller Vorfreude und Aufregung gegen den Brustkorb, als die leicht vergilbten Seiten des Büchleins zum Vorschein kamen. Jemand vor ihm hatte genau diese Seite, die Hannes gerade zufällig aufgeschlagen hatte, mit einem Eselsohr versehen. Deutlich zeigte sich der Knick in der rechten, oberen Ecke der Seite. Hannes begeisterte sich noch nicht sehr für Bücher, aber selbst ihm blutete etwas das Herz, als er den Knick im Papier, länger betrachtete.

Der Junge hatte gerade sein erstes Schuljahr beendet. In seiner Klasse war er einer der Ältesten. Das lag daran, dass er Mitte Juli seinen Geburtstag feierte. So war es nicht verwunderlich, dass ihm das Lesen und Schreiben noch einige Probleme bereitete. Er war sehr enttäuscht, als seine Augen über das Gekritzel glitten, welches sich über die Seite ausbreitete. Kein einziges Wort ließ sich von ihm entziffern. Hier und da entdeckte er einzelne Buchstaben, die er in der Schule gelernt hatte und schon beherrschte, aber sie allein ergaben keinerlei Sinn. Ein einziger Buchstabensalat. Am liebsten hätte Hannes das Buch wütend in die Ecke gepfeffert.

Aber der Junge hegte noch immer etwas Hoffnung und blätterte ein paar Seiten weiter. Jetzt lösten sich dicke Tränen aus seinen Augen und in Zeitlupe fielen sie auf das leere Blatt, das Hannes vor sich sah. Sachte zog sich die salzige

Flüssigkeit in das Papier und jetzt wirkte dieses nicht mehr so glatt. Es begann sich urplötzlich zu wellen. Erschrocken schlug Hannes das Büchlein zu. Tiefe Enttäuschung machte sich in ihm breit.

Was hatte er da nur gefunden? Er wünschte sich, einen Schatz zu bergen, so wie es Michel und Jörg schon beide getan hatten. Der Älteste, Michel, hatte vor drei Jahren eine Silbermünze gefunden, fast an derselben Stelle, wo der Junge sich jetzt befand. Damals war Hannes noch zu jung gewesen, hatte sich nicht getraut, die kaputte Treppe des Wachturms nach oben zu gehen. Es war eine Kunst diese Treppe zu benutzen und wie die Erwachsenen es immer zu sagen pflegten, auch ziemlich gefährlich. Es war laut ihnen nicht unbedingt der geeignete Spielplatz für Kinder. Und jetzt, wo Hannes endlich den Mut gefunden hatte, war er bitter enttäuscht worden. Nur ein Jahr nach Michel hatte Jörg eine exakt gleich aussehende Silbermünze geborgen. Diese hatte er während des Pinkelns im hohen Gras gefunden, ein Stücken von der Ruine entfernt. Natürlich hatte Hannes mit seinen Brüdern nach weiteren Münzen Ausschau gehalten. Sie hatten so viele Stellen durchsucht, die Köpfe tief in das hohe Gras gesteckt, aber keine weitere Münze tauchte auf. Vielleicht war es alles nur Zufall gewesen… Aber vielleicht, vielleicht verbarg sich doch irgendwo hier ein Schatz und dieses Gekritzel führte Hannes direkt dorthin. Vielleicht hatte es mit diesem Büchlein doch mehr auf sich, als er glaubte. Der Junge gab einfach nicht auf.

Hannes` Brüder spielten auf der Wiese, die an die Ruine angrenzte. Der Junge hörte sie lauthals brüllen. Sie riefen sich gegenseitig Befehle zu. Wie so oft spielten sie Räuber und Gendarm, das Spiel in dem Hannes unschlagbar war. Nur kurze Zeit später taten die Brüder so, als wären sie adlig und warteten auf ihre Dienerschaft.

Hannes wollte die Brüder einweihen. Das hier erschien ihm zu wichtig. Außerdem teilte Hannes alles mit Jörg und Michel. Oft stritten die Geschwister und ärgerten sich dann stundenlang. Manchmal sprachen dabei auch die Fäuste. Nur wenige Augenblicke später spielten sie dann wieder in aller Seelenruhe miteinander.

Der Junge begann die Treppe nach unten zu klettern. Mit dem Buch in der Hand war das eine andere Herausforderung. Mit dem linken Bein rutschte Hannes ungeschickt ab. Schnell stützte er sich an der Grundmauer, was dazu führte, dass ihm das Buch aus der Hand glitt. Es segelte los und knallte auf dem Boden auf. Die Beine wie aus Gummi, drehte Hannes sich vorsichtig um. Die Brüder wollte er nicht rufen. Sie würden sich nur wieder lustig machen. So setzte er sich auf den Popo und schlitterte die restlichen Stufen hinunter. Er verzog schmerzhaft das Gesicht, als er am Boden angekommen war. Kurz fuhr er sich über den Hintern, dann wandte er seinen Blick. Das Büchlein lag, mit dem Einband nach unten, aufgeschlagen im Dreck. Sachte hob er es hoch und blickte auf eine andere Seite, die er zuvor nicht entdeckt hatte. Eine Aneinanderreihung von Zahlen und Symbolen stach ihm ins Auge. Ähnlich wie die Notizen, die der Vater sich immer machte. Die Brüder brüllten noch immer. Hannes drückte das Buch gegen seine Brust und gesellte sich zu den beiden. »Was hast du da?«, fragte Jörg neugierig. Er versuchte, sich das Buch zu schnappen. Auch Michels Aufmerksamkeit erwachte. Die Großen umzingelten Hannes.

»Versprecht ihr mir, dass wir das hier gemeinsam machen?«, fragte Hannes mit einem schüchternen Unterton in seiner Stimme. »Als Brüder?«

Michel sicherte es ihm zu. Zu groß war die Neugier in seinen Augen. Also überreichte Hannes das Büchlein an seinen großen Bruder.

»Da ist die Seite mit dem Eselsohr…«, Hannes war aufgeregt. Sein kleines Herz schlug schnell und er fühlte sich, als würde er gleich abheben und einfach davonschweben. Dieses immense Glücksgefühl durchströmte ihn. Federleicht und zart fühlte es sich an. »Die musst du aufschlagen… Hörst du Michel?« Aufgeregt zupfte Hannes an der kurzen Hose, die sein Bruder trug. Sie stach sich farblich mit den Strümpfen, die bei Michel nicht mehr ganz bis zu den Knien reichten.

»Lang und dürr, dieser Bub«, pflegte die Mutter immer zu sagen.

»Das wird wohl ein Rätsel sein. Vielleicht ein Hinweis auf einen Schatz?«, meinte Michel. Seine blaugrauen Augen huschten über das Papier. Ein Lächeln formte sich auf den vollen Lippen. Hannes dachte manchmal, dass sie dauerhaft geschwollen waren. Ein komischer Gedanke!

»Ich will auch mal sehen«, mischte sich Jörg ein. Der Mittlere war ungeduldig. Zumindest in manchen Situationen. Mit seinen Fingern versuchte er das Buch zu berühren und es Michel aus der Hand zu nehmen. So sehr er sich auch bemühte, es gelang ihm nicht. Da half es nicht einmal, als er sich auf die Zehenspitzen stellte. Jörg war einfach zu klein, das Gegenteil seines großen Bruders. Dürr war er trotzdem. Das waren sie alle drei. Im Allgemeinen sahen sie sich ziemlich ähnlich. Könnten glatt als Drillinge durchgehen. Das war es zumindest, was die Mutter immer sagte.

Die Sonne schien gnadenlos auf die hellblonden Haare von Hannes und seinen beiden Brüdern. Michel trug die Haare etwas länger als Hannes und Jörg. So wirkten ein paar seiner schimmernden Strähnen wie goldenes Stroh.

»Ich habe das Büchlein gefunden.« Stolz durchflutete Hannes. Die Betrübnis hatte er längst vergessen. Das hier musste etwas sein. Dieses lederne Teil, in das ein schlichtes Muster aus kleinen Rauten eingearbeitet war, der Schlüssel zu etwas. Vielleicht zu den restlichen Silbermünzen oder doch gar einer ganzen Truhe voller Edelsteinen.

Doch Michel grinste nur breit und klappte das Büchlein wieder zu.

»Wir sollten bis zum nächsten Sommer warten. Dann kannst du selbst lesen, was da geschrieben steht«, neckte er Hannes. Dazu streckte er ihm die Zunge raus.

»Das ist gemein«, mischte sich Jörg ein. »Der Kleine macht sich doch sicher gleich vor Aufregung in die Hose«.

»Ich bin nicht klein.« Hannes stemmte die Hände in die Seiten. Das hatte er vom Vater abgeschaut. Sein Blick war trotzig, fast wie von einem vierjährigen Kind.

»Wenn du es haben willst, dann hole es dir doch«, kicherte Michel.

Er rannte jauchzend davon. Das Büchlein fest in seiner Hand. Hannes rannte ihm hinterher, aber der Abstand zu seinem Bruder war einfach zu groß.

»Lass das endlich«, schrie Hannes ihm hinterher. Er hatte keine Chance. Der Älteste war wieder so gemein.

»Es klingt tatsächlich nach einem Rätsel«, offenbarte Michel ergeben und gesellte sich wieder zu Hannes und Jörg. Bedächtig blätterte er die Seite mit dem Eselsohr auf. Jetzt drückten sich Hannes und Jörg von beiden Seiten gegen den Ältesten, als dieser mit dem Vorlesen begann. So schnell war der Zank untereinander wieder vergessen.

»Im Schein der Fackel wirst du es erkennen. Nur, wer suchtet, der wird entdecken.

Ein Ort so geheim und doch nicht vor der Welt versteckt.
Gib acht auf die grünen Gefahren. Ihnen musst du strotzen.
Dann wirst du finden, was du zu suchen vermagst.
Der erste Stein wird dir den Weg zeigen. Und dich zu ungeheuren Schätzen tragen.
Im Schein der Fackel wirst du es erkennen.«

Noch immer hallten die Worte, die Michel gerade vorgelesen hatte, in Hannes Kopf wider. Er suchte die Blicke seiner Brüder. In den vier Augen lag so viel Neugier.

Michel legte das Büchlein wieder zurück in Hannes Arme. Sachte fuhr der Junge über den Einband und das Muster der Rauten nach. Langsam gewöhnte er sich an das raue Material. Genauso an den Geruch. Alter Schinken war wohl passend! Jetzt verstand er auch, warum die Mutter manche Bücher grummelnd aussortiere und dabei diese beiden Wörter murmelte. Obwohl er nicht einmal annähernd wusste, wie dieser roch.

»Wie sieht's aus. Habt ihr Lust auf ein Abenteuer?«, fragte Michel verschmitzt.

←→

Nach Hause wollte Hannes nicht, aber der Hunger trieb ihn dorthin. Außerdem musste er mit seinen Brüdern darauf warten, dass es endlich Nacht und somit dunkel wurde. Nur so hatten sie eine Chance. Eine Gelegenheit, den Schatz zu bergen, der sich irgendwo bei der Ruine verbarg. Ein paar Stunden nach dem Abendessen schlich sich Hannes mit seinen Brüdern aus dem Haus. Die Mutter schlief schon längst, der Vater war wie üblich in seinem Arbeitszimmer und in seinen Zahlen vertieft.

Hannes umklammerte die Taschenlampe, die er letztes Weihnachten geschenkt bekommen hatte. Jörg und Michel hielten ihre eigenen in den Händen. Mutig sprang er von seinem Fahrrad. In der Dunkelheit der Nacht sah die Ruine des alten Wachturms düster und unheimlich aus. Mehrere Schatten zogen sich von ihm aus und über den Rasen hinweg. Hannes schluckte schwer. Sein kleines Herz raste unheilvoll in seiner Brust. Auch die Brüder sahen ziemlich verängstigt aus. Die blonden Haare färbten sich in der Dunkelheit eher schwärzlich. Ihre Schatten bauten sich vor ihnen als meterlange, dünne Kreaturen auf. »Die Fackeln haben wir schon… Nur etwas moderner…«, meinte Michel tapfer und streckte seine Taschenlampe in die Höhe. »Der erste Stein wird wohl der große Felsen sein, der am Eingang, zwischen den beiden Sträuchern liegt. Ich denke, all das hat einmal zu dem alten Wachturm gehört. Die alte Frau Meyer aus der Apotheke erzählt ja auch immer, dass neben dem Wachturm einmal ein Schloss gestanden haben soll. Allerdings wurde dieses im Bauernkrieg so zerstört, dass nur noch einzelne Steine zurückblieben.«

»Was wohl die grünen Gefahren sein sollen?«, mischte sich Jörg ein.

»Das Gras«, schlug Hannes vor.

»Aber Gras stellt doch keine Gefahr dar«, meinte Michel. »Wie oft bist du über die Halme gesprungen. Haben sie dir jemals wehgetan oder geschadet?«

Hannes überlegte. Michel hatte recht. Das Gras war harmlos. Er liebte es sogar. Wie oft hatten sie darauf gesessen und nie war ihnen etwas zu gestoßen. Mal abgesehen von den Insekten, die sich darin tummelten.

»Vielleicht das Efeu?«, rätselte Jörg. »Es könnte doch sein, dass wir dessen Weg die Mauern hinauf, verfolgen müssen.«

»Aber wie kommen wir ganz nach oben?«, fragte Hannes. »Da gibt es keinen Weg und nur der Wind könnte uns dort hintragen«.

»Vielleicht sind auch Aliens gemeint«.

Hannes und Jörg schauten Michel an und grinsten los. Der Älteste war manchmal total durchgeknallt.

»Und bestimmt hat eines dieser Männchen den Schatz versteckt«, machte sich Jörg lustig.

»Ich dachte ja nur…«, brummte Michel. »Immerhin sind die ja auch grün. Das denke ich zumindest.«

»Vielleicht ist das Unkraut gemeint…«, grübelte Hannes laut.

»Das hatten wir doch schon«, seufzten Jörg und Michel im Einklang und verdrehten dabei die Augen.

»Nein…«, sagte Hannes aufgeregt. Es fiel ihm wie Schuppen von den Augen. »Ich meine nicht das Efeu, was zwischen den Gemäuern wuchert. Ich dachte eher an die Brennnesseln, die hinter dem alten Wachturm wachsen. Dort sind früher bestimmt nur die tapfersten Ritter entlanggegangen. Sicher ein gutes Versteck für einen Schatz. Aber ich verstehe die Gefahr nicht ganz. Mama hat mir mal erzählt, dass es sehr juckt, wenn man eine solche Nessel streift. Stimmt das?«

»Oh ja. Das juckt echt wie bescheuert«, bestätigte Michel die Frage des Jungen.

Kurzentschlossen nahm Hannes beide Brüder an der Hand. Da er in der Mitte lief, waren es nur noch die Taschenlampen der Großen, die ihnen den Weg leuchteten. Seine steckte schwer in der Hosentasche. Aufregung war ein treuer Begleiter. Aber sie waren zusammen. So schlimm würde es schon nicht werden. Die Tatsache, einen Schatz zu entdecken, trieb Hannes voran.

Hinter dem alten Wachturm wucherte der Brennnessel überall. Er bereute es, dass er noch immer seine Shorts trug. Aber der Wind in der Nacht war still und eine angenehme Wärme lag in der Luft. Mit etwas Abstand folgte der Junge seinen Brüdern, die schon tapfer durch das Unkraut wateten. Immer wenn eine der Brennnesseln seine Beine oder Arme streifte, kam ein leises, schmerzerfülltes Keuchen von Hannes' Lippen. Viel schlimmer war das Jucken. Es kam ohne Ankündigung und trieb dem Jungen die Tränen in die Augen.

»Ich schaff es nicht weiter«, hörte er sich rufen. Die Tränen rannen in seinen geöffneten Mund. Schnell schluckte er die salzige Flüssigkeit hinunter. Es war schon unangenehm genug.

»Du hast es gleich geschafft«, vernahm er Jörgs Stimme. Sie war nah und im Lichtkegel der Taschenlampe erkannte er, dass sein Bruder nur ungefähr zwei große Schritte von ihm entfernt wartete.

»Das gibt es nicht«, hörte er plötzlich Michel rufen. Da war so viel Euphorie in der Stimmlage seines Bruders. Die letzte Brennnessel spürte Hannes gar nicht mehr, weil er so aufgeregt und voller Vorfreude, war. Auf Jörgs Wangen sah er Spuren, die seine Tränen dort hinterlassen hatten.

»Meine Beine und Arme brennen auch wie verrückt…«, tröstete Jörg ihn. »Wir sollten uns anschauen, was Michel entdeckt hat. Nicht, dass er mit all den Silbermünzen davonläuft.« Hannes und Jörg liefen auf den Bruder zu, der auf einem Flecken Gras vor einer Truhe kniete. Jetzt standen sie wieder auf einer Wiese. Die grüne Gefahr war gebannt. Im Lichtkegel der Taschenlampe erkannte er einzelne Steinbrocken einer Grundmauer. Der Zahn der Zeit nagte an ihnen.

Dunkelgrünes Gestrüpp schlang sich einnehmend um die Brocken.

»Hat hier das Schloss gestanden?«, fragte Hannes aufgeregt.

»Die alte Frau Meyer erzählt immer die Wahrheit«.

»Michel hat sich verliebt«, neckte Jörg den Großen.

»Was ist verliebt?«, fragte Hannes sofort.

»Das ist nicht wichtig«, versuchte Michel sich rauszureden.

»Das ist, wenn man ein Mädchen gerne hat und mit ihr befreundet ist«.

»So wie ich Andrea…«

»Wir haben ein Problem…«, unterbrach der Älteste das Gespräch. »Die Schatztruhe ist verschlossen und der Schlüssel ist nirgends zu entdecken«.

Hannes und die Brüder rätselten. Hatten sie etwas übersehen? Nirgends in der Schatzkarte zeigte sich der Hinweis, wo der Schlüssel zu der Truhe steckte. Sie konnten doch nicht planlos Löcher in die Wiese buddeln. Die Aussicht auf Erfolg war hier sehr gering.

So las Michel den Text ein zweites Mal, dann ein drittes Mal.

»Das ist es…«, kreischte Jörg aufgeregt. »Der erste Stein. Da wird der Schlüssel versteckt sein«.

Hannes blickte zu den Brüdern. Es war so viel Zuversicht in deren Gesichtern abzulesen. Schlagartig kippte die Stimmung, als Michel das aussprach, was Hannes und Jörg längst vergessen hatten.

»Wenn wir den Schlüssel haben wollen, dann müssen wir ein zweites Mal durch die Brennnesseln.«

»Da muss es doch noch einen anderen Weg geben«, meinte Jörg hoffnungsvoll.

Aber es war dunkel und bis zur Morgendämmerung wollten sie nicht warten.

»Ich gehe alleine«, bot sich Michel an. »Ich bin der Älteste«.

Schließlich kämpfte sich der Große erneut durch die Brennnesseln. Als er wieder bei Hannes und Jörg ankam, zeigten sich deutlich die roten Schlieren auf seinen Armen und Beinen. Die Heilpflanze war tückisch. Aber es schien, dass dem Ältesten die Schmerzen nichts anhaben konnten. Triumphierend hielt er den vergoldeten Schlüssel in das Taschenlampenlicht.

Knarzend öffnete sich die Holztruhe. Jetzt war der Moment gekommen. Gleich würde Hannes eine ganze Truhe gefüllt mit Silbermünzen bestaunen können. Selten war er so aufgeregt gewesen.

Als er endlich nah genug an der Kiste stand, klappte ihn der Mund auf. Seine Augen weiteten sich und der Atem ging stoßweise.

Es offenbarten sich ihm... Kostüme?! Moment, was hatten Verkleidungen in dieser Schatzkiste zu suchen. Das musste ein Irrtum sein. Betrübnis spiegelte sich auf Hannes` Gesicht wider.

»Was hat das zu bedeuten?«, fragte er Michel und Jörg, während er einen der Umhänge aus der Truhe zog. Unverkennbar das Gewand eines Ritters.

Der schwere, eiserne Mantel, der silbern und etwas bläulich im Licht der Taschenlampe glitzerte.

»Das hier wird es dir erklären«, meinte Michel und hielt ein Blatt Pergament in seiner Hand. »Es ist eine der Seiten aus dem Notizbuch... Am besten lese ich es vor.«

Kurz entstand eine Pause, in der nur das gleichmäßige Zirpen der Grillen, die in der Wiese lebten, zu hören war. Es war ein schönes, ja beruhigendes Geräusch der Natur und Hannes fielen beinahe die Augen zu.

»Meine Jungs, Ihr werdet für immer Brüder sein, egal was auch noch kommen mag. Nach diesem Sommer wird sich einiges ändern. Seit ihr geboren wurdet, hat sich jedes Jahr etwas verändert. Ihr alle drei seid größer geworden. Jedes Jahr habt ihr enorme Fortschritte gemacht. Eure Herzen sind noch so rein und vielleicht werden sie das auch immer sein. Aber das Alter entfernt die Menschen sehr oft voneinander. Unterschiedliche Interessen tun das genauso. Dieser Sommer soll euch für immer in Erinnerung bleiben. Daran erinnern, wie sehr ihr euch alle drei liebt. Und für diesen Sommer wollte ich nur, dass ihr gemeinsam ein Abenteuer erlebt, tobt und Spaß habt. So wünsche ich euch einige schöne Momente mit den Kostümen und denkt immer daran: Der wahre Schatz ist, dass ihr einander habt!

Eure Mutter«

Und so kam es, dass Hannes den restlichen Sommer mit seinen Brüdern bei der Ruine des alten Wachturms und ja auch des alten Schlosses spielte. Sie verkleideten sich täglich und stellten sich vor, sie wären Ritter, die den Gefahren der großen Dornenhecke strotzten, die das Schloss in seinen Fängen hielt. Natürlich galt es auch immer, die Prinzessin aus ihrem tiefen Schlaf zu wecken.

Die Brüder hatten ein Abenteuer zusammen erlebt. Es hatte ihre Beziehung zueinander vertieft. Alle drei hatten sich bewiesen. Michel prahlte nicht mehr so oft, dass er der Älteste und somit auch Erfahrenste war. Das Alter war nicht mehr wichtig. Jeder hatte seine Stärken, aber auch die Schwächen. Und sie ergänzten sich, wie es gerade sein musste.

Das Notizbüchlein wurde zu Hannes' ganzem Stolz. Es war der Schatz, den er endlich gefunden hatte. Vielleicht verstand er noch nicht jedes Wort, das die Mutter in ihrem Brief an ihn und die Brüder gerichtet hatte. Aber die Zeit mit seinen Brüdern war tatsächlich, wertvoller als ein paar Silbermünzen. Manchmal fragte der Junge sich, woher seine Mutter das Büchlein hatte, aber er fragte nie nach. Er behielt es fortan einfach für sich und hütete es wie seinen Augapfel. Am vorletzten Tag der Sommerferien entschied Hannes, dass seine Brüder und er etwas wie eine Blutsbrüderschaft durchführen sollten. So steckte er sich das Taschenmesser seines Vaters in die Hosentasche. Als er mit Michel und Jörg auf der Wiese saß und das Brot aß, das die Mutter morgens gerichtet hatte, schlug er den Brüdern seinen Plan vor. »Wir sollten uns ewige Bruderschaft schwören…«, ging Michel sofort auf die Idee ein. »Am besten machen wir Daumenabdrücke in das Notizbüchlein, das Hannes so liebt«.

»Eine super Idee«, stimmte Jörg zu.

Und so verewigten sich Hannes und seine Brüder in dem alten Notizbüchlein.

Die leicht gewellte Seite darin, die Hannes Tränen aufgenommen hatte, wurde noch etwas mehr… ausgeschmückt. Hannes schrieb seinen, Michels und Jörgs Namen darunter. Das hatte er an den Abenden, in denen es zu finster und unheimlich zum Spielen auf der Ruine gewesen war, gelernt.

Außerdem steckte er die lose Seite, die seine Mutter aus dem Büchlein gerissen hatte, wieder dort hinein. Diese Worte darauf waren einfach zu bedeutsam und durften nicht vergessen werden. Sie waren eine schöne Erinnerung, wohl noch viel wertvoller, wenn er sie in ein paar Jahren lesen würde.

Am letzten Tag der Sommerferien verabschiedete sich Hannes von dem alten Wachturm. Er war sich durchaus bewusst, dass dieser weiter dort stehen blieb. Seine Aufgabe war es eben, Wächter über die Zeit zu sein. Aber Hannes empfand es so als richtig. Und bestimmt war es kein Abschied für immer. Natürlich waren Michel und Jörg an seiner Seite. Gemeinsam mit ihnen blickte der Junge auf seine ersten Sommerferien zurück. Es war eine schöne Zeit gewesen und niemand konnte ihm das Erlebte wegnehmen. Dabei fiel dem Jungen gar nicht auf, dass sich das Notizbüchlein während der Fahrt nach Hause, von seinem Gepäckträger löste. Dies geschah, als er auf dem Feldweg über ein paar grobe Steine fuhr und kurz ins Straucheln kam.

Erst zu Hause bemerkte Hannes den Verlust. Natürlich wollte er gleich zurückfahren und das Buch suchen. Seine Mutter allerdings vertröstete ihn auf den nächsten Tag, da es schon ziemlich dunkel war. Am nächsten Mittag suchte er stundenlang nach seinem Schatz, aber er war nicht mehr aufzufinden und Hannes darüber tieftraurig. Seine Mutter jedoch konnte ihn trösten. Nach und nach lernte der Junge von ihr, dass es nicht immer Zeugnisse brauchte, um zu wissen, wie nahe man sich einander wirklich stand. Es genügte, wenn man die verbrachte Zeit und die Erlebnisse in seinem Herzen aufbewahrte und dort immer wieder Revue geschehen lassen konnte.

Hannes, Jörg und Michel waren Brüder.

Eine Familie.

Und genau das war der wahre Schatz!

Es war der Sommer 1966, in dem sie das erkannten.

ParlueneRose
© *Parluene23*

Wattpad-Profil:
https://www.wattpad.com/user/Parluene23

1973 | Vergessene Weisheiten

Page, Arizona.

Seit Tagen kletterte das Thermometer über die einhundert Grad Marke, der laue Wind fühlte sich an wie ein Heißluftgebläse; am Himmel entdeckte sie nichts als das langweilige Azur, das an Intensität abnahm, je mehr sie den Blick zum flimmernden Horizont hin senkte. Kleine Schweißperlen folgten der Schwerkraft über ihren Hals bis zum Saum ihres grünen Tanktops, wo sie aufgesogen wurden und die Farbe des Stoffes verdunkelten.

Izzy war müde. Müde von der Warterei, müde vom Fußmarsch, müde von der drückenden Hitze, die am Straßenrand durch den Asphalt noch verstärkt wurde. Der Highway 89 nach Süden war früher zu dieser Jahreszeit jeweils von Touristen stark befahren gewesen, sodass es am Stadtrand von Page regelmäßig zu Verkehrsstaus gekommen war, doch das war früher. Nun, während der Erdölkrise, lag die breite Straße grau und leer vor ihr, zu beiden Seiten eroberte die Natur sich ihr Terrain zurück, der Belag war aufgerissen und spärliches Gras wuchs hervor.

Die Siebzehnjährige klaubte ein T-Shirt aus ihrem Rucksack und band es sich als Kopfbedeckung um. Ihr langes, schwarzes Haar verstaute sie dabei unter dem Shirt, damit der Nacken frei wurde und trocknen konnte. Seit vielen Stunden wartete Izzy nun auf einen Bus, der vielleicht nie kommen würde. Diesel war knapp, viele Buslinien mussten bereits eingestellt werden, doch insgeheim hoffte sie, die wichtige Verbindung nach Flagstaff würde noch bedient.

War es vielleicht doch keine so gute Idee, von zu Hause auszubüxen? Andererseits: Was konnte die ›Homebase‹, wie Vater das Zuhause immer nannte, ihr noch bieten? Der Vater war ständig betrunken, seit er kein Benzin mehr verkaufen und dadurch die Raten für die Werkstatt nicht mehr bezahlen konnte. Die Mutter verdiente mit ihrem Tankstellenshop auch nichts mehr, weil die Touristen ausblieben. An Studium war mitten im Nirgendwo nicht mehr zu denken. Da schien der Weg an die Küste, dorthin wo es noch Leben gab, die einzig sinnvolle Alternative zu ›Toni's Gas-Heaven‹ zu sein. ›Benzinhimmel‹ - wäre die Situation nicht derart traurig, könnte Izzy über den Namen von Vaters Werkstatt lachen.

Auf einmal konnte sie ein Motorengeräusch hören; einen Diesel, denn Izzy kannte sich mit Motoren aus. Tatsächlich näherte sich ein Greyhound, der wie ein außerirdisches, grau glänzendes Ungetüm langsam über die Ebene kroch, auf der Suche nach Futter, gefährlich knurrend. Doch das Mädchen freute sich, der Sound des mächtigen Motors klang wie Musik in ihren Ohren. Sie schnappte sich ihren Rucksack, stellte sich an den Straßenrand und begann zu winken. Der Bus stoppte, die Tür schwang auf. Ein schwitzender, dunkelhäutiger Mann in fleckiger Uniform grinste ihr entgegen.

»Na, junge Dame, wo soll es denn hingehen?«

»Fahren Sie bis Los Angeles?«, fragte Izzy, bereits ahnend, dass ihre Frage verneint werden würde.

Der Mann hörte auf zu lächeln. »Nein. Fernfahrten sind nicht mehr. Nur bis Flagstaff, leider, … wenn der Sprit reicht.« Die letzten Worte murmelte er bloß noch.

»Flagstaff ist schon mal gut.« Izzy bezahlte den Fahrer und drängte sich durch die Sitzreihen nach hinten. Außer ihr saßen bloß noch vier weitere Fahrgäste im Bus. Ein Touristenpaar mit mächtigen Rucksäcken, eine alte Frau und ein junger Kerl im Anzug, kaum älter als sie selbst, der eine Aktentasche neben sich auf den Sitz gestellt hatte. Izzy setzte sich ganz nach hinten und machte es sich auf der durchgehenden Sitzreihe bequem. Der Bus ruckelte los.

Draußen vor den Fenstern zog die rötliche Landschaft der Canyonlands vorbei. Touristenmagnet, wie Vater den Südwesten der USA zu nennen pflegte, bevor der Whiskey aus Kentucky seine Zunge zu lähmen begann und seine Hirnzellen vernebelte. Izzy vermisste die Stunden in der Werkstatt mit ihrem Vater; sie vermisste das Schrauben an den alten Schmuckstücken aus den Fünfzigern, aus einer Zeit, wo das Benzin noch wenige Cent für eine Gallone gekostet hatte. Das orange Signet mit der blauen 76 drauf erinnerte an jene Zeit, in welcher Benzin, ganz ähnlich wie Grundnahrungsmittel, im Überfluss vorhanden gewesen war. Heute kletterten die Preise täglich höher, Privatpersonen durften sich nur eine begrenzte Menge Benzin kaufen und der motorisierte öffentliche Verkehr war, sehr zur Freude der Bahnlinien, eingeschränkt.

Izzy hoffte, in Flagstaff auf den Zug umsteigen zu können. Zufrieden legte sie ihren Rucksack unter den Kopf und döste ein. Schon nach kurzer Zeit erwachte sie aus ihrem Halbschlaf. Sie spürte, dass der Bus noch rollte, aber Motorengeräusch konnte sie keines mehr ausmachen. Dann hielt der Bus an. Die Feststellbremse zischte.

»Leute, Pech gehabt. Endstation. Der Sprit hat nicht gereicht. Tut mir echt leid, wir haben es versucht.«

Die Touristen lachten. »Alles cool, Kumpel. Da kannst du nichts dafür. Das ist ein Abenteuer! Dann heißt es wohl: trampen! Wie weit noch bis Flagstaff?«

»Schwer zu sagen, siebzig Meilen vielleicht. Wir sind irgendwo zwischen Page und Tuba City Junction. Da drüben«, er zeigte nach Osten, »müsste der Flughafen von

Tuba City liegen. Ich könnte versuchen, da hinzugehen, und nach etwas Diesel zu fragen, damit wir wenigstens bis in die Stadt fahren könnten.«

Die Touristen blickten noch immer fröhlich in die Gesichter der Leidensgenossen. Offensichtlich handelte es sich um Abenteuer-Reisende, schloss Izzy daraus. ›Outdoor-Hippies‹, wie Vater sie nannte.

»Und was sollen wir unterdessen hier tun?«, fragte der junge Mann im Anzug.

»Es gibt einen Trading Post der Navajo, der liegt ganz in der Nähe. Dort können Sie bestimmt kalte Getränke kaufen«, erklärte die alte Frau ruhig. »Ich gehe dorthin und warte auf Sie.« Es war Izzy, als blickte die Frau zu ihr. »Dass Sie ja daran denken, mich wieder aufzuladen, junger Mann.« Dabei blickte sie deutlich den Busfahrer an und Izzy bemerkte, sich in ihrer Wahrnehmung getäuscht zu haben. Der Mann nickte und schwitzte.

»Wir kommen mit Ihnen zum Flugfeld. Vielleicht nimmt uns ein Frachtflugzeug mit oder es gibt eine Touristenmaschine, die noch Sprit hat.«

»Geht in Ordnung. - Mister? Was tun Sie?«

»Ich bleibe hier beim Bus und warte. Das darf doch alles nicht wahr sein!« Der Schlipsträger wirkte verärgert.

Izzy blickte die Leute an und grinste. »Ich bleibe auch hier. Jemand muss den Bus bewachen, denke ich.

Der Fahrer nickte erneut, mit einem Tuch wischte er sich den Schweiß von der Stirn. Die Touristen schnallten sich ihre Rucksäcke auf und folgten dem Fahrer nach draußen. Zwei bunte Taschen mit Beinen, die sich zwischen den Sitzreihen nach vorne schaukelten. Ihnen folgend, amüsierte sich Izzy bei dem Gedanken an einen grünen und einen orangefarbenen

Mondastronauten; denn so sah es irgendwie aus. Ihr eigener kleiner Rucksack rutschte hinter ihr zu Boden.

Die Hitze war draußen angenehmer, trockener, die frische Luft tat gut, obwohl sie heiß war. Der Busfahrer öffnete ein Gepäckfach im hinteren Teil des Buses und zog zwei blecherne, graue Kanister heraus. Der hohle Klang bestätigte: Sie waren leer. Danach schloss der Fahrer die große Klappe wieder und stellte sich, die zwei Kanister schleppend, vor Izzy.

»Ich vertraue dir. Frag mich nicht, warum; es ist einfach so. Hier sind die Schlüssel für den Bus. Wenn ihr weggeht, schließ ihn bitte zu, versprochen?« Er stellte einen Kanister in den Straßenstaub und reichte ihr seinen Schlüsselbund.

Sie staunte nicht schlecht, griff nach den Schlüsseln und lächelte den Mann an. »Aber sicher, du kannst mir vertrauen; deine Schlüssel sind bei mir gut aufgehoben. Wie heißt du eigentlich? Ich bin Izzy.«

»T.J. - freut mich.« Sie reichten sich die Hand. »Steht für Theo Joe«, fügte er lachend an, »aber T.J. klingt besser.«

»Ich hoffe, du findest Diesel, T.J.«, lachte sie.

Der Fahrer wies den Touristen den Weg, dann trotteten sie los, überquerten die Fahrbahn in Richtung Osten. Izzy stellte sich in den Schatten und blickte der kleinen Wandergruppe nach. Sie hoffte, der Busfahrer möge erfolgreich sein. Plötzlich spürte sie einen Menschen nah bei sich stehen und drehte den Kopf. Dicht neben ihr stand die Alte und lächelte.

»Du bist ein kluges Mädchen.«

»Wie bitte? Sie kennen mich nicht - wie kommen Sie darauf?«

Völlig überraschend legte die Frau ihre rechte Hand Izzy auf die Stelle über der Brust, wo das Herz lag. »Ich spüre es - hier!« Izzy war so überrascht, sie ließ es geschehen, blickte auf die Hand, dann der Frau wieder in das zerfurchte, vom Wetter und vom Leben gezeichnete Gesicht und direkt in die graublauen Augen. Sie begriff nicht, was hier gerade geschah.

»Du bist auf einer großen Reise, willst nach vorne gehen. Doch sei auf der Hut. Um nach vorne sehen zu können, musst du hinter dich blicken.« Die Frau nahm ihre Hand von Izzys Körper weg, drehte sich um und ging in Richtung Süden, der Straße folgend, weg.

»Die spinnt doch.«

Izzy drehte sich zum Sprecher, es war der Schlipsträger aus dem Bus. »Sag sowas nicht; du kennst sie nicht.«

»Du etwa?« Der junge Mann trat aus dem Bus, in der Hand hielt er seine Tasche.

Izzy musterte ihn. Er war attraktiv, besuchte offensichtlich ein Fitnessstudio und achtete auf seine Ernährung. Er war wenig größer als sie selbst; seine Augen verrieten ihr, dass er nicht das Arschloch war, als das er sich aufführte. Sie ärgerte sich darüber, einen solchen Körper in einen Anzug zu stecken. Plötzlich lächelte er, auf der Wange bildeten sich Grübchen.

»Zufrieden mit dem, was du siehst?«

Voll erwischt, dachte Izzy und murmelte eine halbherzige Entschuldigung. »Und du?«, gab sie indessen schnippisch zurück.

»Hm, geht so.« Sein Gesichtsausdruck erinnerte Izzy an den Moment, wo sie morgens einen Schluck Milch nahm und feststellen musste, dass sie sauer war.

»Ach, halt doch die Klappe!« Beleidigt verschränkte sie die Arme und drehte sich von ihm weg; er lachte. Schnippisch blickte sie über ihre Schulter und blickte ihn kampflustig an. »Bist du nicht etwas unpassend angezogen; so in der Wüste?«

Langsam zog er sein Sakko aus und sie stellte fest, dass ihr das gefiel. »Darf ich meinen Hut auflassen?«

»Welchen Hut?«, fragte sie, obwohl sie den Wink zu Joe Cockers Song durchaus verstand und ihn sofort im Ohr hatte. Nicht durchdrehen, sagte sie zu sich selbst - er ist nur ein Kerl. »Wie heißt du eigentlich?«

»Frederic, aber alle nennen mich Rico.« Er setzte sich neben dem Bus in den Schatten und krempelte die Hemdsärmel zurück. Seine Tasche stellte er neben sich, legte das Sakko sorgsam drauf.

»Ich bin Izzy.« Sie setzte sich in einigem Abstand neben ihn in den Staub, lehnte sich an den Bus. »Schöne Scheiße, in die wir hier geraten sind.«

»Hm, ja, stimmt. Wo wolltest du hin?«

»Nach L.A. - Und du?«

»Auch. Ich sollte nächste Woche wieder im Büro sein.«

»Was arbeitest du?« Izzy erwartete als Antwort sowas wie ›Banker‹ oder ›Versicherungsangestellter‹.

»Ich bin Journalist.«

»Echt? Siehst nicht aus wie einer.«

»Wie sehen die denn aus, deiner Meinung nach?«

»Jeans, Baumwollhemd, lange Haare, John Lennon Brille - eher so halt.«

Er lachte. »Ich bin in Iowa aufgewachsen, auf einer Farm. Als ich den Job bei einer Zeitung bekam, wollte ich alles sein, bloß kein Farmer mehr. Nie wieder karierte Baumwollhemden! - Woher kommst du?«

»Page.« Sie zeigte mit dem Daum in die Richtung, aus welcher sie gekommen waren, und er grinste.

»Hast es nicht weit gebracht.« Er blickte sie an, ihre goldbraunen Augen, ihr langes, schwarzes Haar, das ihr über die Schulter bis zur Brust fiel. »Was wolltest du in L.A.?«

»Ich bin in ähnlicher Mission unterwegs wie du. Weg. Neuanfang. Ich würde gerne studieren, Geschichte, muss aber davor noch etwas Geld verdienen. Mein Vater hat eine Tankstelle, er verdient nichts mehr, seit es kein Öl mehr gibt.« Dass er seitdem nur noch Alkohol trank, verschwieg sie traurig.

Rico nickte, sagte aber nichts. Ein schwacher Windstoß ließ ein verdorrtes Grasbüschel vorüberrollen. Izzy hatte Durst. Sie erinnerte sich an die Wasserflasche, welche sie in den Rucksack gepackt hatte, bevor sie den Tankstellenshop verlassen hatte. Langsam stand sie auf und kletterte in den Bus; im Rücken fühlte sie, dass Rico sie beobachtete und sie schmunzelte. Im Bus war die Hitze unerträglich geworden. Izzy beeilte sich. Ihr Rucksack lag am Boden, halb unter die Sitzbank gerutscht. Sie bückte sich und griff danach, doch ein Bändel hatte sich verhakt. Izzy zog ruckartig, der Bändel löste sich, und ein braunes Etwas fiel zu Boden. Izzy legte ihren Rucksack auf einen Sitz und griff neugierig nach dem Gegenstand.

Es war ein Buch, in Leder gebunden, vergilbte Seiten, an einigen Stellen eingerissen und doch sorgsam verschnürt. Als habe sie gerade einen wertvollen Schatz gefunden, betrachtete Izzy das Buch, drehte es nach allen Seiten. Sie roch daran. Diesel, Bibliothek, Tinte, Leder, Staub - es erinnerte sie an die alten Werkstattbücher im kleinen Büro ihres Vaters und eine Träne bildete sich in ihrem rechten Auge; sie wischte sie weg. Izzy schnappte ihren Rucksack und verließ den Bus. Rico lehnte mit geschlossenen Augen am Bus, sein Hemd hatte er inzwischen zur Hälfte aufgeknöpft, den Schlips auf das Sakko gelegt.

»Schau mal, was ich gefunden habe!«

»Diesel?« Rico blieb regungslos sitzen.

»Ein Buch! Es lag unter meinem Sitz.«

»Du meinst ›hinter‹ deinem Sitz.«

»Was? - Wieso?«

»Die Alte! Hast du ihr nicht zugehört? - Keiner hört mehr zu heutzutage«, murmelte er, noch immer regungslos dasitzend.

Izzy versuchte sich an die Worte der alten Frau zu erinnern. »Sie faselte etwas von ›zurückschauen‹ und ›vorwärts gehen‹, glaube ich.«

»Um nach vorne sehen zu können, muss du hinter dich blicken. - Das hat sie gesagt. Das Buch lag infolgedessen *hinter* deinem Sitz.«

»Wills du damit andeuten, die Alte wusste davon?« Izzy verstand nichts mehr und begann sich über den eingebildeten Kerl zu ärgern, der so desinteressiert am Bus lehnte.

»Jap, genau das.«

»Kannst du mich bitte mal etwas ernster nehmen und mich wenigstens anschauen, wenn du solche Weisheiten von dir gibst?« Ihre Stimme war lauter, als sie es beabsichtigt hatte. Der Kerl machte sie nervös.

Er öffnete die Augen und fixierte sie. »Setz dich. Lass uns das Buch ansehen, das du gefunden hast.«

Vorsichtig löste Izzy das edel anmutende Band und schlug den ledernen Buchdeckel auf. Rico schaute ihr sehr interessiert zu, dann und wann auf ihr Dekolletee abschweifend.

»Hey - die interessanten Dinge sind hier auf Papier, nicht unter dem Stoff«, machte sich Izzy über ihn lustig.

»Wie man's nimmt - sieht beides vielversprechend aus«, er zwinkerte ihr zu und sie spürte eine neue Hitze in sich aufsteigen.

»Sieht aus wie eine Art Tagebuch«, stellte er fest. Sie drehte vorsichtig eine Seite nach der anderen um.

»Es scheint auf jeden Fall alt zu sein; Schau, hier steht eine Jahrzahl: 1955.«

Rico starrte fasziniert auf das Buch. »Gibt es einen Hinweis, wem es gehören könnte? Vielleicht der alten Frau?«

Izzy blätterte weiter. »Nein, Namen sehe ich bisher keine. Aber es scheint, als habe immer jemand anderer geschrieben. Schau, hier fehlen auch einige Seiten.« Sie zeigte ihm eine Stelle, wo deutlich Seiten herausgerissen worden waren.

Seine journalistische Neugier war geweckt. Er lehnte sich näher zu ihr und las im Buch. Die Hitze in ihrem Körper nahm zu.

»Warte mal«, er legte seine Hand auf eine Seite und hinderte sie am Weiterblättern. »Siehst du auch, was ich sehe?« Auf einmal schien er nervös zu sein.

»Eine undefinierbare Zeichnung, ja. Und daneben steht eine Zahl; 51. Meinst du das?«

»Genau das, Izzy. Area 51 - und die Zeichnung könnte eine Skizze von dem Alien sein.«

Izzy schloss das Buch und schubste Rico von sich weg. »Area 51? Echt jetzt? Sag bloß, du glaubst den Unsinn.« Sie lachte ihn aus.

»Ich meine ja nur. Ich bin schließlich Journalist, vergiss das nicht.«

»Und hier«, sie schwenkte das Buch, »witterst du deine Story für den Pulitzer-Preis?«

»Halt die Klappe, Garage-Girl!«

»Ooh, Angriff! *Ich* habe das Buch gefunden, Mister Pulitzer. Also ist es *mein* Buch. Ich entscheide, ob du darin lesen darfst, oder nicht.«

»Komm schon, es interessiert dich doch auch. Die Alte - was meinte sie mit ihren Worten? Lass uns nachsehen.«

Vorsichtig öffnete Izzy das Buch wieder, doch absichtlich an einer anderen Stelle. Plötzlich ließ sie es fallen, als habe das Buch sie gebissen.

Rico schreckte zurück. »Was hast du denn? Bekommt dir die Hitze nicht. Izzy, du machst mir Angst!«

Sie starrte ihn mit weit aufgerissenen Augen an, panisch.

»Da steht mein Name drin …«, stammelte sie zitternd.

»Dasch eh meina metrinn? - Was soll denn das heißen?«

»Mein Name, Rico! Da steht mein Name drin! In diesem Buch!«

Er nahm das Buch vom Boden auf und öffnete es an ungefähr der Stelle, wo sie es hat fallen lassen. Einige Seiten musste er noch weiterblättern, dann konnte auch er es deutlich lesen: IZZY MCMLXXIII. Rico legte den Zeigefinger zwischen die Seiten, schloss das Buch und blickte sie an. »Wow!«

Izzy nahm einen Schluck Wasser und reichte Rico die Flasche, welche er dankend annahm. Über ihnen flog ein Kleinflugzeug vorbei, das einzige Geräusch weit und breit.

»Und was bedeuten die Buchstaben hinter deinem Namen? Vielleicht bist gar nicht du gemeint; es gibt viele Izzys in den USA.«

»Für einen Journalisten bist du ziemlich ungebildet, Iowa-Farmer.« Offensichtlich hatte sie sich wieder beruhigt.

»Ey, das war jetzt gemein. Sag schon, was bedeutet das?« Er öffnete das Buch wieder.

»Das ist eine Jahrzahl, in Römischen Schriftzeichen: 1973 - zweifelst du immer noch daran, es könnte hier nicht um mich gehen?«

»Ich werd verrückt! - Wir sollten die Alte finden.«

»Schau her, diese Zeichen unterhalb meines Namens kann ich nicht lesen. Es sind offensichtlich Schriftzeichen der Natives.«

»Hat die Alte nicht gesagt, sie warte in einem Navajo Trading Post?«

Izzy schaute Rico ängstlich an. »Du meinst, wir sollten hingehen?«

Rico nickte. Er packte seine Sachen zusammen und stieg in den Bus. Izzy schnürte das Büchlein wieder zu, legte es sorgfältig in ihren Rucksack. Dann wartete sie auf Rico.

»Was ist eigentlich in deiner Tasche, dass du sie keinen Moment aus den Augen lässt?«, fragte sie ihn, als er aus dem Bus stieg.

»Mein Stift, mein Notizblock und mein Fotoapparat. Alles, was ich zum Arbeiten brauche.«

»Kannst du T.J. noch eine kleine Notiz dalassen, damit er weiß, wo er uns finden kann, wenn er zurückkommt?«

Rico schrieb ›Trading Post with old Lady« auf einen Zettel und legte ihn hinter die Frontscheibe. So sollte T.J. wissen, wo er nach ihnen suchen müsste. Izzy verriegelte den Bus und verstaute die Schlüssel in ihrem Rucksack.

Nebeneinander marschierten sie auf dem Asphalt unter der sengenden Sonne in Richtung Trading Post.

»Warum wolltest du nicht bei deinen Eltern bleiben«, fragte Rico wie aus dem Nichts.

»Es ist schwierig genug für sie, wenn sie nur für sich schauen müssen. Ich bin alt genug, für mein Leben Verantwortung zu übernehmen.«

»Du klingst traurig. Lass mich raten: Alkohol?«

»Ja. Du kennst das?«

»Jeder in Iowa kennt das. Jeder in den unendlichen Weiten des Mittelwestens kennt das. Als Journalist will ich später darüber schreiben, das Tabu brechen, den Menschen eine Alternative bieten.«

»Hm, du bist wohl doch nicht so dämlich, wie es den Anschein hatte.« Izzy grinste ihn von der Seite an.

»Vielen Dank! Das kriegst du irgendwann zurück. Wie heißt du eigentlich richtig, ich meine, mit vollem Namen?«

»Isabella Leonora Gomez; mein Vater ist Mexikaner.«

Der heiße Asphalt flimmerte vor ihnen; was zuerst als schwaches Lichterfunkeln erschien, wurde mit jedem Schritt konkreter, solider und entwickelte sich zu einem weißen Gebäude, das etwas abseits der Straße stand. Es war ein Flachdachhaus, mit kleinen Fensteröffnungen, aus Steinen und Lehm gebaut, mit Kalkfarben gestrichen. Daneben stand ein Schuppen aus Holz, vor welchem ein in die Jahre gekommener Chevy Station Wagon und drei Pick-Ups parkten. Hinter dem Schuppen grasten einige Bisons in einem Gehege. Über dem Eingang des weißen Gebäudes kündigte ein hölzernes Schild »Native American Jewelry & Pottery« an - der Trading-Post für Kulturgüter der Natives. Über dem Gebäude hing die US-Flagge neben vielen Stammesflaggen der Natives.

Izzy und Rico betraten den Trading Post. Im Innern war es dunkel und angenehm kühl, obwohl sie nirgends eine Klimaanlage ausmachen konnten. Auf der linken Seite befand sich eine Bar mit einer Theke und einigen kleinen Tischen. Hinter der Bar leuchtete ein Getränkekühler, die blau-weiß-rote Werbung erhellte den ganzen Raum. Im Durchgang zu einem weiteren Raum flatterte ein zerrissener Vorhang. Kein Mensch war zu sehen.

Auf der rechten Seite war der Raum mit den Kulturgegenständen. Unzählige Traumfänger in allen Größen hingen von der Decke, auf wackeligen Gestellen waren gewobene Teppiche aufgehängt, auf Tischen standen die Töpferwaren oder lagen die Kettchen und Armbänder. Die vorherrschenden Farben waren Blau, Türkis, Weiß und Crème, vereinzelt etwas Rot oder Schwarz. Naturfarben.

»Da bist du ja endlich«, sagte die alte Frau, die auf einmal mitten im Raum stand; woher sie gekommen war, vermochten weder Rico noch Izzy zu sagen.

»Sie haben mich erwartet?«, fragte Izzy unsicher.

Die Alte nickte bloß. »Hast du das Buch?«

»Ja - und viele Fragen!« Izzy öffnete den Rucksack, doch die Alte griff nach ihrem Arm.

»Nicht hier. Folge mir.« Sie tippelte auf den Vorhang zu, hielt jedoch inne, als Rico ihnen beiden folgen wollte. »Du nicht, mein Sohn. Du wartest hier. Und nichts anfassen, hörst du?«

Rico blieb stehen und blickte Izzy fragend, flehend an. Sie zuckte nur mit den Schultern. »Ist wohl so ein Girls-Only-Ding, Mister Hot-Body - nicht traurig sein. Aber wenn ich schreie, darfst du mich retten kommen, okay?« Izzy tätschelte seinen Unterarm und er setzte sich beleidigt an einen der kleinen Tische in der Bar.

Lächelnd und doch etwas ängstlich schritt Izzy mit der alten Frau in den Nebenraum. Am Boden war aus verschiedenfarbigem Sand ein nahezu raumfüllendes Bild gestreut worden - ein vergängliches Kunstwerk, das ein Muster zeigte, welches Izzy im Buch hatte erkennen können. Sie zog das lederne Büchlein aus ihrem Rucksack. Die Alte wies auf ein Bisonfell am Boden, Izzy setzte sich. Erst jetzt konnte sie den Mann erkennen, der in einer Ecke des Raumes saß. Räucherstäbchen verbreiteten einen würzig-herben Geruch.

»Wir haben lange auf dich gewartet, Mondschein«, sagte die Alte. Der Mann murmelte einige unverständliche Worte auf Navajo.

»Mondschein? Ich bin Izzy«, protestierte die Jugendliche, schwieg jedoch sofort, als der Mann sie mit seinem Blick durchbohrte. Es war, als konnte er direkt in ihre tiefste Seele sehen. Izzy fühlte seinen Blick tief in ihr drin. Dann lächelte er mild und ihr wurde wohlig warm.

»Du darfst jetzt deine Fragen stellen, Mondschein. Der Chief hat dich erkannt und als seine Tochter angenommen«, erklärte die Alte.

Izzy war verwirrt. Sie legte das Buch vor sich auf das Fell. »Woher kommt dieses Buch?«

Der Häuptling murmelte wieder. »Du stellst noch die falschen Fragen, aber wir wollen dir berichten. Das Buch ist alt. Viele Weisheiten und Geheimnisse stehen darin, festgehalten für zukünftige Generationen, damit sie daraus lernen und nie vergessen.«

»Was hat das mit mir zu tun?«, fragte Izzy unsicher.

»Öffne die Seite mit den Schriftzeichen.«

Izzy tat, wie die Alte sie anwies. Sie erkannte das Muster vor sich wieder.

»Das ist der Energiekries des Lebens, mein Kind. Du bist mit deiner reinen Seele hier, um zu verstehen, um die Menschen, die unser Land und unsere Weisheit nahmen, zu unterrichten.«

»Was soll ich?«

»Scht!«, fauchte der Häuptling und fixierte sie wieder mit seinem durchdringenden Blick. Diesmal zwickte es Izzy im Rücken. Sie drehte sich um, konnte jedoch niemanden sehen. Der Chief lächelte wieder, das Zwicken hörte auf.

Die Alte deutete auf die Zeichen im Büchlein. »Sieh her: Das hier sind die Zeichen der Energie. Ich werde dir nun in einigen Schritten erklären, wie du die Lebensenergie nutzen kannst. Wenn du mir aufmerksam zuhörst, dann wirst du das Licht erkennen können.«

Die spricht in Rätseln, dachte Izzy zu sich selbst und sie fragte sich in Gedanken, ob sie nicht einfach das Buch liegenlassen und verschwinden sollte.

»Du kannst jetzt nicht gehen«, sagte die Alte leicht beleidigt und Izzy schämte sich, ertappt worden zu sein.

»Höre dem Chief zu und lerne.«

Draußen in der Bar saß Rico bei seiner dritten Flasche Süßgetränk, er sollte dringend pinkeln gehen. Doch was er leise durch den Vorhang mitbekam, war zu spannend. Eher würde er sich einnässen als diese Informationen verpassen zu wollen. Fleißig kritzelte er auf seinem Notizblock, fasste zusammen und zog seine eigenen Schlüsse. Offensichtlich war das Buch eine Art Wegweiser zu ungeahnter Energie. Die durchgeknallten Alten schienen der Meinung zu sein, nur Izzy sei in der Lage, diese Energie zu nutzen oder freizusetzen. Die seltsamen Schriftzeichen sollten eine Gebrauchsanweisung darstellen, wie man zu dieser sagenhaften, unendlichen Energie gelangen konnte. In seinen Augen leuchteten bereits die Dollarzeichen, als er begriff, dass in der Zeit einer Energiekrise solche Informationen Millionen wert waren. Er musste wieder an das Buch kommen, koste es, was es wolle. Seine Hose wurde seltsam warm. Verdammt. Dann erblickte er an der Wand ein Telefon.

»Diese Energie, Mondschein, kann alles erreichen. Sie ist deine Energie, sie ist unermesslich. Sie kann das schwarze Gold der Weißen Männer wertlos machen«, übersetzte die Alte das Gemurmel des Häuptlings.

»Ja klar«, flüsterte Izzy und wurde sofort wieder vom Blick des alten Mannes durchbohrt. »Lassen Sie das! Ich glaube Ihnen ja.«

»Genau das ist das Problem, Mondschein. Du glaubst nicht rein genug. Glaube - und du kannst Dinge tun, von denen du bisher nichts wusstest.«

»Wie den Bus herbringen, vielleicht?« Izzy glaubte an einen Scherz und wollte lachen, doch sie wurde jäh unterbrochen.

»Das ist ein sonderbarer Wunsch, aber es sollte gehen. Konzentriere dich.«

Izzy konzentrierte sich, sie gab sich die größte Mühe, fasste mit der Hand gar nach dem Schlüsselbund in ihrem Rucksack. Nichts geschah, doch Izzy hatte Angst.

»Hören Sie, was ist das hier wirklich? Ich meine, dieses Buch, dieser Ort, Sie beide? Was läuft hier? - Ich muss hier weg.« Izzy stand auf und wollte gehen, ihre Beine gehorchten ihr nicht. Die Alte trat vor sie hin und legte wieder ihre Hand auf Izzys Herz. Wärme.

»Achte auf das Buch, jetzt wo du das Geheimnis kennst. Du darfst es nicht verlieren. Menschen trachten nach dieser vergessenen Weisheit. Beschütze sie; notfalls mit deinem Leben. Bringe das Buch nach Mexiko, in das Dorf deines Vaters. Du wirst erwartet.«

Nun verstand Izzy nichts mehr. Sie schnappte sich das Büchlein, schaute noch einmal auf den Häuptling, der mit geschlossenen Augen in seiner Ecke sass, dann auf die Alte, die lächelte - und verließ fluchtartig den Raum.

In der Bar traf sie auf Rico. Ihr Blick blieb an seiner Hose hängen. »Ist es das, wonach es aussieht?«, fragte sie belustigt.

»Ich habe eine Cola verschüttet, okay? Das ist nicht witzig.« Er schien seltsam nervös zu sein.

»Komm schon, Farm-Boy, ich muss weg hier.« Dann stürmte sie dem Ausgang entgegen.

Rico hatte Mühe, ihr zu folgen. Als sie an die pralle Sonne traten, hörten sie einen Motor und sahen den Bus heranrollen. Sie rannten ihm winkend entgegen.

»T.J. - du hast Diesel gefunden! Großartig! Fahr uns weg hier, aber schnell! und warte nicht auf die Alte, sie kommt nicht.«

»Izzy, gibst du mir bitte meine Schlüssel wieder?«

Schlagartig begriff sie. »Was? Wie bist du … Ich meine …hier.« Sie reichte ihm den Schlüsselbund. In ihrem Kopf fuhren die Gedanken Rollercoaster. »Wie bist du hergefahren, T.J.?«

»Das ist eine komische Sache, Izzy. Also, ich kam zurück mit meinen Kanistern. Die Touristen sind mit einem Klein-flugzeug weitergeflogen. Ich habe den Bus getankt und euren Zettel gelesen. Als ich mich in den Schatten setzen wollte, um auf euch zu warten, sprang die Türe auf. Du hast sie vermut-lich nicht richtig abgesperrt. Ich kletterte also in meinen Bus und setzte mich auf meinen Sitz, da merkte ich, dass der Motor ansprang. Muss wohl die Hitze gewesen sein. Stand wohl zu lange in der Sonne. Dann bin ich hergefahren. Aber jetzt bin ich froh, den Schlüssel wiederzuhaben.«

Izzy lauschte seiner Geschichte; mit einer Hand griff sie in den Rucksack und tastete nach dem seltsamen Büchlein. Wärme und ein Stechen im Rücken. Sie stieg in den Bus und setzte sich wieder ganz nach hinten. Rico setzte sich neben sie.

»Sag schon, was war da drinnen los? Warum sind wir geflohen, als ob eine Herde wilder Bisons hinter uns her ist?«

»Ich weiß es nicht, Rico. Das Büchlein gibt mir Energie. Der Text, die seltsamen Zeichen, das ist so eine Art Code, um an gewaltige Energie zu kommen. Ich muss mit dem Büchlein nach Mexiko fahren, hat die Alte gesagt. Im Dorf meines Vaters wartet ein Schamane auf mich.«

Der Bus ruckelte los.

»Ich komme mit dir. Darf ich deine Geschichte erzählen?« Rico strahlte Izzy an, sie aber schüttelte den Kopf.

»Nein, Rico, der Häuptling hat gesagt, niemand dürfe an diese Macht gelangen. Ich allein muss das tun. Du kannst nicht mitkommen. In Flagstaff trennen sich unsere Wege.«

»Ach komm schon! Ich habe dir auch geholfen. Du könntest nun etwas für mich tun.« Er schielte sie treuherzig an.

Izzy lachte, zog aber gleichzeitig ihren Rucksack näher an sich heran. Bis Flagstaff ließ sie ihn nicht aus den Augen. Als T.J. geparkt hatte, verabschiedeten sie sich. Izzy eilte in Richtung der Bahnschalter. Drei Männer in dunkeln Anzügen stellten sich ihr in den Weg. Rico holte auf.

»Mister Sutter, ist das die junge Dame?«

Rico nickte, er war etwas außer Atem. »Ja. Das Ding ist im Rucksack.«

»Du Scheißkerl! Du hast die Bullen gerufen?«

»Miss, Sie haben geheimes Regierungsmaterial gestohlen. Sie sind verhaftet. Machen Sie keinen Ärger und kommen Sie mit uns.«

Zwei Männer packten Izzy an den Armen und schleppten sie zu einem Regierungsfahrzeug. Logisch, dachte sie sich dabei, die Army und die Regierung haben natürlich genug Benzin. Rico warf sie einen vernichtenden Blick entgegen.

»Mister Sutter, danke für Ihre Dienste an unserem Land. Sie haben das Richtige getan, ab hier übernehmen wir.«

»Wie bitte? Wir hatten einen Deal! Die Exklusivstory für mich, das Buch für Sie. Ich komme mit Ihnen.«

»Nein, das tun Sie nicht. Es gibt keine Story. Wir haben eine Diebin geschnappt, Sie haben uns dabei geholfen. Die

Nation bedankt sich bei Ihnen - und nun verpissen Sie sich …wieder.« Der Mann lächelte Rico doch tatsächlich an.

Dann stießen sie Izzy in den Wagen, setzten sich dazu und brausten weg. Rico rannte noch kurz hinterher, verlor sie aber bald aus den Augen.

»Geschieht dir recht, du Verräter«, flüsterte Izzy im Wagen. »Wohin fahren wir?«

»Keine Fragen, Miss.« Sie saß zwischen zwei Männern auf der Rückbank. Ihr Rucksack lag neben dem Fahrer. Außerhalb der Stadt fuhren sie durch ein Tor in einem Zaun; es kam Izzy wie ein Gefängnis vor. Der Wagen hielt vor einem schmucklosen, grauen Gebäude, Izzy wurde herausgezerrt. Danach führte man sie in einen fensterlosen Raum. Es gab bloß einen Tisch und zwei Stühle. Den Rucksack hatte man ihr abgenommen. Nach einer gefühlten Ewigkeit kam ein hagerer Mann mit grauem Haar herein. Er trug einen weißen Kittel, wie ein Arzt. Er setzte sich Izzy gegenüber, sagte kein Wort. Das Büchlein legte er vor sich auf den Tisch.

»Sie wissen, was hier drin steht?« Er hatte eine seltsam hohe Stimme.

»Ja, weiß ich, und ich kann es anwenden«, gab sie giftig drohend zurück.

»Ich erzähle Ihnen nun etwas, junge Dame. Ich bin Wissenschaftler, kein Polizist. Aber die anderen Männer da draußen, die können Sie einsperren, wenn Sie nicht kooperieren. Der einzige Weg hier raus sieht so aus: Sie haben keine Ahnung von einem Büchlein oder einer eigenartigen Hokus-Pokus-Energie der Indianer …«

»Natives, Sie Idiot. Es handelt sich um Navajos - Native Americans.«

»Wie bitte?« Er blickte Izzy verwirrt an.

»Vergessen Sie es. Ich habe nichts gesagt.« Izzy senkte den

Kopf.

»Und wenn Sie intelligent sind, haben Sie auch nichts gehört, nichts gesehen und Sie waren nie hier. Ich stelle Ihnen nun also noch einmal die Frage, und Sie sollten sich Ihre Antwort gut überlegen. Wissen Sie, was in diesem Buch steht?«

»Sir, ich sehe dieses Buch zum ersten Mal. Ich habe keine Ahnung, was das für ein Buch ist. Und nein, Sir, ich habe auch keine Ahnung, was darin stehen soll.« Über Izzys Wange kollerte eine Träne, als sie log.

Der Wissenschaftler drückte auf einen Knopf, die Türe wurde geöffnet und die Männer aus dem Wagen standen wieder da.

»Sie kann gehen, sie weiß nichts. Werft sie raus.«

Als Izzy auf der anderen Seite des Zaunes ausgeladen wurde, warf sie dem wegfahrenden Wagen eine Hand voll Sand hinterher.

Im Gebäude schloss der Wissenschaftler den Buchdeckel, nachdem er den Inhalt gelesen hatte; er lächelte zufrieden. Er saß am Telefon. »Sir, wir haben das Buch. Die Energie stellt keine Gefahr mehr dar. Sie können das Gesuch zur Erschließung der Naturschutzgebiete in Alaska für die Erdölförderung bewilligen. ... Ja, Sir, ich bin mir sicher. Ich halte es in meinen Händen und schließe es in diesem Moment in den sicheren Tresor.« Er legte das Buch in einen Safe an der Wand, dann schloss er die dicke Stahltür und drehte an den Verschluss-Rädern. Der Wissenschaftler verließ den Raum, als er das Telefongespräch beendet hatte.

Auf der Straße schnallte sich Izzy ihren Rucksack um. Weit über ihr zog ein Adler Kreise, sie blickte hoch und dachte an den Häuptling und an die Alte.

»Es tut mir leid, ich habe es nicht geschafft«, murmelte sie leise.

Der Safe im Gebäude sprang auf, doch das konnte Izzy nicht wissen, als sie traurig in Richtung Bahnhof von dannen trottete.

Bruno Heter
© *brunoheter*

Wattpad-Profil:
https://www.wattpad.com/user/brunoheter

1985 | So wie immer

Alpen.

»Komm schon«, forderte Leah Jonah leicht genervt auf, in er Hoffnung, dass er zu ihr aufschließen würde. Schließlich wollte sie nicht ewig durch den stetig höher werdenden Schnee stapfen. Und noch weniger mochte sie länger hier auf ihn warten, bis sie womöglich noch darin versinken konnten. Ein leichtes Flimmern spielte sich vor ihren Augen ab, was sie gekonnt ignorierte. Es galt, sich fortzubewegen, bevor ihre Gliedmaßen mit Sicherheit durchgefroren sein würden. Gleichzeitig wusste sie, dass es nichts brachte, wenn sie ihn drängte. So wie immer.

Dennoch – und weil sie alsbald zum Ziel gelangen wollte –, streckte sie ihren eisigen linken Arm nach ihm aus. Doch er kam dem nicht nach, seine Hand landete nicht in ihrer. Er reagierte nicht einmal darauf. So wie immer. Nach wie vor stand er an Ort und Stelle und starrte auf den Boden. »Bitte Joni«, sprach sie ihn nun mit seinem Lieblingsspitznamen an, derweil sie ihre Finger wieder schützend in die Manteltaschen gleiten ließ. Aber auch das nützte nichts. Sein Blick klebte an der weißen Masse, die überall um sie herum war.

Obwohl sie sich vor längerer Zeit – um genau zu sein vor einundfünfzig Tagen, als sie stolze zwölf Jahre alt wurde – schwor, nicht mehr klein beizugeben, so konnte sie nicht anders. So wie immer. Zwar bewunderte sie Joni dafür, dass er mit seinen jungen acht Jahren scheinbar nicht zu frieren schien, doch sie wiederum hörte bereits ihre eigenen Zähne aufeinander klappern.

Mit jedem Schritt, den sie auf ihn zuging, kam ihr eine ungewöhnliche Wärme entgegen, die sie begierig annahm und in der sie sich gedanklich einhüllte. Anstatt Joni endlich von dem Platz wegzuziehen, zog etwas anderes sie unwillkürlich in den Bann. Ein Blitzen – eins der sanften Natur und lediglich für einen Sekundenbruchteil zu erhaschen – machte sie auf einen verschütteten Gegenstand aufmerksam. Nur Jonah vermochte es, ungeborgene Schätze zu aufzuspüren.

Jetzt, da sie bei ihm stand, schenkte er ihr seine Aufmerksamkeit, indem er breit lächelte oder sie gar verschmitzt angrinste. Die Mundwinkel trafen auf die Ränder seiner orangenen Mütze, an der auf jeder Seite eine Bommel herunterhing. Sein Gesicht – voller Wärme – strahlte sie an. Es brauchte keine Worte von ihm, damit sie verstand, was er sich wünschte. So wie immer.

Widerwillig zog sie ihre Hände aus der wärmeren Umgebung des Mantels heraus, um sie in die beißende Kälte zu senken. Als sie sich gerade hocken wollte, wurde ihr schummrig. Leah hielt die Luft an. Das gedämpfte Gefühl wurde durch ein Zwicken abgelöst. Es bohrte sich in ihr Herz hinein. Von dort aus jagten ihren gesamten Körper entlang stachelige Impulse, als hätte sie unzählige winzige Eiskristalle in sich aufgenommen, bis sie wieder am Ursprungspunkt ankamen. Sie rieb sich über die Brust und ließ die angestaute Luft aus ihrer Lunge.

Eilig überprüfte sie ihren eigenen Körper, ob noch alles dran; ob sie noch ganz war und schaute dann hektisch zu Joni. Als wartete er darauf, sah er sie mit leicht schief gelegten Kopf und großen Augen an. Es schien, als hätte er es ebenso gefühlt. Leah zupfte ihren Wollschal zurecht, um der Situation zu entkommen. So wie immer.

Nach einer kurzen Weile, in der sie mit sich haderte, bückte sich Leah, um den Gegenstand aus dem Schnee zu befreien. *Immerhin gibt es doch noch ein – wenn auch sehr verspätetes – Weihnachtsgeschenk*, dachte sie sich dabei. *Ein wahrlich schönes.* Ehrfurchtsvoll ließ sie ihre schmalen Finger über das braune Leder gleiten. Sie nahm die Spuren, die auf diesem hinterlassen wurden, genaustens wahr, als könnte sie dadurch die Geschichte hinter jeder einzelnen herausfinden. So wie sie es immer machte.

Ohne hineingeschaut zu haben, beschloss sie, es nun in die Hände seines neuen Besitzers zu legen. Ihrem Herz wurde dabei ein weiterer Stich versetzt. Gerade als sie sich davon lossagen und es Joni überreichen wollte – oder vielmehr konnte –, hielt er sofort eine Hand zur Abwehr hoch. Ein Gemisch aus verschiedenen Gefühlen strömte in sie hinein. Freude, weil sie es weiter in ihren eigenen Händen halten durfte, aber auch Trauer … Und da war noch mehr. Verzweiflung?

»Ich dachte, ich … ich sollte es für dich …« Weiter kam Leah nicht.

Joni tippte zunächst auf das altaussehende und gleichermaßen guterhaltene Buch und zeigte dann auf sie.

»Ich …« Leah verschluckte sich beinahe an ihren eigenen Worten, da Joni doch ganz genau wusste, wie es um ihre Lesefähigkeit bestand. »Ich soll dir daraus vorlesen?«, fragte sie ihn dennoch mit sehr dünner, wackliger Stimme.

Joni nickte. So wie immer. Joni gab keine verbalen Antworten. Nicht mehr. Da sie sich ohne Worte verstanden, stellte dies kein Hindernis für sie dar.

Derweil sich Leah Gedanken um Gedanken machte, wie sie das bewerkstelligen sollte, beschwor sie gleichfalls das Buch, es möge ihr leere Seiten enthüllen. Sie spürte, wie sich ihre erste Kleidungsschicht mit Schweiß vollsog. Trotz des kalten Windes, der um sie herum hauchte. Ein Ärmelzupfen – wahrscheinlich Joni – ließ sie vom Einband aufblicken, Joni deutete hoch in den Himmel. »Ja, du hast recht. Es hat aufgehört.«

Das nahm er als Anlass, sein offensichtlich bereits geplantes Vorhaben umzusetzen. Leah folgte Joni, der schnurstracks auf etwas zusteuerte. Nur hatte sie dabei anscheinend mehr Mühe als er. Der Weg konnte zweifelsfrei einer Skipiste Konkurrenz machen. Sie wunderte sie nicht, dass kein anderer ihnen entgegenkam. *Und so würde es sicherlich bleiben. Sie alle werden im warmen Heim sein.* Erfreut zeigte Joni neben sich, während Leah versuchte, ihren Ärger herunterzuschlucken. *Bei dem Wetter soll ich mich draußen auf eine Bank setzen?*

»Kann ich dir nicht daheim vorlesen?«, probierte sie es, kannte jedoch bereits die Antwort. Wenn Joni sich etwas in den Kopf setzte, dann war es da so lange, bis es erfüllt wurde. So wie auch heute. Er klopfte erneut neben sich und dieses Mal nahm sie den Platz mit einem aufgesetzten Grinsen ein. Daraufhin hoben sich Jonis Mundwinkel noch ein Stückchen mehr, wodurch sich ihr Lächeln ebenfalls vertiefte und vom Herzen kam.

Anstatt dass Joni sie nun drängte vorzulesen, schaute er ihr weiterhin ins Gesicht. Die Wärme, die sie kurz vor dem prachtvollen Fund spürte, empfing sie in diesem Augenblick erneut. Nur intensiver. Das Gefühl umfing sie seicht, sodass sie meinte, sich daran schmiegen zu können. Es drang vor bis in ihr Herz. Der Schmerz von eben war fast vergessen, die Wärme füllt den Platz. Sie schlug ihre Augen wieder auf – ohne gemerkt zu haben, dass sie diese geschlossen hatte –, wobei sich eine Träne aus dem Winkel löste und ihre Wange herunterlief.

Weil sie es nicht einordnen konnte oder wollte, wand sie ihren Kopf ab. So wie immer. Sie hielt ihre Augen starr auf das braune Buch. Kurz darauf kam eine kleine Hand in ihr Sichtfeld, die darauf tippte.

»In Ordnung«, sagte sie mit einem lang gezogenen Seufzer, lächelte ihn jedoch dabei an.

Mit ihren Fingern, von denen sie nicht geglaubt hatte, dass sie diese noch spürte, umspielte sie ihre langen Haare und wickelte eine ihrer blonden Locken um ihren Zeigefinger. So wie immer, wenn sie nervös war. Doch ewig hinauszögern konnte sie es nicht, das war ihr bewusst. Daher nahm sie vorsichtig das lederne Band in die Hand, was das Buch umschloss, wickelte es aus und öffnete somit das Buch, indes sie es nochmals beschwor.

Mit einem letzten Blick zu Joni, der mit dem Rücken an die Bank lehnte, wobei seine Beine über dem Boden wippten und er geradeaus in die Ferne guckte, holte sie tief Luft und klappte das kleine Büchlein auf einer beliebigen Seite beim Ausatmen auf.

Ihre Fingerkuppen trafen die festen Buchseiten. Sie schienen aus stabilem Papier angefertigt worden zu sein. Ob der von Hand geschriebene Text eine Geschichte enthüllte oder nicht, konnte sie nicht beurteilen. Lesen war keine ihrer Fähigkeiten. Sie blätterte auf die nächste Seite und hoffte darauf, dass diese sich als weniger komplex entpuppte. Bis auf ein paar wenige Buchstaben konnte sie jedoch leider nicht erschließen, was dort zum Besten gegeben wurde.

Also – und insbesondere, weil sie Joni nicht enttäuschen mochte – ließ sie sich etwas für ihn einfallen. Ihre Augen blieben weiterhin auf das wundervolle Buch vor ihr gerichtet. »Es war einmal ein Geschwisterpärchen. Ein kleiner Junge und ein Mädchen. Das Mädchen war vier Jahre älter als der Junge.

Sie liebte ihren Bruder sehr und sie nahm an, dass er sie genauso lieb hat. Eines Tages, als sie vom Draußensein genug hatten und wieder nach Hause gehen wollten, kamen sie in ein Schneegestöber. Beide mochten Schnee, doch es hörte gar nicht auf und der Weg war bereits puderweiß. Da blieb der Junge zum Entsetzen des Mädchens stehen. Doch nach und nach verstand das Mädchen, warum. Er –« Joni unterbrach Leah, indem er mit seinen Händen wild herum wedelte.

»Was meinst du? Was stimmt daran nicht?«, hakte Leah nach. Sie bemerkte, dass sich etwas veränderte. Die Luft schien merkwürdig zu knistern.

Joni antwortete nicht. Gar nicht. Nicht einmal per Handzeichen. Er machte auch keine anderen Reaktionen. Nach einer längeren Pause, in der sie ihm Zeit gab, machte Leah sich Sorgen. Nicht nur das …

»Dann sprich bitte«, äußerte sie, worüber sie sich selbst wunderte. »Das hast du früher auch getan. Gesprochen.«

Mit einem Mal erschien Joni hingegen – seit er mit den Händen gestikuliert hatte – erstarrt.

»Sag doch bitte etwas«, flehte Leah den Tränen nahe, aber noch immer kam keine Erwiderung. So wie immer … und das aus einem ganz bestimmten Grund. Sie schloss ihre Augen. Ein gewaltiger Schmerz schoss aus ihr empor. Ein stummer Schrei entkam ihren Lippen. Tief im Inneren lag etwas Verborgenes. Sie war bemüht, kämpfte mit sich, doch sie wusste nicht, was ihr lieber war.

Ein Hauch einer Ahnung nagte an ihr, ließ nicht von ihr ab und breitete sich in ihrem Körper aus. Er wurde mächtiger; größer; formierte sich zu einer Böe, die sie fast zu Boden riss. Erkenntnis. Es ist mehr als das. Akzeptanz dessen, was sie nicht wahrhaben wollte.

Sie ließ sich Zeit. Aus für sie unerfindlichen Gründen wusste sie, dass es das letzte Mal sein würde, dass sie ihm ins Gesicht; in seine Augen schauen konnte. Strahlendgrün.

Langsam öffnete sie ihre Augen, um dann ebenfalls nur zögernd ihren Kopf in seine Richtung zu bewegen, weil sie nichts an diesem Moment verpassen wollte und genauso Angst davor hatte. Doch als sie ihn ansah, verpuffte diese unmittelbar. Sein sanftmütiges Gesicht strahlte ihr so viel Wärme entgegen. Nur für sie. Als wollte es ihr sagen oder sie vielmehr dazu auffordern, dass sie endlich wieder leben sollte – frei, voller Hoffnung, mit dem Glauben an Wunder und Wünschen.

Eine Träne folgte der nächsten. Jedes kleinste Detail versuchte sie sich von ihm nochmals einzuprägen. An diesem Tag war doch nichts mehr so wie immer. Vergessen war auch das ursprüngliche Ziel. Sie war kein kleines Mädchen mehr. Jonah hatte recht. Er wollte ihr Frieden bringen, sie würde es versuchen. Holprig stand sie auf, ließ das Buch auf der Bank liegen und setzte wacklig die ersten Schritte.

Leah konnte nicht anders. Noch einmal blickte sie zurück zur Bank, an die Stelle, an der Jonah eben noch neben ihr saß. Doch er war nicht mehr zu sehen. Genauso wie das Flimmern vor ihren Augen war er nicht mehr da. Lediglich das braune Buch lag dort. Mit Trauer und Wärme zugleich im Herzen schritt sie auf ihren neuen Lebensweg zu. Freier, hoffnungsvoller und … die Wünsche würden folgen.

Ein Wunder war bereits geschehen. Heute. An dem Tag, an dem nichts mehr so wie immer war.

Jay Meraude
© *_Jay_M_*

Wattpad-Profil:
*https://www.wattpad.com/user/_Jay_M_*

1989 | Blitze über Leipzig

Ostberlin.

Etwas lag in der Luft. 1989 neigte sich dem Ende zu, doch es schien, als würde das Jahr den Drehzahlmesser noch einmal richtig in die Höhe jagen wollen. Ein dunkler blau-grauer Theatervorhang zog sich seit Wochen, fast zeitgleich mit dem meteorologischen Herbstanfang, über das lustige Sommerblau des Himmels und versprach Gewitter und Hagelstürme über dem Osten Deutschlands.

»Freiheit!«

Der Montag war im Kalender rot eingekringelt und fest reserviert für die Straße. Schilder und Fäuste wurden in den stahlharten Herbsthimmel gereckt, die fordernden Stimmen rollten wie ein grollender Donner durch Leipzig. Zwar hatten die Demos schon Anfang September begonnen, doch Jennys knallrot gefärbter und kinnlang geschnittener Bob strömte erst ein paar Wochen durch die bunt gemischte Woge an Menschen. Genau seitdem final feststand, dass sie ihren Studienplatz zum dritten Semester verlieren würde. Das System brauchte qualifizierte Lehrkräfte, ja, aber nicht solche, die das falsche Gedankengut hatten.

Ihre beste Freundin aus Schulzeiten, Carla, hatte es sicher schon geschafft. Über Prag hatte sie Westdeutschland erreichen wollen. Bis zum letzten Tag war nicht klar gewesen, ob das mit den gefälschten Pässen klappen würde und dann ging doch alles Knall auf Fall. Jenny hatte gewusst, dass sie den messerscharfen Sarkasmus ihrer besten Freundin und den mysteriösen Hauch von bergfrischem Aftershave auf ihren bobonbunten Häkeltops vermissen würde, noch bevor Carla ein einziges Wort über ihre Pläne gesagt hatte.

Wer wusste schon, ob sie nicht gerade in Nürnberg bei ihrer Tante saß und sich die Demo im Fernseher ansah? Ob sie dort überhaupt ausgestrahlt werden würde? Ereignishungrige Kameralinsen blitzten hier und da durch die Menge wie neugierige Erdmännchen, aber ein Kamerateam hatte Jenny noch nicht bemerkt. Ihre Gedanken schweiften ab, denn immer wieder ertappte sie sich dabei, wie sie neiderfüllt an Carla dachte. Damit tat sie ihrer besten Freundin Unrecht, denn immerhin war es ein unendlicher Vertrauensbeweis gewesen, dass diese ihr überhaupt von den waghalsigen Plänen erzählt hatte. Über den Westen zu sprechen konnte gefährlich werden. Aber wie sollte man denn nicht gelb werden bei dem Gedanken an ein freieres Leben?

»Freiheit!«

Mit wutgeschwängertem Eifer stimmte Jenny in das Poltern der Gruppe ein. Ihr ganzer Zorn, das taube Gefühl der Handlungsohnmacht, das alles legte sie in ihre Stimme und brüllte die Worte in den verhangenen Oktoberhimmel. Es fühlte sich ein bisschen so an, als würde man endlich aufstehen, nachdem man stundenlang in einer unbequemen Position verharrt hatte. Es kribbelte, als das Gefühl wieder in die eingeschlafenen Beine kam und das Blut wieder normal zirkulieren konnte. Und es waren viele Menschen, die sich aus ihrer gelenkeverrenkenden Knebelposition erhoben. Hier war alles vertreten, von groß bis klein, von alt bis jung. Alle gingen auf die Straße für die Freiheit, der ein brillentragender Staatsratsvorsitzender ein Verfallsdatum aufgeklebt hatte.

Letzte Woche hatte die junge Frau einen in Beige- und Brauntönen gemusterten Strickpullover im rauschenden Strom des Demozugs erspäht. Es war ihr ehemaliger Erdkundelehrer, der unermüdlich »Weg mit der Mauer« gerufen und ein passend beschriftetes Schild von der Größe einer Tischplatte in die Höhe gestreckt hatte. Mit sorgenverklebter Ehrfurcht hatte sie daran gedacht, dass er eine Familie hatte. Einen Sohn im Grundschulalter, soweit sie wusste. Und ihre Gedanken waren weitergeflossen ... Wenn er ihr Vater wäre ... Ihr eigener hockte zu Hause, wenn er nicht gerade in seinem Büro unter dem Bildnis des selig lächelnden Brillenträgers mit dem sich zurückziehenden Haaransatz saß und Jenny konnte es ihm nicht verdenken.

Offen zu reden war schwierig, wenn man nicht wusste, wer alles ein Inoffizieller Mitarbeiter, ein heimlich lauschender IM, war. Das Gerücht hatte die Runde gemacht, dass Papas Cousine im Auftrag der Stasi die Familie ausgehorcht hatte. Sonntagsanrufe unter dem Vorwand, dass man sich nach dem Wohlergehen der Familie erkundigen wollte. Möglich wäre es, denn irgendwie musste die Info über Jennys unerwünschte Gesinnung ja durchgesickert sein. Bestätigt hatte niemand etwas, aber der Verdacht lag ziemlich nahe. Jedes Mal, wenn Jenny darüber nachdachte, kochte die Wut in ihr hoch. Es hing zwar der dicke Nebel des Vielleicht über der ganzen Sache, aber der Argwohn hatte die Seelen vergiftet.

Auf jeden Fall hatte die Cousine sich vor Kurzem - fast direkt nach Jennys Exmatrikulation - nach Ungarn abgesetzt, hatte ihren Mann und zweijährigen Sohn samt einiger fraglicher, aber nicht genauer benannten Akten in ihrer Pankower Wohnung zurückgelassen. Jenny hatte ihre Eltern belauscht, als diese darüber gesprochen hatten. Der feurige Rotschopf war ins Wohnzimmer geplatzt und hatte geschrien, dass die Schlange sich nun gehäutet habe. Dass Papas Cousine zu groß für ihr Lügenkostüm geworden war. Jennys Mutter hatte vor Schreck über die explosiven Worte geweint, doch es war nur

die Wahrheit. Jenny hatte nicht vor, etwas davon zurück-
nehmen.

Wenn die junge Ex-Studentin daran dachte, dass jemand
aus ihrer Familie in einem Loch wie Hohenschönhausen hätte
landen können, einfach nur, weil er die falsche Meinung hatte,
wurde ihr speiübel. Und doch ging sie auf die Straße, denn sie
hatte keine Angst. Der jungen Frau war es mittlerweile egal
geworden, ob die lauernden Schatten sie schnappten und was
sie mit ihr tun würden. Sie wollte in diesem System nicht
leben. Und wenn das hier die einzige Möglichkeit war, etwas
dagegen zu tun, dann bitte, dann würde sie es tun. Sie hatte
nichts mehr zu verlieren, das hatten die da oben nicht mitbe-
dacht. Sie hatten ihr alles genommen: ihren Studienplatz, ihre
Hoffnung, ihre Zukunft. Menschen, die nichts mehr zu verlieren hatten, konnten gefährlich werden, eben weil es nichts
mehr gab, das sie davon abhalten konnte, alles auf eine Karte
zu setzen.

Sippenhaft, schoss es ihr durch den Kopf. Der Wermuts-
tropfen des schlechten Gewissens, der ihr Engagement bei
den Demonstrationen ständig zu untergraben versuchte. Doch,
klar hatte sie etwas zu verlieren. Wenn ein andersdenkender
Kopf in die das Netz an haarkleinen Befragungen geriet, dann
verhielt es sich so, als ob er radioaktiv verseucht wäre - es
strahlte auf die ganze Familie über. Leute aus dem eigenen
Umfeld wurden festgenommen, ausgequetscht, verurteilt.
Aber, verdammt noch mal, für die alle kämpfte sie doch auch!

»Freiheit!«

Jennys eigene Stimme ging im allgemeinen Grollen unter.
Wütende Gesichter mischten sich mit hoffnungsvollen,
mischten sich mit resignierten. Die Masse flutete die Straßen,
Menschen standen an den Balkonen ihrer Altbauwohnungen
und feuerten die Demonstranten in ihrem Tun an oder

beschimpften sie mal mehr, mal weniger vulgär. Manche knipsten Fotos und gaben einen Daumen hoch, andere zeigten abfällig den Mittelfinger. Ob diese Gesten an das Regime oder an den Demozug gerichtet waren, wusste Jenny nicht, aber sie nahm nichts persönlich - darüber war sie hinweg. Sie war hier, um für eine Zukunft in Freiheit zu kämpfen.

»Freiheit!«

Auf einmal stolperte die junge Frau. Gerade so fing sie sich an einem Poller auf, wobei sie sich den Ärmel ihres karamellfarbenen Wollmantels mit einem verhängnisvollen *Ratsch* ein Stück einriss. Verdammter Mist … Erst ging sie davon aus, dass ihr jemand ein Bein gestellt oder eine Stolperfalle aufgebaut hatte. Vielleicht Inoffizielle Mitarbeiter der Stasi, die sich in ziviler Kleidung in die Demos einschleusten und ihren Frust an einer zufällig dafür auserkorenen Person auslassen wollten. Doch der Grund für ihr Fallen machte sie gleich ausfindig. Ein zerfleddertes dunkelbraunes Rechteck lag am Boden.

Eigentlich wollte Jenny weitergehen, denn das, was da lag, gehörte ihr nicht. Außerdem war dieses Ding für den Riss in ihrem Mantel verantwortlich und dafür, dass sie sich beinahe auch noch die Knie aufgeschlagen hätte. Doch irgendwie zog dieser Gegenstand sie geradezu magisch an. Es war ein kleines, aber recht dickes Buch und Literatur zog sie an. Jennys große Liebe, ihr Rückzugsort, wenn es ihr im Osten zu eng wurde. Ein Buch - wie sollte sie das einfach liegen lassen? Sie schaute sich unauffällig um und hob das Ding auf, während die Menschenmenge an ihr vorbeifloss. Der schmutzige Abdruck eines Schuhs hatte sich vorne auf den Einband gedrückt. Vor Jenny mussten doch dutzende andere Leute darauf herumgetrampelt sein, so zerlumpt wie das Büchlein aussah. Aus einer Gewohnheit heraus roch Jenny daran. Erst am Einband, dann schlug sie es auf und schnupperte an der ersten Seite.

Der abgegriffene Ledereinband verströmte einen schwachen Geruch nach Gerberei, unangenehm säuerlich im Abgang, von den vielen schwitzenden Händen, die es angefasst haben mussten. Die Blätter aber hatten den charakteristischen warm-würzigen Papiergeruch, den sie so sehr liebte. Sie sah sich noch einmal um, ob jemand Besitzansprüche nach dem Ding geltend machen würde und steckte das Büchlein schließlich in die Innentasche ihres Mantels. Später würde sie einen genaueren Blick hineinwerfen. Der Rotschopf wollte sich wieder den Fluss des Demozugs einfädeln, da wurde sie mit einem eisernen Griff am Oberarm gepackt und in eine Seitengasse gezerrt.

Eine Hand, die in einem schwarzen Lederhandschuh steckte, drückte Jenny die Sauerstoffzufuhr durch den Mund ab, die sie gerade dringend nötig hätte. Panisch schlug Jenny um sich und begann zu hyperventilieren. Durch die Nase wollte nicht so viel Luft kommen, wie ihre Lungen forderten. Das warme Leder lag so fest auf ihrem Mund und schmeckte unangenehm bitter. Schneller als Jenny reagieren konnte, wurde sie immer tiefer in eine dunkle und feuchte Gasse zwischen zwei Altbauten gezerrt, bis sie neben einem überfüllten Papiercontainer endlich zum Stehen kam.

»Wenn ich meine Hand wegnehme, dann will ich keinen Ton hören, kapiert?«, raunte eine kratzige Frauenstimme in ihr Ohr. Eifrig nickte Jenny, doch die Hand blieb auf ihrem Mund. Ihr wurde schummrig vor Augen.

»Wenn du mich verarschen willst, wirst du es bereuen«, drohte die Stimme, die sich jetzt anhörte, als würde sie aus einem tiefen Brunnen heraus zu Jenny sprechen. Eine glänzende Klinge tauchte wie aufs Stichwort am Rande ihres

Gesichtsfelds auf. Oh, verdammt … Jennys Atem beschleunigte sich und sie drohte in die sanften Arme der Ohnmacht abzugleiten. Eine IM? Plötzlich schrumpfte Jennys Heldenmut zu einer kleinen Erbse im Leipziger Allerlei zusammen, war nicht mehr als ein Häufchen leererer Versprechen. Jetzt, wo eine unversehrtheitsgefährdende Klinge wenige Zentimeter neben ihrem Kopf schwebte, war es ihr plötzlich nicht mehr egal, was man mit ihr anstellen würde.

»Ich lasse jetzt los. Du wirst nicht schreien, du wirst nicht weglaufen …«, forderte die Stimme, die kein Nein akzeptieren würde. Jenny nickte langsam. Die Hand wurde weggenommen und die Rothaarige unsanft herumgewirbelt. Mit beiden Händen wurde sie an den Schultern an die Wand genagelt. Jetzt sah die junge Frau in das überraschend magere Gesicht einer etwa Dreißigjährigen mit hellblonden Haaren, die zu einem fahrigen Zopf gebunden waren. Wie hatte so eine knochige Gestalt die Kraft aufgebracht, Jenny zu überwältigen?

»Ich habe dich vorhin beobachtet. Verdammte Verräterin. Was hast du zu deiner Verteidigung zu sagen?«, fuhr sie ihr verdutztes Gegenüber an. Jenny stand wie vom Donner gerührt an die Hauswand gedrückt da und suchte im Dickicht der argwöhnischen waldgrünen Augen nach einer passenden Antwort.

»Ich habe keine Ahnung, wovon Sie da reden, aber …«

»Du hast das Leben von so vielen Menschen zerstört!«

»Ich weiß wirklich nicht …«

»Halt dein Maul!«

Kalt und bedrohlich leckte die Klinge an Jennys Hals. Sie traute sich nicht einmal, zu schlucken. Das ausgemergelte Gesicht war so nah an ihrem, dass sie den Atem ihrer Angreiferin spüren konnte. Irgendwie erschien es ihr auf einmal als sehr unwahrscheinlich, dass diese Frau bei der Stasi arbeiten sollte. Jennys Blick fiel auf einen kleinen runden Button, der an der schwarzen Jeansjacke ihrer Angreiferin steckte. *Freiheit.* Die Frau bemerkte Jennys Blick und folgte ihm. Ein verächtliches Lächeln verunstaltete ihr ohnehin schon unansehnliches Gesicht.

»Das hättest du doch nicht als Hinweis gebraucht, stimmt's? Du hast ja bestimmt auch sonst wirklich stichhaltige Beweise gegen mich …«

Ein sarkastisches Lächeln, wie Jenny es nur von Carla kannte, doch mit viel mehr Boshaftigkeit. Carla …?

»Carla …?«, murmelte Jenny, obwohl das Unsinn war. Ihre beste Freundin hatte braune Augen und lange, von Natur aus ziegelrote Haare, an die sie nie im Leben auch nur den leisesten Hauch von Wasserstoffperoxid lassen würde. Ein Moment des Zögerns ließ die Unbekannte innehalten.

»Wer ist das?«, zischte sie und drückte sie Klinge näher an Jennys Hals.

»Meine beste Freundin. Sie …«

Eigentlich wollte Jenny dieser Irren gar nichts anvertrauen. Es war gefährlich, zu sprechen und Fremden, die einen mit einem Messer bedrohten, konnte man erst recht nicht über den Weg trauen. Doch es ging gerade um ihr Leben. Die kaltbrodelnde Angst nahm Jenny die Entscheidung schließlich ab. Es wäre von Vorteil, wenn sie das Vertrauen dieser Frau gewinnen könnte.

»Sie ist im Westen …«, flüsterte Jenny schließlich. Das war wohl die Antwort gewesen, die die Fremde hatte hören wollen, denn der Druck der Klinge ließ sofort nach.

»Carla … und weiter?«, hakte sie forsch nach. Mist. Aber … Es würde doch nichts ausmachen, wenn Jenny es sagen würde, oder? Carla war doch sicher schon längst angekommen. Sie … Nein! Was, wenn Carla es doch nicht in den Westen geschafft hatte? Was, wenn das hier eine Stasi-Mitarbeiterin war, die Carlas Umfeld unter die Lupe nehmen sollte? Was, wenn der Button mit *Freiheit* bloß als Tarnung diente? Das schlechte Gewissen nagte an Jenny. Carla hatte ihr vertraut. Sollte sie das Vertrauen verspielen und dieser wildfremden Frau auch noch den vollen Namen ihrer besten Freundin geben? Sie auf dem Silbertablett servieren? Nein.

»Carla von Wenger«, murmelte Jenny und räusperte sich leicht. Tatsächlich nahm die Frau endlich die Klinge weg. Sie ließ das Messer zuschnappen und steckte es sich in die Jackentasche.

»Kenn ich nicht. Ist aber auch egal. Schämst du dich eigentlich nicht? Deine beste Freundin haut in den Westen ab und du … du gibst belastende Beweise an die Staatssicherheit weiter?«

Jenny schloss die Augen und atmete tief ein. War sie jetzt doch eine IM? Oder was genau meinte sie damit, dass Jenny Beweise habe? Was für Beweise? Noch bevor sie den Mund aufmachen konnte, um nachzuhaken, was das für Indizien sein sollte, kam ihr die Frau zuvor.

»Das Notizbuch.«

»Bitte?«

Fordern streckte sie die Hand aus. Um das dazugehörige Handgelenk herum, genau an der freien Stelle zwischen Ärmel und Handschuh, zeichneten sich dünne rote Linien ab, die an manchen Stellen ins Bläuliche gingen. Jennys Herz fühlte sich an, als läge der eiserne Griff ihres Gegenübers darum. Was hatte man mit ihr gemacht? War sie einem der berüchtigten, umfangreichen Verhöre zum Opfer gefallen? Festgehalten, bedroht … Aber was, wenn nicht?

»Gib mir das Buch!«, forderte die Blonde und trat einen Schritt auf Jenny zu. Aber sie hatte noch gar keine Gelegenheit gehabt, selbst in das kleine Schriftstück zu schauen. Was, das so wichtig war, konnte denn drinstehen?

»Nein«, erwiderte Jenny trocken.

»Das war keine Frage.«

»Da hinten sind sie!«

Der plötzliche Ruf ließ beide aufschrecken.

»Scheiße«, raunte die Frau. Einige Meter entfernt standen zwei Männer in dunkler Kleidung direkt im Eingang der Gasse. Die ehemalige Lehramtsstudentin konnte nur ihre Umrisse ausmachen, weil die müde Sonne hinter ihnen in die Gasse schien, aber eines konnte sie deutlich erkennen: Einer der beiden zielte mit einer Waffe auf die Frauen. Die Unbekannte packte Jenny am Arm und riss sie mit sich. Ein Schuss zerriss die Stille, die sich wie Gelee, um die Häusern zu schließen schien. Hier, wo der Lärm der Demo von den Betonwänden geschluckt wurde, schlug die Kugel in den Putz einer Hauswand ein. Jenny ließ sich mitziehen, wie durch ein Labyrinth rannten die beiden zwischen immer enger werdenden Gassen, durch einen Hinterhof, wo der Boden aufplatzte und stockfleckige Unterhosen auf den Wäscheleinen im lauen Wind trudelten, zwischen zwei Papiertonnen hindurch.

»Stehen bleiben!«, rief einer der Verfolger.

»Alles … nur … wegen … dir …«, presste die Frau zwischen den hastigen Atemzügen hervor.

»Was? Was … habe ich … denn getan?«, rief Jenny zurück, bekam aber keine Antwort. Stattdessen schlug ein weiteres Geschoss wenige Meter hinter ihr mit einem dumpfen Knall in eine Mülltonne ein. Die Frau schleuderte Jenny durch eine niedrige Tür und wollte selbst folgen, da krachte ein weiterer Schuss und die Blonde knickte sie ein. Auf ihrer Jeans breitete sich vom Knie her eine rote Rose aus. Entsetzt starrte Jenny darauf.

»Glotz nicht, renn! Das Treppenhaus hoch, klopf bei Fricke, du heißt Anja Kellermann. Mach schon!«

Jennys Augen suchten gehetzt die Gegend ab nach Eselsbrücken, um sich das alles zu merken. Aber sie konnte nicht länger warten! Stöhnend sank die Frau gegen die Wand, doch Jenny musste sie allein lassen. Trotz ihrer mageren Statur würde Jenny sie unmöglich die Treppen hochtragen können. Das Treppenhaus war dunkel und ungepflegt. Unter Jennys Stiefeln knirschten kleine Brocken Putz und niemals aufgefegter Streusplitt aus vergangenen Wintern. Die Kanten der nach oben führenden Steintreppen waren abgeschliffen von den abertausenden Schuhen, die sie schon betreten hatten. Immer zwei Stufen auf einmal nehmend flog Jenny nach oben, dem Licht entgegen, das da oben wartete. Das Fenster im Erdgeschoss war mit Pappkartons zugeklebt. Doch oben schien Licht, dort musste sie hin. Ganz nach oben? Wie viele Stockwerke hatte dieses Haus?

Jenny schaute hoch, doch unten hörte sie nun eine Tür zuschlagen und das Trappen von schweren Schuhen. Von *vier* Schuhen, da war sie sicher. Sie hatte keine Zeit zu verlieren! Weiter rannte sie, in die erste Etage, die zweite, die dritte … und das Licht war weiter oben, es ging immer noch ein wenig höher. Mit dem Taillengürtel ihres hellbraunen Mantels blieb sie am Geländer hängen und zerrte daran. Der Gürtel löste sich aus den Schlaufen und blieb trotzig am Handlauf der Treppe hängen. Fluchend setzte Jenny ihren Weg fort. Weiter, weiter nach oben! Das fünfte Stockwerk und … endlich oben! Zwei Wohnungen, eine davon mit schief in den Angeln hängender Tür. Dahinter Dunkelheit, obwohl es Tag war. An der zweiten hing ein verblasstes Schild, doch den Namen konnte sie noch lesen: H. Fricke. Hier war sie richtig. Eilig klopfte sie. Die Tür wurde einen Spalt breit geöffnet, viel zu langsam. Die Schritte von unten kamen immer näher.

»Anja Kellermann«, zischte sie. Ehe sie sich versah, wurde die Tür von einem stämmigen Mittvierziger aufgerissen, sie wurde hineingezogen und fand sich allem Anschein nach in einer staubigen Junggesellenbude wieder, die zu einem Fotolabor umgearbeitet worden war. Zahllose Bilder hingen an einer Wäscheleine, die durch den Flur gespannt war und lenkten die Aufmerksamkeit beinahe von den verknüllten Wäschestücken auf dem Boden ab. Aufnahmen von der Demo letzte und vorletzte Woche auf der einen Seite, händeschüttelnde Funktionäre auf der anderen. Der Teppich mit seinem ehemals bunten Muster aus roten und blauen Schnörkeln war abgetreten, an manchen Stellen löste sich die Strukturtapete, die neu einmal orange gewesen sein musste.

Der Kerl trug ein weißes Unterhemd und eine azurblaue Shorts mit gelben Blumen darauf. Obwohl seine Aufmachung nach Urlaub aussah, wirkte er selbst, als ob er lange nicht mehr das Tageslicht gesehen hätte. Seine Augen waren gerötet und ein dunkler mehr-als-drei-Tage-Bart wucherte auf seinem blassen Gesicht. Die langen Haare glänzten fettig und waren zu einem tiefen Zopf gebunden.

»Sind die hinter dir her?«, raunte er. Jenny nickte eilig.

»Scheiße ...«

Er fuhr sich mit der Hand über die Stirn und musterte Jenny aus warmen blauen Augen. Jetzt, wo sie diese Augen sah, fasste sie direkt Vertrauen zu ihm - ohne ihn überhaupt zu kennen. Von draußen wurde wild gegen die Tür gehämmert.

»Sofort aufmachen!«

Jenny fuhr zusammen, doch den Mann, der allem Anschein nach H. Fricke hieß, erschreckte das Gepolter nicht im Geringsten. Er war es wohl gewöhnt, dass wütende Männer hier auftauchten und seine Tür massakrierten. Jennys Blick wanderte im Raum umher, sie suchte nach Fluchtmöglichkeiten. Stattdessen blieben ihre Augen an der Pinnwand neben der Tür hängen. Ein Presseausweis mit dem Bild des Mannes war mit einer Reißzwecke daran befestigt. Er sah anders aus, mit gewaschenen Haaren und rasiertem Gesicht, doch man konnte ihn erkennen.

»Was ist mit Cora?«, fragte er. Jenny nahm wie selbstverständlich an, dass es sich um die blonde Frau handelte. Sie wusste nicht, ob sie ihm die Wahrheit sagen sollte. War es strategisch sinnvoll? Das Hämmern von draußen zwang sie zu einer schnellen Entscheidung.

»Angeschossen.«

Auch das schien ihn nicht in hohem Maß aus der Fassung zu bringen. Betrübt nickte er und rieb sich nachdenklich das stoppelige Kinn. Als hätte er schon damit gerechnet, dass so etwas eines Tages passieren würde. Wie standen sie zueinander? War die Frau mit der roten Rose auf ihren Jeans seine Freundin? Plötzlich war es Jenny, als würde sie durch seine Augen in einen ganz tiefen und finstern Keller schauen.

»Wir müssen dich hier wegbringen. Die werden die Tür eintreten«, meinte Fricke und deutete darauf. Dort, wo sich das Schloss befand, war das Holz abgesplittert; sie musste mindestens einmal gewaltsam geöffnet worden sein. Wie war Jenny überhaupt hier reingeraten? Das alles nur wegen dieses verdammten Büchleins, über das sie gestolpert war, und dass sie niemals hätte aufheben sollen.

»Wir werden gleich die Tür öffnen!«, wurde von draußen gedroht.

»Komm mit«, winkte Fricke sie ins Wohnzimmer. Er drückte gegen die Wand und sie schob sich am anderen Ende ein Stück auf. Eine Abtrennung aus Sperrholz, die in einigem Abstand vor der eigentlichen Wand aufgezogen worden war. Dazwischen befand sich ein Hohlraum von einem halben Meter, der zum Großteil mit Zeitungen und Dokumenten vollgestellt war. Das war verflixt clever, musste Jenny zugeben.

»Da rein«, raunte er und bugsierte die junge Frau in den Zwischenraum. Klebrige Spinnweben verfingen sich in ihren roten Haaren und ihrem Gesicht, doch alles war ihr lieber, als in die Fänge von zwei schießwütigen Verfolgern zu geraten. Fricke öffnete die Wohnungstür und die Schritte der beiden Männer ließen die Holzdielen nicht nur knarren, sondern regelrecht erbeben.

»Der Herr Fricke schon wieder ...«, tönte einer davon betont lässig. Er sprach sehr deutlich mit einem klaren und dunklen Timbre.

»Wie kann ich den Herren helfen?«, fragte der Angesprochene ruhig. Jenny bewunderte ihn für diese Gelassenheit und fragte sich gleichzeitig, woher er die Ruhe nahm.

»Wir würden uns gerne ein bisschen umschauen ...«, verkündete der andere in geschäftsmäßigem Ton. Seine Stimme klang etwas undeutlich, als hätte er eine heiße Kartoffel im Mund. Die Schritte kamen immer näher. Ins Wohnzimmer. Jenny konnte nichts sehen, nur hören, was außen vor sich ging. Die Schritte kamen näher, näher ... Es war wie das Gefühl beim Versteckspielen, wenn der Suchende immer näher kam und die Nerven flatterten. Nur ging es diesmal um viel, viel mehr.

Die Schritte waren so nah, dass Jenny damit rechnete, jeden Moment entdeckt zu werden. Dem Mann musste doch nur auffallen, dass die Wand keine Wand war, sondern bloß eine dünne, mit Tapete verkleidete Holzplatte - eine verletzliche Membran - und schon wäre es aus für Jenny. Einen knisternden Moment lang hielt sie in ihrem Versteck den Atem an und bereitete sich innerlich darauf vor, entdeckt zu werden. Doch dann entfernten sich die Schritte wieder und sie atmete leise auf. Mit fahrigen Fingern tastete nach dem Buch. Hier war es dunkel, aber nicht stockdunkel. Sie musste endlich wissen, was in dem verdammten Buch stand, dass es der Frau so wichtig gewesen war.

Viel Platz war nicht zwischen Wand und Wand. Umständlich nestelte sie das Teil aus ihrem Mantel heraus und hielt es sich vors Gesicht. Die ersten Seiten waren tintenfleckig, das Papier gewellt, als habe man Wasser darauf verschüttet. Selbst bei Tageslicht hätte man nichts mehr entziffern können. Ab dem ersten Drittel des dicken Buches schien das Papier jedoch von Wasserschäden weitgehend verschont geblieben zu sein. Jenny konnte handschriftliche Notizen erkennen, die sie bei den schummrigen Lichtverhältnissen nur ganz schlecht lesen konnte. Die Schrift war geschwungen und schön, aber so schön, dass sie fast schon wieder unleserlich war.

»Tja, Herr Fricke, wie sieht's denn mit der Nachrichtenlage aus? Berichten Sie immer noch von den unerlaubten Zusammenkünften?«, hörte sie das düstere Timbre fragen.

»Von den Demonstrationen für Freiheit? Ja, von denen berichte ich immer noch.«

Gefährliches Schweigen. Jenny nahm ihre Aufmerksamkeit von dem Büchlein weg. Angespannt hielt sie den Atem an.

»Wir müssen Sie leider mitnehmen.«

»Sie beide? Und dann auch noch ohne einen Haftbefehl oder sonst was? Ich glaube nicht, dass …«

Ein dumpfes Poltern ließ Jenny aufschrecken. Scharrende Geräusche, dann fiel die Tür ins Schloss. Jenny biss sich in die Faust. Sie wusste nicht, ob sie schreien, weinen oder in Ohnmacht fallen sollte. Wobei ihr letztere Option gerade am gnädigsten vorkam. Absolute Stille. Waren sie weg? Sie hatten Fricke mitgenommen und die Frau, die Cora sein könnte, sicher auch. Aber wer waren *sie* überhaupt? Die Stasi? Jenny bemerkte in diesem Moment, dass sie zwar aus Berichten von anderen über solche Dinge Bescheid wusste, es aber nie selbst erlebt hatte. Wer waren diese Männer? Sie würde es nie herausfinden.

Und helfen würde sie Cora und Fricke auch nicht können. Jenny steckte schließlich hier in der Wand fest! Das, was sich gerade abgespielt hatte, ließ die junge Frau schaudern und wirbelte einen wilden Orkan aus widerstreitenden Gefühlen durch ihr Herz. Neben der Schrecklichkeit, die sich zugetragen hatte, verspürte Jenny Hochachtung vor dem Mann, von dem sie nur den Nachnamen wusste. Er hatte seine Meinung nicht verhehlt, hatte sie bis zuletzt verteidigt. Und sie? Hätte sie dasselbe getan?

Endlich nahm die junge Frau all ihren Mut zusammen und entschloss sich dazu, den Weg nach draußen anzutreten. Vorsichtig drückte sie gegen die Wand, die sich mit leisem Scharren über die Dielen nach vorne schob. Niemand da. Der Teppich im Flur lag schiefer da, als er das vorhin getan hatte. In ihrer lebendigen Vorstellung wurde Fricke wie ein Sandsack über den Flur gezerrt. Und Cora saß womöglich bereits auf der Rückbank eines zigarettenverrauchten Wagens. Und jetzt? Was würde mit den beiden passieren? Im Tageslicht nahm Jenny sich das Buch erneut zur Hand. Diesmal konnte sie die Schrift besser lesen. Es waren Namen, darunter Notizen.

Kessler, Gerhard: Stammtisch, einmal pro Woche. Kritische Äußerungen?

Ditzer, Mandy: Verteilt Flyer in der Uni. Unter Beobachtung.

Jenny sah auf. Das hatte Cora also gemeint … Es handelte sich um die Notizen eines Spitzels, das stand fest. Jemand hatte andere Menschen gut genug ausgekundschaftet, um sich ein Bild über deren Aktivitäten und Gesinnung zu machen. Doch nicht Jenny war es, die diese Beobachtungen in das Buch geschrieben hatte. Es war ihr doch auch nur durch einen Zufall in die Hände gefallen. Ihre Augen flogen über die aufgelisteten Namen. Hier waren sicher auch Menschen dabei, mit denen sie bei der Demonstration mitgelaufen war. Vielleicht stand sogar ihr eigener darin …? Sie blätterte weiter durch das Buch und fand einen Namen wieder.

Kreutzer, Carla.

Carla …?

Kreutzer, Carla: Republikflucht möglich.

Dahinter ein Häkchen. Ein Häkchen …? Was hatte das zu bedeuten? Hatte man Carlas Fall wortwörtlich abgehakt? In welchem Sinn war das zu verstehen? Wo war Jennys beste Freundin und was war mit ihr passiert? War sie je im Westen gelandet oder der Staatssicherheit ins Netz gegangen? Nachdenklich ließ Jenny das Buch sinken und schaute aus dem Fenster. Suchscheinwerfer leuchteten das Innere ihres Verstands mit gleißend hellem Licht aus, auf der Suche nach einer rettenden Idee. Das Gewicht dieses müffelnden Lederbüchleins wog so schwer in ihren Händen, dass sie es am liebsten an der tiefsten Stelle auf dem Meeresgrund versenken würde.

Eines war ihr klar: Dieses Buch durfte nicht in falsche Hände gelangen. Jenny hätte der stürmischen Blonden vertrauen können, doch das hatte sie selbst nicht zugelassen. Die Angst davor, den Falschen zu vertrauen, führte in diesem

System nur allzu oft dazu, dass man den Richtigen misstraute. Hätte Jenny das Buch direkt herausgerückt, wäre Cora wahrscheinlich nicht angeschossen worden. Und dann wäre auch Fricke bestimmt nicht einkassiert worden. Hätte, wäre …

Die Verzweiflung presste heiße Tränen aus Jenny heraus, die ihr über die Wangen hinab zum Kinn flossen und von dort, statt auf ihren Mantel zu tropfen, ihren Hals entlang flossen. So verloren wie jetzt hatte sie sich noch nie gefühlt, musste Jenny feststellen. Nicht einmal, als ihre Exmatrikulation per Post ins Haus geflattert war. Schniefend wischte sie sich mit dem Ärmel ihres Mantels über die Augen. Zwei Menschen waren verhaftet worden und das war ihre Schuld … Und das alles nur wegen dieses dämlichen Buchs mit dem abgefressenen Einband. Wütend schaute sie auf das Ding, das sie immer noch in ihrer Hand hielt. Sie musste es vernichten! Es hatte schon genug Schaden angerichtet.

Entschlossen griff sie es mit beiden Händen, um es an den Buchdeckeln in zwei zu reißen, doch der Einband war zäh. Sie würde es anzünden! Ja, dieses brandgefährliche Schriftstück sollte in Flammen aufgehen! Ja … Doch sie hatte kein Feuerzeug dabei. Jenny schaute zur doppelten Wand. Der Trick würde früher oder später entdeckt werden, da war sie sich sicher. Es wäre kein gutes Versteck. Und die Zeit, jede Seite einzeln zu verreißen, wollte sie sich nicht nehmen.

Sie ging in die Hocke und fuhr mit ihren Fingern über die Holzdielen. Manche wölbten sich etwas nach oben. Altes Holz, das seinem Zweck längst überdrüssig geworden war. Vorsichtig lockerte Jenny eine Diele und quetschte das Buch darunter. Einen letzten Blick warf sie noch auf den Einband aus dunklem Leder, dann rückte sie die Diele wieder an ihren Platz und schloss mit der Holzplatte das Geheimversteck. Unbemerkt verließ sie das Haus und lief die regennasse

Straße entlang.
Von der Straße her schallte es: »Freiheit!«

Heike Bolinth
© stilusstory

Wattpad-Profil:
https://www.wattpad.com/user/stilusstory

1990 | Nutzloses Beweismaterial

Wie so oft, wurde Detective Andrew Foster durch ein lautes Klingeln aus seinem Schlaf gerissen. Bis seine Sinne sich einigermaßen geordnet hatten, verstummte das Handy auf seinem Nachttisch, weshalb er gequält aufstöhnte. Langsam tastete sich seine Hand auf dem schmalen Nachttisch voran, bis er seine Brille zu fassen bekam und sie sich auf die Nase setzte. Anschließend griff er nach seinem Smartphone und musste nach einem Blick auf die Uhrzeit feststellen, dass er verschlafen hatte: »Verdammt noch mal!«

Sein Kollege ließ des Öfteren kurz durchklingeln, um Andrew aus den Federn zu schmeißen, wenn er seinen Wecker überhört oder ihn gar nicht erst gestellt hatte. Hastig schob er seine Füße aus dem Bett und taumelte in Richtung Badezimmer. Keine zwanzig Minuten später saß Andrew in seinem Dienstwagen und drückte das Gaspedal durch.

Die Nacht zuvor, es waren kaum vier Stunden vergangen, hatte er an dem Schauplatz eines Mordes erscheinen müssen. Eines der Beweismittel lag auf seinem Beifahrersitz, in einer durchsichtigen Hülle verpackt. Die Spurensicherung befand diesen Gegenstand als nichtig, obwohl es in unmittelbarer Nähe des Schreibtischs, an dem der Tote mit seinem Ober-körper auf der Tischplatte gebettet war, lag.

Es handelte sich um eine Art Notizbuch, das jedoch dicker war, als die normalen Heftchen dieser Art. Der Ledereinband schimmerte in einer bräunlichen Farbe, dessen Oberflächen-struktur deutliche Abnutzungserscheinungen aufwies. Das geschätzt A5 große Buch machte den Eindruck, als sei es verschiedenen Witterungen zum Opfer gefallen. Neben den ein oder anderen welligen Blättern, hafteten verschiedenfarbige Flecken an dem Vorderschnitt des Buchblocks.

Andrew schüttelte den Kopf über den Neuling, der erst vor einigen Tagen seinen Dienst angetreten und seiner Meinung nach noch einiges zu lernen hatte. Das Buch schrie förmlich danach, untersucht und erkundet zu werden und deshalb hatte er es auch eigenmächtig in eine dieser Tüten der Spurensicherung gepackt und mitgenommen. Er hätte nächtelang wach gelegen und sich über dieses Buch den Kopf zerbrochen, hätte er es einfach liegen lassen. Seinem Bauchgefühl konnte der Detective zu achtzig Prozent vertrauen. Die restlichen zwanzig Prozent verbuchte er unter dem Motto »Irren ist menschlich«. Lieber hatte der Detective einmal zu viel nachgeforscht, als dass er einen wichtigen Hinweis übersehen würde.

Sein bester Freund Cameron arbeitete bei den Forensikern und durfte heute nicht zum ersten Mal ein selbst ernanntes Beweisstück von Andrew unter die Lupe nehmen. Nicht immer stieß er dabei auf pure Begeisterung oder positive Zustimmung, nein, an manchen Tagen wurde ihm sein Beweismaterial direkt gegen den Kopf geschmissen, wenn der Forensiker vor lauter Arbeit kein Land mehr sah und sein Freund ihn wieder einmal um einen Gefallen bat.

Kurz vor seinem Ziel besorgte der Detective zwei Coffee-to-go, bei einer kleinen Bäckerei nahe seinem Zielort, um seinen Freund bei seiner Ankunft etwas besänftigen zu können. Auch die Zuckerversorgung, die bekanntlich das Dopamin als inneren Antreiber in die Gänge bringt, wurde von Andrew durch eine klebrige Mohnschnecke und einem Schokocroissant gewährleistet.

»Morgen!«, trällerte der Hilfesuchende gespielt fröhlich in das Büro, in dem sein bester Freund den gesprochenen Worten seines Diktiergerätes lauschte, um sie anschließend in schriftlicher Form auf Papier zu bringen.

Dieser hob seinen Blick und visierte sofort den Pappbehälter, in dem die beiden randvollen Kaffeebecher standen, an: »Morgen! Hast du mir wieder Arbeit mitgebracht oder zeigt sich heute ausnahmsweise deine soziale Ader, und du überbringst mir bedingungslos einen Muntermacher?«

»Beides, mein Freund! Außerdem habe ich deine Lieblingsschleckereien mitgebracht. Ich dachte, dass du nach deiner anstrengenden Schicht sicherlich deinen Zuckerhaushalt pushen musst!«

Cameron verdrehte die Augen, stoppte die Worte, die monoton dem Aufnahmegerät entwichen, und lehnte sich in seinem Bürostuhl zurück. Er fuhr sich erschöpft durch seine dicken blonden Haare und nahm anschließend den von Andrew gereichten Kaffee und die süßen Stücke entgegen.

Nachdem der Forensiker den ersten Schluck des braunen Goldes seine Kehle hinuntergeschickt hatte, schmiss der Detective sein selbst ernanntes Beweisstück auf den überfüllten Schreibtisch: »Kannst du das schnell unter die Lupe nehmen? Der Neue hat dieses Notizbuch als Nichtigkeit erklärt!«

»Richard?«, platze es sogleich abschätzig aus Camerons Mund heraus.

»Was? Wer ist Richard?« Andrew war sichtlich verwirrt, da er sich sicher war, namentlich niemanden erwähnt zu haben.

»Na, der Neue!«, stieß der Blondschopf belustigt hervor und ließ beidseitig seine tiefen Wangengrübchen zum Vorschein treten.

»Wenn du doch weißt, wie er heißt, brauchst du mich nicht nach seinem Namen zu fragen. Mein Namensgedächtnis ist nicht das beste. Solltest du doch wissen!«

An Andrews mürrische Art hatte sich schon jedermann gewöhnt und keiner nahm ihm sein Gemecker übel. Schmunzelnd erhob sich Cameron von seinem Stuhl, schnappte sich das eingetütete Büchlein und deutete Andrew, ihm zu folgen.

Auf dem kurzen Weg, den die beiden zu beschreiten hatten, brachte der Detective dem Forensiker die ausschlaggebenden Eckpunkte des Tatorts näher: »Das Opfer lag mit dem Oberkörper auf dem Schreibtisch. Der restliche Körper hing verdreht auf dem Stuhl. Er wurde von der Haushälterin aufgefunden. Ihrer Aussage nach, stand die Wohnungstüre offen. Es zeigten sich keinerlei Hinweise eines gewaltsamen Eindringens und es gab keine Anzeichen eines Gewaltverbrechens. Die Dame hat bei der Überprüfung der Wertgegenstände keinen Verlust bemerken können, obwohl das Zimmer, in dem sich das Opfer aufhielt, verwüstet war. Das Opfer selbst blutete aus der Nase und aus dem Mund. Näheres werde ich erst erfahren, wenn ich im Büro bin!«

In den Laborräumen angekommen, zog sich Cameron sofort ein paar Einmalhandschuhe über die Hände und befreite das abgegriffene Notizbuch aus der Tüte, um es auf der weißen Tischplatte abzulegen. Bevor er das Objekt genauer unter die Lupe nahm, schoss der Blondschopf einige Bilder mit seiner Kamera. Andrew schlürfte in dieser Zeit genüsslich an seinem Kaffee und erfreute sich an dem warmen Gefühl, dass das braune Gebräu in seinem Magen verursachte.

»Du sollst hier keinen Kaffee trinken! Warum muss ich mich immer wiederholen?«

Der Detective ignorierte das Gemeckere seines Freundes, denn mehr als zwei Ermahnungen hatte er nicht zu befürchten.

»Auf dem Ledereinband sind einige Blutspritzer zu sehen!« Während seiner Aussage nahm Cameron einige Proben und stellte diese, nach der Beschriftung, zur Seite.

Andrew war schon ganz nervös, denn es interessierte ihn ungemein, was er in diesen Notizen vorfinden würde. Das Opfer hätte schon seit Langem ein ungutes Gefühl gegenüber einer Person oder sogar eine Vorahnung haben können, das sein Leben sich bald dem Ende neigte. Der Name irgendeines Verdächtigen könnte von dem Opfer notiert worden sein oder vielleicht würden sie sogar die komplette Auflösung des rätselhaften Falles darin vorfinden.

Als der Forensiker die ersten beiden Seiten des Büchleins in Augenschein genommen hatte, zog er die Augenbrauen zusammen: »Handelte es sich bei dem Opfer um eine männliche oder weibliche Person?«

»Männlich. Wieso?« Direkt nach der Frage warf auch Andrew einen Blick auf die notierten Worte.

»Sieht eher nach einem weiblichen Verfasser aus. Eventuell hatte der Herr aber auch ein Faible für verschnörkelte Handschriften«, stellte der Forensiker fest und blätterte einige Seiten weiter nach hinten.

Dort fanden die zwei Männer einen gelben Notizzettel, auf dem einige Nummern und Buchstaben vermerkt wurden. Des Weiteren standen dort zwei Sätze, die in keiner gelesenen Form irgendeinen Sinn ergaben.

Andrew Foster atmete schwer auf, da er keinerlei Zeit für derartige Entschlüsselungsaktionen aufbringen konnte, obwohl er das Rätseln in dieser Form schon von Kindesbeinen an liebte. »Das ist doch der perfekte Start in den Tag. Willst du deine grauen Gehirnzellen auch aus ihrer Komfortzone locken und ihnen die Möglichkeit zur freien Entfaltung bieten?«

Cameron zog vorbeugend den Kopf ein und lachte leise vor sich hin. Er wusste, dass sein Freund so früh am Morgen solch Neckereien nur schlecht wegstecken konnte, erst recht, wenn er nicht genügend Schlaf abbekommen hatte. Außer einem abschätzigen Brummen des Morgenmuffels bekam Cameron jedoch keine Reaktion.

Als die nächsten Seiten freigelegt wurden, beugte sich der Detective näher zu dem Büchlein und gönnte sich dabei einen weiteren Schluck seiner Koffeinbrühe. Dabei landete unbeabsichtigt ein kleiner brauner Tropfen auf der fein säuberlichen Schrift, der das notierte Wort sofort auszulöschen drohte.

»Andrew! Wie oft muss ich es dir denn noch sagen? KEIN KAFFEE IN MEINEM LABOR! Du vernichtest hier Beweismaterial«, fluchend schnappte sich der Forensiker ein Papiertuch aus einer Schublade, die unter der Schreibtischplatte verborgen lag, und tupfte vorsichtig die Flüssigkeit auf. Cameron stieß anschließend lauthals die angestaute Luft aus seinen Lungen und visierte seinen Freund an: »Nimm es mir nicht übel, aber es wäre mir lieb, wenn du jetzt in dein Büro flüchtest. Ich werde alles weitere genau erforschen und dich bei interessanten Funden kontaktieren. Die DNA-Analyse dauert in etwa vierundzwanzig Stunden, da wir nur minimales Material zur Verwendung haben, aber das ist dir ja bekannt!«

Der Detective legte einen reumütigen Blick auf, säuselte eine Entschuldigung vor sich hin und zog sich schließlich zurück. Er wusste nur zu gut, dass er jetzt das Feld räumen musste, denn sonst würde seine Gegenwehr auf kurz oder lang einen Streit entfachen.

In seinem Büro angekommen, konnte Andrew an nichts anderes als an das Büchlein denken. Gerne hätte er die unzählig beschriebenen Seiten durchforstet und sich die darin enthaltenen Informationen selbst vor Augen geführt. Ihn ließ die Vermutung, dass es sich bei diesem Buch um ein Tagebuch handelte, nicht mehr los und er wusste genau, dass Menschen dort viele ihrer Geheimnisse offenbarten.

Interessantes, Geheimes, Verbotenes, Vernichtendes. Alles war möglich. Es lag in seiner Natur, neugierig zu sein und Geheimnisse lüften zu wollen, was in seinem Beruf als eine gewisse Voraussetzung galt. Die Ungewissheit, was sein Freund, anstatt ihm, zuerst zu Gesicht bekommen würde, brachte ihn fast um den Verstand. Bisher lagen leider auch keine neuen Ergebnisse seiner Kollegen, die den Fall bearbeiteten, vor und deshalb musste er sich mit etwas anderem beschäftigen, da er sonst verrückt werden würde.

↢→

Achtundzwanzig Stunden später stürmte Andrew voller Ungeduld das Büro des befreundeten Forensikers: »Liegen die Ergebnisse vor? Hast du irgendwelche interessanten Einträge gefunden?«

»Hi, Andrew. Interessant sind einige der Einträge sicherlich, nur nicht von großer Bedeutung, was den Fall betrifft. Ich habe mich mit dem zuständigen Forensiker in Verbindung gesetzt und einen Abgleich gestartet. Das Blut auf dem Umschlag stimmt mit dem des Opfers überein. Die Kollegen haben keine Fremd-DNA gefunden, außer natürlich von der

Haushälterin. Die ist tagtäglich in diesem Haus zugange und deshalb ist das auch nicht verwunderlich!«

Niedergeschlagen, da nichts Nützliches bei dieser Aktion herausgekommen war, griff Andrew nach dem Buch, das auf dem vollgeladenen Schreibtisch zum Abtransport bereitgelegt wurde: »Trotzdem danke! Wir sehen uns!«

»Hey, lass den Kopf nicht hängen. Zumindest musst du dich nicht mit dem Was-wär-wenn-Gedanken quälen, hättest du das Buch nicht mitgenommen!«, die tröstenden Worte wurden von dem Detective wahrgenommen, jedoch nicht kommentiert.

Noch bevor er das Labor verlassen konnte, nahm er ein gequältes Stöhnen wahr. Ein Blick über seine Schulter verriet ihm, dass diese Lautäußerung von seinem Freund stammen musste.

»Alles in Ordnung?«, Andrew legte einen sorgenvollen Blick auf, als er Camerons verzerrtes Gesicht sah.

»Ich weiß nicht. Seitdem ich in dem Buch lese, steigern sich meine Kopfschmerzen von Minute zu Minute!«, der Forensiker ließ Zeige- und Mittelfinger über seine Schläfen kreisen, um sich etwas Erleichterung zu verschaffen.

»Hast du es schon mit einer Tablette versucht?«

»Sicher, aber die zeigt keine Wirkung! Mach dir keine Gedanken, das wird bestimmt von meinem verspannten Nacken kommen. Jetzt verzieh dich, ich habe zu tun!«, mit einem gekünstelten Lächeln und einer ausladenden Handbewegung verabschiedete der Forensiker den Detective.

↢→

Andrew schmiss sich in seinen Dienstwagen und erhielt kurz darauf einen Anruf seines Kollegen. Dieser teilte ihm mit, dass das Opfer laut Obduktion an einer Hirnblutung starb. Es wurde vermutet, dass durch den aufkommenden Schwindel und durch die Benommenheit die Verwüstung zustande kam und das Opfer sich in letzter Sekunde auf seinen Bürostuhl rettete. Da die Einblutung stark ausgeprägt war, hatten die Symptome rasch zugenommen und den Herrn seines Bewusstseins beraubt. Dadurch knallte er frontal mit dem Gesicht auf die Schreibtischplatte, wodurch sich die Nasenblutung erklären ließ. Die Verletzung im Mundraum konnte durch einen Zungenbiss erklärt werden. Da dieser Vorfall direkt nach Feierabend der Haushälterin geschehen sein musste, kam jede Rettung zu spät.

Andrew schmiss sein Smartphone auf den Beifahrersitz und warf einen Blick auf das Buch, das neben ihm auf dem Beifahrersitz lag. Das aufkommende, schlechte Gefühl gegenüber diesem Schriftstück konnte er sich nicht erklären, doch ignorieren ließ es sich auch nicht. Der Gedanke an die plötzlich auftretende Hirnblutung des Toten und die Tatsache, dass sein Freund nun mit Kopfschmerzen zu kämpfen hatte, nachdem er sich die Nacht mit dem Buch um die Ohren geschlagen hatte, verschaffte Andrew Magenschmerzen. Hastig stieg der Detective aus seinen Dienstwagen und stürmte erneut das Labor, um den Forensiker mit einer Fahrt in das nahe gelegene Krankenhaus zu überraschen. Trotz dessen Widerwillens wurde Cameron von seinem Freund zu einem ärztlichen Check gebracht und musste aufgrund der enormen Intensität der Kopfschmerzen eine Nacht zur Überwachung dort verbringen. Ob ein Zusammenhang zwischen den beiden Männern und dem Buch bestand, konnte Andrew nicht nachvollziehen, denn manche Dinge blieben auch in seinem Job ein Rätsel, doch er war froh, Cameron nun in ärztlicher Obhut zu wissen.

Nachdem der Detective das Krankenhaus verlassen und

sich wieder in seinen Dienstwagen bequemt hatte, startete er den Motor und steuerte den nächstbesten städtischen Mülleimer an. Sein Blick schweifte zu dem Sitzpolster seiner Rechten. Der Drang, wenigstens einen Blick auf den Inhalt des Büchleins zu werfen, war enorm. Cameron hatte ihm nicht verraten, welche Informationen sich darin befanden und alles als unbedeutend, auf den Fall bezogen, abgestempelt. Andrew ließ seine Finger über den Einband gleiten, wollte dem Drang, darin zu lesen, nachgeben und hob einige der Seiten an. Genau in diesem Moment durchbrach der Klingelton seines Handys, auf dessen Bildschirm Camerons Name aufleuchtete, sein Vorhaben. Ob es ein Wink des Schicksals oder nur reiner Zufall war, vermochte der Detective nicht zu beurteilen, jedoch konnte er das Geschehene auch nicht ignorieren.

Kurzerhand entsorgte er das nutzlose und Unheil bringende Buch, das seinem Freund wertvolle Zeit und womöglich fast das Leben geraubt hatte, und widmete sich anschließend dem unaufhörlichen Klingeln.

Rojo
© *Rojo1407*

Wattpad-Profil:
https://www.wattpad.com/user/Rojo1407

1992 | Fiktion oder Realität?

New York, USA.

Der Regen preschte gegen die beschlagenen Fensterscheiben. Thais lag auf ihrem Bett und starrte regungslos auf die Regentropfen, die immer und immer wieder gegen das Glas prallten. Sie ignorierte die Geräusche um sich herum, indem sie altmodische Kopfhörer im Ohr trug. Ihre Pflegeeltern stritten mal wieder.

Mit Intelligenz gesegnet und dennoch so dumm, dachte sie und drückte die Seitentaste auf ihrem zersprungenen Display.

Heutzutage brauchte man keine Handys und Kopfhörer mehr. Aber Thais liebte das altmodische, antike Zeug. Und ausgerechnet heute war für sie ein schrecklicher Tag, das wusste jeder, der mindestens drei Sätze mit der jungen Frau gesprochen hatte.

Die Regierung wollte heute die letzte Erinnerung der *alten Zeit* abreißen.

Thais löste sich aus ihrer Trance und rollte sich von ihrem Bett. Sie schnappte sich ihren Rucksack, schulterte diesen und öffnete leise die Tür ihres Schlafzimmers.

Die Worte ihrer Eltern kamen gedämpft und gleichzeitig glasklar hoch.

»So kann es nicht weitergehen! Sie wird nichts machen! Sie wird im Zimmer versauern! Sie sollte der Regierung dienen gehen!«, fuhr ihre Mutter ihren Vater an.

Dieser schwieg für einen Moment, ehe seine Stimme nun etwas ruhiger über seine Lippen kam, so als ob er bemerkt hatte, dass seine Tochter lauschte. »Gebe ihr Zeit. Sie ist jung. Sie will sich erfinden und ausleben!«

»In dieser Gesellschaft gibt es kein Finden und Ausleben! Wir können froh sein, dass wir nicht tot sind!!«

Thais schloss ihre Augen.

Wäre die Menschheit damals ausgestorben, gäbe es die jetzigen Probleme nicht mehr. Wir wären keine Parasiten. In einem goldenen Käfig.

Sie öffnete ihre Augen wieder und setzte einen Fuß nach vorne. Leise schritt sie die Treppe hinunter, schnappte sich ihre Jacke und verschwand in dem aufkommenden Sturm.

Sie versteckte ihre braunen Haare unter ihrer Kapuze und zog sich diese automatisch tiefer ins Gesicht. Die Reklametafeln glühten hinterhältig in der Dunkelheit, vereinzelt hörte man die Autos in der Ferne über den Asphalt rauschen. Ihr Blick glitt über die modernen, hohen Glashäuser. Mittlerweile abgenutzt, doch vor nicht allzu langer Zeit waren es die modernsten Häuser gewesen, welche Sicherheit boten. Sicherheit vor Naturkatastrophen und gierigen Menschen. Dabei hatten bislang doch nur die gierigen Menschen überlebt und die anständigen waren zu Mutternatur geworden.

Thais lief über den nassen Boden entlang, registrierte aus dem Augenwinkel verschwommene Lichter, die zu den umliegenden Häusern und Gärten gehörten. Durch ihre Kopfhörer konnte sie nun das Rauschen der Roboter in den Innenräumen wahrnehmen, da diese automatisch ein Störsignal bei ihr verursachten. Grimmig verzog sie ihr Gesicht und zog sich die Geräte schließlich vom Kopf. Die Geräusche vom Regen, von lachenden Menschen, von surrenden Robotern, hupenden Autos, alles stürzte auf ihr Gehör ein.

Sie hasste diese *klaren* Geräusche. Mit verzogenen Augenbrauen rannte sie nun los. Darauf bedacht, nicht auszurutschen, hüpfte sie über den Pfützen. Ihr Atmen fing an, kleine

Wölkchen zu bilden, die stoßweise über ihre Lippen kamen. Es war einfach kalt draußen.

»Eine Sache. Nur eine Sache, die mich an früher erinnern soll… Ich brauche nur eine Sache«, sagte sie keuchend zu sich. Sich selbst laut reden hören, das ließ sie mittlerweile nicht mehr verrückt werden.

Dunkel erinnerte sie sich an ihr *erstes Leben* zurück.

Die Menschheit kam mit den Nachwirkungen der Corona-Pandemie noch immer nicht zurecht, auch wenn diese schon seit sechs Jahren zurücklag. Naturkatastrophen stürzten über die Kontinente und Thais erinnerte sich zu gut an den Tag, an dem sie vor dem Fenster saß und Chips gegessen hatte. Ein abgeranzter, sahniger Geschmack. Ihr Bruder stritt mit ihrer Schwester. Ihre Mutter war im Krankenhaus arbeiten.

Genervt verdrehte sie ihre Augen, drückte auf die Taste der Fernbedienung, damit der Ton lauter wurde.

»Seid leise!«, schrie sie ihre Geschwister an.

Worte, die ihre Zunge für immer brandmarken würden. Ehe sie einen klaren Gedanken fassen konnte, hatte Thais festgestellt, dass sie allein war. Ihre Erinnerungen projizierten vor ihrem geistigen Auge den Film *2012*.

Waldbrände waren Normalität geworden. Der Extrem-Regen im Sommer war normal geworden. Dass die Jahreszeiten Frühling und Herbst verschwanden, war normal geworden. Aber keiner war darauf vorbereitet gewesen, dass nach einem rapiden Hitzeanstieg eine Eiszeit einbrechen würde. Die Eiszeit löste sich mittlerweile im Jahre 3023 auf, weswegen es nun seit Monaten schon fast zwanzig Stunden am Tag durchgängig regnete. Aber der Regen spülte definitiv nicht die alten Wunden fort.

Thais riss sich die Kapuze vom Gesicht, keuchte, als sie durch die Tür der eigentlich abgeschlossenen Bibliothek fiel und versuchte, Sauerstoff in ihre Lungen zu pressen. Unabsichtlich war sie die letzten Meter gerannt, als ob eine unbewusste Macht in ihr sie mahnte, schnell zu sein. Nicht das sie verfolgt werden würde.

»Scheiße ...«, fluchte sie leise. Sie versuchte, ihre Atmung zu regulieren und zu drosseln. Draußen suchten Roboter die Gegend ab. Keiner sollte doch in die Nähe der alten Gebäude kommen. Sie waren ein Schandfleck.

Sie erinnerte an eine Zeit, die verdammt war. Thais schniefte, ehe sie sich ins Innere wagte. Oft genug war sie schon in den alten Mauern gewesen. Es roch modrig, nach nassem Papier. Das Dach war undicht, der Regen tropfte immer wieder hinein und sickerte langsam durch den Boden. Kalter Wind ließ die hölzernen Bücherregale ächzen. Ihre Fingerspitzen wanderten über das kalte Holz. Mittlerweile kannte sie jede Ecke auswendig, jedes Buch, jede Faser, jede raue Unebenheit.

Früher hatte sie oft in Bibliotheken sich herumgetrieben, um den Alltag zu entkommen, dass ihre leibliche Mutter eines Tages die Krise bekam und vor lauter Verzweiflung ihre Tochter nicht mehr aus der Wohnung ließ. Lesen ist Wissen und Wissen ist Macht. Aber zu viel lesen, das bringt einen doch um den Verstand.

»Bald kannst du Realität und Fiktion nicht mehr unterscheiden Thais!«, hatte ihre Mutter geschimpft.

Die junge Frau hielt inne. Die Worte ihrer leiblichen Mutter brachten sie zum Schmunzeln.

Ihre Finger blieben am Regal kleben. Sie dachte an ihre Mutter und ihre Geschwister, ehe sich ein fremder Anblick auf ihre Netzhaut brannte.

»Hm?« Ihre Finger packten das Buch. »Du bist neu«, murmelte sie zu sich und zog es hervor. Es roch nach altem Leder, Fussel klebten an der oberen Ecke. Aber es war kein Staub zu sehen. »Und gelesen.«

Irritiert hob sie ihren Kopf und sah sich um. Sie lauschte angestrengt in die Gänge und versuchte, so herauszuhören, ob jemand hier war. Sie ließ das Buch liegen und schritt nun leichtfüßig die ganze Bibliothek auf und ab, nur um festzustellen, dass sie alleine war und ihre Paranoia sie unnötig selbst von innen nach außen zerstörte.

Ein totaler Überwachungsstaat hatte in ihren Nacken imaginäre Augen gepflanzt. Das Gefühl, dass man sie immerzu beobachtete, hörte nicht auf, egal wie sehr man versuchte, diese quälenden Gedanken loszuwerden. Thais wusste innerlich, dass es lächerlich war, so zu denken. Der kleine rationale Teil in ihrem Gehirn wusste, dass sie nicht beobachtet wurde.

Als sie am besagten Regal wieder ankam, fasste sie das Buch zwischen ihre Finger und starrte.

»Wie kommst du hierher?«, murmelte sie und blätterte es durch. »…das ist ein Notizbuch …«

Thais Herzschlag beschleunigte sich. Die unterschiedlichen Daten sowie Handschriften zeigten alle völlig verschiedenen Zeitalter an.

Schweigend setzte sie sich auf den Boden und fing zu lesen an. »Das älteste Jahr ist 1953…«, murmelte sie erneut leise zu sich.

Ihre Augen verflossen sich in den handgeschriebenen Buchstaben und ehe sie sich verlas, fühlte sie sich wieder wie 14 Jahre alt.

Thais war eine junge Frau mit braun gelocktem Haar, durchschnittlich groß für eine junge Erwachsene im Alter von 26 Jahren. Sie war mit überdurchschnittlicher Intelligenz gesegnet, einfach ausgedrückt, sie war hochbegabt.

Diese Tatsache führte dazu, als die Umweltkatastrophe auf der Erde hereinbrachen, dass sie für den Eisschlaf ausgewählt wurde. Ahnungslos darüber, dass ihre Mutter für diese extreme, seltene Situation vor Jahren schon eine Versicherung für das Überleben ihrer Tochter abgeschlossen hatte.

Sie kaute auf ihrer Unterlippe herum, als sie eine Notiz sah. Mittlerweile las sie eine Geschichte, die an einen Krimi erinnerte.

»Ist das alles real? Oder ausgedacht?«, fragte sie sich und stoppte. Sie ließ ihre Finger durch die Blätter wandern. »Fiktion oder Realität … Mama?« Sie stoppte die Bewegung ihrer Finger und öffnete das Notizbuch wieder. Leere, weiß-gelbliche Seiten lächelten sie an. »Meine Fiktion ist die Realität ...«, murmelte sie zu sich.

Thais holte einen Kugelschreiber aus ihrer Innenseite der Jacke hervor und schrieb das Datum in die obere rechte Ecke.

New New York 19.08.3023
Heute soll die Bibliothek abgerissen werden, der letzte Zeitzeuge in New - New York.
Die Menschheit verblödet. Wir haben uns unsterblich gemacht und im Gegenzug unsere Freiheit verkauft. Ich bin Thais. Und ich vermisse meine Geburtszeit.

Sie starrte die Zeilen an und lächelte zufrieden. Draußen donnerte es. Der Sturm war schlimmer geworden. »Das ist doch eine schöne Erinnerung an diese Zeit«, seufzte sie nostalgisch gequält. Sie wusste, dass sie nach Hause musste. Ihre Pflege-eltern waren keine schlechten Menschen, sie waren angese-hene Wissenschaftler, die den Eisschlaf entwickelt hatten und weiterhin erforschten. Thais wusste, dass sie ihr Leben den beiden verdankte. Ihnen. Was ihre leibliche Mutter für sie getan hatte, das Wissen blieb ihr leider verwehrt.

Seufzend stand sie vom Boden auf. Ihre Füße schlurften über den Boden. Draußen donnerte es erneut, Blitze erhellten schummrig die leeren Gänge der Bibliothek.

»Draußen tobt ein immer stärker werdender Sturm und sie wollen es heute unbedingt abreißen. Nur weil übermorgen der Jahrestag der Katastrophe ist. Abergläubisch«, sprach sie erneut zu sich selbst.

»Ja, richtig abergläubisch«, sagte eine kichernde, sanfte Stimme neben ihr.

»Hmm… richtig abergläubisch. Ich meine, das ist doch so dämlich, Menschen legen sich mit einem Glauben Ketten auf und dann-« Thais hörte abrupt auf zu sprechen.

Ihr Puls beschleunigte sich, ihre Halsmuskulatur ver-spannte sich, ihr Kopf drehte sich zur Seite. Neben ihr stand ein junges Mädchen, sie sah aus wie 13 Jahre. Sie erinnerte sie an ihre jüngere Schwester.

Thais kreischte auf, sprang zur Seite und donnerte gegen eines der Bücherregale. Die Bücher wackelten, einige fielen polternd zu Boden. Die junge Frau blickte sich panisch um, ehe eine weitere hoch gewachsene Frau im Kleid kam.

»Hört auf zu schreien! Das ist eine Bibliothek!«, mahnte sie beide und sah daraufhin missbilligend Thais an. Abwer-tend drehte sie sich weg. Thais drückte verkrampft das Notiz-buch an sich, ehe sie an dem kichernden Mädchen vorbei stürmte. Sie bildete sich ein zu hören: »Willkommen in New York.«

Hupende Autos, volle Straßen mit überquellenden Menschen empfingen sie. Wie aus der Zeit gefallen, blieb Thais mitten auf dem Bürgersteig stehen, hörte wie Männer und Frauen sich kopfschüttelnd an ihr vorbei drängten, nahm halbwegs wahr, dass Kinder auf sie zeigten und sie auslachten. Oder anlachten, Thais nahm das nicht wirklich wahr.

Das Einzige, was sie fühlte, war, dass sie unter ihrem Kapuzenpulli und der weiten Jogginghose schwitze. Ihr abgeranztes Aussehen passte nicht zu New Yorks eleganter Aufmachung.

Keuchend nach Luft schnappend rannte sie wieder los, zog fragende Gesichter hinter sich her. Ihr Füße rannten über den staubtrockenen Boden.

Keine Pfützen? Kein Regen? Die Sonne scheint. Sonne! Ihre Gedanken überschlugen sich, dass sie nur einzelne Wortfetzen im Kopf zusammenwürfelte. Sie rannte und rannte, weiter durch die vollen Straßen, riss kleine Jungen, die versuchten, Zeitung zu verkaufen, beinahe zu Boden, bis sie erneut mitten auf der Straße stehen blieb. Ihr Puls pochte in ihren Ohren. Ihre Wangen glühten rot. Sie fasste in ihre Jackentasche und suchte Kleingeld. Immerzu wurde sie dafür belächelt, man konnte doch mit den Robotern alles autonom abwickeln. Nun aber schritt Thais grimmig schauend auf den kleinen Jungen zu.

»Entschuldige.« Ihre schwache Stimme passte nicht zu ihrem aggressiven Auftreten.

»Ja, Miss?«, fragte der Junge höflich lächelnd. Er hielt ihr übervorsichtig eine Zeitung hin.

»Eine Zeitung«, sagte Thais trocken und tauschte ihr belächeltes Kleingeld gegen die Zeitung aus.

Sie sah nicht, wie der Junge mit großen Augen leicht verwirrt auf die Münzen starrte.

»Miss ...?«, sagte er verdutzt. »Was ist das...«, hob er seinen Kopf, »für eine Währung?«

Thais war bereits in einer der Seitenstraßen verschwunden.

Das Haus ihrer Pflegeeltern fand sie nicht. Generell war das New York, in dem sie sich befand, völlig anders aufgebaut. Ihr Gehirn brauchte einen Moment, um zu verarbeiten, was überhaupt los war. Die Zeitung datierte das Jahr 1992.

»Scheiße… das ist doch nicht möglich…«, sagte sie.

Dabei hatte ihr Körper über Jahrzehnte hinweg im Eis tiefgefroren geschlafen. Den Gedanken blendete sie aber aus. In die Zukunft reisen könnte man. Man schloss seine Augen und dann wurde es morgen. Die Zeit floss voran, nicht rückwärts.

»Scheiße…«, wiederholte sie leise und die Enden der Zeitung zerknitterten in ihren Händen.

Sie ließ ihre Hände sinken. Raschelnd legte sich die Zeitung über ihre Knie. Ihr Blick richtete sich in die Richtung der Sonne. »Fiktion oder Realität?«, murmelte sie erneut zu sich.

Die Sonne wärmte ihre Wangen. Aber sie wärmte nicht die Tränen, die ihr nun aus den Augen flossen und salzige Spuren auf der Haut hinterließen.

New York 08.12.1992

Das ist unglaublich. Heute, jetzt auf die Stunde genau, wo ich hier hineinschreibe, ist mein viermonatiges Verschwinden aus meiner Zeit. Manchmal habe ich die Hoffnung, dass ich im Koma liege und aufwache. Aber dann frage ich mich, wenn ich im Koma liege und aufwache, was ich mir davon erhoffe? Das Leben hier ist so viel besser. Ein funktionierendes Ökosystem, das ist so geil! Sonne, Natur, man kann sich frei bewegen. Es ist kein völliger Überwachungsstaat hier. Gut, die Zeit ist nicht völlig perfekt, aber man kann hier leben.

Blöderweise haben die Frauen momentan noch nicht so viele Rechte. Das ist so das Einzige, was mich richtig stört.

Ansonsten genieße ich das Leben hier. Ich hatte die ersten Wochen eine vollkommene Reizüberflutung, ich dachte, ich drehe durch. Aber nun, nach vier Monaten kann ich endlich hier reinschreiben. Das ist hier Realität. Ich lebe im Jahre 1992. Der Beweis aber, dass ich aus der Zukunft komme, steht oben in den Zeilen. Da steht New-New York 3023. Das ist keine Lüge. Dieses Notizbuch ist der Beweis dafür!

Thais klappte das Notizbuch zu. Sie trug ein einfaches Outfit, womit man in der Masse schnell untergehen konnte. Hauptsache nicht auffallen, das war wichtig. Sie hatte sich der Zeit angepasst, darauf kam es an.

Ihre Finger umklammerten ihre warme Tasse Kaffee. Sie lächelte der Sonne entgegen. Die neue Realität hatte sie akzeptiert, auch wenn es ihr noch immer schwerfiel, ihren Wortschatz der jetzigen Zeit anzupassen. Sie dachte, sie hätte sich unsichtbar gemacht, aber als es neben ihr ruckelte, sah sie in die Augen eines jungen Mannes. Sein Haar war schwarz mit blond gefärbten Strähnen. Er trug silberne Ketten und Ringe an den Fingern.

Thais starrte auf seine Hals Tätowierungen, ehe sie auf seine Hände sah.

Ist das italienisch?, fragte sie sich im Stillen. Sie registrierte, dass die Leute an den umliegenden Tischen alle aufgestanden waren. *Amerikanische Unterwelt?*

»Kann ich behilflich sein?«, fragte die junge Frau höflich. Sie steckte das Notizbuch in ihre Tasche.

Der Mann starrte auf das abgenutzte Büchlein und dann sie wieder an.

»Sie sind nicht von ihr ...«, schnitt er direkt ins Eis.

»Sie auch nicht ...«, sagte Thais lächelnd weiter.

»Mein Name ist Elio«, stellte er sich nun vor.

Italiener, dachte Thais nun bestätigend, *in New York.* Sie lächelte weiterhin. Die Fassade der Höflichkeit musste sie bewahren, das wusste sie.

»Thais«, gab sie ihren Namen nun preis, das erste Mal in der fremden, vertrauten Stadt.

Elio griff in seine Hosentasche und holte ein Kärtchen hervor. Er hielt es ihr vor die Nase. »Ich brauche Leute wie Sie.« Die Karte wanderte von ihrer Augenhöhe auf den Tisch herab und blieb neben ihrer leeren Kaffeetasse liegen.

»Ich bin nur eine Frau«, spielte sie ihr Dasein hinunter. Ihre Augen fixierten aber bereits die Karte. »Warum steht auf der Karte nur Geschenk der Sonne?« Irritiert blickte sie auf.

Elio stand nun auf und lächelte bedacht. »Ruft mich an, wenn Sie so weit sind.«

Thais blickte ihm nach, dann wieder auf die Karte. Sie nahm diese zwischen ihre Finger. »Geschenk der Sonne«, sagte sie und hielt das rechteckige kleine Papier nun der Sonne entgegen.

New York 08.12.1992

Hi Notizbuch. Oder Tagebuch? Ich weiß noch nicht, wie ich dich nennen soll. Heute ist auch noch etwas Relevantes passiert. Ein Mann namens Elio ist mir begegnet, Italiener mit Tattoos. Er trägt es so offensichtlich, dass er die Leute damit bewusst abschreckt. Ich habe keine Ahnung, was er von mir möchte. Er meinte, er sucht Leute wie mich? Er sah gut aus. Das muss ich schon zugeben. Aber dass er gut aussieht, hilft mir nicht weiter. Ich sollte in meine Zeit zurück. Oder? Eigentlich will ich nicht zurück. Ich muss über ihn nachdenken. Diesen Elio.

Thais schrieb wieder in das Notizbuch und trank schließlich ihren Kaffee leer. Um sie herum saß mittlerweile niemand mehr, Elio hatte dafür gesorgt, dass ihr keiner mehr näherkam. Dieses Dilemma spürte sie die darauffolgenden Tage auch noch, was dazu führte, dass sie knapp eine Woche später den mysteriösen Italiener kontaktierte.

Sie hatte sich zwar unauffällig verhalten wollen, aber sie wollte nicht von den Leuten ignoriert werden. Der Blumenverkäufer auf der Straße gegenüber achtete sie nicht mehr, die Bedienungen des Diners machten einen großen Bogen um sie, bis sie ihren Arm hob. Thais wurde in ihrem kleinen, bescheidenen Viertel in der Einzimmerwohnung innerhalb einer Woche so ignoriert, dass der Vermieter sie fristlos hinausschmiss. Das Einzige, was sie bei sich trug, was relevant war, waren ihre Klamotten und ihrer Zeit und das verdammte Notizbuch.

Nun ging sie mit der Plastiktüte zitternd dem Sonnenuntergang entgegen. Ihre Zähne klapperten. Dabei war sie an Kälte und Regen gewöhnt gewesen. Aber nun vermisste sie innerhalb von wenigen Sekunden die Sonne.

»Thais«, sagte die leicht vertraute Stimme.

»Elio«, begrüßte sie, ohne sich umzudrehen. Sie blickte der Sonne entgegen, so als ob sie Angst hatte, sie nicht mehr sehen zu können.

»Ich dachte, Sie melden sich nicht mehr.«

»Ich sagte, ich überlege es mir.«

»Nein, das haben Sie nicht«, sagte Elio lachend.

»Sie sind auch einfach ohne ein weiteres Wort aufgestanden, bevor ich überhaupt antworten konnte.«, brummte Thais nun und drehte sich um. Elio trug einen langen schwarzen Mantel, der vom Hals ab zugeknöpft war. Ein Schmunzeln lag auf seinen vollen Lippen.

»Kommen Sie. Trinken wir einen Espresso.« Er lief auf das Gebäude zu, das links an der Straßenecke thronte.

Thais folgte stumm. Sie fühlte sich naiv, einfach einem Fremden zu folgen. »Ich mag keinen Espresso.«

Die junge Frau war so sehr in Gedanken versunken, dass sie nicht merkte, dass er stehen blieb und sie in ihn hineinlief. Ihr Gesicht drückte sich angenehm in seinen Rücken. Der Geruch von Vanille und Zitrone stieg in ihre Nase.

Klischeehaft wie im Buch. Und er riecht so gut, dachte sie und verharrte einen Moment zu lange an ihm. Elio lauschte dem zarten Körper, ehe er einfach wegtrat.

»Sie sollten wachsam sein«, kommentierte er. Stumm schritt er wieder los.

Thais biss sich auf die Zunge und blickte sich nun um. Das Gebäude sah von innen viel moderner aus als angenommen. Ein vertrautes Surren kam ihr in die Ohren, es erinnerte sie an Hochleistungsrechner, was zu dieser Zeit nicht möglich war. Auch erinnerte sie es an die kleinen Hilfs-Roboter, die versuchten, ihrer Pflegemutter die Arbeit im Haushalt abzunehmen.

Mit einem flauen Gefühl im Magen folgte sie weiter, die Flure entlang. Sie hatte alles erwartet, Junkies, Drogen-Dealer, Prostituierte, Menschenhandel, Geldwäscherei.

Aber nicht, dass vor ihr ein Hightech Computer aus ihrer Zeit stand, mehrere große Bildschirme und unzählige kleine an die Wand gemeißelt.

Ihre Hand verkrampfte sich um das Notizbuch, welches sie in ihrer Jackentasche drückte.

Das war die einzige reelle Erinnerung an ihre Zeit. An die Zukunft.

Elio breitete seine Arme aus. »Der Sonne entgegen. Das ist unser Kredo. Wir wollen die Katastrophe aufhalten, bevor sie überhaupt beginnt. Es gibt immer weniger Menschen, die durch die Zeit fallen. Unser Notizbuch findet immer weniger unseresgleichen.«

»Es ist nicht unser Notizbuch Elio ...«, brummte eine weitere sanfte Stimme hinter einem Rechner. Ein Gesicht mit Brille lugte hervor. »Keiner kennt den Erschaffer des Buches. Es ist nur ein Buch.«

»Du hast mir meine Rede versaut, Regulus!«, brummte Elio auf. Er sah zu ihm, dabei beobachtete er genau Thais Reaktion. Sie blieb stumm, aber ihr Körper reagierte. Er konnte ihre Angst riechen.

»Thais?«, fragte er schließlich.

Thais ging einige Schritte zurück, ehe sie den Flur entlang rannte, hinaus, auf die offene Straße, Richtung Wasser. Ihre Fingerknöchel traten weiß hervor, als sie das Notizbuch aus ihrer Jackentasche riss.

»Fahr zur Hölle!«, schrie sie überfordert und holte mit ihrem Arm aus. Im hohen Bogen flog es durch die Luft und fiel mit einem dumpfen Plumps ins Wasser. Erleichtert und verzweifelt wollte sie aufatmen, da preschte Elio an ihr vorbei, ins eiskalte Wasser hinterher.

Mit dem Notizbuch tauchte er wieder auf und rangelte sich an den festen Boden. Hustend sah er Thais an. »Vielleicht bist du doch nicht diejenige, die wir suchen«, zischte er mit bläulichen Lippen.

Sein Körper war vom eiskalten Wasser durchnässt.

New York 15.12.1992

Hi Notizbuch. Dank mir hast du einen totalen Wasserscha-
den. Elio hat dich gerettet und wieder auf Vordermann
gebracht. Man kann sogar noch die anderen Seiten lesen, der
Italiener hat ein paar gute Tricks auf Lager. Ich bin dir defi-
nitiv nicht würdig. Tut mir leid, dass ich dich zerstören wollte.
Ich war nur so überfordert. Ich dachte, ich drehe nun völlig
durch. Ich habe mich doch gerade schön eingelebt in eine
fiktionale Realität und dann kommt Elio um die Ecke und
sagt, es ist die normale Realität. Das ist nicht fair. Ich dachte,
ich kann gut klar kommen mit dem, was ich mache. Einfach
leben. Aber das funktioniert nicht. Elio ist sauer auf mich.
Dabei kennt er mich nicht mal. Der gut aussehende Italiener
ist echt ein Idiot... Verflucht, ich finde sein Aussehen so heiß.

Obwohl, vielleicht ist er auch einfach nur enttäuscht? Ein
schmollender, heißer Italiener.

Es klopfte an Thais Tür. Sie hörte auf, ihre Fantasie über ihren
Freund weiter aufschreiben zu wollen und klappte das Buch
zu.

»Offen«, sagte sie und lehnte sich auf ihren Stuhl zurück.

Es war knapp eine Woche her, dass sie nun in dem großen,
alten Gebäude mit dem hightech Rechner wohnte, immerhin
hatte sie keine Wohnung mehr in New York.

Elio stand oberkörperfrei im Türrahmen und hielt Münzen
in der Hand. »Haben wir von einem Zeitungsjungen. Wir
wollten die Zukunft positiv verändern und nicht wieder eine
Hexen-Hysterie wie im siebzehnten Jahrhundert verursachen.«, sagte er. Er legte die Münzen auf die Kommode.

Thais musterte ihn und stand auf. »Elio?«

»Hm?« Er verschränkte seine Arme vor seiner Brust.

»Ich glaube, nun bin ich so weit.«

»Und das glaubst du weil?«

»Weil ich Bücher liebe.«

Elio sah Thais verständnislos an. »Du bist noch ein Kind ...«, seufzte er. »Und hast keine Ahnung.«

»Und du? Was bist du?«, fragte Thais provokativ und folgte ihm hinaus, stur in sein Zimmer. Da blieb sie aber im Flur stehen, anstatt ins Zimmer hineinzugehen. In ihrem brodelnden Gehirn herrschte immerhin etwas Anstand.

»Du kennst mich nicht«, sagte er und zog sich an.

»Und du mich auch nicht. Also sollten wir uns kennenlernen und dann noch mal von vorne anfangen. Bitte! Ich zerstöre das Notizbuch auch nicht mehr.«

»Thais, es geht nichts um das Notizbuch! Es geht darum, die Menschheit zu retten! Oder warst du glücklich im goldenen Käfig?!«

Thais erstarrte. Nur Leute aus dem Jahre 3023 bezeichneten ihre neu gewonnene Freiheit so.

»Ich hatte das Notizbuch vor dir. Ich dachte mir, wenn ich es in der Bibliothek so platzierte, dann überdauert es die ganzen Jahrhunderte. Und es hat überdauert. Und als du reingeschrieben hast, aus der Zukunft, habe ich es gesehen! Denn du warst da schon in dieser Zeit hier!«

»Was?«, sagte sie schwer atmend.

Elio seufzte.

»Was ist mit Regulus. Hatte er das Notizbuch auch?«

»Nein. Nur du und ich.«

»...Ich habe dich nie gefragt, wie du den Rechner hier rein bekommen hast«, sagte sie zögernd.

»Habe ich gebaut. Alles, was hier drin ist, habe ich gebaut. Es gab eine Zeit, wo ich zwischen 3023 und hier hin und her wechseln konnte. Und eines Tages konnte ich es nicht mehr.

Also muss ich irgendwas gemacht haben, was die Zeitreisen beeinflusst hat.«

Thais blickte zu Boden. »Die Kühler vom Eisschlaf sind kaputt gegangen bei einem Sturm. Einige wollten noch später aufwachen. Jeder hat ein anderes Wunschdatum…«

»Verstehe.« Elio seufzte erneut.

»Können wir uns nun trotzdem kennenlernen?«, versuchte die junge Frau erneut ein Gespräch wieder aufzubauen. Ihre Finger fassten behutsam an seine warme Haut.

↩

Die Sonne wärmte die leeren, ausgetrunkenen Tassen vom Espresso und Kaffee.

Das Notizbuch lag aufgeschlagen auf dem runden, metallischen Tisch. Die Seiten flatterten umher, es hatte paar Knicke und Kratzer. Wasserflecken, unzählige Wasserflecken zierten einigen Seiten.

Thais und Elios Geschichte. Die hatte Thais versucht aufzuschreiben, zu erzählen. Ein guter Satz beschriebene Seiten. Handschriftlich verfasst, hatte sie von den Abenteuern erzählt, wie sie mit Elio versucht hatte, für den Schutz der Menschheit und der Artenvielfalt zu demonstrieren, für Rechte und Freiheit, dafür, dass keine Genexperimente abgesegnet werden und man aufpassen soll auf seine Gesundheit. Dass Unsterblichkeit keine Freiheit ist.

Thais schrieb und schrieb und schrieb auch von ihrer gefundenen Liebe in der Vergangenheit.

Doch hatte sie wirklich die Vergangenheit geprägt oder die Zukunft sie?

Das Notizbuch lag einladend weiterhin auf dem runden Tisch, als Elio noch mal zurückkam. Er blickte drauf. »Erzähle unsere Gesichte weiter. Immer der Sonne entgegen. Der Sturm darf nicht kommen. Niemals.« Er sah, wie seine Karte beinahe rausflog. Behutsam steckte er diese wieder zwischen die Seiten, ehe er zu Thais lief.

New York strahlte im Sonnenuntergang.

»Ich muss noch mal zur Bibliothek«, sagte er und gab ihr einen leichten Kuss auf die Haare.

»Veränderung?«, fragte Thais und schloss ihre Augen. »Zum Positiven?«

»Hmm…«

»Immer der Sonne entgegen«, hauchte sie.

Die Seiten des Notizbuchs raschelten weiter im Wind. Offen blieben sie liegen und entblößten so die letzten geschriebenen Seiten.

New York 01.01.1993

Hi Notizbuch. Ein neues Jahr bricht an. Ich hatte den Vorsatz, jeden Tag oder mindestens jeden zweiten Tag hineinzuschreiben. Aber wie du siehst, hat dies nicht funktioniert. Gut, ein bisschen was, wird der nächste Finder dieses Notizbuchs (oder auch Tagebuchs?) nun über mich lesen können.

Ich bin durch die Zeit gefallen, so wird es uns Zeitreisenden nachgesagt. Ich habe die neue Eiszeit überlebt, die von den Menschen verursacht wurde, und habe miterlebt, wie die Fußspuren meiner alten Zeit unter dem Eis verschwanden und zugrunde gingen. Meine Regierung wollte jeden Fehler der Menschen ausradieren, unter'm Eis verloren gegangen, das war ihr Ziel. Ich lebte in der Zeit von 3013 bis 3023. Aber ich bin 2055 geboren.

Also warum schreibe ich nun meinen Werdegang auf? Um zu verdeutlichen, wie das Leben verrücktspielt? Vielleicht.

Nun lebe ich im Jahre 1992, gut mittlerweile 1993. Es ist alles so anders als zu meiner Zeit. Zu meinem ersten Leben, dem Leben nach dem Eisschlaf. Es ist komisch zu wissen, was die Zukunft bringt. Ich weiß, dass die Menschheit langsam, aber sicher sich zerstört, nur keiner wird uns glauben. Elio und ich finden kaum Leute, die uns Gehör schenken wollen. Das ist schade.

Aber wir werden kämpfen. Wir müssen kämpfen. Und gleichzeitig möchte ich das entschleunigte Leben hier genießen.

Im Jahre 3023 sind alle Staaten zur totalen Überwachung der Bürger übergangen. Wir können uns zwar frei bewegen, aber essen und einfaches Überleben ist schwierig. Unsere Ressourcen sind knapp.

Den Gegensatz zu dem, dass die Jahre 1990 so frei sind, das Gefühl kann man kaum beschreiben. Ich finde es überwältigend. Die Probleme hier in dieser Zeit scheinen so lächerlich einfach.

Also, lieber nächster Finder dieses Buches:
Ich bin nicht verrückt.
Ich lebe, Elio und ich sind der lebende Beweis, dass wir aus einer anderen Zeit kommen.
Wenn du uns findest, sprich uns an. Hoffentlich ist es noch nicht zu spät. Man erkennt uns.
Wir fallen wirklich aus der Zeit.

Liebe Grüße Thais (& Elio)

nympha_meliai
© *nympha_meliai*

Wattpad-Profil:
https://www.wattpad.com/user/nympha_meliai

2000 | Vergessen – Lost in L.A.

Los Angeles, USA.

Hitze flimmerte vor den Fenstern und nur das stete Surren der widerspenstig arbeitenden Klimaanlage hielt sie davon ab, auch innerhalb des Gebäudes einzufallen. Es war beinahe kühl zwischen den Büchern und die Bibliothekarin hatte sich sogar einen Schal um die Schultern gelegt, während sie durch die Regalreihen schritt.

Studenten buckelten konzentriert über aufgeschlagenen Wälzern. Stifte kratzten stetig Notizen auf bereitgelegte Blöcke, irgendwo erhob sich hin und wieder gemurmeltes Geflüster und manchmal rumpelten ein leises Husten oder tappende Schritte durch die gedämpfte Stille. Da erschien es fast wie ein lautes Brüllen, als ein Mann keuchend durch die weite Flügeltür hereinstolperte und hektisch die Reihen entlang ging, um sich wie ein krachender Eindringling zwischen die Regale zu schieben.

Er blieb stehen zwischen den Grundlagen der Quantenmechanik und einer Einführung in die Relativitätstheorie. Allerdings schien er weder besonders interessiert an Physik noch an Büchern zu sein. Zwar zog er tatsächlich ein paar heraus, jedoch nur, um durch den Spalt zu spähen und die Nase an den Lektüren vorbeizudrücken. Dabei zupfte er wiederholt an der Baseballcap mit dem Logo der L.A. Dodgers und versuchte sich mit dem übergroßen, nicht weniger touristischen »I Love Los Angeles« T-Shirt über die schwer verschwitzte Stirn zu wischen.

Ein strenges Räuspern nahe neben ihm, ließ ihn zusammenzucken und herumfahren. In seinen Händen noch immer eines der Bücher. Sein Daumen direkt auf der Nase eines Albert-Einstein-Porträts.

»Dies hier ist eine Bibliothek, Mister. Kein Obdachlosenasyl«, fauchte die Bibliothekarin streng nasal mit abschätzendem Blick auf seine verschmutzt verschwitzte Gestalt in wirr übergeworfenen Klamotten. Sie flüsterte und doch konnte man meinen, ihre Stimme würde sich erheben wie ein donnerndes Gewitter.

Hektisch drückte er das Buch wieder zurück und blinzelte irritiert auf die kleine faltige Frau herab, die einen vollgeladenen Bücherwagen vor sich schob wie einen kampfbereiten Rammbock.

»Ich… Ja ich… ich weiß…«, stammelte er unerwartet eingeschüchtert und hob die Hände in die Höhe wie zur Verteidigung.

»Unmöglich ist das!«, schimpfte die alte Frau weiter. Da der sehr viel größere Mann nur in hilfloser Verwirrtheit zu ihr sah, wurde sie mutiger und wütender. Ihr kleiner scheppernder Wagen bewegte sich auf ihn zu und ließ ihn die Regalreihen weiter zurückweichen. »Nur herumlungern, ohne etwas zu lesen. Oder sogar auf die Idee kommen, die Bücher als Kopfkissen zu verwenden. Bücher haben Respekt verdient! Respekt! Verstanden!«

»Wirklich, ich hatte nicht vor irgendetwas zu tun. Ich wollte nur…« Er stockte und erinnerte sich wohl plötzlich wieder an die Paranoia, die ihm eben noch im Nacken gesessen hatte. Erneut drehte er sich hektisch um, wie auf der Suche nach Verfolgern. Seine neue Gegenspielerin verengte die Augen dadurch nur noch deutlicher im Misstrauen. Allerdings auch, da das zornige Schnauben ihre Brille tiefer auf ihrer langen Nase hatte rutschen lassen, und sie nun über den Rand hinweg zu ihm aufblicken musste. Sie führte ihren ganz eigenen kleinen Krieg und war fest entschlossen diese Schlacht hier zu gewinnen. Ganz gleich ob ihr Feind nun ahnte, in was er hineingeraten war oder nicht.

»Dann nehmen Sie jetzt ein Buch oder nicht?«, schnauzte sie.

»Verdammt nochmal, was soll…« Er presste die Lippen zusammen, um weiteres Fluchen zu unterdrücken. Dann griff er wahllos in eines der Regale und zog ein kleines Buch hervor. Ohne es genauer anzusehen, schwenkte er es durch die Luft und meinte: »Genau das hier habe ich gesucht. Sehen Sie? Also ich gehe jetzt… Lesen! Buchstaben und… Worte und so!«

Damit ging er über zur Flucht. Hinter ihm hörte er noch das geflüsterte Brüllen: »Mit Respekt!«, ehe er zwischen ein paar weiteren Regalen verschwand und sich auf die Suche nach einem neuen Rückzugsort machte.

—

Weit weniger kühl als unter dem Säuseln der Klimaanlage oder zwischen den dicken Marmorwänden des großen, monumental gebauten Gebäudes, war es auf den Toiletten. Ein Fenster hoch oben war gekippt, die Anlage hier kaputt oder gar nicht erst am Laufen. Ungehindert und unaufhaltsam tastend wie zähe, unsichtbare Fäden aus feuchter Hitze, kroch die Luft von draußen herein.

Der Mann kickte die Tür mit einem Schnauben hinter sich zu, ehe er auf eines der Waschbecken zutrat und sich gegen den Rand stützte. Nur kurz stieß er sich, wie von einem plötzlichen Impuls gestochen, wieder ab, um jeden der Toiletten-ställe zu überprüfen. Er war allein.

Sobald er das erfolgreich festgestellt hatte, kehrte er an das Waschbecken zurück. Das Alibi Buch, hatte er dort liegen lassen. Nun warf er einen Blick darauf und schnaubte kopf-schüttelnd.

»Respekt!«, äffte er die Stimme der Bibliothekarin nach. »Für ein dummes kleines…« Er runzelte die Stirn und statt weiter zu schimpfen, tippte er gegen den schlichten Einband, als würde er erwarten, es könnte sich dadurch gleich von selbst bewegen.

»Du bist nicht einmal ein richtiges Buch!«, stellte er schließlich fest und nahm es wieder in die Hand. Er drehte es, klappte es dann auf und blätterte durch die eingeknickten und kritzelig beschriebenen Seiten. »Wundervoll, ein Notizbuch. Ich will gar nicht wissen, wer dich verloren hat.«

Er lachte hohl und hob den Kopf. Dabei fiel sein Blick ganz plötzlich auf ein paar Augen. Müde, erschöpft und ange-spannt. Stur blickten sie ihm entgegen.

»Scheiße Mann…«, brummte er und beobachtete, wie sich die Lippen unter dem Augenpaar vor ihm synchron doch stumm bewegten. »Jetzt spreche ich mit einem Buch. Mit einem verlorenen Buch. Na immerhin haben wir da wohl eines gemeinsam, Kleiner.« Auch wenn er nicht las oder genauer betrachtete, was sich auf den Innenseiten befand, wog er es doch ein wenig abschätzender in seiner Hand, ehe er es erneut zur Seite legte. Diesmal aber nicht, um sich erneut fort-zubewegen. Er platzierte die Baseballkappe neben seinem stummen, wohl nur in Tinte kommunizierenden Gesprächs-partner ab und lehnte sich vornüber. Der Wasserhahn rauschte und kurz darauf glitten Wassertropfen über seine Hände und sein Gesicht. Getrocknetes Blut löste sich an der Stelle über seiner Schläfe, die so unangenehm pochte, dass er bei der kurzen Berührung bereits die Miene verzog und scharf nach Luft schnappte. Das schwache, mehr rosa als rote Rinnsal glitt vor ihm in den gluckernden Abfluss.

Schwungvoll zog er das stinkende T-Shirt über seinen Kopf. Darunter kam ein Hemd zum Vorschein und eine sehr in Mitleidenschaft gezogene Anzugjacke. Der Stoff war eingerissen, grauer Dreck hatte sich tief hineingesetzt und staubte, als er darüber wischte. Noch viel mehr galt seine Aufmerksamkeit allerdings den roten Flecken, die das weiße Hemd besudelten. Er zog es in die Höhe und seine Finger tasteten über einen auffallend gut durchtrainierten Oberkörper. Einen glatten, unverletzten Oberkörper.

»Von mir kommt das also nicht«, murmelte er nachdenklich und besah sein Spiegelbild erneut in höchster Konzentration. »Was gut ist. Oder schlecht. Ich denke, von irgendjemandem *muss* es wohl kommen.«

Stöhnend ließ er das Hemd wieder fallen und stemmte sich über das Waschbecken. Selbst wenn das Blut an seinem Hemd, wohl kaum sein eigenes war, gehörten die schmerzende Wunde und dicke Beule an seinem Kopf, ganz sicher zu ihm.

Ein Geräusch vor der Tür zu den öffentlichen Toiletten ließ ihn wieder in die Höhe fahren. Hektisch zerrte er das schlapprige T-Shirt über sich, um die verdächtigen Flecken darunter zu verbergen. Er richtete gerade die Kappe und zog sie tief in sein Gesicht, als zwei junge Männer hereintraten. Keiner von beiden beachtete ihn weiter. Schien es. Auch nicht, als er das Buch griff und mit gesenktem Kopf an ihnen vorbeizog.

↢⇀

»Also gut…«, brummelte er, als er sich an einen Tisch in einem Eck der Bibliothek sinken ließ. Das kleine Buch hielt er so fest umklammert, als wäre es plötzlich wichtig geworden, in irgendeiner Art und Weise. »So kann das nicht weiter gehen. Scheiße.«

Er sprach leise, aber er sprach, statt es nur zu denken. Immer wieder sah er dabei auf das schweigsame in alten, speckigen Ledereinband gehüllte Ding herab. Schließlich nickte er entschieden, positionierte das Büchlein vor sich und klappte es auf einer zufälligen, noch unbeschriebenen Seite auf.

»Kleiner, wem auch immer du eigentlich gehörst, du musst jetzt herhalten und mir hier helfen. Verstanden?« Kurz starrte er das Buch so auffordernd an, als erwarte er eine Antwort. Ein zustimmendes Nicken der Eselsohren vielleicht oder das Flattern eines Lesezeichens. So lange, bis er schon wieder schnaubte und das Gesicht verzog. »Sprich nicht mit Büchern! Verdammter Idiot!«, knurrte er sich selbst zu, tätschelte die leere Seite aber dennoch nahezu kameradschaftlich.

Rasch ließ er es wieder los. Die aufgeklappte Seite schwang höher, langsam, gleitend. Sie bewegte sich leicht zitternd unter dem Luftzug seiner hektischen Bewegungen. Grummelnd schob er die Hände in seine Taschen und unter das T-Shirt, ehe er fand, wonach er gesucht hatte und triumphierend einen Kugelschreiber in die Höhe hielt.

»Ha!«, machte er und strich die aufgestiegene Seite wieder nach unten.

»Halten wir fest, was ich weiß.« Er setzte den Stift an, zögerte kurz aber schrieb dann in schnellen fahrigen Bewegungen. Das hieß, er wollte schreiben, kam jedoch schon bei dem ersten Wort ins Schwanken.

»Ame… Anem… Adesie… Amne-irgendwas. Gedächtnisverlust!« Das schrieb er. Kratzend fuhr die Spitze des Kugelschreibers über das dünne Papier. »Ich bin verletzt, am Kopf. Mit Blut am Hemd. Nicht meins. Hm.«

Er hob den Kopf und sah sich um. Hin zu den Regalen, hin zu den Fenstern weiter oben, hinab auf die Schrift an sich selbst.

»Ich bin in Los Angeles?«

Hinter diese Vermutung setzte er ein Fragezeichen. Strich es durch, legte den Kopf zur Seite und schrieb es dann doch wieder hin.

»Mein Name? Keine Ahnung. Mein aktuell einziger Freund ist der Obdachlose, der mir das Shirt und die Kappe gegeben hat. Ich glaube… Steve?« Nickend schrieb er den Namen nieder, fügte in Klammern allerdings dann noch hinzu: »Oder George.«

Weiter ging es zum nächsten Punkt. Dafür tastete er erneut an sich herum. Nach dem Kugelschreiber zerrte er nun einen noch in Alupapier gehüllten Kaugummi, sowie ein in sich selbst verknotetes dünnes Kabel mit kleinem Mikrofon hervor. Direkt dahinter ein kleines Kästchen, wahrscheinlich der dazugehörige Akku. Ein Licht daran blinkte rot.

»Kein Ausweis, kein Geld. Nur Stift, Kaugummi und… das habe ich vorhin bereits mit Steve an mir entdeckt. George. Steve? Wie auch immer. Ein Spionagemikrofon?«

Plötzlich fuhr er wieder zusammen. Er keuchte, kniff die Augen zusammen, ließ das Ding in seiner Hand fallen und presste sie stattdessen gegen seine Stirn.

»Scheiße«, fluchte er leise und atmete schneller, bis der Schmerz sich wieder legte. Mit frischem Schweiß im Gesicht und knirschenden Zähnen schrieb er erneut.

»Ich erinnere mich an… an eine Explosion. Und an Feuer. Und an… Schüsse wahrscheinlich?«

Nachdenklich runzelte er die Stirn, ehe er schrieb: *Geheimagent.*

Das Wort unterstrich er drei Mal, setzte ein Fragezeichen dahinter und ein Ausrufezeichen.

»Also immerhin sehe ich gut genug aus, um James Bond zu sein«, murmelte er und lachte ein leises, alles andere als amüsiertes Lachen. Dennoch schrieb er es dazu: *scheiße attraktiv.*

»Und ich werde verfolgt. Von so ein paar grimmigen Leuten in Anzügen und Sonnenbrillen und diese viel zu auffälligen Ein-Ohr-Kopfhörer.«

Gerade als er dabei war die Beschreibung unter den Rest der Notizen zu setzen, ließen Stimmen und Bewegungen seinen Blick wieder in die Höhe zucken. Sein mit Abstand bevorzugter Begriff rutschte gepresst über seine Lippen: »Scheiße!«

Durch eine Lücke zwischen den Regalen hindurch sah er zwei von ihnen. Ein Mann, groß und breitschultrig wie ein Stier, dem der Anzug deutlich um den Brustkorb spannte, neben einer ganz ähnlich gekleideten, nicht sehr viel Kleineren, schlanken Frau mit streng zurückgebundenem Pferdeschwanz. Schwarze Sonnenbrillen glänzten im Licht der langen schmalen LED Lampen über ihnen, während sie sich eindringlich und wohl auch lauter als angemessen, mit der Bibliothekarin unterhielten. Oder es zumindest versuchten, denn das kampflustige alte Weib antwortete nur mit erregtem: »Schhhhh!«

Ein weiteres Mal begab der Verfolgte sich auf die Flucht. Ehe die beiden Anzugträger die Geduld verloren und sich von selbst weiter umsahen, war der Platz, an dem er bis eben noch gesessen hatte, auch bereits verlassen.

Hektisch verstaute er die Kabel wieder in der Innentasche seiner Jacke unter dem T-Shirt. Raschelnd wie ein unförmiger Pilz mit den Händen unter dem Stoff, während er sich die Regalreihen entlang bewegte. Auffallend unauffällig. Immer wieder spähte er durch Lücken und sobald er andere passierte, zupfte er an der Kappe, um sein Gesicht weiter zu verbergen, oder drehte sich zur Seite. Eine Bewegung wie einstudiert und langjährig angewöhnt.

Nur den Anzugträgern ging er gezielter aus dem Weg. Vier schienen es insgesamt zu sein. Zumindest im Moment, denn selbst als er die beiden Zweiergruppen hinter sich gelassen hatte und die Treppen der Bibliothek hinaufsprang, um dem höher gelegenen Ausgang entgegenzueilen, blieb sein Blick gehetzt. Ganz zu seinem Vorteil, denn da, als durch die Eingangshalle bereits ein lauwarmer Wind von draußen wehte, schritt plötzlich noch ein Paar aus einem der Nebengänge hervor.

In einer Drehung, fast so geschickt wie ein Tänzer auf der Bühne – hätte er nicht taumelnd knapp einen Mülleimer verfehlt und wäre gegen die Wand dahinter gestolpert – wich er vor ihnen aus. Sein überstürzter Sprung in den kleinen Nebenraum ließ ihn beinahe das Buch verlieren. Kurz flog es ihm aus den Fingern, hüpfte auf seinen Händen wie ein frecher Frosch, dann bekam er es wieder zu packen und zog es fest an seine Brust. Nur der Kugelschreiber rutschte aus den Seiten, in denen er nur locker eingeklemmt worden war.

Es war ein leises Scheppern, als er auf den Boden aus hartem Stein viel und klappernd ein wenig weiter rollte. In dem leeren, Raum mit der speziellen Bauweise, hallten die Geräusche wider und dröhnten ihm förmlich über die Ohren.

Diesmal waren seine Flüche stumm, während er sich gegen die Wand presste. Wartend darauf entdeckt zu werden und dann… zu kämpfen, statt davon zu laufen?

Tatsächlich näherten sich Schritte und jemand sprach.

»Da war etwas«, meinte einer, ohne stehen zu bleiben.

»Da war was? Ich habe nichts gesehen«, brummelte der andere und klang so deutlich entschieden lustlos, dass es schon wieder ehrgeizig erschien. Ehrgeizig darin diesen ganzen Unsinn einer Verfolgungsjagd einfach zu beenden.

»Gesehen habe ich auch nichts, aber gehört.«

»Du denkst, der Typ schleicht hier durch die Gegend? Mann echt! Wenn ich den in die Finger bekomme!«

Dann blieben plötzlich beide stehen.

»Warte«, sagte der konzentriertere. Etwas knackte ganz leise und auch ohne die Männer in Anzügen zu sehen, schien das Lauschen der beiden fast spürbar in der Luft zu liegen.

Schließlich sprachen sie wieder. »Alles klar! Sind auf dem Weg«, kam es und war diesmal nicht an den Partner gerichtet.

»Jemand hat ihn bei den Toiletten gesehen? Ernsthaft?«

»Jemand *vermutet* ihn gesehen zu haben. Komm schon, bevor er uns wieder erwischt. Es war schon schwer genug, den alten Mann zu finden, und zum Reden zu bringen.«

Die Schritte entfernten sich eilig. Als sie wirklich fort zu sein schienen, wagte der Gesuchte wieder sich zu bewegen. Vorsichtig spähte er an der Wand vorbei. Die Luft war rein. Fürs Erste.

»Sie haben Steve geschnappt, verdammt!«, keuchte er zähneknirschend. Rasch ging er in die Hocke, um den verräterischen Stift wieder aufzuheben. Diesmal sah er ihn aber aufmerksamer an, beinahe überrascht. Es ließ ihn sogar für einen Moment vergessen, direkt weiter zu laufen und die momentane Lücke zu nutzen, die ihm die willkommene Ablenkung gegeben hatte.

Leise murmelnd las er einen Namen und eine Adresse von dem Kugelschreiber ab. Ein Hinweis. Vielleicht…

←→

Vor ihm erhob sich ein spektakulärer Eingang zu einem sehr offensichtlich, sehr luxuriösen Erste-Klasse-Hotel.

»Passend«, raunte er dem Notizbuch zu, dass die Strecke über einige seiner Theorien auf sich hatte ergehen lassen. Geflüsterte oder auch geschriebene, während er sich in der U-Bahn beim Schwarzfahren wieder darüber gebeugt hatte, um seine Liste zu ergänzen. Hier und da meinte er sich an Dinge zu erinnern. Sie blitzten vor ihm auf, wenn er ein Plakat passierte oder ein Gespräch in seiner Nähe belauschte. Ausschnitte nur. Fetzen von Szenen, die im Moment noch keinen Sinn ergaben. Doch in der Mühe, mehr aus diesen kleinen Stücken herauszuholen, teilte er sie seinem neuen kleinen Kameraden aus Papier und Leder mit.

»Ich meine, passend für meinen Agenten Look. So ein Hotel. Oder nicht?«

Die Wegbeschreibung zu der entdeckten Adresse hatte er sich von einer jungen Frau geben lassen, die in Gedanken versunken nahe der Bibliothek durch den kleinen Park gelaufen war. Erst war sie erschrocken und hatte im ersten Moment verdächtig nach panischem Geschrei ausgesehen. Als ihr Blick aber unter seine Kappe gefallen war, hatte sie sich wieder beruhigt. Oder zumindest war ihre Panik plötzlich zu Verlegenheit geworden. Stotternd und hochrot, hatte sie ihm beschrieben, wie er sein Ziel erreichen konnte. Die Sache mit der Attraktivität war auf jeden Fall von Vorteil.

Ein Passant rempelte ihm gegen die Schulter und der vermutliche Geheimagent fasste den Entschluss, nicht sehr viel länger nur auf der Straße herum stehen zu können. Angespannt versteift, bewegte er sich voran.

»Wenn ich hier Gast bin… war?... erkennen sie mich vielleicht an der Rezeption. Mit meinem Namen komme ich weiter. Hoffentlich«, raunte er wieder und tätschelte sich gegen die Brust. Dort, wo er das Buch mit dem Stift in eine Innentasche der Anzugjacke gesteckt hatte.

Eingetreten zog er direkt einige Blicke auf sich. Leicht erklärte Blicke, denn in dem schmuddeligen, an ihm flatternden Touristen-Shirt und der verdächtig vorgebeugten Haltung, passte er genauso wenig an diesen Ort wie ein Robert-Ludlum-Roman in eine Abteilung für Barbecue Bücher.

Diese gaffenden Gäste, die manchmal nur verwirrt und manchmal offen irritiert oder sogar empört waren, sorgten ihn nicht weiter. Damit angestarrt zu werden und andere tuscheln zu hören, sobald er an ihnen vorbeischritt, brachte ihn ausgesprochen wenig aus dem Konzept. Der Blick der jungen Rezeptionistin dafür allerdings schon. Erst lächelte sie noch und reichte gerade eine Karte an einen Gast. Dann glitt ihr professionell freundlicher Blick der nahenden Gestalt entgegen und plötzlich veränderte sich etwas auf ihrer Miene. Erst war es nur eine ähnliche Überraschung und unausgesprochene Frage, wie sie einigen der Gäste auf der Nase gestanden war. Doch dann riss sie plötzlich die Augen weit auf und hob einen Telefonhörer an ihr Ohr, um zeitgleich eine Nummer zu wählen, die wohl nur einen Klick benötigte. Ganz plötzlich erschien sie aufgeregt. Ob aus Angst, aus Begeisterung oder einem anderen Gefühl heraus, war allerdings schwer zu erkennen, denn noch immer zwang sie sich womöglich aus

Gewohnheit, trotz allem, distanzierte Gelassenheit zu bewahren.

Der Mann, der doch nur seinen Namen erhofft hatte, blieb stehen noch ehe er ganz herangetreten war. Selbst als die junge Frau ihre Finger vor sich faltete wohl, um ihre Nervosität zu verbergen und ihm in freundlicher Aufforderung zu nickte näher zu treten, bewegte er sich nicht weiter.

Sein Blick fuhr zur Seite und er bemerkte erneut… Gestalten in schwarzen Anzügen. An diesem Ort hier, in diesem Kontext, ergaben sie weit mehr Sinn. Sie sahen aus wie Sicherheitspersonal. Doch allein die Art, wie sie ihn sofort fixierten und ohne jedes Zögern in seine Richtung stapften, ließ vermuten, dass sie in diesem Moment in ihrer Arbeit nur mit ihm zu tun hatten. Auf welche Weise auch immer. Ein Blick zurück, ließ ihn erkennen, dass auch der Ausgang keine Option mehr war. Von dort bewegten sich ebenfalls zwei auf ihn zu.

»Oh Scheiße. Scheiße verdammt!«, stöhnte er seinen wenig kreativen Lieblingsfluch, wich scharf zur Seite ab und bewegte sich zügig fort von den Verfolgern. »Klar warten die hier auf mich, wenn das mein Hotel war. Darauf hätte ich gleichkommen können. Scheiße!« Und dann so ganz zur Abwechslung keuchte er noch: »So ein Mist!«, ehe er kurz vor knapp in einen Aufzug schlitterte und hektisch auf den Knopf drückte, der das Schließen der Türen hoffentlich beschleunigen sollte.

Die Anzugträger wurden plötzlich schneller. Sie hechteten voran, doch noch ehe sie ihn erreichen konnten, schloss sich die Tür und leise rumpelnd setzte der Aufzug sich in Bewegung.

Ein leises Fiepsen entwich dem älteren Ehepaar, dass sich verunsichert von der unerwartet über sie hereingefallenen

Situation, eng an eine der Aufzugwände drückten. Nervös ließen sie ihre Blicke über den eigenartigen Mann huschen. Besonders an dem kleinen Tropfen Blut, der sich unter der Baseballkappe weiter herab bewegt hatte und nun unter seinem Ohr hing, blieben sie dabei entgeistert hängen.

»Ähm… Ganz schön heiß heute, was?«, plapperte er etwas verloren und gab sich Mühe ein entschuldigendes oder vielleicht auch ein aufmunterndes Lächeln auf die Lippen zu legen. Was dabei heraus kam, war eher schräg und schenkte wenig Vertrauen. Zumindest zeigte das aneinandergepresste Paar keine Anzeichen dafür, sich wieder zu beruhigen. »Das Wetter meine ich. Aber es ist Los Angeles also…«

Mit einem »Pling« hielt der Aufzug und die Tür öffnete sich.

»Ihr Stockwerk?«, galant stellte er sich seitlich in den Durchgang, um den Aufzug offen zu halten, sodass die beiden in aller Ruhe heraussteigen konnten. Das taten sie auch. Also sie traten hinaus oder hetzten, denn in aller Ruhe blieben sie dabei nicht. Die ältere Dame verlor in der Hektik sogar ihre Handtasche und der Verursacher ihres Schreckens nahm sie auf, um ein paar Schritte zu gehen und sie in einem Impuls von Höflichkeit darauf aufmerksam zu machen. So sah er auch wieder einen Kerl im Anzug. Dieser hielt eine Hand gegen sein Ohr, um den Kopfhörer darin zu fixieren, während er sprach.

»Er ist hier!«, rollte seine Stimme durch den Gang. »Ja er ist ausgestiegen! Siebter Stock!«

Wieder gab der Aufzug ein Geräusch von sich. Diesmal da er sich schloss und die Anzeige auf dem Display darüber, wieder nach unten verwies.

Schnell drückte er auf den Knopf, gab es aber auch genauso schnell wieder auf und ließ die aufgesammelte

Tasche fallen, um mit zügigen Schritten den Gang entlang zu rennen. Hin zu der Tür, die hinaus ins Treppenhaus führte.

Weiter unten hörte er dort das heftige Schnauben derer, die hinaufsprangen. Hinter sich brüllte der nun ebenfalls über den dämpfenden Teppichboden eilende Verfolger: »Hey! Warte!«, ehe die Tür zu viel und jedes weitere Wort verschluckt wurde.

Kurz entschlossen und wie eine Maus in der Falle, stand nur noch ein Weg zur weiteren Flucht zur Verfügung: weiter nach oben.

Schon hallten Schritte von allen Seiten durch das Treppenhaus wie ein hinauf und hinab rasselnder Donner. Untermalt vom Geräusch heftigen Atems und gelegentlichen Rufen, die ihn aufforderten, stehen zu bleiben.

Plötzliches Adrenalin musste durch seine Adern pumpen, denn trotz aller Erschöpfung des bereits weit vorangeschrittenen, nervenaufreibenden Tages, kletterte er in gejagter Geschwindigkeit auch noch weiter in die Höhe, als ihm bereits die Lungen brannten. So lange, bis es plötzlich endete und nur noch eine Tür ganz hinausführte. Hinter ihm brüllten die Verfolger in ähnlich frustrierter Anstrengung. So schwang er sich auf den Ausgang und stolperte hinaus an die aufgeheizte Luft unter dem klaren, in Sonnenstrahlen brennenden Himmel.

Ein Wind wehte und bewegte Strähnen auf der hochgesteckten Frisur einer Frau mit ernst vor der Brust verschränkten Armen.

»Ich kenne Sie!«, stieß er erschrocken aus, ehe er sich wieder an die Brust gegen das Buch fasste und diesem leise zuflüsterte: »Und ich bin mir ziemlich sicher, *ihr* wollte ich auf gar keinen Fall begegnen.«

↩→

Streng, mittleren Alters und so eindeutig angepisst, dass es gar nicht möglich gewesen wäre, irgendetwas an ihrer Haltung oder ihrem Gesichtsausdruck fehl zu deuten. Mit schmalen, eng zusammen gepressten Lippen sah sie ihm entgegen. Hinter ihr erhob sich ein Hubschrauber. Kein moderner oder neuer mit glänzendem Lack. Es war ein alter, militärischer mit leicht knarzenden Rotorblättern, die sich in langsamen Runden bereits drehten. Ein Pilot saß wartend vorne im Cockpit und blickte fragend zur Seite heraus.

»Ist dir klar, wie viel Zeit es gekostet hat, dich durch diese ganze verfluchte Stadt zu jagen?«, fauchte sie und trat bedrohlich auf ihn zu. Ihr Blick zuckte über ihn. »Und was soll dieser dämliche Aufzug?«

Kaum, dass sie sich auf ihn zu bewegte, wich er auch schon wieder zurück. Das hieß, er wich zur Seite, denn hinter ihm wurde die Tür aufgestoßen und nach Luft ringende Gestalten in Anzügen schwappten heraus zu ihnen auf das Hoteldach. Mit rasselnden Atemzügen lehnten sie sich vornüber, während einer von ihnen mühevoll ein paar Worte herauszupressen.

»Wir… Wir haben ihn, Ma'am.«

»Ihr habt gar nichts, er ist von selbst hier aufgetaucht«, knurrte sie, ehe sie sich drehte und dem irritiert noch immer Zurückweichenden entgegensah. »Und du hörst jetzt auf mit diesem Unsinn.«

»Unsinn?«, schnappte er selbst gereizt. »Was soll das alles hier? Wer sind Sie? Was wollen Sie von mir? Wenn es hier um Informationen geht, dann ha! Dann muss ich Sie enttäuschen. Ich erinnere mich an NICHTS! Nicht mal an meinen Namen!« Er hörte auf zurückzuweichen, hauptsächlich, da

das Geländer des Daches seinen Rücken streifte und weiterzugehen, eine sehr rasante, aber auch sehr endgültige Flucht
bedeutet hätte.

»Sie kenne ich aber! Sie sind… Sie sind…« Er stockte und
sah dabei zu wie die Frau vor ihm irritiert, die Augenbrauen
hob. »Sind Sie mein Boss? Ich denke, ich erinnere mich, dass
sie mich herumkommandiert haben.«

»Boss?«, sie lachte auf und rollte mit den Augen. »Ich bin
die Produktionsleiterin und du bist ein Schauspieler, der verdammt noch mal auf mich hätte hören müssen. Die Stuntmen
sind bezahlt, sie sind am Set und von denen hätte sich keiner
an einem niedrigen Türbalken den Kopf angeschlagen, weil er
vor der Explosion der Pyrotechniker zurückgewichen ist.«

»Schauspieler?« Die neue Erkenntnis, mit der er so direkt
und unsanft konfrontiert wurde, sorgte erneut für dröhnende
Kopfschmerzen und ließ ihn das Gesicht verziehen. »Aber
warum… warum war ich dann in keinem Krankenhaus? Das
ist doch Unsinn!«

Die erklärte Produktionsleitern, rieb sich selbst die Schläfen.

»Weil du nur hättest sitzen bleiben sollen, bis die Sanitäter
gekommen wären, um dich anzusehen. Aber stattdessen bist
du aufgestanden und davon marschiert, während alle anderen
versucht haben, dein verursachtes Chaos zu ordnen. Frag
mich aber nicht, was dich auf die Idee gebracht hat. Ich steige
durch die Gedanken von euch Schauspielern echt nicht durch.
Alles, was ich weiß, ist, dass einer von euch mich irgendwann
noch ins Grab bringen wird.«

»Aber…«, nun stockte seine Stimme. Er setzte an weiter-
zusprechen, unterbrach sich dann wieder und runzelte die
Stirn, während sichtlich weitere Fetzen so zurück segelten,
wie sie es zuvor bereits vereinzelt getan hatten. Nur diesmal

möglicherweise mit etwas mehr Zusammenhang. »Dann bin ich gar kein Agent?«, fragte er und eine gewisse Enttäuschung schwang durch seine Stimme.

»Schätzchen, du *spielst* einen Agenten! Oder zumindest hast du einen gespielt und wir können nur hoffen, dass du es nach dem heutigen Fiasko immer noch tun wirst.« Sie drehte sich zur Seite, hob eine Hand und rief dem wartenden Pilot entgegen, die Maschine in Gang zu setzen. »Also hopp hopp. Wir besorgen dir einen Arzt, wenn wir angekommen sind. Bleib einfach wach und leg dich vorerst nicht hin. Du bist nicht mein erster Schauspieler mit Amnesie durch Beule. Nur mein erster, der abgehauen ist.«

Während die Leute der Sicherheit sich noch immer schwer atmend inzwischen wieder aufgerichtet hatten und an die Wand hinter sich lehnten, trat der wiedergefundene Schauspieler zögerlich auf den Hubschrauber zu. Ein seitlicher Blick auf die vornübergebeugten Gestalten in Anzügen ließ ihn erkennen, dass die noch immer sauer auf ihn waren. Ein krummes, irgendwie entschuldigendes Lächeln zuckte über sein Gesicht, ehe er sich wieder der bereits in geschäftiger Eile aufsteigenden Frau.

»Und wohin soll ich?«

»Zum Flughafen und dann zu den Produzenten. Damit die sich ein bisschen aufplustern und wir schnell zurück an die Arbeit können.«

Noch immer etwas zweifelnd sah er dem marode erscheinenden, alten Militärhubschrauber entgegen.

»In dem Ding?«

»Hey!«, beschwerte sie sich empört und bereits laut rufend, da das Drehen der Rotorblätter mehr und mehr zu einem dröhnenden Rauschen wurde. »Das *Ding* ist für eine ganze Woche gemietet. Den Sprit da drin brauchen wir noch auf bis zum letzten Tropfen.«

Als er nah genug war, griff sie nach seinem Unterarm und gab ihm den letzten Ruck, um einzusteigen. Sie lehnte sich vorbei, um den Sicherheitsleuten zuzuwinken, die müde ihre Köpfe schüttelten, während sie wieder hinein trotteten nach mehr oder weniger erfolgreicher Arbeit.

Sobald er saß und die Gurte um sich legte, griff er auch wieder unter das T-Shirt, um das kleine Büchlein hervorzuholen. Er klopfte auf den Einband wie auf die Schulter eines Gefährten.

»Danke für die Unterstützung Kleiner. Du bekommst einen Ehrenplatz«, raunte er übertönt vom Rattern des in die Höhe ziehenden Hubschraubers. Durch die offenen Türen zu ihren Seiten wehte aufgewirbelter Wind und die inzwischen nachmittägliche Sonne spiegelte sich an den verglasten Fassaden umliegender Gebäude. Die blendende Reflexion ließ ihn die Augen zusammenkneifen. Und dann, als die fliegende Metallbüchse ganz unvorbereitet zu einer scharfen Kurve ansetzte, flatterte ihm erst die Baseballkappe vom Kopf, ehe ihm auch das Buch aus den nass geschwitzten Fingern rutschte. Es landete auf dem metallenen Boden. Mit den Füßen versuchte er noch danach zu langen, um darauf zu drücken und es zu halten. Doch da rutschte es weiter von ihm fort, blieb einen Moment noch an einer Kante geklemmt verharren, ehe ein leichtes Ruckeln es endgültig löste und über den Rand hinausfallen ließ. Flatternd stürzte es in die Tiefe. Wirbelnd und herum gerissen von dem heißen Wind über den Dächern der Stadt. Hinab und fort, irgendwo in die Tiefe, an den nächsten noch unbekannten Ort.

Thinkerling
© *Thinkerling*

Wattpad-Profil:
https://www.wattpad.com/user/Thinkerling

2005 | Die Katze Natsume

Summend ging Ash den Weg entlang, nicht ahnend, welches Unglück ihm in wenigen Schritten passieren würde.

Mit einem lauten Krachen flog er geradewegs in eine Pfütze, nachdem er filmreif über ein auf dem Boden liegendes Etwas gestolpert war. Wie ein begossener Pudel richtete er sich langsam wieder auf und wischte sich den Schlamm aus seinem Gesicht. Murrend stand er auf, nur um ein Buch auf dem Boden liegend zu sehen. Verwundert blickte er es an und schaute sich um. Hatte irgendjemand es hier verloren? Oder weggeschmissen? Es sah schon sehr alt und abgenutzt aus. Der Ledereinband hatte viele Kratzer und es war von einer Schnur umwickelt, doch auch diese sah aus, als würde sie jeden Moment zu Staub zerfallen. Ashs Blick huschte nochmals durch die Gegend, bevor er beschloss, das Buch mitzunehmen.

Zu Hause angekommen ging Ash duschen, denn die Pfütze bestand definitiv nicht nur aus Wasser, sowie das Zeug stank.

Noch mit nassen Haaren und ohne Oberteil nahm er wieder das Buch in die Hand und schlug es irgendwo auf. Auf der Seite befanden sich merkwürdige Zeichen und etwas, das verdächtig nach einer Satansbeschwörung aussah. Verwundert fuhr Ash die Zeichen mit seinen Finger nach und fragte sich, was er nun wieder gefunden hatte. Eigentlich wollte Ash weiter blättern oder den Blick abwenden, oder vielleicht auch nur blinzeln, allerdings fesselte ihn etwas an dem Pentagramm. Etwas, was man nicht beschreiben konnte. Etwas Magisches vielleicht. Hypnotisiert starrte er auf die Seite und erst, als seine Augen schon trocken und am Tränen waren, konnte er sich dazu überwinden, zu blinzeln.

Im nächsten Augenblick fiel er.

Schreiend blickte er durch eine dünne Wolkendecke in den Horizont und den Boden. Die Landschaft war von Feldern, Bergen, Wald und Wasser geschmückt, aber Ash hatte gerade andere Probleme, denn er war kurz davor, in einen großen See zu krachen. Ihm fiel auf, dass er immer noch das Buch in der Hand hielt. Mir Kraft warf er es von sich weg.

Dann kam das Wasser. Schon zum zweiten Mal an diesem Tag wurde er ungewollt nass.

»Es hat geklappt! Es hat geklappt!«

Erfreut erklang eine helle Frauenstimme und dann lautes, mehrstimmiges Klatschen. Um den See herum standen viele in Umhänge eingehüllte Personen. Eine lag bewusstlos mit einer dicken Platzwunde am Boden. Neben ihm das Buch.

Nach Luft schnappend tauchte Ash zurück an die Wasseroberfläche. Verwirrt blickte er durch die Gegend, nicht wissend, wo er sich befand und wie er überhaupt hierher gekommen war.

Doch bevor er auch nur über das Wetter nachdenken konnte, rief die Frauenstimme: »Huhu!! Willst du an Land kommen? Das Wasser ist doch bestimmt kalt!!«

Sie trug als einzige keinen Umhang, sondern einen weiten Mantel, ein einfaches Shirt und einen knielangen Rock. Sie erinnerte ein bisschen an eine Zauberin. Oder an eine nette, junge Hexe.

Immer noch verwirrt schwamm Ash ans Ufer und nahm dankend die Hand von einem anderen Mann an.

»Aaaaaalsooooooo, ... Bist du Ash?«, fragend bückte sich das Mädchen zu ihm runter, da Ash sich noch nicht die Mühe gemacht hatte aufzustehen und auf dem Boden saß.

»Das bin ich... Und wer bist du? Und woher kennst du meinen Namen? Wo bin ich hier überhaupt? Und wie bin ich hierher gekommen? Und ähm... Hat jemand was zum Anziehen für mich? Mir ist arschkalt.«

Stumm reichte der Mann, der Ash auch aus dem Wasser geholfen hatte, seinen Mantel. Ash zog ihn an und spürte immer noch die Körperwärme, die ihm anhaftete. Warm, aber trotzdem irgendwie ekelhaft.

Dann übernahm wieder das Mädchen das Wort: »Also ich bin Aurora. Alle nennen mich aber nur Rori, weil Aurora zu lang ist. Und wir haben dich gerade heraufbeschworen! Du bist doch Ash aus der Prophezeiung, oder nicht? Wir sind hier übrigens am Felssee. Du hast echt Glück, dass du ins Wasser und nicht auf den Felsen da gefallen bist.«

Verständnislos starrte Ash Rori an. Noch verwirrter als vorher fasste er seine Situation zusammen: »Ich habe dieses Buch auf der Straße gefunden, und darin war irgendeine Beschwörung, die mich hierhin gebracht hat, weil ich in irgendeiner Prophezeiung bin. Hab ich das richtig verstanden?«

Rori nickte.

»Soll ich dir von der Prophezeiung erzählen?«

»Ja, bitte.«

»Hmmmm... Wo fange ich den überhaupt an? Nun ja, also vor sechzig Jahren, bei der Geburt meiner Mutter, war da diese Magiersekte, und die meinten, in sechzig Jahren, also ungefähr heute, würde der heilige Katze Natsume ihr linkes Auge verlieren, und wenn niemand ihm es zurückbringt, würde sie wüten und ganz Terra zerstören. Allerdings könne nur einer dieses Auge finden und es der Katze zurückbringen. Und das soll ein Junge sein, der aus einer anderen Welt kommt und mit Tieren kommunizieren kann. Ach so und dieser Junge soll auch Ash heißen. So wie du! Na ja, auf jeden Fall haben wir es alle nicht geglaubt und so, aber vor fünf Jahren hat Natsume dann doch sein Auge verloren, und alle haben halt versucht, das Auge zu finden, aber niemand hat es geschafft. Und die Zeit wird gerade knapp, weil Natsume schon so ein paar Wälder zerstört hat, also wurden die 100 besten Magier zusammen gerufen, um dich zu beschwören, damit du uns alle retten kannst!«

»...und die bist die stärkste von allen?«

»Ganz genau!«

»Und wieso kannst du dann nicht dieses Auge finden?«

»Weil ich nicht mit Tieren kommunizieren kann.«

»Ich aber auch nicht. In der Welt, aus der ich komme, gibt es noch nicht mal Magier, geschweige denn Magie. Und auch keinen heilige Katze namens Natsume. Wie hat er eigentlich einfach so sein linkes Auge verloren? Kann mir das noch mal jemand erklären bitte? Und Terra ist das Land hier?«

»Der heiligen Katze Natsume ist eine Steinstatue von einer Katze tief in den Nachwäldern. Seine Augen sind Obsidiane. Und jetzt hat halt jemand den linken Obsidian gestohlen. Und ja. Terra ist das Land hier. Aber die wichtigere Frage: Was meinst du damit, du kannst nicht mit Tieren kommunizieren? Oder in eurer Welt gibt es keine Magie?«

»In meiner Welt gibt es halt keine Magie. Ich kann vielleicht gut mit Tieren umgehen, aber immer noch nicht mit ihnen reden.«

»Das ist schlecht... Aber Moment mal! Wenn es in deiner Welt auch keine Magie gibt, dann kann es doch auch sein, du aber trotzdem gut mit Tieren umgehen kannst, kannst du vielleicht in dieser Welt mit ihnen reden! Verstehst du, was ich meine?«

Ash nickte, auch wenn er nicht an Roris Idee glaubte. Aufgeregt über ihre eigene Idee bat Rori ihn, zu versuchen, mit den Fischen aus dem See zu sprechen.

Seufzend drehte Ash sich so, dass er dem Wasser zugewandt saß.

Langsam fing er an zu sprechen: »Hallo Fische aus dem See. Mit dem großen Felsen in der Mitte… Ähm… Ich soll gucken, ob ihr mich versteht und ich vielleicht sogar mit euch sprechen kann… Joa… Also wenn ihr mich hört, antwortet doch bitte mal… Wäre echt nett …«

Rori kicherte neben ihm. Er warf ihr einen bösen Blick zu, aber bevor er etwas sagen konnte, tauchte ein Fisch aus dem Wasser auf, genau vor Ashs Beinen. Er blubberte etwas vor sich, doch Ash schien es verstehen zu können.

»Und?« Rori zog es unnötig in die Länge. »Verstehst du, was er sagt?«

Erstaunt nickte der Angesprochene.

»Wirklich? Für mich ist es nur blubbern!« Rori fing an, wie ein kleines Kind auf und ab zu hüpfen.

Überfordert antwortete Ash: »Ehmm… Also er sagt halt, dass er mich verstehen kann und so… Sein Name ist Bob.«

»Wie cool ist das denn bitte?! Du kannst wirklich mit Tieren sprechen! Und sie mit dir! Du bist also doch der Typ aus der Prophezeiung, der uns alle vor Natsume retten wird! Das ist so aufregend!«

Rori fing an, nicht nur auf und ab, sondern auch durch die Gegend zu hüpfen.

Aus dem Nichts meldete sich der Mann von vorhin zu Wort: »Rori, denkst du nicht, ihr solltet euch langsam auf den Weg machen? Immerhin ist nicht mehr viel Zeit, und die Suche nach dem Stein wird bestimmt schwer, wenn man bedenkt, wie viele zuvor daran gescheitert sind …«

»Oh, du hast recht! Komm Ash, wir gehen jetzt die Welt retten!«

Voller Tatendrang zog Rori ihn hoch und in eine Richtung. Niemand wusste, wohin sie gehen wollte, und Ash hatte das Gefühl, sie wusste es selbst nicht. Allerdings kannte er sich in Terra nicht aus und er musste auch erst mental mit seiner Situation klarkommen, bevor er etwas anderes machen konnte.

»Rori… Weißt du eigentlich, wo wir hinmüssen?«

Ash stellte die Frage nun schon zum zehnten Mal, allerdings sehr berechtigt. Rori führte die beiden seit drei Tagen durch den Wald, und es sah nicht so aus, als würden sie bald an ihrem Ziel ankommen.

»Jahaaa… Wir müssten bald da sein!«

»Wo müssen wir denn überhaupt hin?«

Darauf antwortete sie nicht mehr, sondern lief einfach weiter. Genau so ein Gespräch wurde auch schon seit drei Tagen geführt. Nachts machte Rori es sich auf einem Baum bequem, und Ash unter einem Baum. Das Buch hatte er mitgenommen und abends blätterte er es durch, voller Begeisterung für all die Dinge, die darin standen. Zu seiner eigenen Überraschung gefiel ihm diese Art von Reisen sogar ein bisschen. Mit Dreck oder der wilden Natur hatte er nie ein Problem gehabt, und er mochte die Waldluft und den klaren Sternenhimmel.

Tagsüber machten sie manchmal eine Pause und Rori zauberte ein halbes Festmahl aus ihrem kleinen Beutel. Sie erklärte Ash, dass es sich um einen Platzvergrößerungszauber handelte, und er gab sich mit dieser Antwort vorerst zufrieden.

Nach weiteren Stunden endlosen Laufens beschlossen die beiden, eine Pause zu machen. Rori holte wieder ihren Beutel hervor um Essen und Wasser raus zunehmen. Außerdem griff sie auch nach einer Karte, welche sie auf dem Boden ausbreitete.

»Ist das Terra?«, neugierig beugte sich Ash über sie. Auf der Karte sah man zwei große Inseln, die beide von vielen Flüssen durchzogen wurden. Während die linke Insel von unterschiedlichen Wäldern geschmückt war, befand sich auf der rechten viel Gebirge.

Die Angesprochene nickte und erklärte: »Guck, das ist der Felssee, an dem wir dich beschworen haben. Dort sind die Nachtwälder in denen Natsume Schlummert. Da vermutet man auch sein linkes Auge. Mein Plan war es, über den Flussweg dorthin zu kommen, aber eigentlich hätten wir schon gestern an irgendeinem Fluss landen sollen ...«

»Also haben wir uns verlaufen«, stellte Ash fest.

Stumm nickte Rori.

»Hast du denn dann eine ungefähre Ahnung, wo wir jetzt sind und wie wir zu diesen Nachtwäldern kommen?«

Doch bevor Rori antworten konnte, lief eine Katze auf die Lichtung. Ihr Fell war weiß mit einem Stich hellblau und seine Augen tiefschwarz.

»Ich weiß, wo ihr seid, und wir ihr zu eurem Ziel kommt!«, rief die Katze mit einer piepsigen Stimme.

»Die Katze kann sprechen...?!«, stotterte Ash als einzige Reaktion.

»Kann sie nicht, Dummkopf. Ich habe nur ein Piepen gehört. Du kannst die Tiere halt nur verstehen«, korrigiert Rori.

»Oh, stimmt... Das hatte ich ganz vergessen.«

»Wollt ihr denn jetzt meine Hilfe oder nicht? Wenn ja, müsst ihr mir aber etwas zu Essen geben! Ich bin übrigens

Soseki. Und wer seid ihr?«, meldete sich die Katze wieder zu Wort.

»Wenn du uns helfen würdest, wäre das sehr nett, Soseki. Ich bin Ash, und das ist Aurora, aber alle nennen sie nur Rori.«

Besagtes Mädchen stand einfach da. Sie konnte die Katzen nicht verstehen und konnte deswegen nur an Hand von Ashs Antworten erschließen, um was es ging. Allerdings wollte sie auch gar nicht wissen, was die Katze sagte, denn sie wusste, wie gefährlich er war.

»Ash, pass auf. Das ist eine dämonische Katze. Die sind gefährlich«, erläuterte sie.

Der Katze verteidigte sich aber sofort, auch wenn nur Ash es verstand.

»Stimmt gar nicht! Ich bin nicht gefährlich… Okay, vielleicht ein bisschen, aber ich würde euch nichts antun! Nur weil meine Geschwister Menschen fressen, heißt das nicht, dass ich sowas auch machen würde! Generell Fleisch ist voll ekelhaft. Ich bin Vegetarier! Auch wenn das als Fleischfresser vielleicht nicht so gut klappt …«

»Bitte was?! Es gibt *Katzen,* die Menschen fressen?!«, entsetzt hallte Ashs Stimme durch den Wald. Langsam deutete Soseki ein Nicken an.

»Wusstest du das etwas nicht?« Energisch schüttelte Ash den Kopf.

»Siehst du? Diese Dinger sind gefährlich«, sagt Rori, mit einem überprüfenden Blick auf die Killerkatze.

Es herrschte ein paar Momente Stille, in denen Soseki sich an den Vorräten von Rori zu schaffen machte, bevor Ash wieder etwas sagte.

»Aber guck mal… Soseki sagt, er kann uns helfen und er ist vegetarisch. Also isst er uns schon nicht.«

Nachdenklich blickte Rori besagte Katzen an. Mit einem Seufzen ergab sie sich.

»Na gut, wir nehmen ihn mit. Eigentlich ist er ja auch süß und wenn er uns helfen kann… Also komm her Soseki.«

Freudig hoppelte er auf Rori zu, und schließlich in ihre Arme.

»Du hast es gehört, Soseki! Und jetzt zeig uns den Weg zu den Nachwäldern. Nein, warte. Erst essen wir was und dann gehen wir«, meinte Ash.

Ash hüpfte wieder auf den Boden und machte sich an Tofu zu schaffen, ehe er fragte: »Was wollt ihr denn in den Nachtwäldern? Nicht dass ich euch nicht hinbringen würde. Aber ich dachte, wegen Natsume sind die gesperrt worden. Oder wisst ihr das auch nicht?«

Rori warf einen fragenden Blick zu Ash, doch dieser ignorierte ihn und antwortete stattdessen Soseki: »Wir wollen das linke Auge von dieser Katze suchen und es ihr zurückbringen… Wegen dieser Absperrung fällt uns schon irgendwas ein.«

Verstehen nickte Soseki und fraß weiter sein Tofu. Auch Ash und Rori nahmen sich etwas zu essen, und da es schon spät war, die Sonne stand bereits tief am Horizont, beschlossen die drei am nächsten Morgen weiter zu reisen.

Rori machte es sich wieder auf einem Baum bequem und Soseki kuschelte sich zu ihr. Auch wenn die beiden nicht vernünftig kommunizieren konnten, mochte Rori die kleine Katze. Ash erinnerte sich daran, wie sie in ihrem Kennenlerngespräch meinte, Katzen seien ihre Lieblingstiere. Vielleicht war sie deswegen auch so schnell von Ash überzeugt worden. Dieser setzte sich wieder an den Fuß eines Baums und holte das Buch aus dem Beutel. Wie an den letzten Abenden blätterte es durch und fand wieder neue Seiten, welche ihre eigene Geschichte erzählten. Es schien, als hätte es schon oft den Besitzer gewechselt und einiges erlebt.

Am nächsten Morgen wurde das Trio von der strahlenden Sonne geweckt. Nach einem kurzen Frühstück machten sich die drei wieder auf den Weg zu den Nachtwäldern. Soseki führte sie genau in die Richtung, aus der Ash und Rori ursprünglich gekommen waren. Erst, als sich nach wenigen Stunden der lichtete und den Blick auf den Felssee freigab, realisierten Ash und Rori, dass sie drei ganze Tage lang blind durch den Wald geirrt waren.

»Siehst du das, Rori?«, fragte Ash mit einem Hauch von Vorwurf in seiner Stimme.

»Ja… Es tut mir leid! Ich hätte vielleicht vorher nach-fragen sollen, wo wir lang müssen«, entschuldigte sich das Mädchen.

Sie wanderten noch für die nächsten paar Tage durch den Wald, bis sie an einem kleinen Hafen ankamen. Dahinter erstreckte sich Wasser. Viel Wasser. Rori und Soseki erklär-ten, dass sich dahinter die Klinge-Insel von Terra befand und dass sie dort in den Pilzwäldern ankommen würden. Von dort aus müssen sie in ein paar Tagen in den Nachtwäldern sein.

Nach einer Schifffahrt, welche sich anfühlte wie eine Ewigkeit, sah das Trio endlich wieder Land. Für Rori und Soseki schien der Anblick, der sich ihnen bot, normal zu sein, doch Ash fühlte sich wie im Traum.

»Leute seht ihr das?! Da sind Pilze! Viele Pilze! Und die sind so groß wie Bäume! Oh mein Gott, ist das ein Steinpilz?! Okay, als Nächstes essen wir Pilzsuppe!«, aufgeregt zeigt er in die Ferne.

»Magst du Pilze, Ash?«

»Und wie! Du etwa nicht Soseki?«

Langsam schüttelte er seinen Kopf.

»Waaaaaas???« Gespielt schockiert hielt Ash eine Hand an seinen Mund und tat so, als würde er ohnmächtig werden.

Nachdem sie am Hafen angekommen und durch die Stadt gewandert waren, standen Rori und Soseki nun verloren zwischen riesigen Pilzen. Ash währenddessen untersuchte fasziniert einen großen Hutpilz.

»Aaaaaash… Sollen wir nicht langsam mal weiter? Du guckst dir schon seit Stunden Pilze an…«, gelangweilt blickte Rori durch die Gegend.

Murrend stand Ash dann auf.

»Das waren keine Stunden… Nur eine halbe! Aber naaa guuut… Dann gehen wir halt weiter… Wohin müssen wir überhaupt?«

Und schon lief Soseki voran. Die kleine Katze wollte wirklich schnell von den ganzen Pilzen wegkommen.

Gegen Mittag fand Ash wieder einen Pilz, den er unter die Lupe nehmen wollte, und Rori meinte, es sei die perfekte Gelegenheit, um Mittag zu essen. Also aßen sie und Soseki, während Ash Pilze anschaute, anfasste, abschnitt, aufschnitt, in seine Tasche warf und irgendwas in sein Büchlein kritzelte. Er hatte in dem Buch einige leere Seiten gefunden und beschlossen, dort Infos über die Pilze hinzuschreiben.

Auch am Abend, als er eigentlich schlafen sollte, faszinierten ihn diese riesigen Pilze zu sehr, um zu schlafen.

Am nächsten Morgen war er mehr Zombie als Mensch. Er schlief als Erstes ein, wachte erst auf, als Soseki ihn biss und war dann wieder voller Energie, um Pilze zu studieren. So gingen die Tage immer weiter, bis sie die Pilzwälder verließen. Zum Glück war Ash an diesem Tag kein Zombie mehr, sonst hätte er sich vermutlich geweigert. Dafür war er am nächsten Tag umso deprimierter.

»Wieso habt ihr mir nicht Bescheid gesagt?«

»Haben wir. Du hast es nur nicht mitbekommen.«

»...«

»Gehen wir nochmals in die Pilzwälder zurück?«

»Wir drehen jetzt bestimmt nicht um, nur damit du noch mehr Pilze in deine Tasche stopfen kannst.«

»Auf dem Rückweg?«

»Vielleicht.«

Soseki mochte wirklich keine Pilze und Rori wollte nicht umkehren, also musste Ash ohne Pilze auskommen.

Dann fiel ihm etwas ein.

»Wir sind doch jetzt in den Nachtwäldern oder?«

»Ja, wieso?«

»Sollten wir dann nicht nach diesem Obsidian und der Statue von Natsume suchen?«

Plötzlich blieben alle stehen.

Nach kurzem Schweigen fragte Soseki die Fragen aller Fragen: »Habt ihr beide euch eigentlich Gedanken darüber gemacht, wie ihr den Obsidian findet und ihn zu seinem Platz bringt? Und wie findet ihr diesen Platz?«

Ash reagierte nicht. Dann ergriff Rori das Wort: »OK, wir sind jetzt in den Nachtwäldern. Was jetzt? Wollen wir einfach durch den Wald und hoffen, irgendwann diesen Stein zu finden und danach die Statue zu suchen? Oder sollen wir erst nach der Statue suchen, und hoffen, dass der Obsidian sich irgendwo in der Nähe befindet?«

»Weißt du, wie groß der Wald ist? Wie sollen wir in dieser Fläche einen Stein finden? Aber wir wissen auch nicht, ob der

Stein überhaupt in der Nähe der Statue ist. Hinterher sind wir zwar an der Statue und der Stein ist am anderen Ende des Waldes«, meinte Ash.

»Aber der Stein könnte ja genauso gut auf der anderen Insel sein«, Soseki machte eine kurze Pause, damit Ash Rori sagen konnte, was die Katze sagte, »und wir müssen jetzt noch mal zurückfahren.«

»Wir sollten einfach erst zu der Statue gehen und hoffen, dass sich der Stein da auch befindet«, ergänzte Ash noch, als er das gesagt von Soseki überbrachte .

»Und wie kommen wir dahin?«, verwirrt neigte das Mädchen ihren Kopf.

Ash erklärte: »Soseki hat doch mal gesagt die Nachtwälder seien abgesperrt worden. Aber da wir uns ja gerade in den Nachtwäldern befinden, ist nicht der ganz Wald abgesperrt, sondern nur ein Teil davon. Und ich nehme an, die haben nur den Teil abgesperrt, in denen sich Natsumes Statue befindet. Also wenn wir den abgesperrten Teil finden, haben wir praktisch auch die Statue gefunden.«

Anerkennend nickten Rori und Soseki.

»Schlau…«

Mit neuer Energie marschierte das Trio weiter durch den Wald, bis sie irgendwann in einem kleinen Dorf ankamen.

»Das sieht nicht nach einer Absperrung oder dergleichen aus …«

Während die drei verwirrt in der Gegend herumstanden und überlegten, wo sie hier gelandet waren, ertönte eine freundliche Stimme von hinten.

»Kann ich euch irgendwie helfen?«

Sofort drehten die drei sich um und erblickten einen recht breit und groß gebauten Mann. Er sah nicht so aus, wie die Stimme klang. Rori antwortete trotzdem.

»Wir suchen die Statue von der Katze Natsume! Und ihr linkes Auge den Obsidian! Aber wir haben uns verlaufen und wissen nicht wirklich, wo wir sind… Denken Sie, sie können uns den Weg oder eine Richtung zeigen?«

Der Mann hob eine Braue.

»Ihr wisst, dass das gefährlich ist und der Bereich nicht umsonst abgesperrt ist? Was wollt ihr überhaupt dort? Seid ihr etwa auch Möchtegernabenteurer?«

Soseki merkte, dass der Mann ihnen nicht wirklich helfen wollte, und stupste Ashs Bein an. Dieser verstand, was Soseki wollte und sagte: »Also wir wollten eigentlich nur wissen, in welche Richtung die Statue liegt, damit wir sie vermeiden können…«

Allerdings verstand Rori nicht, wieso er das sagte.

»Hä? Seit wann das denn? Ich dachte, wir suchen jetzt diesen Obsidian, bringen ihn zur Statue und retten die Welt?«

Soseki und Ash klatschen sich innerlich auf die Stirn. Der Mann hob nun auch die andere Braue.

»Was denn jetzt?«

»Wir retten die Welt!«

»Tut mir leid, aber das kann ich leider nicht zulassen.«

»Was?«

Dann ging alles ganz schnell. Der Mann ließ seine Faust auf Rori zu rasen und seinen Fuß auf Ash. Beide konnten noch knapp ausweichen, während Soseki auf den Angreifer sprang und ihn biss.

»Wieso sollten sie uns aufhalten wollen!? Wollen Sie denn etwa, dass die Welt untergeht?!«, schrie Rori, bevor sie wieder einem Tritt auswich.

»Genau deswegen haben wir doch überhaupt den Stein gestohlen, Kleine!«, schrie der Mann zurück, bevor er Soseki von seinem Bein abriss und wegwarf.

Sie ging das noch eine Weile weiter. Ash und Rori wichen dem Mann aus, während Soseki ihn immer wieder biss. Doch irgendwann hatte keiner von ihnen mehr Energie und Ash fiel auf, dass er immer noch dieses dicke Buch in seiner Tasche trug. Er beschloss, es als Waffe zu benutzen und als er es mit voller Kraft auf den Mann schleuderte, traf ihn ein Stein am Kopf.

Das Letzte, was er mitbekam, bevor er ohnmächtig wurde, war, wie Rori und Soseki seinen Namen schrien und der Mann hämisch lachte.

Keuchend fuhr Ash hoch. Nachdem er leichtes Schwindel-gefühl überstand, bemerkte er, dass er in einem Bett lag, in einer vertrauten Umgebung und mit dem Buch in seinem Schoß. Als er sich genauer umguckte, sah er, dass er sich in seinem Zimmer befand. Nicht in Terra. *Sondern in seinem Zimmer.*

Verwirrt rieb er seine Augen, um sicherzustellen, dass er nicht halluzinierte, doch der Raum veränderte sich nicht. Dann nahm er das Buch, das immer noch auf seinem Schoß lag, in die Hand und blätterte es wieder durch. Zu seiner Überraschung fand er den Beschwörungszauber, der ihn nach Terra gebracht hatte und die Notizen über Pilze.

Plötzlich nahm er eine Bewegung aus seinem Augenwinkel war und bei genauerem Hinsehen bemerkte er eine Katze. Sie sah sehr nach Soseki aus.

»Soseki?«

Die Katze blickte auf.

»Weißt du, was passiert ist? Und wo Rori ist?«

Soseki machte ein fragendes Miau. Daraufhin nahm Ash an, dass seine Fähigkeit, mit Tieren zu kommunizieren, verschwunden war. Er verstand immer noch nicht, was passiert war. Ein Blick auf die Uhr verriet ihm auch, dass seitdem er von seinem Bett nach Terra transportiert wurde, gerade mal knapp zwanzig Stunden vergangen waren. Das machte ihn noch verwirrter, denn er war durchaus länger in Terra gewesen.

Da er wissen wollte, was passiert war, nachdem er in Terra ohnmächtig geschlagen wurde, versuchte er abermals, nach Terra zu gelangen. Da es auch nach etlichen Versuchen nicht klappte und auch nicht, als Soseki versuchte mitzuhelfen, wurde Ash so frustriert, dass er beschloss, das Buch vorerst aus seiner Reichweite zu schaffen, und auf den Dachboden zu bringen.

Die Katze folgte ihm dabei, und Ash fiel auf, dass sie ein Halsband trug. Er dachte sich aber nichts dabei und setzte seinen Weg zum Dachboden fort. Dort angekommen, legte er das Buch auf ein Regal. Er wollte gerade die Tür wieder schließen, als Soseki durch sie hindurch schlüpfte. Kurz bevor die Tür ganz zu fiel, konnte Ash sehen, dass auf Soseki´s Halsband ein Name stand:

Natsume

Dann fiel die Tür mit einem lauten Krachen zu.

Ash versuchte sie wieder zu öffnen, doch er schaffte es nicht.

Karl

© *karltheraccon_*

Wattpad-Profil:
*https://www.wattpad.com/user/karltheraccon_*

2009 | Dielenknarzen

»Ella, kommst du?«

»Wir wollen jetzt fahren«, rief ihre Mutter sie.

»Ja, ich komme schon«, antwortete Ella ihr. Sie harrte kurz aus und verabschiedete sich von ihrem Zimmer, da sie umziehen wollten. Ihre Mutter hatte nämlich ein Jobangebot in einer anderen Stadt bekommen und es angenommen. Auf der einen Seite freute sich Ella, da sie mal was anderes sehen konnte, aber auf der anderen Seite wollte sie nicht umziehen, da sie sich schwer tat neue Freunde zu finden. Während sie mit dem Auto fuhren, hörte Ella Musik durch ihre Kopfhörer und dachte daran, wie es sein wird, wenn sie in der Stadt angekommen ist.

Nach einiger Zeit hielten sie vor dem neuen Haus. Ella war leicht überrascht, da sie das Haus nur von Bildern kannte und es in echt viel größer wirkte. Sie stürmte ins Haus rein und machte sich auf die Suche nach ihrem Zimmer. Als sie es gefunden hatte, legte sie ihre Sachen ab und guckte sich um. Während Ella in ihrem Zimmer umherlief, knarrte unter ihren Füßen eine Diele, jedoch bemerkte sie nicht, dass die Diele lose war.

Später kam ihre Mutter zu ihr ins Zimmer und gab ihr ihre letzte Tasche. Ellas Mutter trat auf dieselbe Diele wie Ella selbst und sie knarrte wieder.

»Da muss dein Vater mal nachgucken. Das stört dich doch bestimmt, wenn die Diele immer knarzt.«

Ihr Interesse wurde geweckt und sie wollte selbst gucken, was es mit der Diele auf sich hat. So kniete Ella sich hin und fuhr mit ihren Fingern an der Diele entlang. Diese gab an einer bestimmten Stelle nach, sodass Ella die Diele herausnehmen konnte. Unter der Diele befand sich ein kleiner Hohlraum. Ella griff hinein und ihre Finger berührten etwas Hartes. Sie holte das etwas aus dem Loch raus und guckte es sich an. Es war ein Buch, das in Leder gebunden war. Ella öffnete es, doch auf der Seite stand nichts. Sie blätterte weiter und auch auf den darauffolgenden Seiten stand nichts. Das Buch war komplett leer.

»Komisch«, dachte sie sich. Ella packte den restlichen Inhalt ihrer Kartons aus und dachte währenddessen über das Buch nach.

»Das ergibt doch eh keinen Sinn.« Und somit ließ sie das Buch auf ihrem Schreibtisch liegen und lief die Treppen runter, um mit ihren Eltern zu Abendessen. Doch während des ganzen Abends ging ihr das Buch nicht aus dem Kopf. So kam es, dass Ella sich nochmals ganz genau das Buch anschaute, um zu gucken, ob sie nicht irgendwas übersehen hatte. Dabei schnitt sie sich in den Finger und ein kleiner Tropfen von ihrem Blut landete auf dem Papier.

Das Papier sog das Blut wortwörtlich auf und es erschienen nacheinander ganz viele Buchstaben, bis das komplette Notizbuch mit Kritzeleien, Zeichnungen und einzelnen Wörtern oder ganzen Sätzen gefüllt ist. Ella staunte. Damit hatte sie nun aber ganz bestimmt nicht gerechnet.

Wenig später lag sie in ihrem Bett und las sich ein paar Seiten aus dem Notizbuch durch. Das Notizbuch musste wohl als Tagebuch benutzt worden sein. Dort stand etwas von einem Gegenstand, der sehr wertvoll war, aber noch nicht gefunden wurde, der aber dringend ans Licht musste. Warum sagte der Besitzer oder besser gesagt der Vorbesitzer dieses Buches nicht.

Ella wurde neugierig und beschloss, so schnell es ging, Nachforschungen anzustellen. Deshalb ging sie am nächsten Tag in die Bibliothek, um dort zu suchen. Da es Sonntag war, hatte sie mehr Zeit, aber gleichzeitig graute es ihr, am nächsten Tag in die Schule zu gehen. Sie wusste nicht genau, wonach sie suchen sollte, weshalb sie damit anfing zu suchen, was in dem Jahr als die Tagebucheinträge geschrieben wurde, passiert ist.

Schlussendlich fand Ella heraus, dass in dem Jahr eine sehr bedeutende Ehe geschlossen wurde, mit der aber nicht jeder zufrieden war. Als sie zu Hause ankam, setzte sich in ihre Leseecke und las weiter in dem Tagebuch. Der damalige Besitzer schrieb was von einer Frau, die nur irgendwen berühmten geheiratet hat, um an sein Geld zu kommen, da sie nicht gerade sehr wohlhabend war. Später fand Ella noch heraus, dass die Frau schon eine Ehe führte und sie den Priester, der die Trauung anhielt und die anderen Leute bestochen hatte. Der Verfasser schrieb außerdem, dass es einen Ehevertrag und andere wichtige Papier gebe, um die Ehe von den beiden auffliegen zu lassen. Das einzige Problem ist nur, dass diese Papiere verschwunden sind und niemand genau weiß wo. Ella wurde sehr neugierig und verschlang Seite um Seite. Im letzten Eintrag wurde darum gebeten, dass man diese Papiere so schnell, wie es ging, finden musste. Der einzige Hinweis, der hinterlassen wurde, war Liam Anderson.

Ella wusste nicht, was das zu bedeuten hatte und beschloss, dass sie später nach Liam Anderson suchen würde und sich erst mal auf die Schule konzentrieren würde.

Ein paar Wochen später beschloss sie zusammen mit ihrer neuen Freundin, auf die Suche zu gehen, um Liam Anderson zu finden. Als sie den Namen googelten, stießen sie nach geraumer Zeit auf ein Antiquitätengeschäft, welches von einer Familie Anderson geleitet wurde. Die beiden fanden heraus, dass dieses Geschäft mit einem Bus zu erreichen war, die dafür aber anderthalb Stunden fahren mussten. Die beiden Mädchen beschlossen, dass sie sich fürs Wochenende verabreden würden, um zu dem Antiquariat zu fahren.

Gesagt, getan, trafen sich die Mädchen 3 Tage später in der Stadt. Als sie mit 20-minütiger Verspätung in einem kleinen Vorort ankamen, suchten sie direkt nach dem Antiquariat. Da es mittags war und beide Hunger hatten, machten sie noch einen kleinen Stopp beim Bäcker. Während sie aßen, gestand Ella, dass sie nervös war. Auch ihre Freundin Olivia war nervös. Die beiden Freundinnen hatten Glück, denn das Geschäft befand sich schräg gegenüber vom Bäcker.

Als sie das Geschäft betraten, bimmelte ein Glöckchen über der Tür. Die beiden Mädchen staunten nicht schlecht, als sie die ganzen prachtvollen Antiquitäten sahen.

»Hallo Mädels«, unterbrach ein älterer Herr ihre Gedankengänge, »kann ich euch irgendwie weiterhelfen?«, bot er seine Hilfe an.

Ella brachte ihren ganzen Mut zusammen und erzählte, warum sie hier waren. »Wir sind auf der Suche nach Liam Anderson.«

»Kennen Sie ihn vielleicht?«, fragte nun Olivia den alten Mann.

»Und ob ich den kenne. Das bin nämlich ich. Was wollt ihr denn von mir?«

»Ich habe ein Notizbuch unter der Diele in meinem Zimmer gefunden. Ich stellte dann fest, dass dieses Buch als Tagebuch genutzt wurde. Von wem weiß ich nicht. Die Person schrieb etwas von einer Ehe, die gebrochen werden soll, da die Frau ihren Ehemann nur wegen des Geldes geheiratet hatte. Dieser jemand schrieb außerdem, dass sie der Einzige wären, der wüsste, wo sich die Papiere, die die Ehe brechen sollten, befinden.«

»Das hört sich ganz nach meinem Kumpel Liam an. Hast du das Buch dabei?«

Ella nickte.

»Darf ich es sehen?«

Sie holte das Buch aus ihrer Tasche und gab es ihm. Der Mann überflog die Einträge nur kurz und sagte dann: »Tut mir leid Kinder. Ich kann euch nur die Adresse von Jimmy geben, der euch da sicher besser behilflich sein kann als ich.«

Herauszufinden, in welcher Stadt Jimmy wohnte, war schwerer als gedacht. Ungefähr 3 Wochen später fanden Ella und Olivia heraus, dass fieser Jimmy 8 Stunden von ihnen entfernt wohnte. Da die beiden nicht so einfach zu ihm kamen, schrieben sie einen Brief mit ihrem Anliegen.

»Ich hoffe, er wird diesen Brief bekommen, lesen und uns antworten.«

»Das hoffe ich auch.«

Sie warteten eine Woche, bis endlich eine Antwort von Jimmy kam.

Hallo Ella, Hallo Olivia.

Ich bedanke mich herzlich für euren Brief und hoffe, euch weiterhelfen zu können. Ich habe so lange nichts mehr von Liam gehört, dass es mich sehr überrascht hat, wieder etwas von ihm zu hören. Bevor ich euch aber helfe, wollte ich sagen, dass ich es mega finde, dass ihr das Geheimnis endlich lüften wollt.

Die einzige Hilfe, die ich euch geben kann, ist die: Die Papiere befinden sich an einem Ort, wo täglich Hunderte von Menschen sind, aber dennoch blickgeschützt und gut versteckt, damit nur diejenigen, die dafür ausgewählt wurden, diesen Zettel finden können.

Ihr seid wohl die auserwählten Personen. Ich wünsche euch weiterhin viel Erfolg und ich hoffe, dass ihr die Sache ein für alle Mal beendet.

Liebe Grüße,
J.S.

»Komisch… ein Ort, an dem viele Menschen sind, aber trotzdem blickgeschützt, sodass nur die Auserwählten diese Papiere finden. Hast du eine Idee, wo das sein könnte, Liv?«

»Der einzige Ort, der mir einfällt, ist die U-Bahn-Station. Bloß ich habe keine Ahnung, wo die Papiere versteckt sein sollen.«

Zwei Tage später machen sie sich auf den Weg zur Station, um dort nach den Papieren zu suchen. Alle Leute starrten die beiden an, als sie anfingen, die Wand nach irgendeinem Mechanismus abzusuchen. Sie suchten die ganze Station ab. Sie wollten schon aufgeben, da viel Ella ein Ort, an dem sie noch nicht gesucht hatten. Und zwar an dem Schalter. Dort gingen jeden Tag etliche Menschen hin, um sich ein Ticket zu kaufen. Da die Schalter hier nicht automatisch gingen, mussten sie zu einer Frau gehen und sie danach fragen.

»Entschuldigen Sie M´am, wissen sie zufällig etwas von einem Brief, der hier für Mr. Liam Williams abgegeben wurde?«, probierte Ella ihr Glück.

»Ja, warte einen Augenblick.« Und somit verschwand die Dame im hinteren Bereich des Schalters. Wenig später kam sie mit einem Kuvert zurück. »Hier für euch«

»Ich danke ihnen!«

Ella und Olivia rannten daraufhin, so schnell es ging, aus dem Gebäude heraus. Dabei merkte Ella nicht, dass sie vergessen hatte, ihre Tasche zuzumachen und das Notizbuch fiel heraus.

Einige Tage später erschien im Fernsehen und in der Zeitung ein Artikel über die Ehe mit dem Politiker und seiner Frau. Die Nachrichtensprecherin erwähnte, dass ihnen anonym einen Brief zugeschickt worden war, in dem alles über den Betrug drinstand. Sie hat sich auch bei den anonymen Schreibern für diese Schlagzeile gedankt.

So konnte sich das Blatt zum Guten wenden.

Nayla
© Nayla_Wendt

Wattpad-Profil:
https://www.wattpad.com/user/Nayla_Wendt

2010 | Big Sur Palace

»Ich weiß nicht, Liza. Bist du dir wirklich sicher?« Matthew sah zweifelnd an der bereits ziemlich verwitterten Mauer hinauf.

Dave nickte zustimmend und fügte hinzu: »Ich habe ein komisches Gefühl dabei. Vielleicht ist es besser, wenn wir das hier sein lassen.«

»Kommt schon, Leute«, sagte Liza genervt. »Erzählt mir nicht, dass ihr nach drei Stunden Fußmarsch jetzt plötzlich kalte Füße bekommt und alles abblasen wollt.«

Dave verzog das Gesicht. »Du musst aber gestehen, dass das hier alles andere als einladend aussieht.«

»Und ungefährlich«, murmelte Matthew leise vor sich hin. Aber Liza hatte ihn dennoch gehört.

Sie verdrehte die Augen. »Ihr seid echt Angsthasen. Wenn ihr keine Lust habt, geh ich halt allein rein.«

»Sind das auch wirklich die richtigen Koordinaten?«

»Ja! Das sind die Koordinaten, die auf der Rückseite des Fotos gestanden haben.«

»Das Foto, das du in diesem abgegriffen, alten Notizbuch gefunden hast? Wo hast du das noch mal her?«

»Auf dem Flohmarkt in Monterey entdeckt. Tut das jetzt irgendwas zu Sache?«

»Nein«, murmelte Dave, »ich wollte nur Zeit schinden. Na gut, du wirst dich sowieso nicht aufhalten lassen. Bringen wir es schnell hinter uns und hoffen, dass uns nicht die Decke auf den Kopf fällt.«

Liza atmete erleichtert auf. Endlich! Matthew brummte nur etwas, das sie einfach ignorierte. Sie zog die Riemen ihres

Rucksacks über die Schultern und setzte sich an die Spitze der kleinen Gruppe. Sie spürte, wie Aufregung und Euphorie durch ihre Adern strömten. Wie immer, wenn sie zu einem neuen Abenteuer aufbrachen.

Schon als sie dieses kleine, unscheinbare Büchlein auf dem Tisch hatte liegen sehen, hatte sie ein Kribbeln erfasst, dass sie sich nicht hatte erklären können. Es war, als würde das Buch eine magische Anziehungskraft auf sie ausüben. Ohne zu Zögern oder den Preis zu verhandeln, hatte sie es gekauft und sich erst im Anschluss mit ihrem Neuerwerb auseinandergesetzt. Es handelte sich um ein nicht sonderlich schönes, dickliches Notizbuch mit einem abgewetzten Ledereinband und einer langen Schnur, mit der das Buch zugebunden werden konnte. Viele der Seiten waren beschrieben oder besser gesagt bekritzelt, denn lesen konnte sie kaum, was da stand. Vermutlich handelte es sich noch nicht einmal um Englisch. Während sie darin herumgeblättert hatte, war ihr ein Foto in die Hände gefallen. Das Foto eines riesigen Gebäudes, mit drei oder vier Etagen und geschwungenen Dächern, die ein wenig an asiatische Architektur erinnerten. Auf der Rückseite hatte nichts weiter gestanden als ein Name und eine Zahlenkombination. *Big Sur Palace.* Damit hatte Liza nichts anfangen können. Mit der Zahlenkombination schon eher. Sie hatte sofort erkannt, dass es sich dabei um Koordinaten handelte. Und als sie dann auch noch feststellte, dass diese sie an einen Ort nicht weit ihrer Heimatstadt führten, hatte sie das Jagdfieber endgültig gepackt.

Ihre beiden besten Freunde für die Wanderung zu gewinnen, war ein Kinderspiel gewesen. Allerdings musste sie zugeben, dass sie nicht ganz ehrlich gewesen war, was das Ziel der Wanderung anging. Beide - vor allem Matthew - hätten sie auf jeden Fall vorher davon abzubringen versucht.

Aber jetzt waren sie hier und Liza freute sich auf die Gelegenheit, das verlassene Gebäude zu erkunden und ein paar gute Fotos zu machen.

Allerdings hatte Dave tatsächlich Recht. Hier sah es alles andere als einladend aus. Die Fassade war verwittert, teilweise von Pflanzen überwuchert und von der einstigen Farbe war längst nichts mehr zu sehen. Die Fenster waren nichts als leere, dunkle Höhlen. Soweit sie es bisher gesehen hatte, waren alle Scheiben samt Rahmen verschwunden. Das Gleiche galt für die Türen.

Ehrfürchtig schweigend betraten sie das Gebäude durch eine Öffnung, die vielleicht einmal ein Nebeneingang gewesen war. Sie folgten einem dunklen Flur, vorbei an weiteren Türöffnungen ohne Rahmen, bis sie eine Halle erreichten. Das Herzstück des Gebäudes.

Liza stieg über Geröll und Schutt, das den gesamten Boden bedeckte und stoppte erst, als sie in der Mitte der Halle stand. Fassungslos und fasziniert zugleich drehte sie sich um die eigene Achse. Nicht nur die Fenster- und Türrahmen waren verschwunden, sondern die gesamte Einrichtung. Als wäre ein Sturm durch das Gebäude gefegt und hätte alles mit sich gerissen. Die Atmosphäre war bedrückend, das musste sie sich tatsächlich eingestehen. Feucht, kühl, dunkel und irgendwie unangenehm. Alles Schöne – die Sonnenstrahlen, die Natur, das Leben – schien nach draußen verbannt worden zu sein. Zurückgeblieben war nur der kalte Hauch der Vergangenheit.

Dank eines riesigen Loches im Dach, wo vielleicht einmal eine Glaskuppel gewesen war, war es in dieser Halle ausreichend hell.

»Das war ein Hotel, oder?«, murmelte Matthew, als er neben sie trat und sich ebenfalls umsah. »Das scheint dann wohl die Lobby gewesen zu sein.«

Liza zuckte mit den Achseln. »Der Name Big Sur Palace lässt darauf schließen.«

»Palace?«, wiederholte Dave spöttisch. »Klingt, als hätte die Bruchbude mehr als einen Stern gehabt.«

»Wartet. Ich hole schnell meine Kamera raus.« Liza ließ ihren Rucksack von den Schultern gleiten und suchte sich einen Platz auf einem der Trümmerteile, die überall verstreut lagen. Während sie ihre Ausrüstung auspackte, nutzten die Jungs die Gelegenheit für eine kleine Stärkung. Dave gesellte sich zu ihr, packte Snacks und Trinkflasche aus. Matthew setzte nach einer kurzen Trinkpause die Erkundung fort.

Nachdem sie das richtige Objektiv ausgewählt hatte, überprüfte Liza die Einstellungen ihrer Kamera und machte ein paar Probeaufnahmen. Zufrieden sah sie sich das Ergebnis an. Das Licht war schlecht, aber das lichtstarke Objektiv, dass sie sich erst vor kurzem gegönnt hatte, leistete gute Arbeit.

Während sie weitere Probeaufnahmen machte, blieb sie plötzlich an Matthew hängen. Als hätte er etwas gespürt, hob er den Kopf und sah sie direkt durch das Objektiv an. Ein sanftes Lächeln überzog sein Gesicht und ließ seine braunen Augen, die sie immer an dunkle Schokolade erinnerten, aufleuchten. Dann wandte er sich ab und ging weiter.

Währenddessen hatte ihr Herz einen Zahn zugelegt und ein warmes Gefühl hatte sich in ihrer Magengegend ausgebreitet. Liza atmete unauffällig durch und war froh, dass er nichts davon bemerkte. Matthew war ihr bester Freund seit Kindertagen. Doch in den letzten Wochen, vielleicht sogar Monaten, hatte sich ein ganz anderes Gefühl eingeschlichen. Immer dann, wenn er in ihrer Nähe war, wurden ihre Finger feucht vor Schweiß und ihr Puls begann zu rasen. Das war etwas, worüber sie nicht gerne nachdachte, denn es durfte einfach nicht sein.

Plötzlich schnippten ein paar Finger vor ihrer Nase herum.

»Hey, genug geschmachtet?«

Liza zuckte zusammen und warf Dave einen bitterbösen Blick zu.

»Blödmann!«, zischte sie ihm zu.

Das amüsierte Funkeln in seinen Augen war nicht zu übersehen. Im Gegensatz zu Matthew empfand sie für Dave nach all den Jahren ihrer Freundschaft immer noch das Gleiche: Er war wie ein nerviger kleiner Bruder, der keine Gelegenheit ausließ, sie zu ärgern. Zu ihrem großen Bedauern schien er genau zu wissen, was zwischen ihr und Matthew vor sich ging.

»Los, lass uns endlich loslegen. Bevor Matt noch irgendwo verschwindet.« Er schulterte seinen Rucksack und wartete bis auch sie so weit war. Gemeinsam verließen sie die Halle und betraten den angrenzenden Gang.

Schweigend gingen sie durch die leeren Gänge. Mit jedem Schritt schien sich die bedrückende Atmosphäre mehr auf ihre Stimmung zu legen. Lizas anfängliche Euphorie war verflogen, und sie verspürte immer mehr den Wunsch, wieder ins Licht zu treten. Die Taschenlampen, die Matthew und Dave inzwischen ausgepackt hatten, halfen ihr nicht. Sie fragte sich, warum sie sich hier so unwohl fühlte. Es war nicht das erste verlassene Gebäude, das sie erkundeten. Und abgesehen von dem verwahrlosten Zustand und dem völligen Fehlen von Möbeln unterschied es sich nicht von den anderen. Als Dave auf einen kleinen Stein trat, der mit einem leisen Knacken zerbrach und das Echo von den Wänden widerhallte, wusste sie plötzlich, was sie so störte.

Es war zu still.

Außer den Geräuschen, die sie selbst verursachen, hörte man nichts. Keine Vögel, kein Rascheln anderer Tiere. Als würde sich kein einziges Lebewesen mehr in dieses Gebäude trauen.

Als ihr das bewusst wurde, konnte Liza den Schauer nicht mehr unterdrücken. Die Worte, ob sie nicht lieber gehen wollten, lagen ihr bereits auf der Zunge, aber sie hielt sie zurück. Nein, das konnte sie nicht bringen. Dave würde es ihr ewig vorhalten, wenn sie jetzt kneifen würde. Außerdem war die Neugier immer noch größer als die Angst.

Über eine dunkle Treppe gingen sie ein Stockwerk höher und entdeckten einen weiteren großen Raum, der an einer Seite mit mehreren Säulen und Rundbögen verziert war. Eine breite Öffnung, die sich über die gesamte Länge des Raumes erstreckt, führt auf eine Art Terrasse oder Balkon. Vielleicht war dies einmal ein Restaurant gewesen. Aber auch in diesem Raum war alles nackt und nur noch die Mauern des Gebäudes vorhanden. Der bröckelnde Putz ließ keinerlei Hinweise mehr darauf, welche Farbe die Wände einmal gehabt haben mochten.

An einer kurzen Seite entdeckte Liza eine Öffnung, durch die ebenfalls Sonnenlicht einfiel, allerdings ziemlich weit oben. Das helle Licht wirkte wie ein Magnet und weckte ihre Neugier. Liza ging hinüber und stellte sich auf die Zehenspitzen, aber sie war viel zu klein.

»Brauchst du Hilfe, Zwerg? Soll ich dich hochheben?«, bot ihr eine warme, freundliche Stimme an.

»Zwerg?« Liza fuhr herum und warf Matthew einen vernichtenden Blick zu, den er mit einem breiten Grinsen beantwortete. »Kann ja nicht jeder so ein Koloss sein, wie du!«

Tatsächlich hatte er mit seiner 1,90-Basketballer-Statur keinerlei Probleme, das Loch zu erreichen. Neugierig warf er einen Blick hindurch, zuckte dann aber mit den Schultern.

»Gibt eh nichts zu sehen. Das war vermutlich die Belüftungsanlage.«

Sie verließen die Etage und stiegen die Treppen hinauf in den nächste. Auch wenn die Zerstörungen hier nicht weniger waren, so sah man doch sofort, dass sie nun bei den Gästezimmern angekommen waren. Die Zimmer selbst waren nichts weiter als kahle, rechteckige Räume, die mangels Fenster nahtlos in einen kleinen Balkon übergingen. Liza trat näher an die gemauerte Brüstung heran. Die Aussicht hätte fantastisch sein können, wäre der Himmel nicht wolkenverhangen. Hatte nicht gerade noch die Sonne geschienen? Einige Nebelschwaden zogen durch den Wald, der sich unter dem Fenster erstreckte und verliehen dem Ausblick etwas Gespenstisches. Im Grunde passte das Wetter perfekt zur Stimmung in diesem Gebäude.

»Was meint ihr«, begann Dave, während er seinen Blick durch den Raum wandern ließ, »warum wissen wir nichts davon, dass hier direkt in der Nachbarschaft so ein Klotz steht. Ich meine, wie viele Zimmer muss das Ding haben? 50? Sowas muss doch bekannt gewesen sein?«

»Ich hab ein bisschen versucht zu recherchieren«, erzählt Liza. »Aber tatsächlich habe ich kaum etwas gefunden. In dem Notizbuch sind auf der Seite, in der das Foto gelegen hat, lediglich einige Eckdaten notiert.«

»Hast du das Buch dabei?«, fragte Matthew.

»Natürlich.« Sie legte sich den Riemen ihrer Kamera um den Hals, um die Hände frei zu haben. Dann griff sie hinter sich und zog nach einigem Suchen das kleine Notizbuch aus dem Fach im Deckel ihres Rucksacks.

Matthew nahm ihr das Buch aus der Hand und begann darin zu blättern. Er stand so nah, dass ihr Puls sich sofort beschleunigte. Als er die Seite erreicht hatte, in der das Foto gelegen hatte, stoppte Liza ihn.

»Hier ist es.«

Konzentriert las er sich die Notizen durch. Auf seiner Stirn bildete sich eine tiefe Falte.

»Eröffnet im April 1990. Wieder geschlossen im November 1990«, murmelte er.

Dave pfiff durch die Zähne. »Wow, ganze 8 Monate?«

Matthew schnaubte. »Wundert dich das? Wir sind mitten im Nichts. Wie sollen denn hier Gäste herkommen?«

Unzufrieden schüttelte Dave den Kopf. »Ja, zugegeben, der Standort ist miserabel gewählt. Aber das Ding steht nun mal hier. Warum haben wir noch nie etwas von einem verlassenen Luxushotel in der unmittelbaren Nachbarschaft gehört?« Nachdenklich durchschritt er den Raum. »Was ist, wenn sich hier eine Tragödie abgespielt hat und die Überlebenden sich geschworen haben, alle Zeugnisse zu vernichten, damit das Hotel in Vergessenheit gerät?«

»Wie soll das denn funktionieren?«, warf Matthew ein. »Das Hotel muss den Behörden bekannt sein und es gibt Lieferanten. Wie willst du das denn bewerkstelligen?«

Dave zuckte nur mit den Achseln. »Irgendwas davon war wohl erfolgreich.«

»Was war es für eine Tragödie?«, fragte Liza, nun neugierig geworden.

»Etwas Schreckliches. Vielleicht war dieses Hotel ein geheimer Treffpunkt für Okkultisten und schwarze Magier. An diesem abgelegenen Ort konnten sie ihre düsteren Rituale und Experimente durchführen, ohne entdeckt zu werden.«

Matthew lachte auf, aber Dave fuhr mit tiefer Stimme fort. »Eines Tages jedoch gerieten die Experimente außer Kontrolle und eine gewaltige dunkle Energie wurde freigesetzt. Sie durchdrang die Mauern des Hotels und wandelte es in einen Ort des Grauens. Die Mitglieder der Gesellschaft wurden von der Dunkelheit verschlungen und tauchten nie wieder auf.«

Liza gab einen unzufriedenen Laut von sich und schüttelte den Kopf. »Ich glaube nicht an schwarze Magie und so einen Quatsch.«

»Okay, dann«, Dave tippte sich mit dem Zeigefinger ans Kinn und überlegte angestrengt, »ereigneten sich kurz nach der Eröffnung des Hotels eine Reihe mysteriöser Morde an weiblichen Gästen, die bis heute ungeklärt sind. Die Frauen wurden brutal ermordet und es wird gemunkelt, dass die Seelen der Opfer das Hotel herumspuken. Seitdem hat es niemand mehr gewagt, das Hotel zu betreten. Diejenigen, die sich dennoch hierher verirren, berichten von schrecklichen Visionen und unheimlichen Geräuschen.« Wieder hatte er seine Stimme gesenkt und die letzten Worte fast geflüstert.

»Warum muss es eigentlich immer ein weibliches Opfer sein?«, fragte Liza unbeeindruckt.

Dave seufzte tief und breitete die Arme aus. »Es steht dir frei, dir deine eigene Tragödie auszudenken.«

»Ich bestehe auf Gleichberechtigung!«

»Also schön, dann war das Geschlecht der Opfer egal. Spuken tun sie trotzdem.«

»Ihr spinnt doch!«, lachte Matthew.

Ein lautes Krachen ließ sie alle zusammenzucken und zur Tür herumfahren. Das Echo hallte noch Augenblicke später durch das Gebäude.

»Was war das?«, raunte Matthew.

»Das war bestimmt nur der Wind, der etwas umgestoßen hat«, flüsterte Liza.

»Oder ein Geist«, raunte eine tiefer Stimme in ihr Ohr.

Liza erschrak und schrie auf. Sie drehte sich so schnell, dass sie stolperte und mit Matthew zusammenstieß. Schützend legten sich seine Arme um sie und verhinderten, dass sie fiel.

»Was zur Hölle?«

»Ups.« Ein breites Grinsen legte sich über Daves Gesicht und ließ seine blauen Augen funkeln. »Sorry!«

»Bist du nicht zu alt dafür?«

»Niemals.« Er zwinkerte ihr zu. Sichtlich zufrieden verließ er leise pfeifend den Raum.

Liza spürte Matthews warme Hände durch den Stoff ihrer leichten Jacke. »Irgendwann schubse ich ihn doch nochmal die Klippen runter.«

Matthews Husten klang mehr eher nach einem unterdrückten Lachen.

»Ist alles okay?«, fragte er.

Sie nickte. Als er sie losließ, vermisste sie seine Nähe sofort.

»Komm, lass uns gehen.«

Er half ihr, das Notizbuch wieder zu verstauen und sie verließen das ehemalige Hotelzimmer.

Ohne sich abgesprochen zu haben, wandten sie sich in Richtung der großen Wendeltreppe, die sie zurück in die Lobby führte, und stiegen die verwitterten Treppen nach unten.

Im ersten Stock blieb Dave, der vorgegangen war, plötzlich stehen und legte einen Finger auf seine Lippen.

»Da ist etwas!«, flüsterte er.

Angespannt lauschten sie. Und tatsächlich vernahm Liza nach wenigen Augenblicken ein leises Geräusch. Als würden kleine Steine gegeneinander prallen oder etwas über den Boden schaben.

»Schritte«, identifizierte Matthew die Geräusche.

»Also keine Geister!«, stellte Liza mit einem scharfen Blick in Daves Richtung fest. »Geister können nicht laufen!«

»Hast du schonmal einen getroffen?«

Mit einem leisen Zischen und einer eindeutigen Geste unterbracht Matthew die Kabbelei.

»Was machen wir jetzt?«, fragte er. »Und wer ist das?«

»Vielleicht noch jemand, der sich das Hotel ansehen will?«, spekulierte Liza.

»Vielleicht ist der Mörder zurückgekehrt?«, warf Dave ein, aber inzwischen hatte der Witz seine Wirkung verloren. Ihnen allen war dieser geheimnisvolle Unbekannte alles andere als geheuer.

Plötzlich wirbelte Liza herum und lauschte. Aus dem Flur direkt hinter ihnen drangen gleichmäßige Geräusche zu ihnen herüber. Es klang wie das Echo der Schritte aus dem Erdgeschoss. »Da ist noch jemand!«, hauchte sie. Ihr Herz setzte einen Schlag aus. Schnell drückten sie sich tiefer in die Schatten des Treppenhauses und lauschten. Angst breitete sich immer weiter in ihr aus. Ihre Hände begannen zu zittern, aber sie versuchte sich nichts anmerken zu lassen. Jetzt in Panik auszubrechen, wäre mehr als kontraproduktiv. Aber mit jeder Sekunde wurde die Anspannung schwerer zu ertragen.

»Wir sind eingekesselt«, stellte Matthew mit heiserer Stimme fest.

»Aber wir müssen hier raus!«, flüsterte Liza lautlos.

Inzwischen wurden die Schritte aus dem Flur hinter ihnen ganz langsam immer lauter. Wer auch immer das war, er kam langsam und gemächlich in ihre Richtung.

»Vielleicht fragen wir einfach mal, wer es ist?«, schlug Dave vor. Das leichte Zittern in seiner Stimme verriet jedoch, dass er selbst nicht wirklich überzeugt war von seinem Vorschlag.

»Einfach fragen? Das ist nicht dein Ernst!«

»Anderer Vorschlag«, raunt Matthew. »Es ist nicht mehr weit bis zum Eingang, durch den wir reingekommen sind. Wir gehen jetzt langsam diese Treppe bis ganz nach unten und dann nutzen wir das Überraschungsmoment und rennen auf Drei so schnell wir können.«

»Die Idee ist jetzt auch nicht besser«, murrte Dave.

Matthew hob eine Augenbraue und setzte gerade zu einer Erwiderung an, als Liza die Hand hob.

»Können wir jetzt bitte aufhören, zu diskutieren, und irgendwas machen?«

Matthew nickte entschlossen und machte dann eine einladende Handbewegung. »Ihr geht vor, ich folge.«

So leise es auf dem überall herumliegenden Schotter möglich war, schlichen sie die Treppe weiter herunter. Stufe für Stufe. Inzwischen waren die Geräusche aus dem Erdgeschoss auch so nah, dass man sie eindeutig als Schritte identifizieren konnte.

Am unteren Rand der Treppe, verborgen in den Schatten, hielten die drei Freunde an. Die Lobby breitete sich vor ihnen aus und wirkte weiterhin vollkommen verlassen. Wären da nicht die Schritte gewesen.

Die Freunde wechselten einen letzten Blick miteinander. Dann hob Matthew die Hand und begann lautlos einen Countdown von drei abwärtszuzählen.

Drei.

Zwei.

Eins.

»Los!«

Liza sprintete als erste los, dicht gefolgt von ihren beiden Freunden. Sie hatten die halbe Halle durchquert, als plötzlich eine laute Männerstimme hinter ihnen ertönte.

»Hey! Stehen bleiben! Ihr habt hier nichts zu suchen! Das ist Privatgelände. Verschwindet, sonst informiere ich den Sheriff!«

Ohne langsamer zu werden oder noch einmal zurückzublicken, rannten sie hinaus und verschwanden im Wald.

↰

Eine Woche später stand Liza vor einer alten Telefonzelle, die zu einem öffentlichen Bücherschrank umgebaut worden war. Das kleine, abgegriffene Notizbuch hielt sie in der Hand. Ein letztes Mal schaute sie auf die aufgeschlagene Seite, auf der zwei Bilder nebeneinander geklebt waren. Auf der einen Seite das Bild, das ihr in die Hände gefallen war. Daneben ihr eigenes Foto, das die ehemalige Lobby mit der zerstörten Wendeltreppe zeigte.

Sie musste unwillkürlich schmunzeln, als sie die Fotos betrachtete. Die Atmosphäre im Hotel war zweifellos unheimlich gewesen, aber vielleicht hatte sie ihre Fantasie etwas zu sehr angeregt. Es war ihr immer noch sehr peinlich, wenn sie daran dachte, wie sie alle drei gerannt waren. Als wäre der Teufel persönlich hinter ihnen her. Oder Daves imaginärer Mörder. Aber am Ende war es nur ein kleines Abenteuer gewesen, das sich als völlig harmlos herausgestellt hatte. Die beiden Wachmänner mussten sich sonst was gedacht haben. Mit einem letzten Blick klappte sie das Buch zu, wickelte die

Schnur darum und legte es in die alte Telefonzelle. Welche Abenteuer würde das kleine Notizbuch wohl als Nächstes erleben? Mit einem letzten Blick schloss sie die Tür und wandte sich endgültig ab.

Stefanie Dallesheim
© *SteffiDa*

Wattpad-Profil:
https://www.wattpad.com/user/SteffiDa

2012 | Spuren des Überlebens

Es war einer der letzten schönen Tage in diesem Jahr. Die Sonne hatte den Hochnebel, der manchmal ihre Heimatstadt förmlich belagerte, vertrieben. Gleichzeitig es war noch immer warm genug, damit Erika und ihre Enkel keine Jacke in der Herbstsonne brauchten. Einige Quellwolken zogen gemächlich über ihre Köpfe hinweg und eine laue Brise kam auf, sie strich ihr durch ihre grauen Haare. Die meisten Blätter an den Bäumen rund um den Spielplatz hatten sich bereits orange und rot verfärbt. Sie leuchtet in der Sonne, während der Wind für einen Augenblick drehte und aus der Richtung der Berge kam. Ein kalter, fast eisiger, Luftzug strich um ihre Schulter. Bald wäre nun auch der Herbst vorbei. Die graue Zeit, in der zeitweilig das Gefühl aufkam, als würde es ewig so trist bleiben, würde kommen. Aber bis dahin war noch Zeit; noch war das Jahr nicht zu Ende. Sie schlenderte an der Seite des Spielplatzes entlang, auf der Suche nach einer Bank im Schatten. Sie behielt ihre Enkel stets gerne im Blick, während sie rutschten und schaukelten.

Beide waren in etwa gleich alt, wobei Lilly – ihre Große – ein halbes Jahr älter war. Sie hatten wie ihre Väter blonde Haare und ähnelten einander manchmal wie Geschwister. Erika war immer froh, wenn sie ihre Enkel um sich herum hatte, denn sie hielten sie jung. Am Vormittag beschäftigten sich die beiden oft selbst miteinander, wodurch Erika einen Teil der Hausarbeit machen und das Mittagessen vorbereiten konnte. Wenn anschließend alles erledigt war, spielten sie noch eine oder zwei Partien eines Brettspiels, ehe sie aßen. Am Nachmittag ging es dann ab und zu auf einen Spielplatz oder sie machten nur einen Spaziergang, wobei Lilly und Yannik langsam zu groß dafür wurden und keinen Gefallen mehr daran fanden.

Aber Spiele gingen immer und das galt auch für sie. Das würden sie sich hoffentlich noch lange erhalten. Sie selbst hatte mit ihrem Mann Karl schon unzählige Runden Rommé hinter sich gebracht, wobei sie zum Schluss auch hin und wieder ganz gerne auf Backgammon zurückgegriffen hatten, denn Karl hatte einfach nicht mehr so viele Karten halten können. Seitdem er gestorben war, mussten ihre Freundinnen herhalten, allerdings stellten sie normalerweise keine würdigen Gegner für Erika dar. Wahrscheinlich hatte das etwas mit ihrer Mutter zu tun, die niemals still herumsitzen wollte und immer irgendetwas zu tun haben musste, aber eigentlich war es auch egal, oder?

»Oma!«, rief Lilly. »Oma, schau, wie weit ich springen kann!«

Erika drehte den Kopf und sah, dass ihre Enkelin auf der Schaukel saß, auf der sie wild vor und zurück schwang. Sie sprang genau am höchsten Punkt und flog im hohen Bogen durch die Luft. Als sie schließlich im Sand landete, lachte Lilly stolz. Das erste Mal, als Erika ihr dabei zugesehen hatte, wäre ihr das Herz fasst in die Hose gerutscht, mittlerweile war es für sie jedoch alltäglich. Ihre Enkel wurden mit jedem Jahr etwas wilder. Erika war einiges gewohnt.

»Jetzt ich!«, rief Yannik und seine blonden Haare wirbelten durch die Luft. Schnell schwang er sich in die Höhe, vor und zurück und stieg immer rasanter empor. Dann wagte auch er den Absprung und landete ein Stück vor Lilly. Sie stapfte herüber und begutachtete die Spuren. Ihre Hände stemmte sie an ihre Hüften.

»Wie hast du das gemacht? Du warst doch nie und nimmer so hoch wie ich! Du hast doch geschummelt!«

»Wie soll ich geschummelt haben?«

»Kann doch gar nicht sein, dass du weiter springst! Du bist doch viel kleiner!«

Yannik blinzelte und sah seine größere Cousine verständnislos an, ehe er mit den Schultern zuckte und sagte: »Ich hatte eben Glück.«

»Du hast immer Glück«, antwortete Lilly und rollte mit den Augen. Da musste Erika ihrer Enkelin recht geben. Sie wusste nicht wie, Yannik schien es jedoch wirklich oft gepachtet zu haben. Vielleicht kam es ihnen auch nur so vor, aber bei Uno bekam er oft die besten Karten, jeder zweite Kniffel schien von Yannik geworfen zu werden und wenn sie Rommé spielten, gelang es ihrem Enkel oft die wenigsten Punkte zu haben. Manchmal erinnerte er sie an ihren lieben Karl. Auch der hatte ein Händchen für Spiele gehabt, auch wenn er etwas analytischer an die Sache heranging und nicht, wie Erika einfach intuitiv entschied, was sie als Nächstes tun würde.

Lilly griff Yanniks Hand und zog ihn zum Klettergerüst. »Komm, wer als Erstes oben ist!«

Und schon ging es weiter. Es geschah selten, dass die beiden länger als einen Augenblick stritten. Erika setzte ihren Weg ebenfalls fort. Ihr Ziel war eine Bank auf der anderen Seite, gleich vor der Mauer der alten Kirche, die neben dem Spielplatz stand. Hinter sich hörte sie ihre Enkel fröhlich glucksen, während sie kletterten. Vor ihr hingegen – weiterhin mit dem Gegacker ihrer Enkel als Geräuschkulisse – erblickte sie plötzlich etwas auf der Mauer. Es sah wie ein Notizbuch aus. Wer es wohl vergessen hatte? Dann stockte ihr Atem.

Nein, das kann nicht sein! Sie hatte es verloren. *Das kann unmöglich ...*

Vorsichtig ging sie näher heran. Nervös ballte sie die Finger zu einer Faust und ihr Herz schlug schneller. Als sie es berührte, fühlten sie ihre Hände taub an. Zitternd strich sie über den Einband. Das Notizbuch war in braunes Leder gebunden und eine Schnur war drumherum gewickelt. Das Material wirkte alt und zum Teil rissig und doch fühlte es sich weich an. Sie atmete erleichtert aus. Im ersten Moment hatte das Büchlein sie an das alte Tagebuch ihrer Mutter erinnert, aber jetzt, bei genauerem Betrachten, sah es etwas anders aus, und sie kam sich dumm vor, überhaupt an das Büchlein ihrer Mutter gedacht zu haben. Sie nahm es mit sich auf die Bank, sah kurz zu ihren Enkeln, wobei sie feststellte, dass sie immer noch beschäftigt waren und keinen Blödsinn anstellten, und schlug es auf. Vielleicht würde auf der Innenseite stehen, wem es gehörte.

Fehlanzeige.

Das Papier war alt, fast gelblich. Eventuell war es schon über mehrere Jahrzehnte alt. Und doch sah es immer noch gut aus. Erika blätterte neugierig durch das Buch. Es war eine bunte Mischung aus den verschiedensten Notizen. Teilweise war es sogar als Tagebuch verwendet worden und kurz fragte sie sich, wie viele Menschen dieses Buch wohl schon benutzt hatten. Sie blätterte um und plötzlich schien ihr Herz wieder stehen zu bleiben.

Das ist ihre Schrift, war ihr erster Gedanke.

Das kann nicht ihre Schrift sein, ihr zweiter. Es war schlicht unmöglich. Es konnte nicht das Notizbuch ihrer Mutter sein. Es ging einfach nicht. Es ... Und dann stiegen längst verschüttete Erinnerungen in ihrem Bewusstsein nach oben ... Sie war wieder sechs Jahre alt und ...

... ihre Mutter drückte ihre Hand kräftiger, während sie hektisch neben der kleinen Erika durch die Nacht eilte. Die Luft war klar und kalt. Nebel stieg im Mondlicht von den Wiesen auf und es roch nach nassem Gras. Erikas Herz schlug aufgeregt. Zwar rannte ihre Mutter nicht, aber viel fehlt nicht mehr. Sie verließen den Hof, auf dem sie zusammen mit ihren Tanten lebten. Erika verstand nicht warum. Die dünne Jacke flatterte im Wind, während ihre Mutter mit ihrer freien Hand versuchte, eben jene über ihren gewaltigen Bauch zu schließen. Erika hörte ihr hastiges Atmen und machte sich etwas Sorgen darüber. Mutti hatte ihr erklärt, warum ihr Bauch in den letzten Monaten so groß geworden war. Bald würde ihr Geschwisterchen da sein.

»Komm jetzt, Erika«, sagte ihre Mutter. »Die anderen warten auf uns.«

Sie folgten einem ausgetretenen Schotterweg zwischen ihren Feldern hindurch und näherten sich dem großen Wald am Ende des Hofes.

»Schnell Erika, trödel nicht so.«

»Aber Mutti, was ist mit Püppi?«

Püppi war ihre Hündin und Erikas beste Freundin. Sie liebte sie über alles und Püppi tröstete Erika oft, wenn sie traurig darüber war, dass ihr Vater nicht mehr zu Hause war. Sie hatte schlichtes braunes Fell mit einigen schwarzen Stellen und begleitete sie oft an den Nachmittagen, wenn sie auf die große Wiese vor dem Haus ging, um etwas Klee und Löwenzahn für ihre zwei Kaninchen zu pflücken. Hans und Berta waren Erikas eigene Tiere, die sie pflegen musste. Die anderen Tiere, außer Püppi natürlich, waren viel zu groß und Erika sollte von ihnen wegbleiben. Sie hatten ein paar Ziegen, Schafe, zwei Schweine und einige Kühe auf dem Hof. Ihre

Mutter half ihren Tanten Hilde und Irmgard. Zusammen verwalteten sie den Hof, so gut es eben ging. Denn sowohl ihr Vater als auch ihre Onkel hatten weggehen müssen. Letztes Jahr, kurz bevor der Hund zu ihnen gekommen war, wurden dann auch ihre zwei älteren Cousins abgeholt. Seitdem hatten ihre Tanten oft geweint und das hatte auch Erika traurig gemacht. Manchmal fragte Erika nach ihnen und wann sie wieder kamen, aber meistens erhielt sie keine Antwort. Vor ein paar Tagen allerdings hatte ihre Tante Hilde gesagt, dass ihre Cousins Hermann und Hubert bei ihren Onkels waren und nicht mehr zurückkommen würden. Auch ihr Vater würde nicht mehr zurückkommen. Von nun an waren sie völlig auf sich allein gestellt.

»Still jetzt, Kind. Püppi ist vorhin mit deiner Tante Hilde und deiner Cousine Marianne mit«, erklärte ihre Mutter und presste eine Hand auf ihren Bauch. Ihr Atem ging stoßweise und kalter Schweiß stand ihr auf der Stirn. »Sie ist bei Franz und er passt sicher gut auf sie auf! Außerdem sind wir gleich dort vorne am Waldrand. Warte noch einen Augenblick, dann siehst du es selbst!«

Ihre Mutter keuchte wieder und strich über ihren Bauch.

»Ist alles in Ordnung, Mutti?«

»Ja doch. Still jetzt, Liebes«, antwortete ihre Mutter und zog sie weiter durch die Nacht. »Bitte. Du musst ab jetzt ganz still sein. Niemand darf dich hören, in Ordnung?«

»Ja, Mutti.«

»Und wenn ich dir sage, dass du ganz schnell wegrennst, dann machst du das, verstanden?«

»Ja, Mutti«, antwortete Erika und ihr wurde ganz mulmig zu Mute. Ihr Herz schlug immer nervöser. Die Stimme ihrer Mutter klang angespannt und unruhig. Sie war ganz anders als sonst. Plötzlich bekam Erika Angst. Was war denn los? So

hatte sie ihre Mutti noch nie erlebt. Sie verstand das alles nicht und fühlte sich stattdessen hilflos. Tränen brannten hinter ihren Augen.

»Du rennst so schnell, du kannst und bleibst nicht stehen. Egal was passiert, du darfst dich nicht umdrehen und nicht stehen bleiben. Das musst du mir versprechen!«

»Tu ich, versprochen Mutti. Ist etwas Schlimmes passiert? Ich habe Angst.«

»Ich weiß, Liebes. Das wird schon alles wieder werden. Bald haben wir es geschafft.«

Dann sagten sie nichts mehr, sondern eilten nur noch durch die Finsternis. Erika wusste nicht, wohin sie unterwegs waren oder warum sie ihr zu Hause mitten in der Nacht verlassen hatten.

Weiter vorne, hinter dem nächsten kleinen Hügel, versteckt hinter einer alten Eiche, entdeckte sie die Schemen von einer Handvoll Menschen. Direkt dahinter fing der große Wald an. Als sie näher kamen, erkannte Erika ihre beiden Tanten Hilde und Irmgard im Mondlicht stehen. Neben ihnen sah sie ihre älteren Cousinen Marianne, Roswitha und den kleinen Franz, der zwar schon fast zehn war, aber immer noch als der kleine Franz bezeichnet wurde. Kurz kläffte Püppi begeistert, riss sich los und rannte zu Erika. Der kleine Mischling sprang freudig an ihr nach oben und sie tätschelte seinen Kopf. Ihre Tante Hilde gab ihren Sohn einen leichten Stoß, worauf er sich in Bewegung setzte und zu ihnen lief, um erst ihrer Mutti den schweren Rucksack abzunehmen und dann auch ihr. Er umarmte Erika und murmelte etwas, dass sie nicht verstand.

Im Augenwinkel sah Erika, wie ihre Mutter in ihrer Tasche kramte, während sie versuchte ihre Atmung wieder unter Kontrolle zu bringen. Schließlich zog sie ihr Notizbuch, dann wischte sich den Schweiß von der Stirn. Sie schlug es auf und blätterte darin, ehe sie etwas notierte. Erst dann schien sie sich wieder völlig unter Kontrolle zu haben und wirkte irgendwie erleichtert. Natürlich erkannte sie das Buch direkt, denn ihre Mutter schrieb jeden Tag hinein, was geschehen war. Es war ein einfaches Buch mit braunem Ledereinband und ihre Mutter hütete es wie einen Schatz. Sorgfältig verstaute sie es wieder in ihrer Umhängetasche und wandte sich ihren Schwestern zu. Erst jetzt sah sie, dass Franz neben einem Karren stand, in dem noch mehr von ihrer Sachen waren. Marianne und Roswitha sahen verängstigt zu ihren Müttern.

»Was hat das so lange gedauert?«, flüsterte Irmgard.

»Ich habe noch so viel Essen, wie es ging, eingepackt. Außerdem bin ich nicht so schnell«, erwiderte ihre Mutter und legte wieder eine Hand auf ihren Bauch. »Entschuldige bitte!«

»Schon gut, hört auf zu streiten«, antwortete Hilde. »Hat dich jemand gesehen?«

»Ich glaube nicht«, erwiderte ihre Mutter.

»Das ist gut.« Ihre Tante Irmgard stemmte die Hände in die Hüften. »Wir haben Glück, dass Renate uns noch wohlgesonnen ist.«

»Ich weiß ja nicht«, antwortete ihre Mutter. »Renate war schon immer eine Schlange.«

»Das mag sein, aber ich glaube, sie hat ein schlechtes Gewissen«, erklärte Hilde. »Sie findet, dass wir nichts dafür können, und es nicht gerecht ist.«

»Das stimmt ja auch!«, zischte Irmgard. »Wir haben schon genug verloren! Mein armer Manfred! Er war kaum zwei Jahre älter als dein Franz.«

»Wir sollten jetzt zusehen, das wir weiter kommen«, sagte Hilde und ignorierte ihre ältere Schwester. »Je mehr Vor-

sprung wir haben, desto besser. Renate hat auch erzählt, dass gestern in Tocov zweiunddreißig ...« Sie sah zu den Kindern und murmelte: »Ihr wisst schon ...«

»Wie lange, bis sie hier sind?«, fragte ihre Mutter und Erika erkannte die Angst, die in ihrer Stimme mitschwang. Jetzt wurde auch ihr mulmig zu Mute. Was ging hier vor sich?

»Und ihr nächstes Ziel soll Podersam sein?«, fragte ihre Mutti, nachdem keiner geantwortet hatte.

»Das hat zumindest Renate vorhin vermutet«, erklärte Hilde.

»Sie werden alles niederbrennen«, sagte Irmgard und klang verbittert. »Alles, wofür wir geschuftet haben!«

Weder ihre Tante Hilde noch ihre Mutter erwiderten etwas.

»Das ist ungerecht! Mein Herbert hat was aus dem Hof gemacht, das wisst ihr selbst. Wir hatten es hier gut, ehe dieser vermaledeite Krieg losging! ER hat alles zerstört! Hoffentlich brennt er in der Hölle! Selbst aus dem Grab heraus zerstört ER noch alles!«

Niemand musste erklären, wer damit gemeint war, selbst Erika wusste es schon.

»Ja, du hast ja recht«, sagte ihre Mutter und legte ihre Hand auf die Schulter ihrer älteren Schwester. »Aber das hilft uns jetzt auch nicht weiter. Wir müssen ...«

Hinter ihnen war Tumult zu hören und sofort verstummte ihre Mutter. Irgendjemand schrie. Dann trug der Wind das Geräusch von Schritten zu ihnen. Eine ganze Meute schien sich zu nähern. Man sah den Schein von Fackeln. Zum Glück waren sie schon nicht mehr auf dem Hof. Sie waren gut einen kilometerweit weg und standen am Rand eines Waldes, geschützt von ein paar Bäumen. Erika wusste es nicht – Marianne würde ihr später alles erzählen –, aber ihre Mutter hatte die Idee gehabt, dass sie sofort aufbrechen und sich dort tref-

fen sollten, nachdem Hilde mit der Botschaft von Renate nach Hause gekommen war, dass sie in Gefahr waren. Sie hatten auf die Schnelle gepackt und waren nacheinander im Schutze der Nacht vom Hof gegangen.

»Aber Renate hat doch gesagt, sie kommen erst morgen«, sagte Hilde und sah hilfesuchend zu ihren Schwestern, als könnte sie es damit ungeschehen machen. Ihre Mutter presste die Lippen zusammen und ihr Gesichtsausdruck wurde ernster. Sie griff wieder Erikas Hand. »Wir müssen los. Sehen wir zu, dass wir so schnell es geht, hier weg und über die Grenze kommen!«

Sie verschwanden im nahen Wald, als hinter ihnen der Bauernhof und mit ihm ihr altes Leben in Flammen aufging. Manchmal hörten sie, wie der Wind betrunkene Jubelschreie zu ihnen trug, aber schon bald waren sie außer Hörweite. Sie gingen und gingen und gingen. Die Nacht und der Wald schienen kein Ende zu nehmen. Aber niemand schien ihnen zu folgen. Franz kümmerte sich um den Karren, der von einem Esel gezogen wurde, während sie alle stumm durch den Wald schritten. Nur das kehlige Schnaufen ihrer Mutti war zu hören und ...

... Erika roch plötzlich den Geruch des Waldes und bildete sich ein, die kalte Hand ihrer Mutter in der eigenen zu spüren. Ihre Nackenhaare hatten sich aufgestellt und ohne es zu merken, hatten sich ihre Augen mit Tränen gefüllt. Sie waren in dieser Nacht aus dem Sudetenland geflohen. Hatten alles zurückgelassen und waren nur mit dem, was sie tragen konnten, aufgebrochen.

Das alles hatte sie damals nicht gewusst. Marianne hatte ihr später immer mal wieder davon erzählt, auch wie furchtbar es gewesen war. Sie war die Einzige, die über diese Zeit sprach. Auch ihre älteste Cousine Roswitha wollte nicht mehr an diese Zeit erinnert werden. Jetzt, nachdem Erika vieles davon erfahren hatte, konnte sie es ihr nicht verübeln und sie selbst wünschte sich, dass sie so manches davon nicht herausgefunden hätte.

Drei Schwestern, eine hochschwanger und alle verwitwet, machten sich mit ihren vier Kindern auf, um ihre Heimat hinter sich zu lassen, weil sie keine andere Wahl hatten. Man vertrieb sie von ihrem eigenen Grund und Boden. Erika selbst erinnerte sich nur noch an diese Nacht und einige verschwommene Bilder von zerstörten Dörfern und brennenden Bauernhöfe. Der Krieg hatte das Land und die Menschen gezeichnet.

Ihre Mutti hatte auch später niemals von dieser Zeit gesprochen. Sie hatte zu sagen gepflegt: »Das ist vorbei und jetzt haben wir es besser, Erika. Denk nicht darüber nach, mach es einfach besser.«

Als sie eines Tages – ihre Mutter war bereits alt und grau – hartnäckig geblieben war und zumindest erfragen wollte, was aus Püppi geworden war, stieß sie lange Zeit nur auf Schweigen. Erika erinnerte sich ganz genau, dass der Hund mit ihnen gekommen war, wie sie freudig zu ihr gelaufen kam und ihr über die Hand geschleckt hatte. Als sie dann aber Wochen später im Süden von Deutschland in der Nähe von Sonnfelsen auf einem Bauernhof ankamen, um dort vorerst zu wohnen, war die Hündin nicht mehr bei ihnen gewesen. Damals hatte ihre Mutter gesagt, dass Püppi im Wald geblieben war, um Eichhörnchen zu jagen und das es ihr ganz bestimmt gut ging. Erst viel später dämmerte Erika, was das bedeuten musste.

»Wir haben getan, was wir tun mussten, Erika. Glaub mir, wir hatten keinen Spaß daran. Und stolz sind wir darauf auch nicht. Aber was sein musste, musste sein«, hatte ihre Mutti dann doch noch geantwortet und sah grimmig aus dem Fenster. »Ich danke Gott jeden Tag dafür, dass wir es alle geschafft haben und du noch so klein warst, dass du das alles wieder vergessen konntest. Es war nicht schön. All der Hass, all die Gewalt gegen uns. Wir hatten doch schon im Krieg unsere Männer und Söhne verloren und … Man hat uns alles genommen und wir mussten fliehen. Und für was? Für nichts! Alles nur ideologischer Schwachsinn und Größenwahn.« Die Stimme ihrer Mutter war brüchig und schroff geworden, aber wenigstens hatte sie geantwortet. Erika hatte in diesem Moment beschlossen, alles auf eine Karte zu setzen.

»Mutti, und was ist aus deinem Notizbuch geworden? Ich weiß, du hattest es dabei, da bin ich mir sicher. Was ist damit geschehen?«

Das Büchlein hatte sie, nachdem sie ein neues Leben begonnen hatten, nicht mehr gesehen. Und doch musste alles darin stehen. All die Aufzeichnungen über die Erlebnisse und Ungerechtigkeiten. Ein Mahnmal des Grauens. Es war einfach verschwunden. Zwar schrieb ihre Mutter auch weiterhin Tagebuch, aber es waren immer andere.

»Habs verloren«, hatte ihre Mutter geantwortet und sie aus ihren Gedanken gerissen. »Und jetzt Schluss damit. Ich will nichts mehr davon hören!«

Also hatte sie nicht weiter gefragt und gehofft, dass vielleicht zumindest das Tagebüchlein später doch noch einmal auftauchen würde. Spätestens wenn sie die kleine Wohnung ihrer Mutter nach ihrem Tod leerräumen würde. Aber als es dann so weit war, blieb das Büchlein weiterhin verborgen. Und mit ihm alles, was in ihrem alten Zuhause geschehen war. Erst als sie selbst älter geworden war, verstand sie, dass ihre Mutter den Schrecken dieser Zeit einfach vergessen und nicht mehr daran erinnert werden wollte.

Die Einzige, die ihr von dieser Zeit erzählte, war Marianne. Ihre zweitälteste Cousine, die das gleiche rabenschwarze Haar wie ihre Tante Hilde hatte. Sie war damals zehn gewesen und hatte den Schrecken schon deutlich besser begreifen können. Aber je älter Erika wurde, desto weniger hatte sie wissen wollen, was exakt passiert war. Sie hatte eine ziemlich genaue Vorstellung, was es bedeutet hatte, vertrieben zu werden. Diese Zeit war vorbei. Es mochte zwar ihre Wurzeln betreffen, ihre Vergangenheit, aber wenn es nach ihr ging, hatte ihr Leben hier in Sonnfelsen angefangen. Sie war hier zur Schule gegangen, hatte hier ihre ersten Freunde gefunden und hier hatte sie später ihren Mann Karl kennengelernt, mit dem sie dann ihre beiden Söhne bekam.

Um das Brennen in ihren Augen zu bekämpfen, presste Erika ihre Lippen fest zusammen. Sie hatte seit Jahren nicht an ihre Mutti gedacht. Sie besann sich an all das Leid, das die Frau hatte ertragen müssen, um ihre Kinder Erika und ihren Bruder Wolfgang, der noch während der Flucht das Licht der Welt erblickt hatte, hierherzubringen und ihnen ein besseres Leben zu ermöglichen. Zum Schluss war sie eine vom Leid gebeugte und verbitterte Frau gewesen, die zu viel gesehen hatte.

Schluss jetzt, dachte Erika. *Genug ist genug.*

Sie wollte nicht mehr daran denken. Für sie hatte sich alles zum Besseren gewendet. Ja, sie mochten arm gewesen sein und ja, es war nicht einfach gewesen, aber schlussendlich war es doch gut geworden. Sie hob den Blick und sah wieder auf die Seiten des Notizbuchs. Sie erkannte, dass einige ihrer Tränen die Tinte etwas verschmiert hatte. Und natürlich hatte sie vorhin recht gehabt, es war nicht das Buch ihrer Mutter. Was immer damit geschehen war, vielleicht war es im Wald verloren gegangen; vielleicht hatte ihre Mutter es verkauft, oder aber sie hatte es verbrannt. Erika blinzelte einige Male, drückte den Rücken wieder durch und atmete tief ein. Sie blätterte die Seite um und dachte an ihren verstorbenen Mann und das freche Grinsen, das auf unheimliche Weise auch Yannik beherrschte, obwohl er ihn nie richtig kennengelernt hatte. Vielleicht würde sie heute über vieles anders denken, wenn sie Karl nicht getroffen hätte, aber zum Glück war es so gekommen. Sie hatten eine gute Zeit zusammen gehabt.

Einem Impuls folgend zog sie einen Kugelschreiber aus ihrer Tasche, schlug die Beine übereinander und blätterte durch das Büchlein, bis sie weiter hinten eine freie Seite fand. Sie notierte das Datum und schrieb dann:

Danke für die Erinnerung,
  Erika Kramer

Sie war noch nie eine Frau vieler Worte gewesen. Kurz und bündig, so sollte es sein. Ganz getreu dem Motto ihrer Mutti: »Sag, was du zu sagen hast, und dann setz dich wieder.«

Selbst wenn sie mehr hatte schreiben wollen, was hätte das gebracht? Sie hätte das, was sie fühlte, nie und nimmer in Worte fassen können. Karl, ihr geliebter Ehemann, hätte es vielleicht gekonnt, aber sie nicht. Sie war schon immer eher praktischer veranlagt.

Karl, dachte sie und presste die Lippen wieder aufeinander. Sie dachte daran, wie sie ihn kennengelernt hatte. Es war eigentlich die »Schuld« ihrer beiden Cousinen gewesen. Dass Erika ausgehen sollte, hatten sie sich in den Kopf gesetzt. Sie hatten den halben Nachmittag nicht locker gelassen, von wegen, der Sommer stehe vor der Tür und sie war doch jetzt fast achtzehn. Da konnte sie sich langsam mal umsehen, wer so am Markt war. Erst sehr viel später begriff Erika, dass die beiden einfach froh waren, einen Abend aus dem Haus und ihrem Alltag zu entkommen. Irgendwann ließ sie sich breitschlagen, zog ein schön tailliertes Kleid an – früher hatte sie das noch tragen können – und war dann mit ihren Cousinen auf einen Frühlingsball gegangen.

Erika wusste noch, dass es nach Pfingstrosen – ihre Lieblingsblumen – gerochen hatte, als sie den Raum betreten hatten. Ihre Cousinen hatten ihr ein Glas Wein in die Hand gedrückt und dann hatten sie getanzt. Es war wunderbar gewesen. Irgendwann war Karl plötzlich vor ihr gestanden mit seinen blauen Augen, dem schneidig geschnittenen blonden Haar, frisch rasiert und hatte sie angegrinst, als ob er selbst dem Teufel noch ein Schnippchen schlagen konnte. Da war es um sie geschehen. In diesem ersten Moment hatte sie gewusst, dass er alles war, was sie je wollte. Sie konnte ihn nicht mehr gehen lassen. Und genauso war es dann gekommen. Ein halbes Jahr später war sie bereits schwanger. Vielleicht hätte sie besser aufpassen können, aber sie wollte auf Nummer sichergehen und verhindern, dass Karl das Weite suchte. Eine Hochzeit folgte und die Dinge hatten ihren Lauf genommen, ganz so, wie sie es gewollt hatte.

Zwei Jahre nach der Hochzeit brachte sie ihren zweiten Sohn zur Welt und sie waren eine nette kleine Familie. Sie half von Zeit zu Zeit bei einem Schneider aus, während Karl den Hauptanteil ihres Lebensunterhalts als Maurer verdiente. Ihre Söhne wuchsen heran und es ging ihnen gut. Es war genauso, wie ihre Mutter immer gesagt hatte. Jetzt war es besser. Warum also sollte man an schlimme Dinge, die einen traurig machten, denken? Es würde ja doch nichts ändern.

»Oma?«, rief Yannik und riss Erika aus ihren Gedanken. Im ersten Moment dachte sie, dass etwas geschehen sei, aber dann erkannte sie die strahlenden Gesichter ihrer Enkel, die zu ihr liefen. In diesem Moment ging ihr Herz auf und sie war froh, dass sie die beiden hatte. Sie lenkten Erika gut von der Tatsache ab, dass sie ganz allein in ihrem kleinen Häuschen lebte. Vielleicht wussten das ja auch ihre Söhne und sorgten deswegen dafür, dass ihre Kinder so oft bei ihrer Oma waren. So oder so war es Erika eigentlich egal. Sie freute sich über jeden Tag mit ihnen und wusste bereits, dass es immer weniger werden würden. Bald würden sie erwachsen sein, die Zeit war mittlerweile flüchtiger als eine Sommerbrise. Die Tage vergingen und vergingen. Und auch sie wurde nicht jünger, das durfte man nicht außer acht lassen. Die Hälfte hatte sie bereits überschritten, aber eigentlich war auch das in Ordnung. Die restliche Zeit würde sie einfach genießen, so lange sie konnte.

»Können wir heimgehen?«, fragte Lilly, die neben Yannik stand. Beide sahen sie mit großen Augen an und warteten auf ihre Antwort.

»Wollt ihr nicht mehr hierbleiben? Ihr wart noch gar nicht rutschen.«

»Wir wollen lieber nach Hause und was mit dir spielen!«, rief Yannik und grinste, wobei man seine Zahnlücke sehen konnte. Wieder musste sie an Karl denken, zwang sich aber, die Erinnerung zu unterdrücken.

Es zählte die Gegenwart, denk an jetzt, Erika.

»Zum Spielplatz können wir auch nach der Schule«, erklärte Lilly und lächelte ihr zu. »Aber mit dir spielen können wir nicht jeden Tag.«

»Und was wollt ihr spielen?«, fragte Erika, während sie bereits aufstand und versuchte, überrascht und fragend zu klingen.

»Uno!«, rief Yannik.

»Kniffel!«, rief Lilly.

»Oh! Ja, lieber das«, korrigierte sich ihr Enkel und beide lachten.

»Gut, dann gehen wir«, sagte sie und sie setzten sich wieder in Bewegung. Erika hatte das Büchlein für den Moment schon wieder vergessen. Es lag noch immer aufgeschlagen auf der Bank. Eine letzte warme Brise kam auf und blätterte durch die Seiten. Nach ein paar Schritten blieb sie stehen und drehte sich noch mal um, um zu der Bank zurückzusehen.

»Ist etwas, Oma?«, fragte Lilly. »Hast du was vergessen?«

Erika dachte kurz darüber nach, schüttelte aber den Kopf. »Nein, schon in Ordnung.«

Sie würden jetzt nach Hause gehen, sie würde Lilly und Yannik einen Kakao machen und dann würden sie zusammen etwas spielen. Erika erkannte, dass das alles war, was sie wollte.

StephanRoth
© *StephanRoth*

Wattpad-Profil:
https://www.wattpad.com/user/StephanRoth

- 216 -

2014 | Simba who are you?

Der Bus hielt mit einem Quietschen. Die Tür schob sich zur Seite und Maxi stieg als Einziger aus. Kein Wunder, bis auf eine ältere Dame, die jedes Mal zwei Haltestellen später ausstieg, war der Bus auch komplett leer gewesen. So wie jeden Donnerstagabend, nachdem er vom Training den Bus nach Hause nahm. Draußen empfing ihn die kalte Winterluft und sein Atem wurde vor ihm als kleine Wolke sichtbar. Ohne zu zögern, lief Maxi los. Schon jetzt dämmerte es und er wollte nicht erst im Dunkeln bei sich zu Hause ankommen. Viele Menschen waren nicht mehr unterwegs. Sie saßen wahrscheinlich gemütlich in ihrem Wohnzimmer, aßen Plätzchen und sahen sich einen Weihnachtsfilm an. So wie es in dieser Zeit in vielen Familien üblich war.

An der Kreuzung hatte er diesmal Glück gehabt. Gerade als er ankam, schaltete die Ampel auf Grün. Mit einem Schwung warf er den Sportbeutel über die Schultern und vergrub seine Hände in den Jackentaschen. Dann lief er weiter. In der Ferne durchbrach eine Sirene die Stille. In der letzten Zeit gab es immer wieder kleinere Überfälle, weswegen seine Eltern jedes Mal besorgt waren, wenn er etwas später nach Hause kam. Doch bisher ist nie etwas passiert und so blendete Maxi die nervtötenden Geräusche der Sirene einfach aus. Mit seinen Gedanken noch ganz bei der heutigen Trainingsstunde bemerkte er nicht, dass er schon an der alten Bäckerei angekommen war. Ab jetzt war es nicht mehr weit. Nur noch rechts um die Ecke, die Straße runter und er konnte endlich seinen warmen Heidelbeertee trinken, auf den er sich schon den ganzen Tag freute.

Maxi beschleunigte seine Schritte. Dann ging alles ganz schnell. Er bog gerade um die Ecke, da stieß er mit jemandem zusammen. Vor Schreck schrie Maxi auf. Graue, kalte Augen starrten ihm entgegen. Der Rest des Gesichts war mit schwarzem Stoff bedeckt. Der eigenartige Geruch des Fremden nach Rauch und Schweiß konnte Maxi auf diese Distanz gut riechen. Im Hintergrund hörte er aufgebrachte Stimmen, Sirenen und Fußgetrappel. Doch das war nicht wichtig. Im nächsten Moment hielt Maxi etwas Schweres in den Händen. Sein Gegenüber schubste ihn aus dem Weg. Maxi schlug mit dem Rücken gegen die Hauswand eines alten Backsteingebäudes. Dann war die vermummte Gestalt fort.

Völlig außer Atem ließ Maxi sich zu Boden gleiten. Sein Herz pochte wie wild in der Brust. Er brauchte ein paar Sekunden, um sich wieder zu fangen. Schon hörte er Schritte. Sie kamen näher, klangen hektisch. Maxi machte sich ganz klein. Die Angst ließ ihn erstarren. Aber es waren nur zwei Polizisten, die die Jagd auf den Maskierten begannen. Er selbst blieb unentdeckt. Erst nach ein paar Minuten rührte er sich wieder. Er hatte sich so weit beruhigt und stand nun langsam auf. Jetzt fiel sein Blick auf den Gegenstand, den der Dieb ihm in die Hand gedrückt hatte. Es war ein Buch. Verdutzt betrachtete Maxi es. Warum sollte man ein Buch klauen? Und besonders so eines? Es sah wirklich nicht außergewöhnlich aus.

Ein kleines, dickes, in abgewetztes Leder gebundenes Buch. Nichts Besonderes. Doch wenn der Dieb es bei sich hatte, musste es wichtig sein. So wichtig, dass er damit nicht erwischt werden wollte. Maxi überlegte. Sollte er es mitnehmen? Liegen lassen? Der Polizei geben? Am Ende jedoch siegte die Neugier und Maxi beschloss, es erst einmal einzupacken und es später genauer zu betrachten. Das Buch konnte er auch wann anders abgeben. Jetzt wollte er nur noch nach Hause. Mit immer noch zitternden Händen stopfte er das kleine Buch in seinen Sportbeutel, bevor er sich eilig auf den Weg machte. Ein paar Minuten später hatte er sein Haus endlich erreicht. Der Fahrstuhl war immer noch außer Betrieb, schon seit zwei Wochen. Deshalb musste er die Treppen benutzen.

Maxi nahm immer zwei Stufen auf einmal. So kam er ziemlich außer Atem im vierten Stock an. Er freute sich auf das hoffentlich schon fertige Abendessen und beeilte sich, den Schlüssel aus seiner Jackentasche hervorzukramen. Erst als er die leere Wohnung betrat, fiel ihm ein, dass seine Eltern mit seiner kleinen Schwester bei ihren Großeltern zum Geburtstag waren. Maxi seufzte. Dann würde es heute wohl wieder nur Tütensuppe geben. Doch so hatte er genug Zeit, sich das Buch in Ruhe anzuschauen, das seit wenigen Minuten ununterbrochen in seinen Gedanken herumgeisterte.

Während sich das Wasser für seinen Tee langsam im Wasserkocher aufheizte, holte er das kleine, geheimnisvolle Buch aus seinem Sportbeutel hervor. Auf seinem Weg nach Hause musste das Buch ordentlich durchgeschüttelt worden sein. Jetzt hatte es, trotz des ledernen Einbands, einige Eselsohren, die Maxi mit einem entschuldigenden Blick zurück knickte. Er wollte es gerade aufschlagen, da bingte der Wasserkocher einmal.

»Endlich«, seufzte er und goss sich das dampfende Wasser in seine Tasse. Den Rest verwendete er für die Suppe. Sein Heidelbeertee brauchte 5 Minuten, um zu ziehen. So lange musste er sich noch gedulden. Nur leider war Geduld keine seiner Stärken und so warf er der Uhr immer wieder genervte Blicke zu. Erst als er einen Schluck von dem brühend heißen Tee getrunken und sich dabei fast die Zunge verbrannt hatte, konnte er sich wieder auf das Buch vor seiner Nase konzentrieren.

Neugierig schlug Maxi es auf. Die Seiten waren an einigen Stellen leicht vergilbt. Die Ecken, die von seinem halben Marathon die Treppen hinauf stammten, waren glücklicherweise nicht mehr zu erkennen. Dafür sah das Buch anderweitig ziemlich mitgenommen aus. Auf der einen Seite klebte ein dunkler Fleck eines nicht zu identifizierenden Getränks. Dann sah er dünne Randnotizen, kaum lesbar und in einer ihm unbekannten Sprache. Er blätterte ein paar Seiten um. Er wusste immer noch nicht, was er von diesem merkwürdigen Buch halten sollte. In seinem ganzen Leben hatte Maxi erst einmal ein komplettes Buch gelesen. Und das war in der ersten Klasse gewesen, als er eine Buchvorstellung halten sollte. Dementsprechend war sein Interesse an Büchern sehr gering. Aber dieses Buch hatte es ihm angetan. Maxi wollte wissen, was es für Geheimnisse barg.

Doch schon wieder wurde er von seinem Vorhaben abgehalten. Diesmal war es sein Handy, das in regelmäßigen Abständen surrte. Es war Aaron, aus seinem Volleyballteam. Maxi konnte gerade ein paar Begrüßungsworte aussprechen, da redete Aaron schon los.

»Ich bin so am Arsch, man! Hab durch das Training komplett die Hausaufgabe für Deutsch vergessen und wenn ich die Morgen nicht habe, killt Winzer mich!«

Maxi, der sich gerade einen Löffel aus der Schublade holen wollte, erstarrte mitten in der Bewegung.

»Scheiße!«

»Wie du hast die auch nicht?!« Durch das Handy konnte Maxi Aaron fluchen hören.

»Was sollten wir überhaupt machen?« Verzweifelt vergrub Maxi seinen Kopf in den Händen.

»Keine Ahnung, man!«, rief Aaron aufgebracht.

»Warte, ich schau nach.« So schnell er konnte raste Maxi in sein Zimmer, wo er den Deutschhefter unter einem Haufen Kunstskizzen hervorzog. Eilig blätterte er sich durch die verschiedenen Themen, bis er ganz hinten angekommen war. Kommunikationsmodelle. Maxi stöhnte auf.

»Was ist los?«, wollte Aaron ungeduldig wissen. »Hast du's oder nicht?«

»Schon, aber weißt du, wie viel das ist?!«

»Schick mal!« Als Aaron sich die Aufgabe durchgelesen hatte, stöhnte auch er auf. »Ich will nicht mehr!«

Maxi nickte. »Okay, mach du Aufgabe 1 und 2 und ich mach den Rest, ja?«

»Ja, okay. Ich schick's dir dann rüber.«

»Gut«, meinte Maxi. »Bis dann.«

»Tschau.« Dann legte Aaron auf.

Mit zunehmend sinkender Laune trottete Maxi zurück in die Küche. Seine Suppe war mittlerweile auch schon wieder kalt geworden und durch die Hausaufgabe hatte er jetzt keine Zeit mehr für das Buch. Maxi warf ihm einen letzten bedauernden Blick zu. Dann machte er sich an seine Aufgaben. Eine halbe Stunde später war er endlich fertig und konnte seine Augen auch nur mit Mühe offenhalten. Schnell fotografierte er seine Lösungen und schickte sie Aaron. Den Rest würde er morgen abschreiben. Oder es einfach ausdrucken, das würde er dann entscheiden. Geduscht hatte er schon nach dem Training. So musste er sich nur noch schnell umziehen, bevor er geschafft ins Bett fiel und auch sofort einschlief.

Am nächsten Tag wurde Maxi von einem merkwürdigen Klackern geweckt. Blinzelnd starrte er ins Halbdunkel, das nur von der Straßenlaterne erleuchtet wurde. Es dauerte eine

Weile, bis er erkannte, woher das Geräusch kam. Mit einem Mal war er komplett wach.

»Oh, Fuck!« Wegen der Deutschhausaufgabe hatte er gestern Abend voll vergessen, Tommy zu füttern. Betreten vergrub Maxi seinen Kopf im Kissen. Warum mussten die Lehrer kurz vor Weihnachten auch noch so viele Hausaufgaben aufgeben? Nun konnte er aber auch nichts mehr daran ändern. Da es keinen Sinn mehr machte, jetzt noch liegen zu bleiben, quälte Maxi sich langsam aus dem Bett und schlurfte zu dem Käfig herüber.

Tommy, der sein Kommen bemerkte, fing an, wie wild an der Gittertür entlangzulaufen.

»Ja, ist ja gut«, murmelte Maxi. »Tut mir leid.«

Kaum hatte er die Tür geöffnet und seine Hand in den Käfig gestreckt, kam der kleine Hamster an und untersuchte seine Finger.

»Warte«, lachte Maxi. »Ich mach ja schon Essen.«

Nachdem er den Napf aus dem Käfig geholt hat, machte er auch die leere Wasserflasche aus ihrer Befestigung los, von der das merkwürdige Klackgeräusch kam. Da seine Eltern mit seiner kleinen Schwester bis Sonntag bei ihren Großeltern waren, hatte er heute früh die ganze Wohnung für sich. So war kurze Zeit später Weihnachtsmusik lautstark aus den Boxen und Maxis schiefer Gesang zu hören.

Nachdem er Tommys Essen zubereitet, Aarons Lösungen ausgedruckt und sich selbst einen Heidelbeertee gemacht hatte, setzte er sich mit seinem Tee und dem merkwürdigen alten Buch auf die Couch. Interessiert blätterte er ein paar Seiten um. Maxi wusste immer noch nicht, was er von diesem geheimnisvollen, titellosen Buch halten sollte. Es sah ganz so aus, als hätte jemand darin Tagebuch geführt. Auf einer Seite waren Worte markiert, die der Besitzer des grünen Textmarkers wohl wichtig gefunden hatte. Maxi blätterte weiter. Die nächsten Seiten waren unbeschriftet. Nur das abgenutzte Papier war an der unteren Ecke eingerissen. Wie alt dieses Buch war? Den Spuren seiner Besitzer nach musste es schon mehrere Male weitergereicht worden sein. Ein einzelner konnte ja kaum so unvorsichtig und schlampig mit dem Buch umgegangen sein, dass ihm dermaßen viele Flecken und Notizen hinzugefügt wurden.

Kaum hatte Maxi seinen Tee ausgetrunken, musste er auch schon los. Sein Bus kam in fünf Minuten, meistens mit ein paar Minuten Verspätung. Trotzdem wollte Maxi ihn nicht verpassen. Bei dieser Kälte fuhr er auf keinen Fall mit dem Fahrrad zur Schule. Kurz überlegte er, wo er das Buch vor den neugierigen Blicken seiner Schwester verstecken konnte. Dann packte Maxi es einfach ein.

»Was solls«, murmelte er. Viel mehr Schaden konnte er bei diesem Buch sowieso nicht mehr anrichten. Ein paar Knicke dazu würden nicht auffallen.

Jetzt hatte er noch zwei Minuten, bis der Bus kam. Nun doch etwas gestresst beeilte Maxi sich, seine Jacke und die Schuhe anzuziehen, seinen Rucksack zu schultern und den Schlüssel vom Haken zu nehmen. Ein letzter Blick durch die Wohnung, dass er auch ja nichts vergessen hatte. Dann knipste er das Licht aus und schloss hinter sich die Tür. Abschließen tat er jetzt nicht, auch wenn seine Mutter ihn jedes Mal dafür tadelte, wenn er es wieder einmal vergaß. Doch sein Bus würde in einer Minute vor seiner Tür stehen und wenn er den verpassen würde, müsste er wirklich noch mit dem Fahrrad fahren.

Nach einem genervten Blick Richtung defekten Fahrstuhls hetzte Maxi die Treppen hinunter. Die letzten vier Stufen übersprang er einfach und rannte aus dem Haus. Der Bus stand schon an der Haltestelle. Gerade als sich die Tür schloss, quetschte Maxi sich hinein und zeigte dem Fahrer seine Karte. Dieser nickte nur und winkte ihn griesgrämig durch.

»Ihnen auch einen wunderschönen guten Morgen«, murmelte Maxi und verdrehte die Augen. Aaron saß wie jeden Tag direkt an der Tür. So war es für Maxi ein leichtes, seinen Freund zu finden. Immer noch leicht außer Atem setzte er sich neben ihn.

»Sag einfach nichts«, grummelte er, als er Aarons Grinsen sah.

»Wenn du ein paar Minuten früher aufstehst«, fing er an, doch Maxi unterbrach ihn.

»Ja, ja. Schon klar.« Lächelnd verdrehte er die Augen.

»Kümmer du dich um deinen Kram. Außerdem hab ich es bis jetzt doch immer geschafft.«

»Ja, bis jetzt.«

Maxi schnaubte. »Vertrau mir doch mal!«

»Mach ich ja. Ich mach mir nur Sorgen um dich«, grinste Aaron.

»Ist klar.« Maxi streckte seinen Arm aus und drückte auf den Stoppknopf.

»Was hab'n wir denn jetzt?«, fragte er.

»Deutsch, wie jeden Freitagmorgen.« Aaron verzog sein Gesicht.

»Aber danach haben wir Kunst«, fiel Maxi ein.

»Als ob das besser wäre.«

Maxi kam nicht mehr dazu, zu antworten. Schon hielt der Bus und das typische Schulbusgedränge begann. Als sie es endlich geschafft hatten, nach einer Horde Drittklässler auszusteigen, war von dem riesigen Ansturm an Schülern nichts mehr zu merken. Die meisten hatten sich schon längst auf den

Weg Richtung Schule gemacht, um möglichst wenig Zeit in der Kälte verbringen zu müssen. Auch Maxi und Aaron beeilten sich, wieder ins Warme zu kommen und beschleunigten trotz der anstehenden Deutschstunde ihre Schritte.

Deutsch war so ereignislos wie immer. Sie verglichen die Hausaufgabe miteinander und arbeiteten etliche Arbeitsblätter ab, die jeder, ohne zu zögern, bei den Lösungen, die an der Tafel hingen, abschrieb. Gelangweilt ließ Maxi seinen Kopf auf den Tisch sinken. Aaron hatte es sich zur Aufgabe gemacht, die Kappen von Luises Faserstiften zu vertauschen. Also brauchte Maxi in dem Moment nicht mit seiner Aufmerksamkeit rechnen. Nach ein paar Minuten, in denen er nur aus dem Fenster gestarrt hatte, fiel ihm das Buch ein, das er heute Morgen in aller Eile in seinen Rucksack gestopft hatte. Jetzt war er froh, es nicht zu Hause liegen gelassen zu haben, denn so hatte er endlich eine Beschäftigung. Mit neuem Eifer kramte er es wieder hervor. Entgegen seinen Erwartungen hatte es keine neuen Knicke.

»Seit wann liest du denn Bücher?« Skeptisch sah Aaron ihn an.

Maxi zuckte mit den Schultern. »Wird auch nicht lange so bleiben, das kannst du mir glauben. Aber besser als dämliche Kommunikationsmodelle zu vergleichen.«

Luise hatte die Abwesenheit ihrer Federtasche nun bemerkt. »Hey!« Empört sah sie Aaron an. »Sag mal, spinnst du?!«

Maxi schüttelte leicht grinsend den Kopf und wandte sich endlich dem Buch zu. Aaron würde jetzt erst einmal beschäftigt sein. Aus dem Augenwinkel sah Maxi gerade noch, wie Luise mit ihrer zurückeroberten Federtasche ausholte und seinen Freund damit attackierte.

Suchend blätterte er durch das Buch. Er hätte sich mit einem Lesezeichen die Stelle markieren sollen, wo er heute Morgen aufgehört hatte. Jetzt war es unmöglich, die Seite wiederzufinden. Alle Seiten sahen fast identisch aus. Nur die Randnotizen der vorherigen Besitzer veränderten sich. Maxi seufzte. Die Stelle von vorhin würde er nicht mehr finden. Wahllos schlug er das Buch irgendwo in der Mitte auf. Bisher hatte Maxi sich noch nicht mit dem eigentlichen Inhalt des Buches auseinandergesetzt. Doch auch jetzt fand er die Spuren seiner Vorgänger interessanter. Am unteren Rand klebte ein pinker Sticker mit der Aufschrift *Home Sweet Home*. Maxi schüttelte den Kopf. Wer kam denn bitteschön auf die Idee, einen Sticker in ein wahrscheinlich Jahrzehnte altes Buch zu kleben?

Aber irgendwie fand er es spannend, wie die verschiedenen Menschen vor ihm ihre eigenen Zeichen hinterlassen haben. Er überlegte. Sollte er auch etwas in dieses Buch schreiben? Nur was? Dann erschien dieser Gedanke ihm lächerlich. Er schlug ein paar Seiten um. Die nächsten Notizen zwischen den ursprünglichen Zeilen des Textes waren mit einem roten Kugelschreiber geschrieben. *Hello hi how are you? Why? you look terrible* Die nächsten Worte waren so eng beieinander geschrieben, dass Maxi Mühe hatte, sie zu lesen. Gerade so erkannte er die Worte *okay* und *that's good*. Auf der rechten Seite waren mehrere Haus-vom-Nikolaus-Zeichnungen zu sehen. Da hatte jemand wohl sehr viel Langeweile gehabt. Maxi schmunzelte. Derjenige, der das gezeichnet hatte, saß vielleicht, genau wie er gerade, in der Schule und hatte ebenso wenig Lust gehabt, unnötige Aufgaben zu lösen.

Eine Seite weiter waren einige Versuche einer gezeichneten Katze zu sehen. *Miau* stand daneben und *hi I am Simba who are you?* Maxi kramte in seiner Tasche und holte einen

Bleistift hervor. *Nice to meet you I am Maxi* stand nun darunter. Er schüttelte den Kopf. Das war doch lächerlich! Wenn das jemand aus seiner Klasse sah, würden sie sich für immer darüber lustig machen. Schnell schlug er gleich mehrere Seiten um. Neonorangene Blumen geschmückten den Blattrand und waren auf dem alten Papier kaum noch zu erkennen. Auch die nächsten Buchseiten waren mit verschiedenen Farben bemalt. Bevor Maxi sie näher betrachten konnte, stand Frau Winzer auf. Sie stellte sich vor die Tafel und räusperte sich, um die Aufmerksamkeit der Klasse auf sich zu ziehen.

Nach und nach wurde es ruhig und als auch der Letzte aufgehört hatte, zu reden, sagte sie: »Ich sehe, ihr seid fertig mit euren Aufgaben. Dann könnt ihr schon einmal leise zusammenpacken und heute fünf Minuten eher gehen.«

Mit einem Mal herrschte Unruhe in der Klasse. Schlagartig fingen alle an, mit ihrem Nachbarn zu quatschen und die Deutschhefte in ihren Rucksack zu packen.

Frau Winzer hatte Mühe, erneut die ungeteilte Aufmerksamkeit zu erlangen, und rief: »Bedenkt, andere Klassen haben noch Unterricht! Seid also leise, wenn ihr zu eurer nächsten Stunde geht!«

Doch keiner beachtete sie mehr. Die ersten Schüler hatten den Raum bereits verlassen und niemand dachte noch daran, besonders leise zu sein. Maxi warf seiner Lehrerin ein entschuldigendes Lächeln zu, bevor er sich mit Aaron gleichzeitig durch die Tür quetschte und die grässliche Deutschstunde endlich hinter sich ließ.

»Och, ne«, fing Aaron gleich an, zu jammern. »Jetzt haben wir *Kunst!*«

Maxi lachte. »Sei doch froh, da kannst du dich weiter ausruhen und musst nichts machen.«

»Ich hab mich in Deutsch genug ausgeruht«, sagte Aaron. »Sport wäre jetzt cool. Dann könnten wir weiter für das Turnier nächste Woche üben.«

»Ach, das kriegen wir locker hin«, widersprach Maxi.

Im Gegensatz zu seinem Freund, der es nicht einmal auf die Reihe bekam, eine Zeile mit einem geraden Strich zu markieren, freute er sich wirklich auf den Kunstunterricht.

»Und danach schreiben wir Geschichte!«

Maxi verdrehte die Augen. Wenn Aaron eines konnte, dann seine schlechte Laune weiterzuverbreiten.

»Aber davor haben wir noch Pause«, versuchte er, optimistisch zu bleiben.

»Jaa, trotzdem.«

Fünf Minuten später wurde die Tür zum Kunstraum von innen geöffnet und die Klasse strömte hinein. Kaum saßen alle, fing Herr Krimer pünktlich zum Stundenbeginn an, die Aufgabe für diesen Tag zu erklären. Während sich alle langsam und mit wenig Motivation auf den Weg machten, die vorgesehenen A4-Blätter vom Lehrertisch abzuholen, hatte sich Maxi dazu schon zwei der Schachfiguren geschnappt und angefangen, diese abzuzeichnen. Der Schwerpunkt der Stunde lag auf dem Spiel von Licht und Schatten, für Maxi keine große Schwierigkeit, und so hatte er schon nach wenigen Minuten einige Zeichnungen der Schachfiguren in unterschiedlichen Perspektiven auf seinem Blatt.

»Duu, Maxi?« Aaron sah ihn mit großen Augen bittend an.

Er seufzte. »Gib dein Blatt einfach her.«

»Danke! Du bist der Beste, weißt du das?«

»Schon klar.« Maxi verdrehte die Augen. Dieser Spruch kam jede Kunststunde.

»Und Leon will auch, dass du ihm seine Figuren malst«, sagte Aaron, ohne Anzeichen eines schlechten Gewissens.

»Lass mich raten, Emil kommt auch gleich an?« Er seufzte.

»Gut möglich?«

Verzweifelt schüttelte Maxi den Kopf. »So schwer ist das gar nicht!«

»Ja, das sagst du!«

Maxi reichte Aaron sein Blatt zurück.

»Danke!«, strahlte er.

Am Ende der Stunde hatte Maxi insgesamt zehn Blätter seiner Mitschüler mit Schachfiguren gefüllt und zwei weitere Seiten in dem geheimnisvollen Buch untersucht. Hier waren seine Vorgänger besonders fleißig gewesen, ihre Spuren zu hinterlassen. Kleine Liebestexte auf Italienisch waren zwischen den gedruckten Worten zu lesen, die Maxi heimlich mit dem Googletranslator übersetzen ließ. Die eine Ecke war herausgerissen, sodass leider nur noch der erste Teil der Texte vorhanden war. Das fand Maxi schade. Nur zu gern hätte er gewusst, wie der Autor dieses Textes hieß. Ein Fußabdruck war quer über eine Seite ohne Notizen zu sehen und er fand auch weitere Zeichnungen von Herzen und Sternen. Am oberen Rand entdeckte Maxi auf einer Seite *Psalm 121,2-3 HFA-Übersetzung.* Er runzelte die Stirn. Soweit er das sagen konnte, war das eine Bibelstelle. Aber was bedeutete *HFA-Übersetzung*? Und warum sollte man eine Bibelstelle in dieses Buch schreiben? Maxi zuckte mit den Schultern. Letztendlich konnte es ihm doch auch egal sein.

Die nächsten drei Seiten fehlten. Sie waren herausgerissen worden und nur die letzten restlichen Schnipsel der Blätter hingen am Buchrücken. Bevor Maxi jedoch anfangen konnte, diese mit seinem Bleistift schwarz zu färben, beendete Herr Krimer die Kunststunde und entließ die Klasse in die Pause. Schnell packte er seinen Stift und die Kunstblätter ein und griff nach dem kleinen Buch. Verwirrt runzelte Maxi die Stirn. Die Ecke eines Zettels ragte aus den Seiten heraus.

»Hast du mir da dein Kunstblatt reingesteckt?«, fragte er Aaron, der ungeduldig auf ihn wartete.

»Ne, wieso?«

Neugierig klappte Maxi das Buch wieder auf.

Es war keine der herausgerissenen Seiten oder gehörte sonst zu diesem Buch. Der Zettel war sorgfältig gefalten und ein dunkelrotes Wachssiegel hielt das Stück Papier zusammen. Insgesamt machte es auf Maxi seltsamerweise einen wichtigen Eindruck.

»Nun aber raus hier«, scheuchte Herr Krimer sie in die Pause.

»Los, komm jetzt«, drängte auch Aaron.

»Ja, okay.« Maxi schlug das Buch wieder zu.

Aber er nahm sich fest vor, sich diesen Zettel bei der nächstbesten Gelegenheit genauer anzusehen. Irgendwie wurde das Buch immer geheimnisvoller.

Wie jeden Tag gingen Maxi und Aaron zum Essen in die Cafeteria. Draußen war es dafür definitiv zu kalt. In dem Punkt waren sich alle Schüler einig und so herrschte auf den Gängen ein einziges Chaos. Manche hatten sich auch einfach mitten auf den Flur gesetzt und behinderten so alle anderen Leute, die vorbei wollten. Auch Maxi und Aaron hatten so ihre Probleme, bis zur Cafeteria zu gelangen. Schließlich schafften auch sie es und die beiden ließen sich erleichtert neben einer Gruppe Fünftklässler nieder, die sie gekonnt ignorierten. Während Aaron die von seiner Mutter geschmierten Brote hervorholte, sah sich Maxi lieber noch einmal seine Mitschriften von Geschichte an.

»Was ist das eigentlich für ein Buch, das du heute mit dir rumschleppst?«, fragte Aaron mit vollem Mund.

Maxi sah auf. »Ach, hab ich zu Hause rumliegen gesehen und dachte, so schlimm wirds nicht sein.«

Warum er seinen Freund anlog, konnte Maxi selbst nicht sagen. Aber irgendwie hatte er das Gefühl, dass nicht alle die Sache mit dem Dieb wissen mussten. Am Ende verboten seine Eltern es ihm noch, allein zum Training zu fahren!

»Aha«, machte Aaron bloß.

»Warum fragst du?«

»Nur so. Du und ein Buch, ist ziemlich ungewöhnlich«, sagte Aaron weiterhin skeptisch. Trotzdem war für ihn dieses Thema wohl schon abgehakt, denn er fragte nicht noch einmal nach.

»Ja, stimmt schon«, gab Maxi zu.

Ein Blick auf die Uhr sagte ihm, dass sie noch fünf Minuten hatten, bevor die nächste Stunde begann.

»Wir sollten langsam los«, meinte er.

»Hmm…« Aaron nickte wenig überzeugt. »Ist gut. Lass mich wenigstens noch mein Brot zu Ende aufessen.«

»Gut, beeil dich.«

»Mach kein Stress«, nörgelte Aaron. »Wir haben doch noch einen Haufen Zeit.«

Doch er aß tatsächlich schneller und war binnen weniger Sekunden fertig.

»Wir können.«

Zusammen drängelten sie sich durch die Schülermassen zurück ins Hauptgebäude.

Ziemlich gelangweilt starrte Maxi an die Tafel. Es waren die letzten Minuten vor Schulschluss und ihr Französischlehrer schien es wirklich für nötig zu halten, sie selbst in den letzten Minuten vor dem Wochenende noch mit neuen Vokabeln belästigen zu müssen. Wenigstens waren es Weihnachtsvokabeln wie *Schneemann* oder *Geschenke,* die sie jedes Jahr durchnahmen und so keine Neuigkeit mehr für Maxi waren. Nur leider bestand sein Lehrer darauf, dass seine Schüler alle Vokabeln mitschrieben, und so konnte er sich nicht einmal mit dem Buch beschäftigen. Doch auch diese letzten Minuten vergingen und so läutete die Schulglocke sieben Minuten später das Wochenende ein, nach dem sich alle Schüler sehnten.

Das typische Gedränge begann wieder und bevor Maxi den Raum verlassen konnte, rief Aaron ihm hinterher: »Sei pünktlich beim Spiel!«

»Immer!«, versicherte Maxi.

Dann rissen ihn seine Klassenkameraden mit auf den Gang.

Das Spiel würde erst gegen 16 Uhr beginnen. So hatte er genug Zeit, um noch einmal zu sich nach Hause zu fahren, einen Tee zu trinken und dann ganz gemütlich mit seinen Sportsachen zur Halle zu fahren. An der Bushaltestelle stand er heute allein. Verwundert sah Maxi sich um. Normalerweise fuhren noch einige Schüler aus den anderen Klassen mit demselben Bus wie er. Nur heute war, bis auf einen älteren Mann auf der anderen Straßenseite, keiner mehr weit und breit zu sehen. Maxi sah auf die Uhr. Nein, der Bus sollte in fünf Minuten kommen. Er hatte ihn nicht verpasst. Doch auch nach fünfzehn Minuten war der Bus immer noch nicht da. Mit einem unguten Gefühl besah sich Maxi den Fahrplan am Halteschild.

»Echt jetzt?« Genervt stieß er die Luft aus.

Ein Zettel hing am Schild mit der Aufschrift *13-17 Uhr Busausfall wegen technischer Störungen*. Da hatte er seine Antwort, warum er so ganz allein an der Haltestelle stand. Wenig motiviert lief Maxi los. Bis er bei sich zu Hause ankam, war es bestimmt schon so spät, dass er dann auch gleich wieder losmachen konnte. Nur wie wollte er zum

Volleyball kommen, wenn der Bus so lange ausfiel? Maxi stöhnte auf.

»Schlimmer kanns ja nicht kommen«, murmelte er.

Wenn er bis nachher niemanden fand, der ihn hinbringen konnte, konnte er gleich absagen. Nun richtig schlecht gelaunt stapfte er weiter. Vielleicht konnte er seine Tante fragen, die nur zwei Straßen von ihm entfernt wohnte. Oder seine Nachbarn, die ihm und seinen Eltern immer wieder ihre Hilfe anboten, sollten sie diese benötigen. Doch erst einmal musste Maxi zu Hause ankommen, bevor er sich um dieses Problem kümmern konnte.

So in Gedanken ganz bei dem anstehenden Spiel und wie er dorthin kommen sollte, merkte er nicht, dass die Ampel schon auf Rot geschalten hatte. Erst das drängende Hupen eines anfahrenden Autos schreckte ihn aus diesen Überlegungen. Schnell eilte er auf die andere Straßenseite. Fast sofort vergrub er seine Hände wieder in den Jackentaschen. Ihm schien es, als sei es noch kälter als heute Morgen. Als Maxi schon dachte, seine Finger würden ihm abfrieren, kam er an der großen Kreuzung an. Hier in der Nähe wohnte Fabian, mit dem er um einige Ecken verwandt war. Jeden Samstag trafen sie sich bei ihm, um an ihrem nächsten Kunstprojekt, einem großen Gemälde einer weit entfernten Galaxie, weiterzuarbeiten.

Er überquerte die Kreuzung, wobei er diesmal auch daran dachte, nach Autos Ausschau zu halten, und bog nach links in eine Seitenstraße ab. Um diese Uhrzeit war es auf den Hauptstraßen immer so voll, dass Maxi für diesen Weg nur halb so lang brauchte. Jedenfalls wenn er mit dem Fahrrad fuhr. In den dicht verwinkelten Gassen dagegen waren fast keine Menschen unterwegs. Als Maxi das sah, erheiterte sich seine Laune. So hatte er zu Hause vielleicht doch noch fünf Minuten für sich, ehe er wieder losmusste. So richtig sicher fühlte er sich in diesen abgelegenen Straßen jedoch nicht und so beschleunigte Maxi seine Schritte. Der komische Typ von gestern würde ewig in seinen Erinnerungen bleiben.

Passend zu seinen düsteren Gedanken machte sich eine Gänsehaut auf seinen Armen breit. Unauffällig sah Maxi sich um. Mit einem Mal fühlte er sich beobachtet. »Was soll der Scheiß?«, flüsterte er. Doch richtig wohl wurde ihm nicht. Maxi hetzte weiter, die prüfenden Blicke einer Frau mit roter Handtasche ignorierend. Hinter der nächsten Ecke zwang er sich, stehen zu bleiben. Was war los mit ihm? Seit wann war er so paranoid? Maxi atmete tief durch. Es war alles gut. Er ging jetzt ganz entspannt nach Hause, machte sich einen Tee und kümmerte sich dann darum, wie er zum Spiel kam. Doch bevor er wieder loslaufen konnte, hörte er Schritte hinter sich.

Maxi brauchte sich nicht einmal umdrehen, um zu erkennen, wer hinter ihm stand. Dieser Geruch hatte sich in seinem Gehirn eingebrannt. Schweiß vermischt mit Rauch. Wie erstarrt blieb er stehen. Alles in ihm schrie, wegzurennen. Zu fliehen. Weg von diesem unheimlichen Mann. Aber er konnte nicht. Im nächsten Moment hatte der Dieb ihn an seinem Rucksack gepackt und nach hinten gezerrt. Maxi schrie auf. Er konnte nichts tun. Angst ließ ihn unbeweglich stehen bleiben. Seine Gedanken rasten. Schon hatte der Mann ihn umgedreht, sodass er stolperte, und mit dem Gesicht voran an die nächste Hauswand gedrückt wurde.

Er hörte, wie sein Rucksack aufgerissen wurde. Dann war er plötzlich um einiges leichter. Der Druck an seinem Rücken verschwand. Trotz aller Bedenken drehte er sich langsam um. Mit weit aufgerissenen Augen starrte er zu dem Maskierten. Nur seine Augen waren zu sehen. Das Buch lag aufgeklappt in den Händen des Diebes. Der Zettel, den er im Kunstunterricht entdeckt hatte, lag zwischen den geöffneten Seiten. Mit einem Knall schlug der Mann das Buch wieder zu. Seine grauen Augen trafen die von Maxi. Ein kalter Schauer rann ihm über den Rücken. Der Dieb nickte ihm kurz zu. Dann drehte er sich langsam um und verschwand. Und das Buch mit ihm.

Emsen08
© *Emsen08*

Wattpad-Profil:
https://www.wattpad.com/user/Emsen08

2016 | Mathildas Kirschkuchen

Suzie Flinton war eine bescheidene junge Frau Mitte zwanzig, die ihre Jugendliebe Kent früh geheiratet und nach der Schule einen Job in der nahegelegenen Konditorei angenommen hatte. »Wie gut, dass du dem Süßen nicht so verfallen bist, wie ich«, witzelte ihre Chefin, und inzwischen auch enge Freundin, Claire, wie so oft. Besonders wenn sie Suzie wie heute in einem luftigen Sommerkleid sah, das ihren schmalen Körper betonte. Dass Suzie an einer besonderen Stelle ihres Körpers gerne mehr Rundungen gehabt hätte, sprach die besonnene Frau in diesem Moment besser nicht an. Dies waren nicht die Zeit und der Augenblick, um über ihre Sorgen nachzudenken. Dieser Tag gehörte jemandem anderen, der nur wenige Schritte weiter auf der hinteren Terrasse des stattlichen Anwesens im Schatten des großen alten Kirschbaumes saß und diesen sonnigen Tag im Mai in vollen Zügen genoss.

Das glückliche Ehepaar, das der Grund für Suzies Besuch auf dieser Feierlichkeit war, saß am Tischende und nahm immer noch Glückwünsche der zahlreichen Gäste entgegen. Gerade schüttelte der Pastor die Hand ihrer Großmutter. Er hatte sie und ihren Opa vor über fünfzig Jahren selbst getraut. Mit seinen fast achtzig Jahren war er nicht mehr der Jüngste und eine so lange Ehe hatte selbst er in seiner beträchtlichen Laufbahn selten erlebt.

Suzie lächelte glücklich. Die Ehe ihrer Großeltern hatte sie schon immer demütig gestimmt. Es war für sie weiß Gott nicht leicht gewesen, mit sieben Kindern und nunmehr zwölf Enkeln und Enkelinnen. Suzie war die zweitälteste von ihnen und hatte sich schon früh vorgenommen, die erste zu sein, die ihrer Lieblingsoma Urenkel schenkte. Doch der Wunsch, der schon seit vielen Jahren in ihr schlummerte und mit jedem Jahr größer wurde, blieb ihr leider verwehrt. Inzwischen waren sowohl ihre jüngere Schwester als auch ihr jüngerer Cousin ihr zuvorgekommen und wiegten ihre beiden Neffen liebevoll auf ihren Armen. Gedankenverloren legte Suzie ihre Hand auf die Gürtellinie ihres kirschroten Sommerkleides, dass sie extra für diesen besonderen Anlass der Goldenen Hochzeit gekauft hatte. Vielleicht würde sie eines Tages doch noch den zweiten Strich auf einem Teststreifen entdecken.

»Komm Schatz, sie sind gerade frei!« Suzie spürte die vertraute Hand ihres Mannes auf ihrer nackten Schulter und nickte. Gemeinsam ging sie mit Kent zu ihren Großeltern und spürte schon beim Näherkommen den liebevollen Blick ihrer Oma auf sich.

»Suzie, wie gut, dass du da bist! Du musst mich retten!« Die alte Frau grinste verschwörerisch und stand vom Tisch auf. Bestimmt nahm sie den Arm der jungen Frau und raunte ihrem Mann zu: »Wir müssen mal wohin.«

Suzies Großvater lächelte und wies seinen Schwiegersohn an, sich auf den Platz seiner Braut zu setzen. Schnell waren die beiden Männer in eine Unterhaltung über Opas Modelleisenbahn vertieft.

Suzies Oma zog unterdessen ihre Enkelin quer über den Rasen zu dem alten Haus, das die Großeltern schon besessen hatten, als Suzie sich das erste Mal alleine die Schnürsenkel ihrer Schuhe auf den Treppen des stattlichen Herrenhauses gebunden hatte. Ihre Oma hatte sich viel Zeit genommen, um ihr diesen kniffligen Vorgang mit viel Geduld zu erklären, und war mindestens genauso stolz gewesen wie Suzie, als sie es am Ende der Ferien endlich allein geschafft hatte. »Oma, wo willst du denn so eilig hin?«, fragte Suzie, als die alte Frau sie wider Erwarten nicht zu den Toilettenräumen zog, sondern weiter in das angenehm kühl temperierte Haus, bis in das Arbeitszimmer ihres Großvaters. Ehrfürchtig beobachtete Suzie, wie ihre Oma die Tür noch immer geheimnisvoll schweigend schloss und nach ein paar Handgriffen einen Tresor hinter einem alten Gemälde offenbarte. »Meine liebste Suzie«, sagte ihre Großmutter, nachdem sie den Tresor geöffnet und fast liebevoll ein altes Buch daraus hervorgeholt hatte. »Du hast mich vorhin in der Kirche gefragt, was das Geheimnis unserer langen Ehe und unserer bedingungslosen Liebe ist«, sagte sie beinahe feierlich. Suzie nickte nur, nicht wissend, was ihre Großmutter ihr eigentlich sagen wollte. »Nun, meine Liebe, ich könnte dir nun erzählen, dass dein Opa und ich uns bedingungslos vertrauen. Dass wir einander respektieren und einander den Rücken stärken. Dass wir auch nach all den Jahren unserer Ehe tiefe und aufrichtige Liebe füreinander empfinden. Aber um ehrlich zu sein«, sagte sie und strich mit der freien Hand andächtig über den hellbraunen Ledereinband des in die Jahre gekommenen Buches, das nach Suzies erster Einschätzung vielleicht ein Notizbuch oder Tagebuch sein könnte. »Um ganz ehrlich zu sein«, wiederholte sie fast schon traurig, »glaube ich nicht, dass dies alles war, was mir dieses wundervolle Leben mit deinem Großvater ermöglicht hat. Suzie verstand nicht sofort, was ihre Oma ihr sagen wollte, doch sie spürte, dass es ein Geheimnis sein musste, das ihre Großmutter ihr nach all den Jahren anvertrauen wollte. »Was genau möchtest du mir damit sagen, Oma?«, fragte sie und legte liebevoll ihre Hand auf die Schulter ihrer Großmutter. Sie schien immer noch halb versunken in ihrem Blick auf das Büchlein in ihren Händen. »Suzie«, flüsterte sie fast, »ich werde dir nun eine fantastische

Geschichte erzählen. Ob du sie glaubst oder nicht, ist dir überlassen, aber glaube mir: Ich weiß, was ich erlebt habe.«

Und dann begann die alte Frau zu erzählen. »Ich war etwa in deinem Alter, als ich diesen jungen Mann kennenlernte. Er war ein Traum: Er sah gut aus, hatte Charme und behandelte die Menschen um ihn herum immer respektvoll und fürsorglich. Wir waren gemeinsam in der Abschlussklasse und natürlich hoffte ich, dass er mich irgendwann um ein Date bitten würde. Aber Suzie, was soll ich sagen? Ich war nicht gerade eine Augenweide und konnte mit den hübschen Mädchen niemals mithalten. Niemals würde ich diesem wunderbaren jungen Mann auffallen. Ich klagte meiner Großmutter mein Leid und sie hörte sich alles genau an. Dann ging sie in ihr Schlafzimmer und kam nach ein paar Minuten mit einem handgeschriebenen Zettel zurück. Was darauf geschrieben stand, habe ich erst kürzlich in dieses Büchlein, das ich auf einem Trödelmarkt fand, übertragen.« Suzies Oma streckte ihre faltige Hand ihrer Enkelin entgegen und überreichte ihr das lederne Büchlein, das, wie ihre Oma selbst, schon bessere Jahre gehabt zu haben schien. »Lass dich von seinem Äußeren nicht täuschen«, sagte die Großmutter, als hätte sie Suzies Gedanken erraten. »Sein Inhalt ist der Grund, warum du mir nun etwas verraten musst, bevor ich die Geschichte weitererzähle.«

»Etwas verraten?«, fragte die junge Frau überrascht und ließ intuitiv ihre Finger über den braunen Einband des alten Büchleins fahren. Er schien ganz glatt zu sein, doch die sensiblen Fingerspitzen der zarten Hand spürten die kleinen, fast unscheinbaren Erhebungen, die sich auf der Vorderseite und dem Buchrücken befanden und in Suzie das dringende Bedürfnis weckten, das Büchlein aufzuschlagen und dessen Inhalt zu erkunden. Ihr linker Daumen hatte sich schon unter den Buchdeckel geschoben, als eine runzelige Hand sich auf die glatte Haut ihrer eigenen legte. »Du musst es mir erzählen, Suzie«, sagte die Stimme der alten Frau eindringlich und ließ Suzie kurz zusammenfahren. »Du musst mir erzählen, was du dir von ganzem Herzen wünscht!« Für einen Moment, der in Suzies Herz einen Krampf auslöste, sahen sich die beiden Frauen, die mehr als eine ganze Generation trennte, in die Augen. Ihre Verbindung zueinander war schon immer stark gewesen und Suzie wusste, dass sie sich sehr ähnlich waren. Sie waren beide eher zurückhaltend und harmoniebedürftig. Suzie wurde oft als scheu und ängstlich betitelt, aber das stimmte nicht. Sie war nicht scheu, nur beobachtend, nicht ängstlich, nur abwartend. Viele Menschen verstanden es nicht, dass jemand sich in einer Welt, in der alle offen und laut sein sollten, wohlfühlen konnte, indem er davon zehrte, leisen Tönen zu lauschen, die Ohren zu spitzen für die Probleme anderer und sich zurückzunehmen, um niemandem im Weg zu stehen. Suzie zog ihre Energie nicht aus dem ständigen Kontakt zu großen Gruppen oder dem Feedback von außen. Sie konnte sich stundenlang nur mit sich selbst unterhalten, in ein gutes Buch versinken oder nächtelang mit ihrem Mann über den Sinn des Lebens diskutieren. Doch die Kehrseite war, dass sie den einen Wunsch, der schon so lange in ihr schlummerte, wie einen geheimen Schatz tief in ihrem Inneren versteckte und dieser sie mit jedem weiteren Monat immer mehr aufzufressen drohte. Und das schien auch ihre Großmutter zu wissen. »Liebling«, sagte sie und strich mit ihrer warmen Hand eine Träne von Suzies Wange, die sie nicht einmal selbst bemerkt hatte. »Was lastet dir auf der Seele?«

Suzie schluckte und senkte ihren Blick auf das Büchlein, das mit seiner Schwere und seiner festen Haut einen Ankerpunkt für Suzie darstellte. Ihre Finger spielten mit einem der

Bänder, mit denen man das Buch wohl verschließen konnte, und schon kamen die Worte aus ihr heraus. »Kent und ich versuchen schon eine Weile, ein Baby zu bekommen«, erzählte sie fast flüsternd, als würde sie sich dafür schämen. »Wir waren auch schon beim Arzt und haben uns untersuchen lassen. Unsere Werte sind okay, wir sind gesund und trotzdem...« Suzie sah auf und ihre Oma an. Sie musste den Satz nicht beenden, damit ihre enge Verbündete ihre tiefe Trauer verstand. »Wir alle haben manchmal unerfüllte Wünsche, Kleines. Und manchmal können wir ein wenig nachhelfen«, verriet sie und ein aufmunterndes Lächeln legte sich auf ihre Lippen. Suzie sah die alte Frau ratlos an, doch sie hob nur ihre Hand. »Bevor du etwas fragst, möchte ich dir die Geschichte meiner Großmutter Mathilda erzählen. Von ihr habe ich etwas sehr Wertvolles bekommen, nachdem ich ihr mein Herz ausgeschüttet habe. Sie weihte mich in ein uraltes Geheimnis ein, das unsere Familie schon seit mehreren Hunderten Jahren begleitet. Es ist...«, sagte die Großmutter und ließ eine theatralische Pause, bevor ihre Enkelin nicht mehr warten wollte, und sie anflehte weiterzureden. »Es ist Mathildas Kirschkuchen! Sie hat mir das Rezept, das seit Jahrhunderten in unserer Familie weitergegeben wird, anvertraut. Wer den Kirschkuchen backt und sich dabei etwas von ganzem Herzen wünscht, dem wird der Wunsch auch erfüllt. Man sagt ja nicht umsonst, dass Kuchen mit viel Liebe gebacken wird.«

»Aber Oma«, wand Suzie etwas enttäuscht ein. »Das ist doch nur eine alte Geschichte. Zauber oder Wünsche existieren nicht. Noch nie hat sich etwas, das ich mir von einer Wimper oder einer Sternschnuppe gewünscht habe, erfüllt. Und wenn es so einen Kuchen wirklich gäbe, warum bist du nicht steinreich, immer gesund und hast alles, was du sonst noch brauchst? Tut mir leid, ich weiß, du wolltest mich aufmuntern, aber diese Geschichte ist nur eines: Eine fantastische Märchengeschichte!« Suzie hatte versucht, ihre Worte mit Bedacht zu wählen, um ihre Oma nicht zu verletzen, die sich sichtlich große Mühe gegeben hatte, ihr mit diesem fingierten Geschenk neue Hoffnung zu geben. Wahrscheinlich hatte Kent, der seine Frau nicht länger leiden sehen wollte, seine Finger im Spiel. Aber das hier? Fast war sie wütend, dass man ihr mit so eine List ihren Glauben zurückgeben wollte. Kam sie wirklich so verzweifelt bei ihren Mitmenschen an? Hatte sie Kent zu oft ihr Leid geklagt? Dachte er, dass sie schwach war und daran zerbrechen würde?

»Ich dachte mir schon, dass du mir ohne einen Beweis nicht glauben würdest, mein Liebes. Deshalb muss ich dich warnen. Der Grund, warum unsere Familie trotz dieses Geheimnisses noch Träume hat, ist der Preis, den man für jeden erfüllten Wunsch zahlen muss.« Suzies Großmutter atmete tief ein, bevor sie weitersprach, und ließ sich auf einen Stuhl nieder. »Meine Großmutter Mathilda hat in jungen Jahren selbst keine Kinder gehabt. Sie und ihr Mann hatten aber einen Ziehsohn, der nach dem Tod von seinem Bruder und dessen Frau bei ihnen wohnte und um den sie sich liebevoll kümmerten. Der Junge war bald wie ihr eigener Sohn und bedeutete ihr alles. Als er immer älter wurde, bekam sie Angst, dass er sie bald verlassen würde, und sie fasste einen Entschluss. Sie fing an, den Kuchen zu backen und wünschte sich dabei jedes Mal, dass ihr Neffe auf ewig jung und so für immer bei ihr bleiben würde. Sie ging nicht davon aus, dass dieser Wunsch sich erfüllen würde, aber nach ein paar Jahren stellte sich für sie heraus: Ihr Neffe und auch alle Menschen um sie herum, alterten nicht mehr. Sie beschrieb es so, als seien sie alle unter einer unsichtbaren Haube gefangen gewesen, die ihre kleine Stadt und alle ihre Einwohner in einer Art Zeitschleife gefangen hielt. Anfangs fand sie es wohl auch noch ganz nett, doch dann begannen sich die Probleme zu häufen. Ihr Neffe wurde immer wieder in von ihm als ›Kriminalfälle‹ betitelte Situationen hineingezogen, die seiner Ziehmutter große Ängste bereiteten. Immer wieder musste sie zusehen, wie ihr Neffe und seine Freunde an böse Menschen, Diebe, Entführer und Mörder gerieten, und irgendwann wurde es ihr zu viel. Sie wollte nicht mehr zusehen, wie ihr Neffe sich in Gefahr begab, und backte einen letzten Kirschkuchen, um den Jungen wieder altern zu lassen. Dieser Junge ist inzwischen über neunzig Jahre alt und dein Urgroßvater.«

»Und was ist bei diesem Mal Schlimmes passiert?«, fragte Suzie, die der Geschichte andächtig gelauscht hatte, neugierig nach. »Ihr Mann hatte, ein paar Tage nachdem sie den Kirschkuchen gebacken hatte, einen schweren Autounfall und verlor dabei sein linkes Bein. Er musste seinen Job an den Nagel hängen und meine Großmutter musste für den Rest ihres Lebens für ihren Lebensunterhalt sorgen.«

»Hatte sie ihn jemals bereut? Den Kuchen, meine ich?«

»Nein«, war die Antwort der Großmutter. »Sie erzählte mir, dass die Zeit mit ihrem Neffen die schönste auf Erden war und auch ihn endlich gehen zu lassen, war das Richtige.«

»Sah ihr Mann das genauso?«, fragte Suzie nun bitter. Ihr war natürlich klar, worauf es bei dieser Unterhaltung hinauslaufen würde, und sie würde diese Entscheidung nur mit Kent zusammen treffen wollen.

»Ich denke nicht, dass sie es ihm jemals erzählt hat.« Ihre Oma lächelte verkniffen. »Du wolltest es mir auch nicht glauben. Und ich erst ebenfalls nicht. Bis ich den Kuchen für meinen Abschlussball gebacken habe. Ich habe mir das komplette Blech ganz allein einverleibt«, lachte die alte Frau plötzlich so herzhaft, dass auch Suzie sich ein breites Grinsen nicht verkneifen konnte. »Und was hast du dir gewünscht?«, fragte Suzie, doch sie kannte die Antwort bereits. »Er sitzt draußen auf dem Stuhl neben deinem Mann und erzählt ihm bestimmt gerade von seiner neuesten Errungenschaft; irgendein Sammlerstück aus dem Jahr neunzehnhundert Schießmichtot aus Deutschland, frag mich nicht.« Suzie sah ihre Großmutter an und musste erneut lachen. Wie sie so da saß und von ihrem Ehemann sprach wie von einem Lebewesen von einem anderen Stern. Sein Hobby hatte sie immer geduldet, auch wenn er an Weihnachten das halbe Haus mit seinen Zügen besetzt hielt. Aber wirklich abgewinnen konnte sie diesem Hobby wohl nichts. Suzie hingegen hatte es immer geliebt, die alten Züge durch die liebevoll konstruierten Landschaften fahren zu sehen und sich auszumalen, selbst irgendwann mal mit solch einem Zug auf Reisen zu gehen. »Was ist dann passiert?«, fragte sie zögerlich. »Möchtest du das wirklich wissen?«

Suzie nickte.

»Mein Herzenswunsch hatte sich also erfüllt und ich hätte glücklicher nicht sein können. Doch ein Tag nach unserer Hochzeit geschah es. Der Hof, den meine Eltern besessen hatten, und der ihre ganze Lebensgrundlage darstellte, brannte aus nie geklärten Gründen in der Nacht bis auf die Grundmauern nieder. Meine Eltern und Geschwister entkamen dem Feuer nur knapp, doch sie mussten sich alles von vorne wieder aufbauen. Das Kuchenrezept habe ich nie wieder angefasst.«

»Warum erzählst du mir das alles und warum gibst du mir nun das Rezept, wenn es doch so gefährlich ist, es zu benutzen?«, fragte Suzie verwundert.

»Vielleicht, weil du für dich selbst entscheiden musst, wie viel dir dieser Wunsch wert ist, meine Kleine! Manche Wünsche sind belanglos, wie mehr Geld oder ein besserer Job. Und manche Wünsche sind so wichtig für einen, dass man buchstäblich alles dafür in Kauf nehmen würde, um ihn erfüllt zu bekommen.«

»Ich frage mich«, meinte Suzie, »ob du nicht mit ein bisschen Mut auch ohne Kirschkuchen bei Opa Erfolg hättest haben können. Und deine Oma, hätte sie nicht auch ohne Zauber eine schöne Zeit mit ihrem Neffen haben können? Kann ich vielleicht auch ohne Kind glücklich werden? Mich an meinen Neffen erfreuen? Oder ein Kind adoptieren. Vielleicht ist mir ja später noch eines vergönnt, auch ohne Zauberkuchen. Lohnt sich dafür das Risiko, dass den Menschen in meinem Umfeld etwas zustößt?«

»Das, liebe Suzie, kannst du nur ganz allein entscheiden!«

Als sich Suzie diese Nacht neben ihren Ehemann in das große Bett legte, hatte sie den Gedanken an den magischen Kirschkuchen noch nicht losgelassen. Während Kent nur wenige Minuten brauchte, um neben ihr in lautes Schnarchen zu verfallen, lag Suzie mit offenen Augen da, starrte die Decke an und grübelte. Als ihr der Blick auf die Uhr zeigte, dass der nächste Morgen nur noch eine Stunde entfernt war, stand sie auf und huschte mit nackten Füßen im Halbdunkeln auf den Flur hinaus. Sachten Schrittes schlich sie bis in die Küche, in der sie den Korb vom Besuch am Nachmittag abgestellt hatte. So leise wie möglich wühlte sie darin herum, bis ihre Finger das Lederbuch, von dem sie ihrem Mann noch nichts erzählt hatte, ertasteten.

Abermals ließ sie ihre Finger über den Einband wandern und öffnete dann mit viel Geschick den Knoten, der die Seiten zusammenhielt. Kurz fühlte sie sich an den Tag erinnert, als sie auf den Stufen des Hauses ihrer Großeltern ihre erste Schleife gebunden hatte. Damals wie heute stiegen Endorphine in ihrem Blut auf und Suzie setzte sich noch an Ort und Stelle an den Küchentisch, um das Buch aufzuschlagen. Zu ihrer Verwunderung war es bereits bis über die Hälfte mit Notizen vollgeschrieben. Worte, Bilder, ein paar lose Zettel lagen darin. Auch wenn es sicherlich spannend war, all diese Notizen zu lesen, blätterte sie vor bis zu der letzten Seite; der Seite mit dem Kuchenrezept von Mathilda.

Die Handschrift war unverkennbar die ihrer Großmutter. Sie hatte den Zettel mit dem Kuchenrezept jahrelang in einem Geheimfach in einer Schublade aufbewahrt und erst kurz vor ihrer Goldenen Hochzeit quasi als Andenken an ihre gute und lange Ehe in das Notizbuch geschrieben, dass sie für das Geheimnis recht hübsch und passend gefunden hatte.

Fein säuberlich standen dort eine Zutatenliste und einzelne Schritte zur Zubereitung des Wunderkuchens. Kurz erwischte Suzie sich dabei, das Rezept intensiv zu lesen. Doch ihr Unterbewusstsein dirigierte ihre Hand auf die Zeilen, sodass ihr der meiste Text verborgen blieb. ›Willst du das wirklich tun?‹, ging es ihr durch den Kopf. ›Mal angenommen, du wirst schwanger. Welche schlimme Auswirkung könnte der Fluch auf dich haben?‹, fragte sie sich. Würde das Baby eventuell krank auf die Welt kommen? Würde Kent etwas passieren oder ihr selbst? Würde ihr Haus, auf das sie so lang gespart hatten, dem Erdboden gleichgemacht? Oder würde nichts passieren und sie die nächsten Jahre jeden Tag auf eine Hiobsbotschaft warten?

Suzie war nicht abergläubisch. Aber sie war auch nicht dumm! Sie wusste genau: Wenn in den nächsten Jahren irgendetwas passieren würde, nachdem sie wirklich schwanger werden würde, wäre ihr erster Gedanke: ›Es ist der Fluch des Kuchens!‹

Nein! Lieber würde Suzie ein Leben ohne Baby in Kauf nehmen, als sich später Vorwürfe machen zu müssen, dass es ihre Schuld gewesen war, dass jemandem, den sie liebte, etwas passierte. Niemals könnte sie es sich verzeihen, wenn sie die Verantwortung dafür tröge. Entschlossen klappte sie das Notizbuch zu und band erneut eine Schleife um den dicken Einband, so wie ihre Oma es ihr damals gezeigt hatte. Dann eilte sie in ihre Abstellkammer und fand eine alte Keksdose, in die das Buch exakt hineinpasste. Sie verstaute die Blechdose mitsamt dem Buch zusätzlich in einer Plastiktüte und eilte, barfuß wie sie war, in den Garten hinaus. Hinter der alten Brombeerhecke bog sie nach rechts ab und ging zu dem Loch, dass ihr Mann vor einigen Tagen für den neuen Apfelbaum ausgehoben hatte. Sie legte das Buch hinein, warf etwas Erde darauf und hievte das Apfelbäumchen mitsamt der Erdkugel in das Loch. Mit bloßen Fingern begann sie Erde um den Baum anzuhäufen und eilte dann mit einer Gießkanne hinzu, um die Erde zu gießen, um sie zu verfestigen.

Als ich schließlich fertig war, hatte sich der Himmel bereits rosarot gefärbt. Ein Blick auf ihre Armbanduhr verriet ihr, dass der Morgen bereits begonnen hatte. Sie richtete sich auf, und ihr wurde kurz schwindlig. Die ungewohnte Arbeit vor dem Frühstück hatte anscheinend ihren Kreislauf zu sehr beansprucht. Sie schaute auf ihre erdigen Finger und sah, dass sie zitterten. Nie wieder würde sie auch nur ein Wort über das Buch verlieren. Vielleicht würde es irgendwann jemand finden und vielleicht würde auch irgendwann jemand den Kirschkuchen backen. Aber das war dann nicht mehr ihr Problem. Sie hatte sich entschieden: Sie spielte nicht mit dem Schicksal! Auf dem Weg zum Haus schwankte sie plötzlich erneut, und ihr wurde schwarz vor Augen. Doch sie fiel nicht auf den feuchten Rasen, sondern wurde von zwei starken

Armen gefangen, die ihr zur rechten Zeit in Gestalt ihres Mannes entgegengestreckt wurden. »Liebling, was machst du hier draußen? Warum bist du voller Erde? Komm rein, geh duschen und ich mache uns Frühstück. Es war ein langer Tag gestern. Du brauchst Ruhe.«

Suzie nickte nur und warf noch einen letzten Blick auf den kleinen Apfelbaum. Ein Lächeln umspielte ihre Lippen. Vielleicht sollten sie sich irgendwann noch einen Kirschbaum dazu kaufen.

__Bobby__
© *Bobby_Andrews*

Wattpad-Profil:
https://www.wattpad.com/user/Bobby_Andrews

2018 | Funken der Hoffnung

Das Leben ist nicht immer einfach, das musste die 16-jährige Liara schon früh lernen. Mit gerade einmal sieben Jahren musste sie aufgrund der Arbeit ihres Vaters das erste Mal umziehen, weg von ihren Freunden und ihrer gewohnten Umgebung. Nur ein Jahr später, nachdem sie sich endlich an ihr neues Zuhause gewöhnt hatte, war der nächste Umzug. Und so ging es immer weiter, kaum war sie irgendwo angekommen und hatte es geschafft, Freunde zu finden, zogen sie wieder an einen anderen Ort. Es war schwer, für sie etwas Beständigkeit in ihrem Leben zu empfinden, weil jeder noch so kleine Hoffnungsschimmer auf ein normales Leben mit einem erneuten Umzug zerstört wurde. Und so kam es, dass sie irgendwann nicht einmal mehr versuchte Freunde zu finden oder einem neuen Hobby nachzugehen. Sie begann ihre Freizeit nur noch in ihrem Zimmer zu verbringen, schloss sich ein und lass Bücher über alle möglichen Themen. Das sorgte jedoch auch dafür, dass sie bei den anderen nicht besonders beliebt war.

Mittlerweile wohnte sie nun seit zwei Jahren in Bayern und dennoch galt sie als Außenseiterin, als der Eindringling, der mitten im Schuljahr in die Klasse kam, um alles zu zerstören. Sie war das schon gewohnt, in ihren alten Klassen war es nicht anders gewesen, immer wurde sie als die sonderbare Einzelgängerin gesehen und nie hatte es sie gestört. Doch jetzt war etwas anders, ihre Mitschüler zeigten ihr auch, dass sie nicht willkommen war und einer von ihnen nicht nur mit Worten.

Tobias, ein 1,80 Meter großer einschüchternder Junge aus ihrer Klasse. Mit seinen blonden kurz geschorenen Haaren wirkte er noch bedrohlicher und für sie war er auch genau das: eine riesengroße Bedrohung. Mehr als einmal hatte er sie inzwischen schon körperlich verletzt und mindestens genauso oft den Tod angedroht. Er sorgte dafür, dass sie sich nicht mehr sicher fühlte, in der Schule achtete sie immer genau darauf, wer hinter oder vor ihr war und wenn sie nach Hause lief, schaute sie sich immer panisch um. Sie konnte nicht mehr im Dunkeln schlafen und auch ihre beängstigenden Albträume sorgten dafür, dass sie psychisch ziemlich am Ende war.

Heute war wieder einer dieser Tage, an denen sie von ihm komplett fertiggemacht wurde. Sein Mobbing wurde immer schlimmer und heute hatte er es das erste Mal so weit getrieben, dass sie ernsthaft Angst um ihr Leben hatte.

Sie kam von der Schule heim und legte sich erst einmal in ihr Bett, dort schluchzte sie und weinte sich alle Sorgen vom Leib. Ja am Anfang hatte es noch geholfen, sie hatte geweint, ihren Sorgen freien Lauf gelassen und dann war die Welt wieder in Ordnung. Doch dies war nun schon ein gutes Jahr her, mittlerweile half auch das nichts mehr und heute weinte sie nicht nur wegen ihrer kaputten Seele, sondern auch weil ihre Finger wahnsinnig schmerzten.

Sie ging ins Bad und wusch sich die Hände, das Wasser färbte sich von Rot in Rosa und wurde langsam wieder klar. Ihre Finger betrachtend schluchzte sie wieder, warum war die Welt nur so grausam, warum tat er ihr all das Leid an. Sie ging zum Erste Hilfe Schrank und kramte zwei Pflaster heraus. Umständlich klebte sie sich diese auf ihre geschundenen Finger und begutachtete ihr Werk kritisch. Sie hätte nie gedacht, dass Tobias zu so etwas imstande war, natürlich war ihr klar, dass er gewalttätig war und auch, dass er ihr schon oft den ein oder anderen blauen Fleck beschert hatte, aber dass er sie mit einem Messer verletzten würde, hatte sie nicht erwartet. Er hatte zwar schon oft mit dem Messer vor ihrer Nase herumgespielt, weil er das Gefühl genoss, ihr Angst einzujagen und eine gewisse Macht über sie zu haben, doch dass er es heute benutzt hatte, kam völlig überraschend. Er schnitt ihr zweimal tief über ihre Finger und zuckte dabei nicht einmal mit der Wimper. Sie hatte es mit Würde ertragen, sie würde niemals weinen, nicht wenn er hinsah, diese Genugtuung würde er nie bekommen. Doch tief in ihrem Inneren wusste sie, dass ihre Selbstachtung nicht mehr lang standhalten würde, nicht wenn er sie weiterhin derart verletzte.

Jeden Tag aufs Neue überlegte sie, die Schule zu wechseln, aus Angst er würde sich noch etwas viel Schlimmeres einfallen lassen. Nur wie sollte sie ihren Eltern erklären, dass sie die Schule wechseln möchte, wo sie doch dachten, dass die Schule die beste für Liara war und ihr Vater es endlich geschafft hatte, die richtige Arbeit zu finden. Nein das wäre nicht fair, sie könnte nicht mit dem Wissen leben das Glück ihrer Eltern zerstört zu haben.

Sie musste aus der Wohnung an die frische Luft, sie wollte in Ruhe nachdenken und das würde sie nicht mehr können, wenn ihre Mutter in wenigen Minuten heimkam. Also ging sie in den Park, auf dem Weg dorthin war ihr Kopf völlig leer. Es gab nur sie und den Gehweg, auf welchen sie sich konzentrierte. Aber dennoch war ihre Angst, er könnte in der Nähe sein, präsent, sodass sie sich immer wieder umdrehte, um sicherzugehen, dass dort niemand war. Im Park angekommen, gab es viele Bänke und normalerweise setzte sie sich auf ihre Lieblingsbank in der Nähe einer alten Linde, doch genau heute saß dort ein altes Ehepaar, also steuerte sie eine Bank weiter zum See gelegen an.

Sie setzte sich und starrte ins Leere. Mit ausdruckslosem Blick beobachtete sie das alte Ehepaar, sie lachten und unterhielten sich. Sie fragte sich, ob sie jemals auch so glücklich wie dieses Ehepaar sein würde. Würde sie es jemals schaffen, aus diesem verdammten Teufelskreis herauszukommen?

Eine Weile saß sie einfach nur da und starrte ins Leere, aber irgendwann wurde ihr das Sitzen zu unbequem und sie wollte sich auf die Bank legen. Gerade als sie ihren Rücken auf die Sitzfläche plumpsen ließ, spürte sie ein unangenehmes Gefühl in ihrem Rücken. Sie hatte sich irgendwo draufgelegt, mühsam richtete sich wieder auf und rieb sich den Rücken, was auch immer das war, es hatte ihr genau zwischen die Rippen gedrückt. Endlich sitzend betrachtet sie das komische Etwas, was neben ihr auf der Bank lag. Zuvor war es ihr gar nicht aufgefallen, doch jetzt erkannte sie, was sie da in den Rücken gepikst hatte. Ein altes, sehr abgegriffenes Notizbuch. Sie sah sich um, doch sie konnte niemand ausfindig machen, dem es gehören könnte. Vorsichtig, sehr bedacht darauf, es nicht kaputtzumachen, nahm sie es in die Hände und betrachtete es kritisch. Kurz schlug sie es auf und blätterte darin, etwas in ihr sagte ihr, dass es falsch war, einfach in einem fremden Notizbuch zu lesen, aber ein anderer Teil von ihr war einfach zu gespannt, was sich darin befand.

In dem alten Büchlein befanden sich lauter kleine Notizen, doch Zeit sich alles genau anzuschauen hatte sie nicht, den es dämmerte bereits und sie musste schnell wieder nachhause, ehe ihre Mutter sich Sorgen machte. Also nahm sie das kleine Büchlein und spazierte wieder nachhause. Den gesamten Weg fragte sie sich, was es mit dem kleinen Büchlein auf sich hatte, dadurch vergaß sie all ihre Sorgen für einen kleinen Moment und es war, als wäre die Welt wieder in Ordnung.

Zu Hause angekommen legte sie das kleine Buch in ihre Schreibtischschublade und ging anschließend wieder die lange Wendeltreppe herunter zu ihren Eltern, in die Küche. Es roch herrlich und sie half, den Tisch zu decken. Freudig setzte sie sich, an den Tisch und begann ihre dampfenden Spaghetti mit Tomatensoße zu essen, ihre Freude hielt so lange an, bis ihre Eltern, die eine Frage stellten, die sie über alles hasste und welche sie innerhalb von Sekunden wieder in die Realität beförderte. »Und wie war es in der Schule?« Sie setzte ihr Lächeln auf und antwortete, wie jedes Mal, mit »super«, auch wenn es alles andere als super war. Aber wie sollte sie es schaffen, ihren Eltern die Wahrheit zu sagen, es wäre nicht fair, jetzt wo sie endlich einen Ort gefunden hatten, wo sie glücklich waren alles wieder zu zerstören.

Mit diesem Gedanken im Hinterkopf zwang sie sich noch ein paar Bisse das Essen herunter und wartete, bis ihre Eltern fertig gegessen hatten. Nachdem sie den Tisch abgeräumt hatte, ging sie in ihr Zimmer und setzte sich auf ihr gemütliches Bett. Ihre Gedanken drifteten wieder zu Tobias ab und wieder stellte sie sich die gleiche Frage, wieso war das Leben so schrecklich zu ihr?

Um sich etwas abzulenken, ging sie zu ihrem Schreibtisch und holte das kleine Büchlein heraus. Ehrfürchtig betrachtete sie es. Es fühlte sich wie ein Schatz an, von dem niemand etwas wusste, fast so, als wäre das Buch die Lösung für all ihre Probleme. Lachend schob sie diesen Gedanken wieder beiseite, so ein Quatsch, es war nur ein albernes, kleines Notizbuch, es würde rein gar nicht verändern. Sie legte das kleine Buch auf ihren Schreibtisch und begann erneut darin zu blättern, die ersten Seiten waren schon sehr alt, der erste Eintrag stammt aus 1953, sie blätterte weiter und je weiter sie blätterte, desto mehr erfuhr sie über das kleine Buch. Es hatte schon viel erlebt und wurde schon von den unterschiedlichsten Menschen benutzt.

Plötzlich wurde ihre Tür geöffnet und sie ließ das Buch so schnell wie möglich verschwinden. Sie drehte sich um und starrte ihre Mutter an. So schnell wie sie gekommen war, verschwand sie aber auch wieder. Denn sie wollte nur sagen, dass es Schlafenszeit war und Liara endlich das Licht ausmachen sollte. Nachdem sie das Notizbuch wieder in ihre Schublade verstaut hatte, machte sie sich bettfertig und ließ sich völlig erschöpft auf die Matratze fallen. Es dauerte nicht lange, da war sie auch schon in einen unruhigen Schlaf gesunken.

Dichter Nebel, vollkommene Dunkelheit, eine schwarze Gestalt, die immer näherkommt und Liara mittendrin.

Auf einmal ertönt eine schaurige Stimme.

»Du Schlampe, was fällt dir ein, mich einfach zu verpetzten. Du glaubst doch nicht wirklich, dass dir überhaupt jemand glaubt, so einer kleinen Missgeburt wie dir. Du wirst dir wünschen, nie auch nur ein Wort gegen mich gesagt zu haben.«

Die schwarze Gestalt, die sich als Tobias entpuppt hatte, verschwand wieder im dichten Nebel. Völlig allein stand Liara mitten im schwarzen Wald und drehte sich verzweifelt im Kreis. Was war nur passiert, wieso hatte sie etwas gegen ihn gesagt, wieso nur? Sie hätte einfach ihre Klappe halten sollen, sie hatte es gewusst, es machte alles nur schlimmer, wenn sie sich dagegen wehrt.

Plötzlich tauchte die Gestalt wieder auf und sie hatte ein scharfes Messer in der Hand.

»Nein Tobias, bitte, es tut mir leid, ich mache es wieder rückgängig.«

»Nein, du hattest deine Chance, selbst schuld, wenn du zu blöd bist, deine Klappe zu halten.«

Das Messer funkelte im Mondlicht, welches plötzlich durch den dichten Nebel schien, er schwang das Messer zu ihr und zog es einmal quer über ihren Arm. Sie wollte ausweichen und stolperte, sie schlug hart auf dem Boden auf. Tobias holte erneut aus, doch Liara griff neben sich und fand mit ihren Händen das alte Notizbuch, jenes welches sie zuvor im Park gefunden hatte. Sie griff es und hob es hoch, sie wollte ihn damit schlagen, doch plötzlich traten Funken daraus hervor und sie warf es in seine Richtung. Es gab einen lauten Knall und das Buch explodierte in tausend Teile.

Sie schreckte auf. Was war gerade passiert? Verwirrt sah sie sich im Raum um und musste feststellen, dass sie auf dem Boden lag. Es war alles nur ein Traum, nichts war passiert, kein Tobias, keine Schnitte und keine Explosion. Sie betrachtete ihren Arm, nur um ganz sicherzugehen, dass es nicht der Realität entsprach und wie sie es erwartet hatte, war er völlig unversehrt. Nur ein paar Sekunden später wurde die Tür aufgerissen und ihre besorgte Mutter schaute in den Raum. Nachdem sie sich versichert hatte, dass es Liara gut ging und ihr ins Bett geholfen hatte, verschwand sie auch wieder und sie schlief erneut ein, doch diesmal ohne einen Albtraum.

Am nächsten Morgen wurde sie von ihrem Wecker geweckt, welcher fröhlich vor sich hin piepte. Völlig genervt schlug sie auf die Snooze-Taste des alten Weckers und drehte sich noch einmal um. Es waren gefühlt nur zwei Sekunden, bevor er erneut klingelte. Noch genervter als zuvor setzte sie sich in ihrem Bett auf und starrte die gegenüberliegende kahle Wand an. Die letzte Nacht hatte sie ganz schön fertiggemacht, mittlerweile hatte sie immer öfter solche Albträume. Doch meistens enden sie damit, dass sie erstochen wird, doch der heutige Albtraum war anders. Sie hatte gegen ihn gewonnen, diesmal war nicht sie es, die starb, sondern er. Sie wusste nicht genau warum, aber die Tatsache, dass sie gegen ihn gewonnen hatte, gab ihr ein wohliges Gefühl.

Mit diesem guten Gefühl stand sie auf und ging zu ihrem großen Schreibtisch. Das Büchlein war noch genau da, wo sie es gestern hingelegt hatte. Ehrfürchtig strich sie erneut über den Einband. Das kleine Ding hatte sie in dem Traum gerettet, konnte es sie vielleicht auch im echten Leben retten? Nein, das wäre nicht möglich, was sollte das alte Buch schon verändern?

Sie packte das Buch in ihren Schulranzen und zog sich einen ihrer Lieblingshoodies an. Einen flauschigen schwarzen ohne jegliches Motiv, dieser sorgte immer dafür, dass sie ein Gefühl von Sicherheit und Geborgenheit hatte und auch wenn er ihr eigentlich viel zu groß war und ihre zierliche Figur in ihm verschwand, liebte sie es, ihn anzuziehen. Zu guter Letzt zog sie noch eine einfache Jeanshose an und band ihre langen dunkelbraunen Haare zu einem hohen Pferdeschwanz zusammen. Nachdem auch das erledigt war, machte sie sich Frühstück und ging in die Schule. In der Schule angekommen, wartete ihr größter Albtraum schon auf sie.

»Na Liara, wie hat dir unser kleines Zusammentreffen gefallen?«, lachte er in einem widerlichen Ton.

Sie versuchte, ihn einfach zu ignorieren, und lief an ihm vorbei in das Schulgebäude, doch er wollte es nicht darauf beruhen lassen und lief ihr hinterher.

»Sag mal, gehts noch, du kannst nicht einfach weglaufen, wenn ich mit dir rede.«

So langsam platze ihr der Kragen und ihre ursprüngliche Angst rückte in den Hintergrund.

Als er sie dann auch noch am Arm gepackt hatte, war es endgültig um ihre Beherrschung geschehen und sie schrie in an:

»FASS MICH NICHT AN UND LASS MICH ENDLICH IN RUHE, DU VOLLIDIOT«

Verdutzt von ihren Worten ließ er Ihren Arm tatsächlich los, doch dass es nicht nur an ihren Worten lag, stellte sie fest, als sie sich umdrehte und geradewegs gegen einen ihrer Lehrer rannte.

»Was ist hier los?«, fragte er in strengen Ton.

Sie war zu geschockt, um Antworten zu können, doch das musste sie auch nicht, denn Tobias hatte sofort eine Antwort parat.

»Wir sind in unsere Freizeit in einer Theater-AG und dafür haben wir gerade geprobt, nicht wahr Liara?«, er sah sie auffordernd an.

Sie zögerte, sollte sie die Wahrheit sagen oder doch lieber schweigen. Es war eine schwere Entscheidung, denn wenn sie die Wahrheit sagte, hatte die ganze Sache vielleicht ein Ende, aber vermutlich würde er sie dafür umbringen. Und gestern hatte ihr gezeigt, dass er dazu imstande war. Wenn sie schwieg, müsste sie das alles noch länger ertragen, aber die Wahrscheinlichkeit, dass er sie umbringen würde, war geringer. Sie haderte mit sich, was wäre besser, die Wahrheit oder doch die Verschwiegenheit?

Sie entschied sich fürs Schweigen, denn wer weiß, was er sonst gemacht hätte.

Stumm nickte sie.

»Gut, dann jetzt ab in eure Klasse, der Unterricht hat schon vor zwei Minuten angefangen und ihr«, er zeigte auf die ganzen Schüler, welche um die beiden herumstanden, »geht jetzt auch endlich in eure Klassen!«

Während des Unterrichts warf ihr Tobias immer wieder böse Blicke zu welche, sie jedoch versuchte zu ignorieren. Sie war viel zu sehr damit beschäftigt, nicht in Tränen auszubrechen. Was hatte sie nur getan, er würde diese Aktion nicht auf sich sitzen lassen, da war sie sich sicher und wie er es ihr heimzahlen würde, wollte sie sich gar nicht ausmalen.

Als die Schule dann endlich geschafft war, möchte sie nur noch nachhause und sich in ihr Bett legen, doch da hatte er etwas dagegen. Sie war noch nicht einmal richtig aus dem Gebäude, da zog er sie auch schon mit sich. In einer abgelegenen, dreckigen Ecke blieb er abrupt stehen, sodass sie vor ihm auf den Boden fiel.

»Ja jetzt liegst du wieder vor mir und kannst dich nicht wehren, was hast du dir überhaupt dabei gedacht, mich anzuschreien?«

Sie wusste nicht, was sie antworten sollte, und starte ihn nur verängstigt an.

»Ach, was hat es dir jetzt die Sprach verschlagen, vorhin konntest du doch auch so toll reden.«

Als sie auch darauf nicht antwortete, trat er ihr hart in die Seite.

»HALLO ICH REDE MIT DIR!«

Sie wusste nicht, was sie tun sollte. Also versuchte sie, aufzustehen, doch da hatte sie die Rechnung ohne Tobias gemacht, welcher mit einem harten Tritt, dafür sorgte, dass sie liegen blieb. Er holte ein Messer aus seiner Tasche und fuchtelte vor ihrer Nase damit herum.

»Es tut mir leid, okay, ich mache es nie wieder«, flüsterte sie völlig verängstigt.

»Oh, das will ich auch hoffen, aber damit du dir das auch merkst, werde ich dir zeigen, was passiert, wenn du dich nicht daranhältst.«

Sie schaute ihn mit großen Augen an und versuchte verzweifelt, erneut aufzustehen, doch wieder schubste er sie zu Boden.

»Bitte es tut mir doch leid.«

»Nein, du hattest deine Chance und hast es vergeigt!«

Er holte aus und schlug ihr hart ins Gesicht, ehe er mit dem Messer einmal über ihren kompletten Arm zog.

Von Schmerzen geplagt, krümmte sie sich auf dem Boden zusammen. Ein letztes Mal tritt er ihr hart in die Rippen Gegend, ehe er endlich verschwand und sie durchatmen konnte.

Allerdings klappte das Durchatmen nicht besonders gut, da jedes Einatmen und Ausatmen immens wehtat und dafür sorgte, dass sie immer weniger Luft bekam. Mit letzter Kraft robbte sie sich zu ihrer schwarzen Schultasche und wählte den Notruf. Als am anderen Ende der Leitung eine Stimme ertönte, brachte sie nur vier kleine Buchstaben über ihre Lippen: »Hilfe«, dann wurde alles um sie herum schwarz.

Als sie das nächste Mal aufwachte, lag sie in einem sterilen, weißen Bett und im Raum um sie herum war nur das konstante Piepen eines EKG-Gerätes zu hören. Verwirrt darüber, was passiert war, schaute sie sich um Raum um. Wie war Sie bitte in ein Krankenhaus gekommen und warum tat ihr Brustkorb so verdammt weh?

Wie durch einen Blitzschlag fiel ihr plötzlich alles wieder ein. Sie war in der Schule gewesen und dann die Sache mit Tobias, sie hatte den Notruf gewählt, doch dann war alles schwarz gewesen. Angst ergriff sie, sie hatte sich gegen ihn gewehrt und er hatte ihr gezeigt, was passiert, wenn sie sich wehrte. Was, wenn er etwas davon mitbekam, dass sie im Krankenhaus war, das wäre die perfekte Stelle, um sie endgültig zu beseitigen.

Ehe sie länger darüber nachdenken konnte, öffnete sich die Tür und ein Mann mit langem weißem Kittel kam herein.

»Hallo, ich bin Doktor Müller, freut mich zu sehen, dass Sie wach sind. Können Sie sich erinnern, was passiert ist?«, sie schaute den Arzt skeptisch und voller Panik an und nickte.

»Gut, ich denke mal, sie wollen mir nicht erzählen, wie das passiert ist, deshalb belassen wir es dabei, heute Nachmittag werden noch zwei Polizisten kommen, bei denen sie dann eine Aussage machen müssen. Sie haben zwei gebrochene Rippen, wobei eine in ihre Lunge gedrückt hat, dadurch kam es zu einem Pneumothorax, das heißt, es ist Luft in den zwischen Raum der Brustwand und ihrer Lunge gekommen, dies war auch der Grund, weshalb sie so schlecht Luft bekamen. Wir haben das Ganze im OP gerichtet, sodass es eigentlich gut verheilen müsste. Ihre Wunde am Arm wurde genäht und ihre Nase haben wir vorübergehend geschient, sie ist jedoch nicht gebrochen, sondern nur verstaucht, da haben sie wirklich Glück gehabt. Falls sonst noch etwas sein sollte oder sie Schmerzen haben, drücken sie einfach den roten Knopf neben ihrem Bett«

So schnell, wie er gekommen war, war er auch wieder verschwunden und sie war erneut auf sich allein gestellt.

Sie starrte eine Weile an die Wand und dachte über alles Mögliche nach, es war schwer zu begreifen, was die letzten 24 Stunden geschehen war und so langsam wurde ihr auch das ganze Nachdenken zu viel. Also schaute sie sich im Raum um und ihr Blick fiel auf ihre Schultasche.

Vorsichtig versuchte sie aufzustehen und ging so langsam, wie nur möglich zu ihrem abgenutzten Ranzen und öffnete diesen. Dort nahm sie das alte Notizbuch heraus und legte sich wieder auf ihr Bett, anschließend begann sie darin zu lesen.

Die nächsten Stunden bekam sie gar nicht richtig mit, sie verschlang Geschichte für Geschichte, Notiz für Notiz und hörte erst damit auf, als es an der Tür klopfte. Schnell legte sie das Buch unter ihre Bettdecke und bat die Person herein. Zwei ihr unbekannte Personen in Polizeiuniform betraten das Zimmer und legten einen mitleidigen Blick auf. Das verriet ihr, dass sie vermutlich doch ziemlich mitgenommen aussehen musste. Der Kleinere der beiden begann die Befragung und stellte Fragen über alles Mögliche, wie sie hieß, wie alt sie wahr und in welcher Klasse sie war. All diese Fragen beantwortete sie, ohne zu zögern, doch als er die Frage stellte, wer ihr das angetan hatte, musste sie kurz schlucken, sollte sie die Wahrheit sagen und würde das alles verändern oder würde es ihr Leben für immer zerstören?

Sie steckte in dem gleichen Zwiespalt wie schon einige Male zuvor, doch war sie sich diesmal sicher, dass wenn sie nicht die Wahrheit sagen würde, war sie so gut wie Tod. Aber wäre es anders, wenn sie die Wahrheit sagen würde? Sie bemerkte, wie ihre Hände zu zittern begannen, und legte sie deshalb schnell unter die Decke. Dort spürte sie das alte Büchlein und begann über den Einband zu fahren, sie dachte an ihren Traum und was das kleine Buch schon alles erlebt und durchgemacht hatte und genau das gab ihr den Mut endlich mit der Wahrheit herauszurücken.

Mit zitternder Stimme beantwortete sie seine Frage: »Tobias Berg, er geht in meine Klasse.«

»War es das erste Mal, dass er sie angriffen hatte oder kam dies schon öfter vor?«

»Es war nicht das erste Mal, er tat es fast täglich, mal mehr, mal weniger.«

»Gut, ich denke, das reicht erst mal, haben sie irgendwelche Beweise?«

Sie sah den Rundlichen der beiden Polizisten fassungslos an, war es nicht genug Beweis, dass sie im Krankenhaus lag. Der Polizist erklärte ihr, dass er ohne Beweise, Tobias nicht festnehmen dürfe, und verabschiedete sich mit den Worten: »Wir werden, nach Beweisen suchen, das verspreche ich.«

Nachdem die beiden Polizist wieder gegangen waren, bemerkte sie, wie sie durch das ganze Chaos in ihrem Kopf langsam müde wurde und es dauerte nicht lang, da war sie auch schon eingeschlafen.

Den nächsten Tag verbrachte sie im Bett und redete mit ihren Eltern, welche sie Besuchen kamen. Als auch diese wieder gegangen waren, kehrte wieder Langweile bei ihr ein und als plötzlich die Tür schwungvoll aufgerissen wurde, erschreckte sie sich fast zu Tode.

In der Tür stand kein Geringerer als Tobias, welcher die Tür wieder schloss und im Stechschritt auf sie zukam.

»DU SCHLAMPE, WAS FÄLLT DIR EIN MICH EINFACH ZU VERPETZEN, DAS WIRST DU NOCH BEREUEN.«

Sie wurde von einer übermächtigen Panik gepackt, so wütend hatte sie ihn noch nie erlebt, er würde sie umbringen, da war sie sich sicher. Sie überlegte fieberhaft, was sie tun könnte, um zu überleben, also drückte sie unauffällig den Notfallknopf und hoffte, dass die Rettung nicht zu spät käme.

Er kam auf sie zu und gab ihr eine heftige Ohrfeige. Das war der Tropfen, der das Fass endgültig zum Überlaufen brachte und ehe sie genau realisieren konnte, was genau sie da tat, richtete sie sich so gut es ging auf und brüllte ihm ins Gesicht:

»DU ARSCH DU MACHST MIR MEIN LEBEN ZUR HÖLLE UND JETZT BESCHWERST DU DICH DAS ICH DICH VERPETZT HABE, DAS HAST DU DIR SELBST EINGEBROCKT, ALSO MUSST DU JETZT MIT DEN KONSEQUENZEN LEBEN«

Er reagierte blitzschnell und begann sie zu würgen. Sie brach in völlige Verzweiflung aus, was sollte sie nur tun, ihre Luft wurde immer knapper und sie hatte keine Kraft, ihn weg-zudrücken. Panisch suchte sie mit den Händen ihre Umgebung ab und bekamen das alte Notizbuch zu packen, ohne lange darüber nachzudenken, schlug sie es ihm kräftig auf den Kopf. Er taumelte zurück, jedoch kam er in derselben Sekunde mit hochrotem Kopf erneut auf die zugestürmt. Genau in dem Moment knallte die Tür gegen die Wand und zwei bewaffnete Polizisten stürmten auf Tobias zu. Sie zerrten ihn von ihr weg und sorgten dafür, dass er wenige Sekunden später mit eisernen Handschellen auf dem Boden lag.

Bevor die Polizisten ihn herausführten, drehte er sich noch einmal zu ihr um: »Du hast es nicht anders verdient, alles, was ich dir angetan habe, war gerecht.«

Mit diesen Worten wurde er endgültig aus ihrem Leben gebracht. Erleichterung machte sich in ihr breit, sie hatte es geschafft, all diese Angst hatte endlich ein Ende und sie brauchte sich keine Sorgen mehr zu machen, dass er sie jeden Moment umbringen würde.

Die nächsten paar Tage waren immer gleich, ihre Eltern kamen sie besuchen und sagten ihr, wie leid es ihnen tat, dass sie nichts von all den Problemen mitbekommen hatten, der Arzt verabreichte ihr immer wieder Schmerzmittel und die Schwestern zwangen sie dazu, genug zu essen. An einem Tag kam noch einmal der nette Polizist zu ihr und sagte, dass er durch das Spektakel mit Tobias genug Beweise hatte und er jetzt für mindestens acht Jahre in den Knast gehen würde. Ein Gefühl der Genugtuung breitete sich in ihr aus, er hatte endlich die gerechte Strafe erhalten und würde sie nicht mehr zerstören können, nicht psychisch und auch nicht körperlich. Somit war das Problem vorerst für sie gelöst, was nach den acht Jahren passieren wird, wird die Zukunft verraten und darüber wollte sie sich im Moment auch keinerlei Gedanken machen.

Als endlich der Tag der Entlassung gekommen war, wusste sie schon ganz genau, was das Erste sein wird, was sie, sobald sie zu Hause war, erledigen würde. Direkt nachdem sie zu Hause angekommen war, zog sie sich ihre Lieblingssneaker an, steckte das Notizbuch in ihre Tasche und ging in den Park. Dort machte sie sich auf direkten Weg zu ihrer Lieblingsbank und ließ sich auf dieser nieder. Sie nahm das wunderschöne Notizbuch und einen blauen Kugelschreiber aus ihrer Tasche und betrachtete es ein letztes Mal.

15. August 2018

Danke, dass du mir geholfen hast, aus meinem schwierigen Leben auszubrechen, und mir den Mut, die Hoffnung und Zuversicht gegeben hast, mich meinen Problemen zu stellen und dafür zu sorgen, dass sich alles zum Guten wendet. Noch dazu hast du mich davor bewahrt von einer sehr bösen Person erwürgt zu werden und dafür werde ich dir auf ewig dankbar sein.

Ich möchte, dass wer auch immer das gerade liest, sich immer genau daran erinnert. »Mit ein bisschen Mut und Kraft kann man es schaffen, seine Probleme zu besiegen, man muss nur beginnen an sich selbst zu glauben, Hilfe anzunehmen und für seine Ziele zu kämpfen.«

Mit diesen Worten schließt sie ein letztes Mal das kleine Notizbuch, legt es auf die Bank und geht in ihr neues Leben.

Valerie
© Valerie18090

Wattpad-Profil:
https://www.wattpad.com/user/Valerie18090

2020 | Scherben des Glücks

Finn verließ das Flugzeug als einer der Ersten, ein Vorteil, wenn man Businessclass reiste. Er hatte den Entschluss dazu nicht gefasst, um den Luxus der breiteren, bequemeren Sitze, die höhere Aufmerksamkeit der Crew oder das bessere Essen genießen zu können. Das alles war ihm vollkommen egal gewesen.

Aber er hätte es nicht ertragen, den vierstündigen Flug inmitten von fröhlichen Menschen zu verbringen, die sich auf den Urlaub freuten.

Fröhlichkeit und Freude waren Fremdwörter für ihn geworden, seit …

Er schüttelte den Kopf, um die Gedanken loszuwerden, aber auch um die Tränen daran zu hindern, seine Augen zu verlassen.

Nach der Landung lief er zur Gepäckausgabe. Seine Reisetasche kam schnell über das Förderband bei ihm an, ohne einen Blick nach links oder rechts zu werfen, verließ er das Flughafengebäude. Den Weg zum Schalter der Autovermietung kannte er gut, schon oft war er ihn gegangen, bevor ...

Der Angestellte begrüßte ihn freundlich, beinahe etwas untertänig, er war ein guter Kunde, hatte schon viele Fahrzeuge hier gemietet. Allerdings stets teurere Modelle als den kleinen Seat, für den er sich dieses Mal entschieden hatte.

Der Spanier brachte ihn zu den Fahrzeugen im Parkhaus, wollte die wichtigsten Funktionen des Wagens erklären, doch Finn drückte ihm wortlos einen Schein in die Hand, nahm den Schlüssel und fuhr los.

Er versuchte, die großen Schriftzüge, die überall an den Gebäuden prangten und den Namen des Flughafens verkündeten, nicht anzusehen, doch es gelang nicht ganz. »Reina Sophia« – wie hatten sie gelacht, als sie das zum ersten Mal gelesen hatten.

Nun konnte er die Tränen nicht mehr länger zurückhalten. Er wischte und wischte, bis seine Augen wund waren und brannten, doch er blieb halb blind. Notgedrungen fuhr er an der nächsten Ausfahrt von der Autobahn, versuchte den Weg ans Meer zu finden, ohne einen anderen Verkehrsteilnehmer zu gefährden.

Schließlich hatte er einen Strandabschnitt erreicht, einen ganz bestimmten, einen der Erinnerungen weckte an eine Zeit, als das Leben noch vor ihm lag.

Er verließ das Fahrzeug, wankte die paar Schritte bis zum Wasser, fiel in den weichen Sand, fühlte den Schmerz, der sein Herz abdrückte, ihm die Luft zum Atmen nahm.

Dankbar nahm er ihn an. Deshalb war er hierhergekommen.

Der leichte Wind, der die Wellen ein wenig tanzen ließ und die Schwüle aus der Luft nahm, wehte ihm die Haare, die lang geworden waren, ins Gesicht. Die Sonne, die schon tief stand, blendete kaum. Der Vollmond zeigte sich schon blass am Himmel.

»Siehst du! Es stimmt gar nicht, dass sich Sonne und Mond nie treffen!«, hörte er in seinem Kopf ihre Stimme.

»Deshalb haben wir uns ja auch getroffen!«, hatte er geantwortet und sie geküsst. »Die strahlende Sonne und der blasse Mond.«

Ihre dunkelblauen Augen hatten ihn ernst angesehen. »Du bist kein blasser Mond! Du bist der hellste Stern an meinem Himmel!«, hatte sie geflüstert und ihm zum sicher zwan-

zigsten Mal diese widerspenstige Strähne aus dem Gesicht gestrichen.

Nun, wieder hier an diesem Strand, konnte er nicht mehr anders, er musste brüllen, sich den Schmerz von der Seele brüllen. »Sophia!«, schrie er immer und immer wieder. »Sophia!«

Er hatte es gewusst, dass es ihn wahrscheinlich umbringen würde, hierher zurückzukommen.

Auf Teneriffa, die Insel, auf der sie so glücklich gewesen waren.

Wo er ihr zum ersten Mal das Meer hatte zeigen können, die Lavafelder um den Teide, die verwunschenen Lorbeerwälder. »Märchenwald!«, hatte sie den schönsten genannt.

Sie hatten auf einer geführten Tour den Teide bestiegen. Er wäre lieber mit der Bergbahn gefahren, aber wenn sie ihn lachend »alter Mann genannt« hatte, war sein Ehrgeiz erwacht.

Die kleinen Städtchen, durch die sie gebummelt waren, die weiten Strände.

Um die Touristenzentren hatten sie einen weiten Bogen gemacht, die brauchten sie nicht.

Er hatte eine wunderschöne Finca gebucht, für seine »Reina Sophia« – seine Königin Sophia. Wie ein Kind war sie durch die großzügigen Räume getanzt, hatte den riesigen Überlaufpool bestaunt, jede Kaktee, jede Agave, jede Palme auf dem weitläufigen Grundstück begrüßt.

Schnell hatte sie den Pfad zu der kleinen Privatbucht entdeckt, hatte ihn an der Hand genommen und war den steilen Weg hinuntergestürmt.

Er hatte um seine Knochen gefürchtet, schließlich war er doppelt so alt wie sie und nicht mehr so gelenkig.

Als er fühlte, wie glücklich er bei diesen Erinnerungen wurde, sprang er schnell auf.

Nein! Das war falsch!

Er musste leiden, sich quälen, Schmerz empfinden, keine Freude, kein Glück.

Er lenkte die klapprige Karre zurück in Richtung Autobahn. Im nächstgrößeren Ort suchte er den Weg zur Strandpromenade. Dort gab es sicher eine Vermittlung für Ferienquartiere. Die Finca hatte er bewusst nicht gebucht, wusste, das wäre zu viel für ihn.

Schnell fand er, was er gesucht hatte, betrat den etwas heruntergekommenen Laden. Der Angestellte bot ihm natürlich zuerst die lukrativsten Objekte an, doch Finn schüttelte bei allen nur den Kopf. Sein Blick fiel auf ein Häuschen, das eher einer Baubude glich, wusste sofort, dass es das war, was er wollte.

Der Spanier verbarg seine Enttäuschung gut, sie füllten die Meldebescheinigung aus, Finn unterschrieb den Vertrag, bekam Schlüssel und Wegbeschreibung.

Eine Stunde später hatte er im Schein des mittlerweile hellen Vollmondes die Hütte - mehr war es wirklich nicht – erreicht. Doch sie hatte Stromanschluss und fließend Wasser. Sie lag zwar genau an der Hauptstraße, aber der Blick war atemberaubend. Die funkelnden Lichter der kleinen Orte weit unten versprachen das.

Finn holte ihr Foto aus seiner Reisetasche, stellte den Rahmen auf den wackligen Nachttisch und ließ sich auf die quietschende Matratze fallen. Zu mehr reichte seine Kraft nicht mehr.

Zum ersten Mal seit langer Zeit schlief er tief und traumlos.

Am nächsten Morgen inspizierte er die Einrichtung. Viel gab es nicht davon. Ein kleiner Kleiderschrank, dessen Türen schief in den Angeln hingen, ein Tisch, zwei Stühle, ein Minikühlschrank und ein Campingkocher neben einer Kaffeemaschine auf einem Holzkasten.

Eine Überraschung war die Nasszelle mit einer funktionierenden Dusche, einem relativ neuen Waschbecken und einer einigermaßen sauberen Toilette.

Als er sich erfrischt hatte, ging er in den Wohnraum zurück. Sein Blick fiel auf ein kleines Regal auf der anderen Seite des Bettes, das er vorher übersehen hatte.

Abgegriffene Taschenbücher in verschiedenen Sprachen waren dort zurückgelassen worden. Ein kleines Büchlein zog ihn an. In Leder gebunden, fleckig, abgewetzt.

Er zog es heraus und öffnete es. Das Papier war vergilbt, roch modrig. Die Seiten waren größtenteils beschrieben, doch auch Zeichnungen entdeckte er. Die letzten Blätter waren leer. Er legte das Büchlein auf seinen Nachttisch, würde sich später damit beschäftigen.

Jetzt musste er erst einmal Lebensmittel besorgen - und Alkohol. Der letzte Abend war eine Ausnahme gewesen, er hatte vollkommen nüchtern einschlafen können.
Aber das würde ihm wohl kein zweites Mal gelingen.

Er griff nach seinem Handy, wollte nach einem Supermarkt in der Nähe suchen. Doch kein vertrauter Ton erklang, der signalisiert hätte, dass das Gerät hochfuhr. Es war mehr als tot.
Er suchte in seiner Reisetasche nach dem Ladegerät, wurde immer panischer, schüttete den Inhalt aufs Bett.

Nichts! Auch keine seiner vielen Powerboxen war zu finden.
Okay! beruhigte er sich. Es war ja nicht wirklich ein Wunder, dass er vollkommen kopflos gepackt hatte, nachdem er im

Krankenhaus die zweite absolut tödliche Nachricht innerhalb weniger Stunden erfahren hatte.

Sein Kopf war absolut leer gewesen, sein Herz hatte gerast, sein Gehirn hatte sich in einer Art von Schockzustand befunden.

Weg! war sein einziger Gedanke gewesen. Nur weg!

Er wischte sich über sein Gesicht, das schon wieder feucht von Tränen war, atmete tief durch.

Dieses Problem wäre zu lösen, war keine Katastrophe. Shops für Handy-Zubehör gab es in jedem größeren Ort, einen Laden für Lebensmittel würde er auch ohne elektronische Unterstützung finden.

Er startete den kleinen Wagen, in dem seine langen Beine kaum Platz fanden, fuhr die Serpentinen der Bergstraße nach unten Richtung Meer.

Zwei Stunden später kam er zurück, räumte Käse und Wurst in den kleinen Kühlschrank, legte das Brot auf das Gerät. Mehr würde er nicht brauchen.

Er konnte nicht einmal Nudeln kochen, ohne dass das Wasser anbrannte, hatte sie ihn immer aufgezogen. Die Flasche Whiskey und den Fünf-Liter-Karton mit Rotwein platzierte er auf dem Regal.

Dann steckte er das Ladegerät in die Steckdose und an sein Handy. Wichtig waren ihm die Fotos von ihr, von ihm, von ihnen beiden aus glücklichen Zeiten.

Er befüllte die Kaffeemaschine, hoffte, dass das kochende Wasser alle Keime abtötete.

Wenn nicht, wäre es auch nicht schlimm! dachte er bitter.

Er belegte sich eine Scheibe Brot, füllte eine der abgeschlagenen Tassen mit brauner Brühe und setzte sich auf die wacklige Bank vor dem Häuschen.

Die Sonne brannte schon heiß, aber die Hütte spendete noch etwas Schatten.

Seine Gedanken gingen zurück, er war wieder im Krankenhaus, hörte, was die mitfühlende Ärztin ihm klar machen wollte, atmete panisch, versuchte, Sauerstoff in seine Lungen zu zwingen.

Bald gab er den Kampf gegen den Schmerz auf, schenkte sich das erste Glas mit Whiskey ein, wusste, es würde nicht das letzte sein.

Carina

Carina schleppte sich die Stufen zwei Stockwerke hoch zu ihrer Wohnung. Eigentlich hatte sie noch einkaufen wollen, aber nach diesen emotional fordernden Tagen hatte sie nicht mehr die Kraft dazu gehabt. Eine Dosensuppe oder ein Fertiggericht aus der Tiefkühltruhe musste noch einmal reichen.

Zum Glück hatte sie noch eine Flasche Rotwein im Schrank, ihre Seele brauchte heute Trost. Sie trank eigentlich nie Alkohol, das Rauchen hatte sie sich vor einem Jahr auch abgewöhnt.

Aber nach dem, was sie heute erlebt hatte, war sie schwer in Versuchung gewesen, eine Schachtel aus dem Automaten zu ziehen.

Ausgelaugt und seelisch vollkommen erschöpft schälte sie sich aus ihrem Mantel, den sie einfach fallen ließ, schleuderte die Schuhe von den Füßen. Wo sie landeten, war ihr egal.

Mit einem Glas Wein in der Hand durchquerte sie ihr kleines, aber gemütliches Wohnzimmer, öffnete die Türe zum Balkon, sank in den bequemen Relaxstuhl.
Lachende Kinderstimmen drangen nach oben, Erwachsene unterhielten sich laut, von irgendwoher kam Grillgeruch.

Tränen liefen über ihr Gesicht. Das Leben ging weiter.

Aber nicht für Sophia Nielson, nicht für die kleine Cara und sicher auch nicht für den Professor.

Carina wusste, sie brauchte ein dickeres Fell, durfte die Schicksale der Patienten nicht so nah an sich heranlassen. Schon während des Studiums hatte man ihnen das eingeschärft, und sie schaffte es auch meistens. Aber das heute war zu viel gewesen, da haderte sie mit dem Schicksal, konnte die Macht, die all das zu verantworten hatte, einfach nicht mehr begreifen.

Sie sah den gutaussehenden Mann vor sich, konnte sein Bild auch nicht wegwischen. Vierzehn Tage lang hatte er auf der gynäkologischen Station gewohnt, hatte seine wunderschöne junge Frau nicht eine Minute aus den Augen gelassen.

Sophia litt unter wahnsinnigen Kopfschmerzen und Gesichtsausfällen, die Ärzte vermuteten einen Gehirntumor. MRT-Aufnahmen konnten nicht gemacht werden wegen der Schwangerschaft, sie wollte um nichts auf der Welt dem Baby schaden. Zwei Wochen hatte sie gelitten, dann war der siebte Monat erreicht, sie ließ sich zu einem Kaiserschnitt überreden.

Doch sie wachte aus der Narkose nicht mehr auf, fiel in ein tiefes Koma. Der Professor wanderte zwischen der Frühchen- und der Intensivstation hin und her, verließ die Klinik keine Stunde. Dann gab das Gehirn der jungen Frau auf, sie mussten sie gehen lassen. Seine kleine Tochter hielt den Professor am Leben. Doch einen Tag nach dem Tod seiner Frau lag das Kind leblos im Brutkasten, und Carina musste ihm die Nachricht überbringen.

Wortlos stand er vor dem Bettchen unter der Glaskuppel, sah die Kleine an. »Sie sieht ganz anders aus«, flüsterte er schließlich. »So ... so ... so gesund!«

Carina legte die Hand tröstend auf seine. »Das liegt daran, dass die ganzen Sonden und Sensoren abgemacht worden sind«, erklärte sie.

Er nickte nur, drehte sich um und wollte gehen.

»Möchten Sie Cara nicht beerdigen?«, fragte sie leise.

Er schüttelte nur den Kopf, setzte Fuß vor Fuß wie ein Roboter, verließ die Klinik.

Ab dieser Stunde war er telefonisch nicht mehr erreichbar. Carina fuhr nach dem Dienst zu seinem Haus, auch wenn das ihre Kompetenzen eigentlich überschritt. Aber sie fürchtete um sein Leben.

Nachbarn beruhigten sie etwas. »Er ist mit einem Taxi weggefahren, hatte eine Reisetasche dabei«, berichteten sie.

Nun saß sie hier, hatte sich gerade das zweite Glas Wein eingeschenkt. Zum Glück hatte sie morgen frei, bevor drei Tage Nachtdienst anstanden.

Seine Worte kamen ihr wieder in den Sinn. »Sie sieht ganz anders aus!« Vor ihren geistigen Augen tauchte das Bild des toten Mädchens auf. Gesund! Ja, die Kleine hatte gesund ausgesehen. Nicht so faltig, so winzig klein. Ihre Wangen waren gerundeter, die Haare dunkel und ziemlich dicht.

Dunkel?, schoss es ihr durch den Kopf.

Cara hatte blonden, dünnen Flaum auf dem Kopf gehabt.

Eine eiskalte Panik ergriff sie. Das konnte nicht sein! War sie so unaufmerksam gewesen? Sie hatte Cara zwei Wochen lang versorgt! Sie hätte es merken müssen. Doch sie war allein für sechs Babys, die zu früh oder krank geboren worden waren, zuständig. Dazu kamen noch die Untersuchungen nach Geburten, das Schreiben der Berichte, die Teambesprechungen auf der Station, die Konsilien mit den Ärzte-Kollegen.

Sie musste der Sache morgen nachgehen, mit dem zuständigen Pflegepersonal sprechen, vorsichtig natürlich.

Finn

Am nächsten Tag saß Finn am Strand, der zu dieser frühen Morgenstunde noch menschenleer war. Die Ebbe hatte eine kleine Lagune zurückgelassen. Er sah Sophia vor seinen Augen, wie sie im Sand gebuddelt hatte, kleine Kanäle gegraben hatte, ihre eigene kleine Wasserlandschaft geschaffen hatte.

Schon wieder brannten seine Augen, und das lag nicht an der aufgehenden Sonne. Er scrollte durch die Fotos auf dem Handy, erinnerte sich an ihre Anfangszeit.

Es war auf einer Party zum Semesterbeginn passiert. Sie hatte ihn mit der Unbekümmertheit ihrer 19 Jahre angeflirtet, hatte gespielt mit ihm. Sie hatten getanzt, eng umschlungen, sie hatte sich an seinen Körper gedrückt - und er wäre kein Mann gewesen, hätte er auf dieses eindeutige Angebot nicht reagiert.

Im Freien hatten sie sich geküsst, als gäbe es kein Morgen mehr. Kurz war ihm der Gedanke gekommen, dass es gefährlich für ihn werden könnte. Er war ihr Professor, es konnte ihn seinen Job kosten, wenn eine sexuelle Beziehung zu einer seiner Studentinnen bekannt werden würde. Schweratmend hatte er sich von ihren Lippen gelöst, hatte sie bei der Hand genommen. Dann waren sie spazieren gegangen. Quer über den Campus, bis zu dem kleinen Weiher. Sie hatten geredet, über Gott und die Welt, und als sie sich auf der Bank am Ufer niederließen, hatte er gewusst, dass er mehr wollte als eine heiße Nacht. Er hatte sich verliebt – zum ersten Mal in seinem Leben.

Sie hörte auf zu studieren, er konnte ihr alles, was sie wissen und können musste, auch privat beibringen.
Ein Jahr später hatte er ihr Todesurteil gefällt. Kurz nach der verrückten Hochzeit in Gretna Green hatte er ihr gesagt, dass er gerne ein Kind von ihr wollte. Sie hatte zuerst gelacht, seine Bitte zurückgewiesen. Aber er hatte schon immer sehr hartnäckig und zielorientiert sein können. Vor sieben Monaten war sie schwanger geworden.

Nun liefen die Tränen sturzbacbartig, er hatte das Gefühl, sich aufzulösen, hoffte beinahe darauf.

Halbblind wühlte er in seinem kleinen Rucksack nach Taschentüchern. Seine Hand stieß an etwas, das sich fremd anfühlte. Er griff danach und zog das seltsame Büchlein heraus. Er konnte sich gar nicht erinnern, dass er es eingepackt hatte. Als sein Blick wieder klarer war, fing er an, durch die Seiten zu blättern. Texte in verschiedenen Sprachen, manche auch in ihm unbekannten Schriften wechselten sich ab mit Zeichnungen, von denen manche sehr detailliert und naturgetreu waren, manche dagegen sehr kryptisch.

Er musste lächeln. Sophia hätte das Büchlein gefallen. Sie hatte Rätsel und Geheimnisse geliebt, hätte sich die romantischen Geschichten ausgedacht, wo das alte, für ihn eher nutzlose Ding schon überall gewesen war.

Seine Hand zuckte, als hätte sie ein Eigenleben entwickelt, suchte nach einem Stift. Mit raschen Strichen skizzierte er das schöne Gesicht seiner Frau auf einer der leeren Seiten. So oft hatte er sie porträtiert, die Bilder in Öl, Acryl, Kreide oder Aquarell hingen in seiner eigenen kleinen Galerie im Tiefparterre seines Hauses. Doch verkauft hatte er nie eines, er hätte es nicht übers Herz gebracht, wollte ihre Schönheit mit niemandem teilen.

Verkauft hatte er in letzter Zeit eigentlich nur noch ihre Werke. Sie war eine so außerordentlich begabte Künstlerin gewesen, wäre sicher ein neuer, heller Stern am Himmel des Kunstmarktes geworden.

Während der ersten Schwangerschaftsmonate hatte sie gemalt wie besessen. Doch plötzlich hatte sie sich verändert, hatte Dinge vergessen, über die sie sich am Vortag unterhalten hatten, saß stundenlang auf dem riesigen Sofa und blickte in den Garten. Oft zwickte sie die Augen zusammen, als hätte sie Schmerzen. Aber alle Fragen von ihm blieben unbeantwortet.

Er schob ihr ungewohntes Verhalten auf die Hormonumstellung.

Bis sie ihren Zustand nicht mehr vor ihm verbergen konnte, bis sie endlich um Hilfe bat.

Hilfe, die er ihr nicht hatte geben können, die ihr niemand hatte geben können.

Er fühlte, dass der Punkt erreicht war, an dem ihn nur noch Alkohol retten konnte, an dem nur noch Schnaps oder Wein die Dämonen der Erinnerung in Schach halten konnten.

Carina

Carina stand vor dem leeren Bettchen, in dem die kleine Cara Nielson gestorben war, versuchte krampfhaft, sich an das Mädchen zu erinnern.

Sonja, die erfahrene Pflegekraft trat zu ihr, legt tröstend die Hand auf ihre Schulter. »Wir können nicht alle retten!«, flüsterte sie.

Carina tauchte aus ihren Gedanken auf. »Wo ist die Kleine?«, fragte sie.

»Im Kühlraum«, antwortete Sonja. »Wir können den Professor nicht erreichen wegen der Beerdigung. In spätestens zwei Tagen wird sie dann wohl verbrannt werden, die Urne bei den verstorbenen Frühchen beigesetzt werden.«

»Ich kümmere mich darum!« Impulsiv hatte Carina den Plan gefasst. Sie würde alles dafür tun, dass die Tochter von Sophia und Finn Nielson ein ordentliches Begräbnis bekam. Ihre Mutter hatte ihren eigenen Körper in einer Verfügung der Universität zur Verfügung gestellt, aber die Kleine sollte nicht irgendwo verscharrt werden.

In ihrer Pause fuhr Carina mit dem Aufzug in den Keller. Sie wollte das Mädchen noch einmal sehen, um dessen Leben sie so gekämpft hatten, bis alle zusammen diesen Kampf verloren hatten. Sie fröstelte, als sie den heruntergekühlten Raum betrat. Drei Bahren waren belegt, die toten Körper waren mit weißen Leinentüchern abgedeckt. In einer Ecke machte sie die deutlich kleinere Liege aus.

Sie zog das Tuch vom Köpfchen, sah das tote Mädchen mit feuchten Augen an. Und schlagartig war sie sicher, dass dieses Kind nicht Cara war, nicht Cara sein konnte.
Dieses Baby war zwar auch nicht neun Monate lang ausgetragen worden, war aber deutlich weiterentwickelt als das Töchterchen des Professors.

Wie hatte sie das übersehen können?

Hatte ihr Blick sich belügen lassen, weil nicht sein konnte, was doch nun offensichtlich war?

War es die Überarbeitung gewesen?

Den Tod der Kleinen hatte ihr Kollege Holger festgestellt, was sie etwas verwundert hatte, da sie ihre Patientin gewesen war.
Doch auch da waren die Alarmglocken in ihrem Kopf noch still geblieben.

Erst die Worte des gebrochenen Vaters hatten sie nachdenklich werden lassen.

Was wurde hier gespielt?

Was war passiert?

Welch ein perfider Plan war hier durchgeführt worden?

Wer war eingeweiht?

Wusste der Chefarzt davon?

Oder hatte Holger das allein durchgezogen?

Warum?

Was konnte sie tun?

Sie sollte eine Gewebeprobe entnehmen, aber wenn sie jemand erwischte, würde das als Leichenschändung gewertet werden.

Und wie sollte sie an die DNA der Eltern kommen?

Sie nahm ihren ganzen Mut zusammen, zog Gummihandschuhe über, riss der Kleinen ein paar Haare aus, packte diese in die Hülle der Taschentücher in ihrer Kitteltasche.

Mit rasendem Herzen fuhr sie wieder nach oben.

»Ist dir gerade ein Geist begegnet?«, zog Sonja sie auf, als sie bleich und zitternd auf ihrer Station ankam.

Carina war kurz davor zusammenzuklappen.

Doch sie musste sich am Riemen reißen, sie musste das jetzt durchziehen. Da gab es einen Vater, der unendliches Leid auszuhalten hatte, der um seine Frau und um seine Tochter trauerte.

Sie sah auf die Uhr. Noch zwanzig Minuten hatte sie Pause, die musste sie nutzen.

Sie machte sich auf den Weg durch endlose, stille Krankenhausgänge, bis sie die gynäkologische Station erreicht hatte. Zum Glück hatte Marga Nachtdienst, eine gemütliche, rundliche Pflegerin, mit der sie sich immer gut verstanden hatte.

»Hallo! Wie schön, dass du mich besuchst!«, begrüßte die Ältere sie.

Nach ein paar Worten Smalltalk fragte Carina wie nebenbei: »Was habt ihr mit den Sachen von Frau Nielson gemacht?«

Margas Blick trübte sich ein. Das Drama um die junge Frau und ihr Baby hatte niemanden kalt gelassen. Den gebrochenen Blick des Ehemannes, als er begriffen hatte, dass die Liebe seines Lebens gestorben war, würde sie so schnell nicht mehr vergessen können.

Sie wischte sich eine Träne aus den Augen, bückte sich schweratmend, tauchte mit einem Karton wieder auf.

»Die sind noch da. Wir erreichen den Professor nicht«, erklärte sie.

Carina dankte allen himmlischen Mächten, griff nach der Schachtel. »Ich bringe sie ihm vorbei«, log sie, ohne rot zu werden.

Im Ärztezimmer öffnete sie den Karton mit zitternden Fingern, atmete erleichtert auf, als sie die Haarbürste der jungen Frau und zwei Zahnbürsten entdeckte. Schnell verpackte sie die wertvollen Teile in Plastiktüten.

Am nächsten Morgen brachte sie ihre Schätze ins Labor. Auch hier mochten alle die junge Ärztin, stellten keine Fragen, als sie um einen DNA-Test bat.

»Ergebnis bitte nur an mich weitergeben«, bat sie und kam sich dabei vor, als würde sie in einem Film mitspielen.

Fünf Tage später hatte sie Gewissheit. Das tote Baby, für dessen Beerdigung sie mittlerweile gesorgt hatte, war nicht das Kind der Nielsons.

Aufgeputscht von dieser Nachricht stellte sie Holger zur Rede. »Wo ist Cara Nielson?«, knallte sie ihm hin, als sie allein mit ihm im Arztzimmer war. Der Kollege versuchte, ihrem Blick standzuhalten.

»Sie ist gestorben, das weißt du doch«, erwiderte er, und seine Stimme klang nur ein wenig verunsichert.

»Das Baby da unten im Kühlraum ist nicht Cara. Das weißt du ganz genau«, erklärte sie mit eiskalter Stimme. In ihr tobte es. Was verbarg Holger?

Sein Blick flackerte verunsichert, und sie wusste, dass sie ihn hatte. Sie nahm aus ihrer Schreibtischschublade ein Blatt, hielt es ihm vor die Nase.

Er las nur: DNA-Analyse, und wusste, dass weiteres Leugnen sinnlos wäre. Seine Hände zitterten, als er sich über sein Gesicht fuhr.

»Das Kind der von Bentheims hat es nicht geschafft.« Seine Stimme war nur noch ein Flüstern. »Die Eltern waren so verzweifelt. Jahrelang hatten sie versucht, ein Kind zu bekommen. Und da war dieses kleine Mädchen, das keine Mutter mehr hatte. Herr von Bentheim hat versprochen, 100.000 Euro für unsere Station zu spenden. Da habe ich die Kinder ausgetauscht.«

Er wich ihrem Blick aus.

Carina war fassungslos. »Bist du irre? Hunderttausend Euro? Bringt er die in einer Plastiktüte vorbei - und du kaufst dann im nächsten Laden einen Inkubator dafür?« Sie schüttelte den Kopf. »Es gibt Bücher, über die alles laufen muss. Alles in so einem Haus wie unserem muss jeder Prüfung standhalten, jeder einzelne Euro muss belegt werden!«

Sie schüttelte den Kopf. »Und wegen dieses Geredes eines schwerreichen Industriellen muss ich einem sowieso schon gebrochenen Mann mitteilen, dass er auch noch seine Tochter verloren hat?«

Holgers herz begann zu rasen. Er wusste, dass er riesengroßen Mist gebaut hatte, der ihn seine Approbation und seinen Job kosten konnte. Und auch würde, wenn Carina ihn hinhängte.

Die junge Kinderärztin versuchte, ihre Gedanken zu ordnen. Sie mochte Holger wirklich. Er war ein fantastischer Arzt, einen wie ihn brauchten sie an der Front dringend. Aber er hatte etwas Fürchterliches getan, das konnte sie nicht so stehen lassen.

In ihrem Kopf fuhren die Gedanken Karussell. Schwieg sie, würde sie Mitwisserin und eigentlich auch Mittäterin sein.

Hängte sie alles an die große Glocke, wäre für den Kollegen alles verloren, wofür er jahrelang gekämpft hatte.

Es musste eine Möglichkeit geben, alles rückgängig zu machen. Als schreckliches Versehen hinzustellen.

»Wo ist die Kleine?«, fragte sie aus ihren Gedanken heraus. Schließlich konnte das Kind noch nicht entlassen worden sein.

»Im Uni-Klinikum«, antwortete Holger kleinlaut. »Herr von Bentheim hat die Verlegung durchgesetzt. Mit dem Argument, dass es da für seine Frau einfacher wäre, die Tochter zu besuchen.«

Carina wischte sich übers Gesicht. Sie sah nur eine Möglichkeit. Sie musste das Ehepaar aufsuchen, an ihr Mitgefühl appellieren, notfalls auch drohen, alles auffliegen zu lassen.

Eine Stunde später stand sie vor der Prunkvilla des Industriebosses im noblen Westen ihrer Stadt. Das riesige Grundstück lag im Dunkeln, das protzige Gebäude war angestrahlt.

Tief atmete sie durch, bevor sie ihren zitternden Finger auf den goldfarbenen Klingelknopf legte. Eine Frauenstimme war aus der Gegensprechanlage zu hören. »Ja bitte? Sie wünschen?«

»Dr. Carina Marbach. Ich muss dringend mit dem Ehepaar von Bentheim sprechen. Es geht um ihre Tochter.« Ihre Stimme klang sehr selbstsicher, was sie selbst etwas verwunderte.

Das Tor öffnete sich nach ein paar Minuten mit einem leisen Summton, eine Dame in der Dienstkleidung einer Hausangestellten stand in der offenen Tür.

Die Frau führte sie durch eine riesige Aula in einen Salon. »Die Herrschaften werden gleich erscheinen«, erklärte sie.

Erscheinen! Beinahe hätte Carina laut aufgelacht.

Kurz darauf betraten ein Mann um die Fünfzig und eine etwas zehn Jahre jüngere, verhärmt und verschüchtert aussehende Frau den Raum.

»Sie wünschen?«, fuhr er sie an.

Carina fühlte Abneigung in sich aufsteigen. Der Typ gehörte zu denen, die glaubten, mit Geld alles erreichen zu können, auch den Tod eines Kindes ungeschehen zu machen.

»Ich habe Ihre Tochter beerdigen lassen«, knallte Carina ihm hin.

Die Frau krallte sich an dem schweren Eichentisch fest, sah ihren Mann hilfesuchend an.

»Unsere Tochter liegt im Uni-Klinikum, ist wohlauf und wird bald zu uns nach Hause kommen«, tönte er selbstbewusst.

»Ihre Tochter liegt auf dem Zentralfriedhof, Kinderabteilung, Weg 20, Platz 102!«, erklärte Carina und legte einen Zettel auf den Mahagonitisch.

Frau von Bentheim versuchte, einen Schluchzer hinter ihrer Hand zu ersticken, ihr Mann durchbohrte Carina mit seinen beinahe schwarzen Augen. »Ich glaube, Sie verlassen jetzt besser unser Haus«, fauchte er. »Ich werde Ihren Chef über Ihr unmögliches Verhalten in Kenntnis setzen.«

Carina wich seinem Blick nicht aus, holte aus ihrer Jackentasche ein mittlerweile ziemlich mitgenommenes Blatt, hielt den Labor-Bericht dem Millionär vors Gesicht.

»Das können Sie gerne gleich machen!«, forderte sie ihn auf. »Ich bin überzeugt, dass ein neuer Test mit Ihrer DNA eine zweimal neunundneunzigprozentige Übereinstimmung mit den Genen des Kindes ergibt, für dessen Beerdigung ich habe sorgen müssen, weil seine Eltern sich einfach ein neues gekauft haben!«

Schweratmend ließ sich Herr von Bentheim auf einen der Stühle fallen, wusste, dass er verloren hatte.

Zwei Stunden später verließ Carina das Haus. Sie war zufrieden mit sich. Mit dem Ehepaar hatte sie besprochen, was nötig war, um alles wieder auf die Reihe zu bekommen. Ein Telefonat mit ihrem Chefarzt war hart gewesen, aber Dr. Hambach war letztendlich wie sie der Meinung, dass es niemandem nützen würde, das Ganze an die große Glocke zu hängen. Man würde gegenüber dem Vater einen Fehler des Krankenhauses einräumen. Die Mädchen waren vertauscht worden, ein Schuldiger konnte nicht mehr ermittelt werden.

Holger würde mit einer internen Abmahnung davonkommen, ohne Eintrag in seine Personalakte. Die von Bentheims würden die 100.000 Euro ganz offiziell als Spende überweisen.

Das Wichtigste war jetzt erst einmal, den Vater zu finden. Er müsste entscheiden, ob er Anzeige erstatten würde. Doch sooft sie auch die Handynummer des Professors wählte, läutete es nur endlos durch, keine Mailbox sprang an. Ihre Sorge wuchs und wuchs.

Was, wenn ... ?

Sie verbot sich, den Gedanken zuzulassen.

Finn

In Finns Gehirn lichtete sich langsam der Nebel. Mehr als eine Woche lang hatte er sich nahe an die Komagrenze gesoffen, doch außer wirren Albträumen hatte ihm das nichts gebracht. Als er eines Morgens in den Spiegel sah, schämte er sich für den verkommenen Kerl, der ihn entgegenblickte.

Das hätte Sophia nicht gewollt!, dachte er. *Was, wenn es wirklich ein Leben nach dem Tod gab, was, wenn sie ihn im Auge behielt?*

Er versuchte, etwas zum Frühstück hinunterzubringen, schüttete einen halben Liter Kaffee in sich hinein. Danach rasierte er sich, band die lang gewordenen Haare zu einem Zopf zusammen und fuhr in die Hauptstadt. Dort kannte er ein Fachgeschäft für Künstlerbedarf. Er besorgte sich einen Keilrahmen, Pinsel und Ölfarben, baute alles vor der Hütte auf, setzte schnell die ersten Striche, bevor der Mut ihn verlassen konnte.

Wie in Trance malte er die wunderbare Landschaft, die vor ihm lag. Als sein Handy vibrierte, ignorierte er es wie an all den letzten Tagen. Doch während es bisher immer nach höchstens drei Versuchen verstummt war, gab, wer auch immer am anderen Ende der Verbindung war, dieses Mal nicht auf.

Wütend griff er nach dem Gerät, wollte es ausschalten, kam aber mit dem Finger auf den grünen Button.

»Herr Professor Nielson! Hier spricht Dr. Marbach! Ihre Tochter lebt! Es gab eine sehr bedauerliche Verwechslung! Ich muss dringend mit Ihnen sprechen!«, hörte er eine aufgeregte Frauenstimme hektisch rufen.

Finns Herz krampfte zu einem harten Klumpen zusammen. Was für einen grausamen Streich spielte ihm da jemand?

Aber seine Hände waren erstarrt, nicht in der Lage, das Gespräch zu beenden. »Legen Sie nicht auf!«, flehte die Stimme weiter, die ihm vage bekannt vorkam. »Bitte! Ich bin so unendlich froh, dass ich Sie erreicht habe! Cara lebt und braucht ihren Vater! Bitte, sprechen Sie mit mir!«, flehte die Frau weiter.

Finn versuchte zu antworten, während ihm Tränen in den Augen brannten. Aber seine Stimme war eingerostet, zu lange hatte er mit niemandem gesprochen. Er musste sich erst einmal räuspern, einen Schluck Wasser trinken.

»Dr. Marbach?«, brachte er schließlich mühsam hervor. »Sind Sie ...?«

Er kam nicht dazu, seinen Satz zu Ende zu sprechen. »Ja! Die Kinderärztin! Die Ärztin Ihrer Tochter.« Die Frauenstimme klang so aufgeregt und glücklich, dass Finn nicht mehr an einen bösen Streich glauben konnte.

»Reden Sie weiter, bitte, damit ich es glauben kann!«, bat er leise, und Carina berichtete das, was sie durfte.

»Ich nehme den nächsten Flug!«, brachte Finn noch heraus, bevor er weinend auf dem alten, rostigen Bett zusammenbrach. »Ich rufe zurück, wenn ich gelandet bin.«

Er warf die wenigen Dinge, die er auf die Insel mitgebracht hatte, in seine Reisetasche, suchte nach dem kleinen Büchlein. Irgendwie hatte er das Gefühl, all die Menschen, die sich darin verewigt hatten, hatten ihm Glück gebracht. Aber er konnte das abgewetzte Ding nicht finden.

Als er versuchte, sich zu erinnern, wo er es zum letzten Mal gesehen hatte, fiel ihm ein, dass er es am Vortag am Strand noch einmal durchgeblättert hatte. Dabei war er eingeschlafen, hatte von Sophia, aber auch ganz wirres Zeug geträumt.

Als er aufgewacht war, war er hungrig und vor allem durstig gewesen. Da musste er wohl das Büchlein liegen gelassen haben, als er überhastet aufgebrochen war. Doch er war weit weg von der Flutgrenze gelegen, unter einer Palme nahe der Promenade. Dort würde sicher jemand das Büchlein finden.

Zwei Tage später konnte er Cara, die Geliebte, vorsichtig auf seinen Arm nehmen. Zwei Wochen noch musste sie im Klinikum bleiben, während denen er nicht von der Station wich. Er machte einen gründlichen Kurs in Babypflege, kümmerte sich liebevoll um sein kleines Mädchen.

Als er endlich mit Cara zu Hause war, als sie in der wunderschönen Wiege lag, wusste er, dass sein Glück zwar zerbrochen war, dass er aber aus den Scherben ein Mosaik basteln konnte, auf dem seine Tochter und er zu sehen sein würden. Durchzogen von Rissen und Narben, aber vollständig.

Sia Ley
© *Sia_Ley*

Wattpad-Profil:
https://www.wattpad.com/user/Sia_Ley

2020 | Der Koffer

Deutschland.

Im ersten Moment war sich Jule nicht sicher, ob sie die Lieferung annehmen sollte. Da war noch eine Bestellung von Amazon offen, aber die bräuchte kein Paket mit den Ausmaßen eines Koffers.

Doch bei diesem Gedanken fiel ihr die Zollversteigerung wieder ein.

Bei einem ihrer Online-Cliquen-Abende, während sie den ein oder anderen Cuba Libre getrunken und mit ihren Freunden im Videochat gequatscht hatte, waren sie auf die Idee gekommen, bei einer solchen Versteigerung mitzumachen. Und obwohl sie nur 30 Euro geboten hatte, hatte sie am Ende den Zuschlag für einen Koffer bekommen, der am Flughafen zurückgelassen wurde.

Mit gemischten Gefühlen schob sie das Paket durch den Flur in ihr Wohnzimmer.

Sie hatte keinen nennenswerten Verlust gemacht. Auf den Fotos hatte der Koffer recht neu ausgesehen. Ein schwarz glänzender Hartschalenkoffer in Handgepäckgröße. Selbst wenn sie den Inhalt komplett entsorgte, hatte sie einen neuwertigen Koffer.

Nicht, dass sie vor hätte in nächster Zeit auf Reisen zu gehen. Sah man mal von Corona und den daraus resultierenden Kontakt- und Reisebeschränkungen ab, war sie nicht der Typ dafür zu verreisen. Als Kind war sie zweimal mit ihren Eltern in die Ferien gefahren. Seit sie selbst Geld verdiente, legte sie dieses lieber in Dinge an, die ihr den Urlaub zu Hause verschönerten. Eine DVD-Box von ihrer Lieblingsserie aus der Jugend, die neue Spielkonsole mit mehreren Spielen, der teure Fernsehsessel vor dem überdimensionalen Flatscreen ...

Aber vielleicht konnte sie ihn nutzen, wenn sie zum SB-Waschsalon ging. Sah immerhin besser aus als die blaue IKEA-Tüte, die sie bisher dafür verwendete.

Nachdenklich ließ sie sich auf ihren Schreibtischstuhl fallen.

Sie war neugierig und wollte natürlich wissen, was sich in den Koffer befand. Aber irgendwie hatte sie das Gefühl, in die Privatsphäre einer fremden Person einzudringen. Was, wenn sie darin kostbare Erinnerungen fand, und für sie war es Müll, den sie entsorgte? Oder, wenn sich etwas Gefährliches darin befand? Vielleicht auch etwas Ekelhaftes? Alte stinkende Unterhosen, benutzte Kondome oder Tampons.

Das Forum, in dem sie im Nachhinein über die Zollversteigerungen gelesen hatte, war voller Bilder von solchen Koffern gewesen.

Auf so einen Inhalt konnte sie gut verzichten.

Netflixjunkies
Gruppenchat
Gabriel, Linda ...

Hey Leute!
Die Post war da.

    Gabriel: *Wenn der Postmann zweimal klingelt ...*

    _Jo:_ *Ist er heiß? ;-)*

Ihr wieder. :-D
Es war ne Frau, wenn ihr es genau wissen wollt.

<u>Jo:</u> *Na dann: Ist sie heiß?*

<u>Marion:</u> *Idiot :-P*

Ich hab sie kaum beachtet, denn sie hatte ein ziemlich großes
Paket dabei. (Keine Anspielungen Jo.)
Der Koffer vom Zoll ist da.

<u>Jo:</u> *Ich??? Niemals. Was denkst du denn von mir? :-D*

<u>Marion:</u> *Und, was ist drin?*

<u>Gabriel:</u> *Vielleicht Geld oder Wertsachen.*

<u>Jo:</u> *Besser wäre Klopapier, dann ist Jule reich :-D*

<u>Linda:</u> *Hi zusammen. Woher ist der Koffer? Hoffentlich nicht*
aus China.

<u>Marion:</u> *Warum das denn? o.O*

<u>Linda:</u> *Wer weiß, welche Viren da aus China mitkommen.*
Nicht, dass sich Jule dadurch Corona einfängt. Vielleicht
packst du ihn lieber luftdicht ein und stellst in zwei Wochen
zur Seite.

<u>Gabriel:</u> *Macht man das nicht bei Läusen?*

<u>Marion:</u> *Das ist doch übertrieben. Das, was du immer bei*
Wish bestellst, kommt auch aus China.

Jo: *Man kanns echt übertreiben ...*
Packst du daheim alle Einkäufe auch erst mal für zwei Wochen weg? Wer weiß, wer das vor dir schon in der Hand hatte und welche Viren da dran hängen.

Nicht wieder das Thema. Bitte!
Linda sieht das eben anders als du, Jo.
Hab jetzt mal das Paket geöffnet und den Koffer rausgeholt.

Linda: *Emmi kommt kaum die Treppe in den ersten Stock hoch, seit sie den Scheiß hatte. Würde es deiner Schwester so gehen, würdest du das auch ernster nehmen.*

Marion: *Schick mal ein Bild vom Koffer.*

Videochat?
*Dann seid ihr live dabei, wenn mich die verschis*** Unterhosen anfallen.*

Jo: *Das lass ich mir nicht entgehen :-D*

Gabriel: *Bin dabei.*

Marion: *Wartet kurz. Bin unten in der Waschküche. Start in zehn Minuten?*

Gabriel: *Klingt gut, dann kann ich Popcorn machen und das Bier einschenken :-P*

Jo: *Hast du noch Bier? Ich muss erst einkaufen. Sitze auf dem Trockenen :-(*

Geh doch schnell zum Kiosk. Wir warten auf dich.

Jo: *Du bist eben die Beste :-* Bis gleich, beeil mich.*

Gabriel: *Ja ja, nehmt euch ein Zimmer.*

Jo: *Vielleicht wenn ich vom Kiosk zurück bin ;-)*

Spinner! Lauf lieber mal los statt zu schreiben. Sonst überleg ich es mir anders.

Jo: *Bin ja schon unterwegs.*
Bis gleich.

Grinsend schloss Jule den Gruppenchat und startete ihren Laptop. Ihre Freunde waren komplett verschieden und zogen sich liebend gern gegenseitig auf. Hin und wieder übertrieben sie es, was Streitereien auf den Plan rief. Aber im Grunde hielten sie zusammen wie Pech und Schwefel und konnten sich blind aufeinander verlassen. Am liebsten hätte sie die vier jetzt hier bei sich. Etwas trinken, ne gute Serie schauen, Burger bestellen und den Koffer öffnen. Leider war das aber seit Wochen nicht mehr machbar.

Linda hatte Angst vor einer Ansteckung mit Corona und verließ ihre Wohnung nur zum Einkaufen. Die Arbeit erledigte sie im Homeoffice. Verständlich, nachdem sie hautnah miterlebt hatte, wie ihre Schwester Emmi sogar ins Krankenhaus eingeliefert werden musste.

Marion sah die Sache an sich lockerer. Aber als Altenpflegerin hatte sie von ihrem Arbeitgeber nahe gelegt bekommen, sich ihren Pflegebedürftigen gegenüber verantwortungsvoll zu verhalten und das Ansteckungsrisiko so gering wie möglich zu halten. Deshalb blieb sie meistens daheim, weil sie niemanden gefährden wollte.

Jo hingegen empfand all die Maßnahmen rund um Corona nur als Einschnitt in sein Privatleben, eine Möglichkeit der Regierung die Bevölkerung ruhig zu halten. Laut ihm waren alle Zahlen und Statistiken gefälscht und Corona wurde unnötig aufgebauscht, um die Angst zu schüren. Jule wusste nicht, ob er zu viel Zeit in irgendwelchen Verschwörungstheorienforen verbrachte oder mit wem er sich darüber immer wieder unterhielt, doch mindestens einmal in der Woche kam er mit neuen »Fakten« um die Ecke, die »man« herausgefunden hatte.

Wie Jule, versuchte auch Gabriel, das Thema Corona in ihren Chats einfach auszuklammern. Sie waren beide nicht unbedingt ängstlich, aber hatten Respekt vor der Krankheit. An die Beschränkungen hielten sie sich, wie der Großteil der Bevölkerung, weil man das eben machte. Sie wollten das beste aus der Situation machen und hatten deshalb mit den Online-Cliquen-Abenden angefangen.

Mindestens einmal unter der Woche und einmal am Wochenende kamen sie so wenigstens virtuell zusammen.

Solange der Laptop hochfuhr, ging Jule in die Küche, um sich einen Kaffee zu machen und eine Schere zu holen. Beim Auspacken war ihr aufgefallen, dass um den Koffer mehrere Bahnen transparentes Klebeband gewickelt war. Sie fragte sich, ob der Zoll dieses angebracht hatte oder der Besitzer? Und warum?

Immerhin waren die beiden Zipper der Reißverschlüsse mit einem kleinen Vorhängeschloss verbunden. Wie sie dieses aufbrechen sollte, wusste sie nicht. Wahrscheinlich musste sie das Werkzeug aus dem Garderobenschrank kramen.

Ein Glück hatte ihr Vater seine Ersatzwerkzeugkiste beim letzten Besuch vergessen, denn ihr Eigen konnte sie gerade mal einen Hammer und eine Rohrzange nennen. Mehr hatte sie bisher jedoch noch nicht gebraucht. Sobald es in ihrer Wohnung etwas zu reparieren gab, lud sie ihren Vater zum Kaffeetrinken ein und er kümmerte sich darum. Ein Arrangement, welches sie getroffen hatten, nachdem Jule beim Versuch den tropfenden Wasserhahn zu reparieren, die ganze Armatur abgerissen hatte. Was Handwerkliches anging, hatte sie eindeutig zwei linke Hände. Dafür konnte sie gut backen und ihr Vater bekam jedes Mal ein großes Stück Kuchen oder Torte.

↤

»Ich hab echt darauf gewartet, dass Jo nochmals was wegen Emmi schreibt. Dann wäre Linda wieder eine Woche beleidigt gewesen.«

Bisher waren nur Jule und Gabriel im Videochat und unterhielten sich.

»Ich hab ihm privat geschrieben, dass er sich jeden Kommentar verkneifen soll«, gab Gabriel grinsend zurück. »Hat mich allerdings gewundert, dass er sich daran gehalten hat.«

»Wahrscheinlich wollte er keine Diskussion«, mutmaßte Jule.

Das leise »Ping« kündigte Linda an, die sich in den Videochat einklinkte, und damit das Gespräch beendete.

Jo war der Letzte, der in den Videochat kam. Nach einer kurzen Begrüßung richtete Jule ihren Laptop so aus, dass ihre Freunde den Koffer sehen konnten.

»Sieht so unspektakulär aus«, stellte Marion fest.

»Was hast du denn erwartet? Soll er sich bewegen?«, erkundigte sich Gabriel.

»Bitte nicht.« Jule schüttelte sich. »Ich will kein Ungezieferzeugs in meiner Wohnung.«

»Ich glaub nicht, dass der Zoll einen Koffer für die Versteigerung freigibt, in dem etwas lebt. Die durchleuchten das doch alles und organische Sachen werden genau unter die Lupe genommen. Könnte ja gefährdend für unser Ökosystem sein«, erläuterte Linda.

»Dann hast du wohl Glück Jule. Bremsspuren in den Unterhosen sind doch auch organisch«, warf Jo ein.

»Du weißt genau, was ich damit gemeint habe«, brummte Linda sofort.

»Könnt ihr beiden es nicht mal gut sein lassen?« Gabriel rollte genervt mit den Augen.

»Oder vielleicht sollten sich die beiden mal ein Zimmer nehmen«, schlug Marion lachend vor. »Von wegen, was sich liebt, das neckt sich und so ...«

Während eine kurze, aber lautstarke Diskussion ausbrach, wandte sich Jule dem Koffer zu.

Zum einen, damit niemand ihr breites Grinsen sehen konnte. Zumindest was Linda anging, hatte Marion mit diesem Vorschlag nämlich voll ins Schwarze getroffen. Es war schwer zu glauben, weil gerade sie und Jo sich fast bei jedem Treffen, ob digital oder persönlich, in die Haare bekamen. Aber sie hatte Jule vor ein paar Monaten anvertraut, dass sie schon ewig in Jo verliebt war. Eventuell lag es sogar daran, dass sie jedes seiner Worte auf die Goldwaage legte und seine Sprüche zu oft in den falschen Hals bekam.

Zum anderen wollte sie endlich wissen, was sich in diesem unscheinbaren Koffer befand.

»Jule? Jetzt zeig doch mal.« Marions laute Stimme wurde durch den Laptop leicht verzerrt, riss Jule aber aus ihrer Starre.

Der Koffer lag offen vor ihr auf dem Boden, das Schloss hatte sie nach einigen erfolglosen Versuchen es zu knacken, mit einem Bolzenschneider geöffnet.

Natürlich hatte sie auf einen coolen Inhalt gehofft, dabei mit dem ekligsten und schlimmsten gerechnet, aber das war doch unerwartet und ein wenig beunruhigend.

»Was ist drin?«, wollte Gabriel wissen.

»Na ja«, fing Jule an und ging in die Hocke, damit sie besser an die Sachen kam. »Irgendwie ist das komisch. Da sind zwei Paar Lederhandschuhe und mehrere Latexhandschuhe. Eine Skimaske, ein Seil, Klebeband und so ne Totschlägertaschenlampe.«

»Oh Gott. Ist das der Koffer von ′nem Psycho?«, überlegte Linda laut.

»Macht euch doch nicht gleich ins Hemd. Die ganzen Sachen hab ich auch daheim«, hielt Jo dagegen.

»Du sagst es, daheim. Aber nimmst du das mit in den Urlaub?«, hakte Marion nach.

»Ist da noch mehr?«, fragte Gabriel.

Jule nahm das schwarze Kleidungsstück heraus und stand auf, wobei sie sich dem Laptop zudrehte. »Diese Weste, darunter lag ein schwarzer Schal und eine schwarze Mütze.«

Sie warf die Weste über die Lehne ihres Schreibtischstuhls und wollte den Schal und die Mütze in die Hand nehmen. Dabei fiel ihr auf, dass etwas in den Schal eingewickelt war.

»Leute, da ist noch was. Ein Buch.«

↩

Spät nachts wälzte sich Jule in ihrem Bett von einer Seite auf die andere. Ihre Gedanken drehten sich um den Koffer und die verschiedenen Theorien, die ihre Freunde aufgestellt hatten. Wahrscheinlich hatte Gabriel recht und sie übertrieben alle maßlos, allerdings hatte auch er zugegeben, dass der Koffer wohl jemandem gehört hatte, der unerkannt bleiben wollte und nichts Gutes im Sinn gehabt hatte.

Von einem Auftragskiller über einen Einbrecher bis hin zu einem Spion oder Terrorist war alles spekuliert worden. Je später die Stunde, desto absurder. Jo hatte sogar gemeint, Jule sollte den Koffer und alles darin so schnell wie möglich loswerden. Denn der ehemalige Besitzer könnte einen Tracker darin versteckt haben und demnächst bei ihr auftauchen.

Obwohl sie versuchte, diesen Gedanken zu verdrängen, trug er definitiv nicht dazu bei, beruhigt einzuschlafen. Da half es kaum, dass sie unten im Koffer noch eine kleine Tasche mit Verbandsmaterial gefunden hatte.

Zumindest nicht, seit Linda darüber nachgedacht hatte, ob dieses für den ehemaligen Besitzer oder sein Opfer gedacht gewesen war.

Es wunderte Jule nicht, dass sie wenig erholt erst gegen elf Uhr aufwachte. Sie war irgendwann in den frühen Morgenstunden eingeschlafen und der unruhige Schlaf war voll düsterer Träume gewesen. Sie konnte sich nicht mehr genau daran erinnern, aber ein ungutes Gefühl war zurückgeblieben und hielt sich hartnäckig.

Der Koffer mitsamt Inhalt war augenblicklich wieder in ihren Gedanken präsent und es klang gar nicht mehr so abwegig, diesen so schnell wie möglich zu entsorgen.

Schon das Wissen darum, dass sie gleich in ihrem Wohnzimmer an diesem vorbeigehen musste, bescherte ihr eine Gänsehaut. Und doch konnte sie nichts daran ändern, denn ihre volle Blase trieb sie aus der gemütlichen Wärme ihres Bettes.

Mit einer Tasse heißem Kaffee und Jules Lieblingsplayliste sah die Welt ein Stückchen besser aus, dennoch wollte sie den Koffer zumindest aus ihrem Sichtfeld verschwinden lassen. Sie schloss den Reißverschluss und stellte ihn in die hinterste Ecke der Garderobe. Der Müllcontainer war schon am Freitag voll gewesen, als sie wie immer mit dem Wohnungsputz ins Wochenende gestartet war. Wohl oder übel musste sie bis am Dienstag warten, bevor sie den Koffer loswerden konnte.

Jetzt hoffte sie einfach darauf, dass »aus den Augen aus dem Sinn« auch diesmal funktionieren würde. Wie letztes Jahr, da hatte sie das Geburtstagsgeschenk für Marion schon frühzeitig besorgt und es letztlich vergessen.

Jo war auf dem Weg zu seinen Eltern, Marion hatte Sonntagsdienst, Gabriel schrieb nicht zurück und Linda wollte den Tag mit Emmi verbringen. Auf Facebook scrollte sich Jule durch den Newsfeed, der hauptsächlich aus Erinnerungen der letzten Jahre oder Fotos von verschiedensten Sonntagsessen bestand.

Ihr Magen grummelte fordernd, weshalb sie den Laptop wegstellte. Sie hatte zwar Hunger, aber keine Lust zu kochen.

Stattdessen warf sie sich aufs Sofa und wollte nach der geöffneten Packung Chips greifen. Dabei fiel ihr Blick auf das Buch.

Am Abend zuvor hatte sie es kaum beachtet, jetzt nahm sie es in die Hand. Der alte Ledereinband hatte Risse, dennoch war er weich und glatt. Er wirkte abgegriffen, als sei er schon durch viele Hände gewandert. Die Schnur, die das Buch geschlossen hielt, war leicht ausgefranst. Das Papier schienen dicker zu sein, als bei anderen Büchern und war am Rand bereits vergilbt. Es gab keinen Titel, weder auf der Vorderseite noch auf dem Buchrücken.

Neugierig löste sie die Schnur und schlug die erste Seite auf.

Wie gedacht handelte es sich bei diesem Buch um keinen Roman, sondern ein Notizbuch. Viele vollgeschriebene Seiten, in unterschiedlichen Farben, Handschriften und Sprachen fielen Jule ins Auge, während die Seiten schnell zwischen ihren Fingern hindurch glitten. Hier und da klebte ein Notizzettel oder gab es ein Eselsohr und zwischen zwei Seiten mit einer wunderschön geschwungenen Handschrift steckte eine getrocknete Blume.

Nachdem nur noch leere Seiten kamen, blätterte sie zurück zum letzten Eintrag.

Die Schrift hier war krakelig, wie schnell dahin geschmiert. Und wirklich viel damit anfangen konnte Jule auch nicht. Viele Ziffern mit Punkten und einem Komma dazwischen. War das vielleicht ein Geheimcode? Musste man die Ziffern durch Buchstaben ersetzen und bekam dann einen Satz? Aber dazu waren sich die Zahlen zu ähnlich, denn irgendwie waren sie alle einheitlich aufgebaut, wenn sich auch der Wert änderte. Zwei Ziffern, ein Punkt, sechs Ziffern, das Komma und noch einmal zwei Ziffern vor und sechs nach einem Punkt. Auf diese Art waren sieben »Codes« untereinandergeschrieben worden, ohne irgendeinen Hinweis oder einen »Schlüssel«.

Waren die Spekulationen mit ihren Freunden doch nicht falsch gewesen und sie hatte tatsächlich den Koffer eines Spions ersteigert? Oder waren das gar irgendwelche Aktivierungscodes für Bomben und der Vorbesitzer war ein Terrorist?

Musste sie das der Polizei melden?

Natürlich musste sie das. Sieben Aktivierungscodes hießen sieben Bomben, die jederzeit wer-weiß-wo hochgehen könnten.

Ein dicker Kloß bildete sich in Jules Hals, vor Aufregung zitterte sie und das Buch glitt ihr beinahe aus den Händen. Das musste doch ein schlechter Scherz sein. Oder ihre Fantasie ging einfach nur mit ihr durch. Niemals würde ein Terrorist geheime Codes einfach so in ein Notizbuch schreiben, dieses mitsamt dem Koffer am Flughafen vergessen und dann monatelang nicht danach suchen.

Sie wusste zwar nicht genau, wann dieser Koffer am Flughafen vergessen worden war, aber erst nach drei Monaten gingen zurückgelassene Gepäckstücke in den Besitz des Flughafens über. Davor können sie also nicht versteigert werden.

Und Bomben wurden doch sicher nicht schon mehrere Monate im Voraus gebaut. Da könnten sie ja entdeckt werden ...

Nun fiel ihr das Notizbuch tatsächlich aus den Händen, denn es hatte geklingelt und sie war vor Schreck aufgesprungen. Ihr Herz schlug mehr als nur einen Takt zu schnell und ihre Knie fühlten sich ziemlich wackelig an.

Ihr erster Gedanke war, dass der Besitzer des Koffers vor ihrem Wohnhaus stand. Jo hatte recht gehabt und im Koffer war ein Tracker versteckt. Für Verbrecher vielleicht eine neue Möglichkeit, Opfer zu finden, weil kaum noch jemand aus dem Haus ging.

Ein hoher Aufschrei, fast schon ein Quietschen, entwich ihr, denn nun klopfte es an ihre Wohnungstüre. War es möglich, dass der Terrorist sogar wusste, in welchem Stockwerk sie lebte? Wie zielgenau war denn so ein Tracker?

Sie hätte diesen verfluchten Koffer sofort entsorgen sollen, nachdem sie den Inhalt gesehen hatte. Einfach neben die

Mülltonne stellen, am besten aber irgendwo weit weg, zur Not auf irgendeinem Parkplatz am Straßenrand.

Nun würde sie es sein, die demnächst am Straßenrand landete. Mit Klebeband gefesselt, eingeschlagenem Kopf von der Taschenlampe und ohne verwendbare Spuren für die Polizei, weil der Täter Handschuhe trug. Jule war sich sicher, die Ausrüstung im Koffer befand sich zigfach im Haus des ehemaligen Besitzers.

Ihr war schlecht, ihre Beine fühlten sich an wie Wackelpudding, Schweiß bildete sich auf ihrer Stirn und ihr Gesicht war sicherlich knallrot. Doch obwohl ihr die Hitze zu Kopf stieg, lief es ihr gleichzeitig mehrfach kalt den Rücken hinunter und ihre Hände waren Eiszapfen. Sie wollte wegrennen und sich verstecken, nach ihrem Handy greifen und der Polizei anrufen, weinend nach Mama und Papa schreien.

Doch sie rührte sich nicht. Wie versteinert stand sie da, angespannt, hielt immer wieder den Atem an und lauschte, so gut es ging, während sie ihren eigenen Herzschlag hörte und im gesamten Körper spürte.

»Jule? Ich weiß, dass du da bist. Dein Auto steht auf dem Parkplatz.«

Zuerst atmete Jule erleichtert auf und setzte sich in Bewegung. Auf dem Weg zur Wohnungstür liefen ihr Tränen über die Wangen. Ebenso schwungvoll, wie sie die Tür aufriss, verpasste sie Gabriel einen Boxer gegen die Brust.

»Na danke. Wofür war das denn?«, fragte Gabriel überrumpelt.

»Dafür, dass du mich erschreckt hast.« Dabei kam Jules Wut von der Scham, sich so sehr in ihre Gedanken und Ängste gesteigert zu haben. Dann fiel sie ihm um den Hals. »Und das dafür, dass du da bist.«

»Stets zu Diensten«, gab er zurück und musterte Jule, die sich von ihm zurückzog. »Hast du geweint?«

»Nein. Doch, ja. Aber nur vor Erleichterung.« Sie war noch immer aufgewühlt und etwas durcheinander. »Ich könnt nen Kaffee vertragen. Du auch?«

Die heiße Tasse mit beiden Händen fest umgriffen, erzählte Jule, was sie in dem Notizbuch entdeckt und sich zusammengereimt hatte. Danach erklärte sie auch, was Gabriels Klingeln und Klopfen bei ihr ausgelöst hatte.

»Zeig mal das Buch. Das ist sicher was anderes.« Er hatte sich alles schweigend angehört, aber Jule sah ihm seine Zweifel an.

Sie schlug die letzte beschriftete Seite auf und hielt Gabriel das Buch entgegen, der sich schon nach dem ersten Blick darauf offensichtlich ein Grinsen verkneifen musste.

»Was?«, fragte Jule ein wenig gereizt. Sie hoffte darauf, dass Gabriels Zweifel berechtigt waren, dennoch war ihr die ganze Sache peinlich.

»Das sind keine Aktivierungscodes. Zumindest glaub ich das nicht. Das sind Koordinaten«, klärte er sie auf.

»Also die Orte, an denen er die Bomben zündet?«, murmelte Jule.

»Quatsch.« Gabriel legte das Buch zur Seite und zog Jule an sich. »Nach dem Blödsinn, den wir gestern geredet haben, verstehe ich, dass du so was denkst. Aber wahrscheinlich steckt da was anderes dahinter.«

Nur wenige Minuten später hatten sie die Koordinaten bei Google Maps eingegeben und sich Satellitenbilder der angegebenen Punkte angesehen. Drei Ruinen, zwei Wälder, ein sehr einsam stehendes Haus zwischen Feldern und Wiesen und ein dauerhaft geschlossenes Hallenbad. So wurde es auf der Karte jedenfalls benannt.

»Also ich tippe auf Lost Places. Für Geocaching passen das Hallenbad und das Haus nicht wirklich«, meinte Gabriel.

»Hm.« Jule dachte an den Inhalt des Koffers. Mütze, Schal und Handschuhe. Um unerkannt zu bleiben, oder sogar gegen die Kälte, wenn der Koffer im Winter verloren gegangen war. Dazu passte dann ja auch die Weste sowie die Skimaske zur Sicherheit. Und die Taschenlampe war eben einfach nur ne Taschenlampe. Selbst für das Seil und das Klebeband fand man da sicher andere Verwendungszwecke, als jemanden zu fesseln und zu knebeln. »Könnte passen.«

»Ich bin mir sogar sicher. Und weißt du was?«

Jule schüttelte den Kopf und musterte Gabriel, der sie erwartungsvoll ansah.

»Der eine Wald ist gar nicht weit von hier entfernt. Wir müssten nur ungefähr eine Stunde hinfahren.«

»Du willst da hin?« Augenblicklich beschleunigte sich Jules Puls und die Anspannung wuchs erneut. Das alles klag ja ganz schlüssig und sie wollte daran glauben, dass der Besitzer des Koffers kein Mörder oder Terrorist war. Aber warum sollte sie das Risiko eingehen, vielleicht gerade dort auf ihn zu treffen und zu merken, dass sich Gabriel doch getäuscht hatte?

»Warum denn nicht? Mal raus kommen und ein kleines Abenteuer erleben. Was willst du denn sonst heute machen?«, versuchte es Gabriel weiter.

»Netflix und chill«, entgegnete Jule leise.

»Das machst du jeden Abend und am Wochenende den ganzen Tag«, antwortete Gabriel.

»So wie du?«, konterte Jule grinsend.

»Heute nicht«, versicherte Gabriel. »Komm schon, das wird bestimmt lustig. Wenn nicht kannst du deiner Mutter wenigstens ein Foto schicken und beweisen, dass du draußen warst.«

»Kurz bevor ich dann von einem vermummten Mann verschleppt werde? Immerhin kennt der Typ den Ort.« Jule war unsicher. Es wäre mal was anderes und mit Gabriel war sie früher öfter wandern gewesen. Da hatten sie oft Spaß gehabt. Die beängstigenden Gedanken zu verdrängen fiel ihr jedoch schwer.

»Na gut, dann hier mein Vorschlag. Du kommst mit, wir haben einen schönen Tag, unterhalten uns nett an der frischen Luft, finden vielleicht einen interessanten Lost Place und falls dich jemand verschleppen will, biete ich mich demjenigen freiwillig an, damit du gehen kannst. Zum Abschluss lade ich dich noch zum Essen ein, wir kommen laut dem Routenplaner nämlich am ›El Castillo‹ vorbei.«

Es fiel Jule schwer, nicht loszulachen, als Gabriel flehend die Hände faltete und sie mit großen Augen ansah. Dabei schob er schmollend die Unterlippe nach vorn.

»Wenn das ein Dackelblick sein soll, musst du noch üben«, antwortete sie.

»Er reicht, wenn du deshalb ja sagst. Darf auch aus Mitleid sein.«

»Na gut. Aber dann müssen wir an der Tanke noch Schokoriegel und was zu trinken besorgen«, stimmte sie schließlich zu. Sie war nicht allein unterwegs und es war mitten am Tag. Es würde schon nichts passieren.

↩︎

»Leck mir die Stiefel«, entfuhr es Gabriel. »Hier könnte man nen Horrorfilm drehen.«

Das war auch Jules erste Eingebung gewesen und sie starrte mit offenem Mund auf das Häuschen vor ihnen.

Es war nicht sehr groß und beinahe komplett zugewuchert. Die hölzerne Haustür lag auf dem Boden, die beiden Fenster an der Vorderseite hatten keine Glasscheiben mehr.

Komischerweise ließen Jules Anspannung und das mulmige Gefühl in ihrem Bauch dennoch nach. Das Häuschen war zwar verlassen, mit Sicherheit schon seit vielen Jahren, gleichwohl wirkte es nicht bedrohlich. Im Gegenteil, es ging etwas Lebendiges davon aus.

Moos und vereinzelte Grasbüschel bedeckten das Dach. Die Mauern waren mit Efeu überzogen. Junge Bäumchen standen in schon hohem frischen Gras und Unkraut im Garten. Überall summte und brummte es und in dem kleinen Brennholzhaufen piepsten Vogelküken.

Wie magisch wurde Jule von dem Häuschen angezogen und sie wollte sich im Inneren umsehen. Darauf bedacht nichts kaputtzumachen, beinahe schon ehrfurchtsvoll, trat sie ein.

Langsam glitt ihr Blick durch das Zimmer. Ein Kamin, daneben ein Holztisch mit drei Stühlen, in der anderen Ecke ein schmales Sofa und ein alter Schaukelstuhl. Alles war mit einer dicken Staubschicht überzogen, trotzdem war sie sich sicher, dass es hier früher einmal richtig gemütlich gewesen war. Vor ihrem geistigen Auge sah sie eine kleine Familie, auf dem Sofa sitzend, sich unterhaltend, vielleicht auch kuschelnd.

Ihre Bedenken und Ängste waren komplett vergessen. Ebenso wie Gabriel, der ihr in den nächsten Raum folgte. Das Schlafzimmer mit einem Doppel- und einem Kinderbett. Auf einer hüfthohen Kommode mit vier Schubladen standen ein paar alte Fotografien in angerosteten Metallbilderrahmen.

Mehrere Minuten betrachtete Jule die Bilder, bevor sie weiter in die dunkle Küche ging. Noch immer hing hier der Duft von Rauch und Feuer in der Luft, ausgehend vom verrußten Holzherd.

Müde, aber gut gelaunt, lag Jule abends auf ihrem Sofa.

✎

Sie und Gabriel hatten sich über eine Stunde in dem alten Häuschen umgesehen und Fotos gemacht, bevor sie wieder gegangen waren. Das mexikanische Essen hatten sie abgeholt und zusammen in Jules Wohnung gegessen.

Als Nächstes hatten sie vor, das geschlossene Hallenbad zu besuchen. Die Fahrt dauerte zwar mindestens dreieinhalb Stunden, aber die nahmen sie gern in Kauf. Nachdem Jule anfangs noch so skeptisch gewesen war, hatte sie nun Blut geleckt und freute sich darauf, weitere Lost Places zu finden.

Gar nicht so einfach, denn in verschiedenen Foren hatte sie zwar tolle Fotos und Beschreibungen gefunden, die Koordinaten hielten die meisten User jedoch zurück. Allerdings stachelte sie das nur noch mehr an, etwas zu finden.

Bei einem längeren Videochat mit Marion hatte sie von ihrem Tag erzählt und Bilder des Häuschens gezeigt. Dabei war ihr aufgefallen, dass sie das Notizbuch nicht mehr finden konnte. Ganz sicher hatte sie es in den Rucksack gesteckt und fast ganz sicher, hatte sie es in der Hand gehalten, als sie in der Küche des Häuschens ihre Kamera raus geholt hatte.

Glücklicherweise hatte Gabriel die Koordinaten abfotografiert, sodass sie die weiteren sechs Lost Places finden würden. Dennoch hatte Jule darüber nachgedacht, noch einmal zurückzufahren und das Notizbuch zu holen. Wer wusste schon, wer es sonst fand und sich die gleichen Sorgen machte, wie es bei ihr gewesen war. Zudem hätte sie gerne noch ein wenig in dem Notizbuch geschmökert.

Allerdings hatte sie für heute dann doch genug Aufregung gehabt und wollte nicht alleine im Dunkeln durch den Wald laufen. Immerhin konnte sie sich damit beruhigen, dass niemand wegen ein paar Zahlen gleich darauf schloss, es hier mit Aktivierungscodes für Bomben zu tun zu haben.

Selbst, dass sie auf diesen Gedanken gekommen war, hielt sie mittlerweile für lachhaft. Nur wegen eines Notizbuchs in einem komischen Koffer. Vor sich hin lächelnd startete sie das Youtube-Video eines offensichtlich bekannten Urhebers, der ein verlassenes Krankenhaus besuchte.

Man konnte die ganze Sache ja auch positiv sehen. Sie glaubte, ein neues Hobby gefunden zu haben. Nur wegen eines Notizbuchs in einem komischen Koffer.

tobtobnico
© *tobtobnico*

Wattpad-Profil:
https://www.wattpad.com/user/tobtobnico

2022 | Die Worte meines Schweigens

Er sprach nicht.

Nicht, weil er es nicht konnte, was womöglich die meisten Menschen annehmen würden. Nein. Augustus wollte nicht.

Läge die Ursache dieses Umstandes bei einer körperlichen Beeinträchtigung, wäre er vermutlich auf weitaus mehr Verständnis gestoßen. Doch dem war nicht so.

Sie verstanden es einfach nicht.

Stumm ließ er die Schläge der Verzweiflung seines Vaters, jahrelang über sich ergehen. Schließlich musste er damit zurechtkommen, dass sein Sohn ein Sonderling war.

Tiere taten so etwas nicht. Sie liebten und nahmen das, was Augustus ihnen bereit war zu geben. Seine Zeit. Seine Liebe. Außerdem pflegten diese stummen Gesellen nicht die Angewohnheit, ständig nach dem warum zu fragen.

Das war Augustus.

Das *war* Augustus. Der Tag, an dem sich dieses kleine merkwürdige Buch in sein Leben geschlichen hatte, war der Tag gewesen, an dem sich sein Dasein gänzlich gewandelt hatte.

Doch beginnen wir diese Geschichte, so wie es sich für die Normen und Sitten gehört: an ihrem Anfang.

Der moosbewachsene Waldboden ließ die Schritte des jungen Mannes verklingen. Sanft blies der Atem der Natur durch das Blätterdach, jenes sich weit über ihm wölbte. Sonnenstrahlen drängte sich zwischen den braunen Ästen, der Buchen, hindurch. Das gefilterte Licht zeichnete wunderschöne Mandalas auf den Waldboden.

Leichtfüßig schlich Augustus durch das Dickicht. Ab und an zogen dünne Zweige, wie knochige Finger, an seinem braunen Mantel. Versuchten ihn daran zu hindern tiefer in den Wald zu gehen. Als würden sie ein Geheimnis vor ihm schützen wollen.

Plötzlich, direkt neben ihm, erschien sie – diese braune Hirschkuh. Als hätte sie schon immer dort gestanden. Überrascht blieb Augustus stehen. Er wagte es nicht, auch nur einen Muskel zu bewegen. Das Licht ließ ihr Fell wie flüssigen Honig glänzen.

Neugierig streckte sie ihren Kopf in die Luft und begann geräuschvoll seinen Duft einzuatmen. Auch er vernahm deutlich ihren Geruch. Ein Hauch von Moos und Erde vermischt mit dem süßen Aroma der Natur.

Vorsichtig kam sie ein paar Schritte auf ihn zu. Dann blieb sie abrupt stehen, genau in dem Moment, als er dachte, sie berühren zu können. Nervös drehte das Tier ihre Ohren und lief schließlich davon.

Für einen Moment lauschte Augustus in den Wald hinein. Dort war bloß der Klang des Waldes. Das unschuldige Zwitschern der Vögel. Das Rauschen der Blätter.

Ungewiss, was das Tier zur Flucht bewegt hatte. Beflügelt von dem magischen Moment beschloss er, der Pfad der Hirschkuh zu folgen.

Bis auf ein paar Eichhörnchen, die eilig seinen Weg kreuzten, traf er kein Tier mehr an.

Noch eine ganze Weile lang durchschritt er das Grün, als sich der Weg zu einer Lichtung öffnete. In einem bunten Teppich aus Blumen stand eine alte Bank. Zierliche kleine Blüten in allen Farben des Regenbogens waren zu sehen. Dünne Ranken von wilden Pflanzen umrahmten ihre Beine. Das Holz wirkte alt, aber stabil, so als hätte der Zahn der Zeit ihn verschont.

Ein Ort, der genauso wunderschön, wie auch sonderbar wirkte. Neugierig ging Augustus auf die Bank zu. Eine friedvolle Stille umhüllte diesen Ort und er fühlte sich geborgen. So musste der Himmel sein, wenn man an ihn glaubte.

Auf der Bank entdeckte Augustus ein altes, ledernes Buch. Es war nicht besonders groß und wies die Spuren vieler Jahre auf. Vorsichtig nahm der Mann es in die Hand. Es fühlte sich ganz warm von der Sonne an, das Leder war weich und die Seiten vergilbt. Der Einband und die Vor- und Rückseite waren leer. Vielleicht hatte es jemand dort liegen lassen. Und würde gleich zurückkommen, um es zu holen. Vorsichtig drehte und wendete er es in seiner Hand. Dann sah er sich um. Es war weit und breit niemand zu sehen. Langsam ließ er sich auf die Sitzfläche sinken.

Der natürliche Drang der menschlichen Neugier drängte ihn dazu, einen Blick in das Büchlein zu werfen. Aber. Aber es schien etwas ganz Persönliches zu sein. Vielleicht hatte jemand seine intimsten und dunkelsten Erfahrungen dort hineingeschrieben. Nein! Dazu hatte er kein Recht. Er durfte nicht hineinsehen, es wäre moralisch verwerflich gewesen und … und schon schlug seine Hand eine Seite auf.

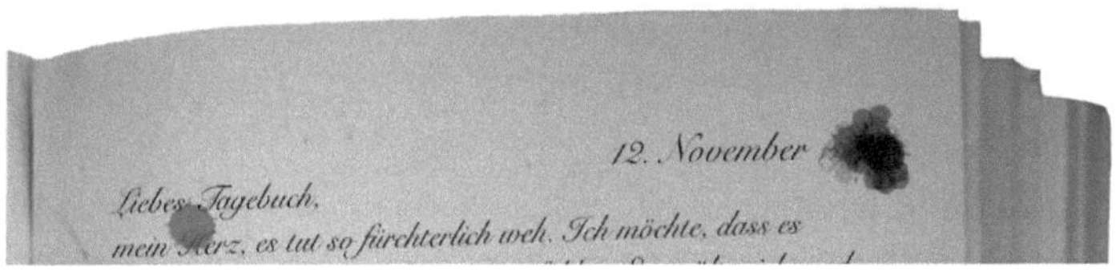

„Ich sehe, Sie haben mein Tagebuch gefunden.“

Ertappt schlug Augustus das Buch zu und sah nach oben. Der Schatten einer Frau hatte sich über sein Gesicht gelegt. Eine verlegene Röte stieg ihm ins Gesicht. Sie war hübsch. Sehr hübsch. Ihr hüftlanges Haar flimmerte wie die Glut eines erloschenen Kaminfeuers. Ein Fuchs. Sie erinnerte ihn an einen Rotfuchs. Streng musterte sie ihn, als sich ihre Blicke wieder trafen, glühten seine Wangen stärker. Ein warmes Lachen entwich ihr.

„Schon in Ordnung. Vermutlich hätte auch ich einen Blick hineingeworfen.“ Sie zwinkerte ihm verschwörerisch zu. Als Augustus nichts erwiderte und sie bloß beschämt anstarrte, setzte sie sich zu ihm. Ein wenig verkrampft rutschte der junge Mann ein Stück zur Seite. Er mied den Kontakt zu Menschen, für gewöhnlich. Und es machte ihn nervös, dass sie sich zu ihm gesetzt hatte.

„Vermutlich sind Sie hierhergekommen, um dem Treiben der Stadt zu entfliehen, nicht wahr?“ Interessiert sah sie ihn mit ihren braunen Augen an. Er nickte und knibbelte an den Seiten des Buches herum.

„Die meisten Menschen tun das.“ Sie lachte. „Ich komme gern hierher. Ich finde den Wald irgendwie magisch. Man weiß nie, wen oder was man hier findet.“ Bei dem Wort Magie verdrehte Augustus die Augen. So wie sie es aussprach, klang es so, als würde sie von Feen und Hexen reden. „Na, Sie sind mir vielleicht einer!“ Sie lachte wieder und irgendwie zauberte es dem jungen Mann ein Lächeln auf die Lippen.

Und dann begann sie zu reden. Sie sprach über den Wald, über ihre Familie, über das, was sie liebte und das, was ihr missfiel. Und Augustus. August hörte ihr einfach nur zu. Ab und an schmunzelte er, weil sie sich so in Rage gesprochen hatte. Er wusste auch nicht, wie lange sie so gemeinsam dort saßen. Aber irgendwann warfen die Bäume lange Schatten. Die Sonne, sie ging allmählich unter.

„Es ist schon spät." Auch ihr schien die dunkler werdende Umgebung aufgefallen zu sein. Zustimmend nickte er. Mit einem Mal hüpfte sie von der Bank, dabei wirbelte ihre weiße Tunika durch die Luft. Noch nie hatte er so einen Menschen, wie sie getroffen. Sie war auf ihre eigene Art so sonderbar wie er und obwohl sie so verschieden waren, gefiel es ihm. Strahlend drehte sie sich zu ihm. Nun stand auch Augustus auf. Er blickte in den Himmel. Der Mond war bereits am rosa Firmament zu sehen. Erst jetzt bemerkte er, dass er immer noch das Buch in der Hand hielt. Mit einem entschuldigenden Blick hielt er es der Frau entgegen.

„Geben Sie es mir morgen."

Augenblicklich erhellte sich seine Miene. Sie wollte ihn wiedersehen!

„Ich heiße Aria", rief sie noch über die Schulter und verschwand im Dickicht.

Aria. In dieser Nacht träumte Augustus von ihrem feuerroten Haar und diesen braunen Augen. Läge das Buch nicht neben ihm, hätte er vermutlich den Tag für einen Traum gehalten. Am nächsten Morgen zupfte er besonders lange an seinem braunen Haaren herum, bevor sie endlich eine Frisur ergaben, mit der er zufrieden war. Ohne zu zögern, stopfte er sich eine Scheibe trockenes Brot in den Mund und eilte dann wieder in den Wald. Heute waren seine Farben viel intensiver als sonst. An der Lichtung angekommen saß Aria auf der alten Bank und sah in den Himmel. Heute trug sie eine senfgelbe Tunika und hohe Stiefel. Als sie Augustus Anwesenheit spürte, wandte sie sich zu ihm.

„Kommen Sie und sehen Sie sich den Himmel an. Ist er nicht zauberhaft?" Strahlend klopfte sie neben sich auf die Bank und deutete dann nach oben. Fröhlich ließ sich der junge Mann neben ihr nieder. Dann folgte er ihrem Blick. Tatsächlich sah er heute wunderlich aus. Die Wolken wirkten wie unwillkürliche Pinselstriche.

„Cirrus."

Fragend sah Augustus Aria an.

„Cirrus, so heißen die Wolken. Sie sehen aus wie die Federn einer weißen Taube, nicht?"

Er lächelte. Und so ging es viele Tage. Morgens trafen sie sich im Wald und Aria sprach über so viele Dinge. Manchmal musste Augustus lachen, in anderen Moment waren sie beide still und genossen die Ruhe. Jeden Abend bot er ihr ihr Buch an, aber sie bat ihn darum, es ihr am nächsten Tag zu geben. Und August begann sie immer mehr zu mögen.

Aria drängte ihn nicht. Sie war damit zufrieden, was er ihr gab. Seine Zeit, seine Aufmerksamkeit. Im Gegenzug lauschte er ihren Geschichten.

„Sind Sie immer so schweigsam?" Mit hochgezogenen Augenbrauen hatte er sie angesehen, woraufhin sie lachte. „Nun, ich nehme an, das bedeutet ja."

Vorsichtig rückte sie näher und für einen Moment schlug sein Herz schneller, dann legte sie behutsam ihren Kopf auf seine Schulter, so langsam, dass er genügend Zeit gehabt hätte, wegzurutschen. Er blieb sitzen. Ein angenehmes Kribbeln ging durch seinen Körper. Irgendwann durchbrach ihre Stimme die Stille.

„Wissen Sie, mein Vater war kein guter Mann." Sie lachte bitter. „Nein. Er war kein guter Mensch. Oft kam er nachts heim, wenn er wieder zu viel getrunken hatte. Tagsüber war er meist mild gestimmt, grimmig, aber beherrscht. Sobald er allerdings seine Sinne betäubt hatte, verwandelte er sich in dieses Monster. Mutter wartete oft am Esstisch auf ihn oder lief unruhig durch die Wohnung, während die Stunden vergingen. Wenn er dann heimkam, roch er nach Alkohol und anderen Frauen. Mutter war außer sich, schrie ihn an. Sagte, er habe ein Kind und müsse sich zusammenreißen, sowie sie es Tag für Tag tat. Beschimpfte ihn als Hurenbock und Säufer. Manchmal stieß er sie fort, manchmal ging er ins Bett und ließ sie schreien. Jedes Mal, jedes Mal wartete Mutter und jedes Mal fragte ich mich, ob sie etwas anderes erwartete. Ich verstand nicht, warum sie sich immer wieder so verletzen ließ."

Ihre Stimme klang ganz schwach. „Eines Abends kam er wieder betrunken zurück. Mutter brüllte wieder und dann hörte ich einen lauten Schrei. Ich lief, so schnell ich konnte, in unser Esszimmer. Mutter hielt sich ihr Gesicht und das Blut tropfte zwischen ihren Fingern hindurch. Entsetzt sah sie ihn an, dann schleuderte er das Telefon zu ihren Füßen und sagte, nun könne sie tatsächlich um Hilfe schreien. Jetzt habe er ihr einen Grund gegeben. Und ich stand einfach nur da und fühlte mich so nutzlos. Ich streichelte ihr über den Scheitel, aber ich wusste, keine Worte würden, dass, was geschehen war, wieder richten können. Sie schickte mich ins Bett und sagte, es sei alles in Ordnung. Und ich wusste, sie log. Und danach tat ich es auch. Jeden Tag."

An einem Morgen war Aria nicht da gewesen. Es war der erste Tag seit Langem, an dem es wieder geregnet hatte. An jenem Tag trommelte der Regen rhythmisch auf seinen gelben Schirm. Er hatte ihn extra gekauft, da es ihre Lieblingsfarbe war. Sanft rauschten die Blätter im Wind, während der Duft des feuchten Waldbodens ihn umhüllte. Und Augustus? Er wartete und wartete. Jedes Geräusch ließ ihn hoffnungsvoll aufschauen, in diesen Momenten schlug sein Herz schneller, bloß um im nächsten Moment enttäuscht festzustellen, dass sie nicht dort war. Vielleicht war sie verhindert. Vielleicht hatte sie ihn vergessen. Oder, und jener Gedanke schmerzte am meisten, vielleicht hatte er sie gelangweilt. Eine enttäuschende Leere, begleitet von einem Gefühl der Verlassenheit, breitete sich in ihm aus. Die Stunden verlängerten sich zu einer endlosen Ewigkeit, während er einfach wartete. Und dann, als ihm bewusst wurde, wie lächerlich er sich gemacht hatte, hielt die Welt für einen kurzen Moment den Atem an. Er stand auf.

„Du musst mich frei lassen", ertönte eine Stimme.

Erleichtert und zum gleichen Teil verwundert drehte sich Augustus um. Aria stand am anderen Ende der Lichtung. Ihr nasses Haar klebte an ihrer Stirn, während die Regentropfen über ihre helle Haut liefen. Irritiert sah Augustus zu ihr. Was wollte sie ihm sagen? Ohne einen weiteren Moment verstreichen zu lassen, eilte er zu ihr. Behutsam legte sie ihre kalte Hand an seine Wange.

„Begreifst du es denn nicht? Nach all den Jahren?" Heiße Tränen mischten sich mit den Tropfen auf ihrem Gesicht. „Ich rufe dich schon so lange. Ich flehe dich an, lass mich los! Menschen lügen. Menschen verletzen einander. Ihre Worte, ihre Taten. Es tat verdammt weh. Siehst du denn nicht, wie sehr ich leide? Das, was geschehen ist, ist geschehen. Sie lehnte dich ab und du warst doch noch ein Kind. Sie lehnte dich ab und suchte ihre Liebe bei ihm? Dieses Monster, das sie schlug und betrog! Das dich schlug. Du warst bei ihr und sie hat dich verstoßen. Es ging ihr nicht gut und du wusstest es. *Wir* wussten es. Du hast versucht, mit ihr zu sprechen, sie von deiner Liebe zu überzeugen. Und sie hat dich angelogen, abgelehnt. Dich in einem Ozean zurückgelassen. Aber *du* hast uns ertrinken lassen."

Verkrampft presste er die Lippen aufeinander, während seine Kehle schmerzhaft brannte. Die Trauer ließ sich nicht hinunterschlucken, diesmal nicht. Jeder seiner Atemzüge fühlte sich wie ein Kampf an.

„Du hast mich so lange weggesperrt. Hör mich endlich an. Ich kann nicht mehr!"

Zitternd griff Aria in seine Tasche und holte ihr Tagebuch heraus, dann drückte sie es ihm in die Hand.

„Sieh genau hin", sagte sie, den Schmerz in ihrer Stimme konnte sie kaum bändigen. Und er sah ganz genau hin. Langsam sank er zu Boden, während sein Körper unaufhörlich bebte. Die Trauer übermannte ihn und auf einmal waren alle seine Erinnerungen wieder so präsent. Fein säuberlich hatte sein Bewusstsein diesen Teil seines Lebens hinter einem gigantischen Schleier der Täuschung verborgen. Und als er sich beruhigt hatte, begriff er endlich.

„Aria, wie Melodie?", fragte Augustus.

In dem Moment strahlten ihre Augen: „Ja. Die Melodie deines Herzens."

Nach diesem Tag sah Augustus Aria nie mehr wieder. Aber es war in Ordnung, denn sie hatte ihm ein Geschenk gebracht. Seine Stimme.

Immer seltener durchforstete er das alte Notizbuch nach seinen Einträgen und irgendwann beschloss er, es an den Ort zurückzubringen, an dem er es gefunden hatte. Ein letztes Mal blickte er auf das kleine Buch, wie es friedvoll auf der Bank lag.

Dann lächelte er und ging.

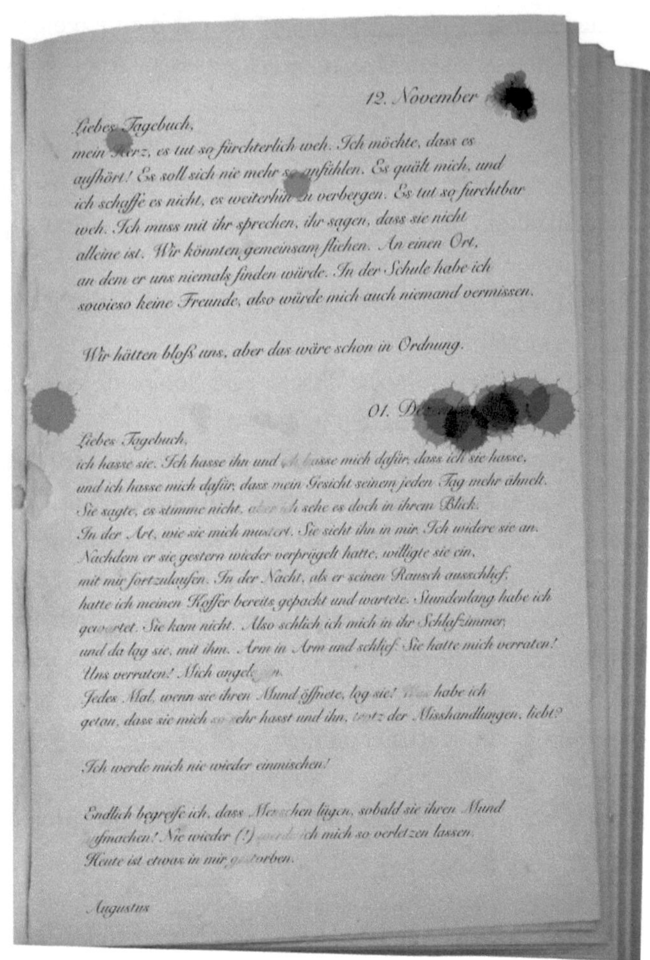

12. November

Liebes Tagebuch,
mein Herz, es tut so fürchterlich weh. Ich möchte, dass es
aufhört! Es soll sich nie mehr so anfühlen. Es quält mich, und
ich schaffe es nicht, es weiterhin zu verbergen. Es tut so furchtbar
weh. Ich muss mit ihr sprechen, ihr sagen, dass sie nicht
alleine ist. Wir könnten gemeinsam fliehen. An einen Ort,
an dem er uns niemals finden würde. In der Schule habe ich
sowieso keine Freunde, also würde mich auch niemand vermissen.

Wir hätten bloß uns, aber das wäre schon in Ordnung.

01. De...

Liebes Tagebuch,
ich hasse sie. Ich hasse ihn und ich hasse mich dafür, dass ich sie hasse,
und ich hasse mich dafür, dass mein Gesicht seinem jeden Tag mehr ähnelt.
Sie sagte, es stimme nicht, aber ich sehe es doch in ihrem Blick.
In der Art, wie sie mich mustert. Sie sieht ihn in mir. Ich widere sie an.
Nachdem er sie gestern wieder verprügelt hatte, willigte sie ein,
mit mir fortzulaufen. In der Nacht, als er seinen Rausch ausschlief,
hatte ich meinen Koffer bereits gepackt und wartete. Stundenlang habe ich
gewartet. Sie kam nicht. Also schlich ich mich in ihr Schlafzimmer,
und da lag sie, mit ihm. Arm in Arm und schlief. Sie hatte mich verraten!
Uns verraten! Mich angelogen.
Jedes Mal, wenn sie ihren Mund öffnete, log sie! Was habe ich
getan, dass sie mich so sehr hasst und ihn, trotz der Misshandlungen, liebt?

Ich werde mich nie wieder einmischen!

Endlich begreife ich, dass Menschen lügen, sobald sie ihren Mund
aufmachen! Nie wieder (!) werde ich mich so verletzen lassen.
Heute ist etwas in mir gestorben.

Augustus

2022 | Die Hütte im Wald

Der Wald, den sie, schon seit gefühlt Stunden, durchquerten, roch nach Fichten und Erde, während der Wanderweg immer schmaler wurde. Nur manchmal konnte man einen Blick durch das Blätterdach werfen, aber dann sah man, dass sich die Wolken immer stärker zusammenzogen und es dunkel am Horizont war. Donner grollte hinter ihnen in den Bergen.

»Ich glaube nicht, dass wir das noch rechtzeitig schaffen«, sagte Yannik und presste seine Lippen zu schmalen Strichen zusammen. Er schnaubte genervt auf. Sein großer Wanderrucksack wurde bei jedem Schritt schwerer. Schon jetzt klebte ihm sein Shirt wie eine zweite Haut am Körper. Auch seine Cousine Lilly sah ziemlich erschöpft aus. Vielleicht war es insgesamt keine gute Idee gewesen, nicht den direkten Weg zu nehmen. Sie hatten stattdessen eine kleine Bergwanderung unternommen, um dann gleich im richtigen Tal für ihren Heimweg zu sein. Jetzt mussten sie nur noch den Bus nach Sonnfelsen nehmen, falls denn überhaupt noch einer fuhr.

»Okay, bleib mal kurz stehen«, antwortete Lilly. Sie vermied, es ihm in den Augen zu sehen, um sich nicht weiter von ihm provozieren zu lassen. Sie nahm ihren etwas kleineren Rucksack von den Schultern und begann ihn halb auszuräumen. »Mal sehen …«, murmelte sie und zog eine Thermodecke, zwei Brotdosen, eine Wasserflasche und einen Apfel hervor, ehe sie ihre Hand ganz hineinstecken konnte und am Boden herumzuwühlen schien.

Über ihnen grollte es noch einmal, diesmal näher und lauter. Direkt über ihren Köpfen schob sich eine fast dunkelblaue Wolke. Yannik schluckte. Bei dem Gedanken, in einem

Unwetter mitten im Wald zu stecken, wurde ihm ganz mulmig zumute. Besonders nachdem erst vor ein paar Wochen ihre Heimatstadt Sonnfelsen von einem Sommersturm überrascht worden war und es zwischenzeitlich, wie ein Kriegsschauplatz gewirkt hatte. Dächer waren abgedeckt worden, Fenster durchschlagen und manche Autos hatten ihn an Coladosen erinnert, die man mit der Hand zusammengedrückt hatte.

Er wollte gerade den Kopf wieder zu seiner Cousine drehen, als er etwas in seinem Augenwinkel wahrnahm. Es war klein und hatte die Farbe von altem Leder. Während Lilly weiter ihren Rucksack durchwühlte, näherte er sich seinem Fund. Als er schließlich davorstand, sah er ein kleines Notizbuch, das in ledernen Einband mit einer Schnur zusammengebunden war. Er nahm es in die Hand und spürte mehr Gewicht, als er erwartet hatte.

»Ah, hab ich dich!« Lilly klang triumphierend. Geistesabwesend steckte er es in seinen Rucksack und sah zu seiner Cousine. Sie zog gerade ihre Hand wieder aus ihrer Tasche hervor und brachte eine Karte zum Vorschein. Die einzige Möglichkeit, sich hier draußen zu orientieren, denn ihre Handys hatten, seit sie Mittwoch Nachmittag angekommen waren, keinen Empfang mehr.

Beide hatten sie sich sehr auf diesen kleinen Urlaub gefreut. Nur sie, eine kleine Bergwanderung – vielleicht ein Kaiserschmarrn auf einer Bergalm, ganz so, wie sie es früher immer mit ihrer Großmutter gemacht hatten. Dazu ein paar Tage in der abgelegenen Berghütte. Einfach nur die Natur, Ruhe und Erholung. Ein kleiner Reset, den sie beide jetzt einfach nötig hatten.

Lilly faltete die Karte auf und fing an, sie zu studieren, während sie mit ihrem Finger darüberfuhr und hin und wieder etwas murmelte. Yannik überließ es ihr, denn sie war eindeutig besser in diesen Dingen als er. Sie zögerte, strich eine ihrer blonden Strähnen zurück hinter ihr Ohr und sah ihn einen Moment besorgt an. Lilly hatte blaue Augen, eine kleine Nase und schön geformte Wangenknochen, ehe ihr Kinn etwas spitzer als seines zulief. Er selbst hatte dieselben blonden Haare, die lagen bei ihnen in der Familie, aber er hatte braune Augen und ein Grübchen am Kinn. Als er ihr in die Augen sah, lief es ihm eiskalt den Rücken hinunter und er biss sich auf die Unterlippe.

»So schlimm?«, fragte er und Lilly nickte.

»Flipp‹ bitte nicht gleich aus, ja?«, sagte sie und fuhr dann mit ihrem Finger einen Weg nach. »Von hier sind wir gekommen und haben dann bei dieser Abzweigung den Weg genommen …«

»Weil du gesagt hast, dass es kürzer ist!«, unterbrach er sie.

»Ist es auch, schau mal!«

»Aber was hat es uns gebracht?! Ich hab doch gewusst, dass … Man immer dasselbe!«

Lillys Finger strich über die Karte und sein Blick folgte ihm. Den Weg, den sie genommen hatten, führte dichter am Berg und mitten durch den Wald entlang, während die Alternativroute – eigentlich der ausgeschriebene Wanderweg – einen weiten Bogen machte, um den Wald und einen kleinen See herumführte und dann in einem kleinen Nachbardorf ihres Zielorts wieder herauskam. Aber auch wenn er kürzer war, so waren sie in der letzten halben Stunde immer langsamer vorangekommen, da der Weg zugewachsen und teilweise von umgestürzten Bäumen versperrt worden war.

»Und jetzt?! Noch so eine glorreiche Idee?«

Wie um die Dringlichkeit in seiner Stimme noch weiter zu unterstreichen, donnerte es erneut. Diesmal näher, und die ersten schweren Tropfen fielen zu Boden. Lilly studierte die Karte und presste ihrerseits die Lippen zusammen.

»Ich weiß es nicht, Nicki«, erwiderte sie und zuckte zusammen, als es nochmals donnerte.

»Na große Klasse!«

Als Yannik sah, wie sie den Blick senkte, tat ihm seine Reaktion sofort leid. Es war nicht ihre Schuld. Und sie konnte auch nichts für das Wetter, das sie überraschte. »Lass uns erst mal weitergehen, vielleicht finden wir ja was zum Unterstellen«, sagte er und hoffte, versöhnlicher zu klingen.

Lilly nickte und murmelte: »Gut«, ehe sie aufstand und die Karte und die restlichen Gegenstände wieder in den Rucksack verstaute. Regentropfen trafen seinen Kopf und liefen ihm über die Stirn. Dann traf etwas seinen Kopf, das ein Hagelkorn sein musste. Beide dachten an das letzte Unwetter, was die zerstörten Fenster und abgedeckten Häuser mit sich gebracht hatte. Yannik erinnerte sich an eine Schlagzeile, die ihn sowohl verstört als auch traurig gemacht hatte. Etliche Störche waren erschlagen worden. Entsetzt trafen sich ihre Blicke. Sofort war alles vergessen.

»Wir müssen uns irgendwo unterstellen!«

Lilly nickte, dann rannten sie los. Der Hagel wurde stärker. Schmerzende kleine Stiche auf den Armen und im Gesicht. Sie waren kaum ein paar Hundert Meter weit gekommen, als aus den Tropfen ein regelrechter Monsun geworden war. Die Wolken standen nun dunkel und drohend über ihnen. Der Donner klang wie Detonationen und der Hagel zerfetzte die Blätter der Sträucher und Bäume. Sie kauerten sich beide unter einen Baum zusammen – wohlweislich, dass es nicht der beste Schutz bei einem Gewitter war. Immer wieder schlugen Blitze ein und beleuchteten die Dunkelheit. Knotige

Baumstämme wirkten wie verzerrte Gesichter, knorrige Äste wie Finger einer alten Hexe. Alles schien sie anzustarren.

»Was ist das?«, fragte Lilly und Yanniks Herz setzte für einen Schlag aus. Sofort bildete sich eine Gänsehaut auf seinem Arm. Seine Cousine kniff die Augen zusammen, um besser sehen zu können und streckte die Hand aus, um auf etwas zu deuten. Er folgte ihrem Finger mit seinem Blick. Tatsächlich war da etwas.

»Es könnte eine Hütte sein«, sagte er.

»Ja!«, antwortete sie und griff seine Hand. »Komm!«

Also rannten sie beide die wenigen Meter durch den Wald. Wurzeln wucherten über den Waldboden wie dunkle Schlangen und der lehmige Boden sog sich mit Wasser voll. Sie bahnten sich einen Weg durch das Gestrüpp. Äste zerrten an ihnen, als wollte der Wald sie nicht vorbei; nicht gehen lassen. Ihre Schritte schlitterten über den rutschigen Boden, aber irgendwie gelang es ihnen, auf den Beinen zu bleiben. Kurz bevor sie das Haus erreichten, schlug ein Blitz unweit von ihnen ein. Für einen Herzschlag wurde es blendend hell und Yannik war sich sicher, dass dort etwas stand und sie beobachtete.

Dann endlich erreichten sie die Hütte. Das Schieferdach sah alt aus, aber Löcher schien es keine zu haben, und auch das Holz der Wände wirkte solide. Vor der Tür, sogar bereits unter dem Dach war eine kleine Veranda. Also selbst wenn die Tür verriegelt wäre, würden sie hier wenigstens geschützter sein. Außerdem sah er eine Art Forststraße, die zu der Hütte führte. Das Licht wirkte gelblich und fahl. Yannik war froh, dass sie sich zumindest unterstellen konnten.

Lilly warf ihm einen Blick zu und nickte zu dem Knauf. Er wusste, was das zu bedeuten hatte. Er sollte es versuchen, denn er war schon immer der Glückspilz von ihnen beiden gewesen. Auch wenn es jetzt wohl um etwas anderes ging, als eine Full House beim Kniffel zu werfen. Trotzdem würde er es versuchen. Also machte er einen Schritt nach vorne. Eine der Dielen knarrte unter seinem Gewicht. Er verharrte, griff dann aber doch nach dem Knauf. Sein Herz schlug ihm bis zum Hals. *Bitte, lass sie offen sein,* dachte Yannik.

⟵

Draußen wurde es wegen des Gewitters noch dunkler. Jetzt, da der Herbst ins Land eingezogen war, schienen die langen Tage des Sommers bereits ewig entfernt zu sein. Die Nacht kam mit jedem Tag schneller. Es war etwas seltsam, ein Feuer in einer fremden Hütte zu entfachen. Vielleicht lag es daran, dass sie gerade erst einige Nächte in einer Berghütte verbracht haben, denn ansonsten wäre es Yannik nicht im Traum eingefallen. Andererseits, was hatten sie schon für eine Alternative? Das Feuer brannte knisternd im Kamin und spendete ihnen sowohl Licht als auch Wärme. Seit es brannte, fühlte er sich besser.

Alles, was sie dabeihatten, war vollständig durchnässt und bald würde es ohnehin zu dunkel sein, um weiterzugehen. Sie waren noch immer ein paar Stunden von der Busstation entfernt und sie würden den letzten Bus, falls er überhaupt noch fuhr, mit Sicherheit verpassen. Die Tür war zwar nicht verschlossen gewesen, doch – wenn man mal ehrlich war –, wer sollte bei diesem Wetter hier auftauchen? Yannik hoffte, dass sie die Nacht ungestört verbringen konnten.

Innen wirkte die Hütte etwas neuer, als das dunkle Holz von außen vermuten ließ. Vor dem Kamin befanden sich zwei alte Sessel und eine kleine Ledercouch. Dahinter an der Wand hing ein imposantes Geweih eines Hirschs und daneben standen zwei Regale, die mit allerlei Büchern gefüllt waren. An der gegenüberliegenden Seite hingen ebenfalls einige Geweihe und zwei Hängeschränke. Es gab eine Art Küchenzeile, allerdings ohne Herd. Als er die Schranktüren öffnete, fand Yannik einige alte Dosen, die noch immer gut zu sein schienen und die sie notfalls essen konnten, wenn ihre Vorräte nicht ausreichen sollten. Daneben lag ein kleines Schlafzimmer mit einem Bett und einem Schrank. Nur ein Bad konnte er nicht ausfindig machen, was ihn nicht überraschte, nachdem es weder Strom noch Wasser in der Hütte gab. Aber das wäre nicht so schlimm, wenigstens war es trocken.

Als er zurück zum Kamin kam, reichte Lilly ihm eine Decke. Sie selbst hatte sich bereits in eine zweite eingewickelt. Neben und auf dem Kamin hingen einige ihrer nassen Sachen. »Wir müssen aus den nassen Klamotten raus, sonst holen wir uns noch den Tod«, erklärte sie. »Sie ist etwas staubig, aber das Beste, was ich gefunden habe.«

»Gute Idee.« Yannik zog sein nasses Shirt und die Jeans, die er trug, aus, ehe er sich in die Decke wickelte. Er legte beides neben dem Kamin und setzte sich dann auf einen der Sessel. Für einen Moment genoss er die Ruhe und beobachtete die Flammen im Kamin. Draußen peitschte der Wind den Regen gegen die Holzwand. Die Fensterläden ächzten leise in ihren Angeln und auch der Donner ließ nach wie vor nicht nach. Das Unwetter lag noch immer über ihnen. Blitze durchzuckten die Nacht und verwandelten die Bäume in seltsame knotige Wesen, die jedes Mal etwas anders standen. Er seufzte.

»Was ist?«, fragte Lilly.

»Ich glaube, wir sollten hierbleiben.«

»Ja, das ist sicher das Beste«, antwortete seine Cousine und wirkte erleichtert.

»Heute wird niemand mehr kommen und hier ist es wenigstens trocken ...«

»Und warm«, ergänzte Lilly. »Also gut, abgemacht.«

Er drehte den Kopf und sah sie grinsend an. »Dann bleiben nur noch zwei Fragen offen.«

Sie hob die Augenbrauen, sagte aber nichts.

»Wer bekommt das Bett und was haben wir noch zu essen?«

Jetzt rollte sie mit den Augen und schüttelte ihren Kopf, trotzdem konnte sie nicht verhindern, dass auch sie grinste. Yannik mochte es, wenn er sie erheitern konnte. Er wusste nicht, woran es lag, aber das hatte er irgendwie schon immer gekonnt. Sie verband ein sehr enger Draht zueinander und er konnte ihre Stimmung oft schon anhand eines Blicks erkennen. Yannik war ein halbes Jahr jünger als Lilly, aber gestört hatte sie beide das noch nie. Sie hatten etliche Ferien gemeinsam bei ihrer Großmutter verbracht und sahen sich generell sehr oft, auch wenn sie nie die gleichen Schulen besucht hatten. Manchmal kam es ihm so vor, als wären sie eigentlich Geschwister.

»Ich habe noch zwei Flaschen Wasser und du müsstest auch noch welches haben, das passt also schon mal ...«, sagte Lilly und griff nach ihrem Rucksack. »Unser Brot ist nicht mehr ganz so frisch, aber ein paar Scheiben sind noch da. Außerdem haben wir noch etwas Mini-Salami für mich, einen Apfel, etwas Hummus, etwas Zwiebelchutney für dich und wenn du lieb bist, kann ich vielleicht noch etwas Schokolade auftreiben, die ich für den Notfall gebunkert habe.«

»Du meinst so einen Notfall, wie wir ihn jetzt haben?«

»Nein, sondern eher, falls deine Laune wieder so unterirdisch wie vorher wird und du dich aufführst wie eine Diva. Du weißt schon, die Snickers-Versicherung.«

»Als ob ich so schlimm ...«, entgegnete er und verschränkte die Arme vor der Brust. »Du übertreibst doch maßlos.«

Lilly schmunzelte, antwortete jedoch nicht darauf. Sie wussten beide, wie er sich vorhin verhalten hatte. Zum Glück kannte sie ihn gut genug, um ihn so etwas nicht nachzutragen.

»Kann ich trotzdem ein Stück haben?«, fragte er und setzte seinen Hundewelpenblick auf. Lilly lachte auf. »Ich glaube, das geht schon in Ordnung«, sagte sie und holte eine Tafel Schokolade aus dem Rucksack und warf sie ihm zu. Er fing sie und öffnete sie sofort, brach eine Rippe sorgfältig ab und steckte sich dann die Hälfte in den Mund.

»Willst du auch?«

»Lass mal, danke«, antwortete sie lächelnd. »Man drängt sich nicht zwischen den Tiger und seiner Beute, wenn man an seinem Leben hängt.«

»Aber der Tiger würde teilen!« Yannik grinste.

»Danke, aber ich glaube, dem Tiger schmeckt es mehr als mir.«

Während er Schokolade liebte, begeisterte sich Lilly mehr für salzige Dinge. Und sie liebte Fleisch, wohingegen er immer bereitwillig darauf verzichten konnte. Es hatte lange gedauert, bis seine Großeltern akzeptiert hatten, dass er Fleisch nicht sonderlich schätze. Lilly stand auf und drehte die Klamotten um und legte ein Holzscheit nach, das sofort Feuer fing und dann laut knackte. Yannik aß noch etwas Schokolade und sah verträumt ins Feuer. Er liebte es, die Flammenzungen zuzusehen und konnte sich darin verlieren.

←—→

Die Zeit verstrich. Erst jetzt merkte er, wie sehr ihn diese Bergwanderung und die vergangenen Tage angestrengt hatten.

Draußen ging die Sonne unter und es wurde kalt. Yannik stand einige Zeit an der offenen Tür und sah dem Regen zu. Er ließ etwas nach, aber noch immer war es besser, keinen Fuß vor die Tür zu setzen. Es war kein Ende in Sicht. Seufzend schloss er wieder die Tür und legte Holz nach, ehe sie etwas zusammen aßen und trockene Kleidung anzogen. Anschließend streckte sich Lilly auf der Couch aus und schien zu dösen. Auch wenn er erschöpft war, an Schlaf war noch nicht zu denken. Also inspizierte er die Hütte etwas genauer, fand dabei aber außer einem Campingkocher, einer Mokkakanne und Kaffeepulver nichts von Interesse. Dann zog das Bücherregal seine Aufmerksamkeit auf sich und er fragte sich, welche Bücher wohl an so einem Ort lagern mochten. Die Antwort war schnell gefunden. Hauptsache ein paar Krimis, alte Reiseführer und ein paar Fantasybücher. Nichts Aufregendes, nichts Weltbewegendes.

Er wollte sich gerade schon wahllos eines herausnehmen, als er an das Büchlein dachte, dass er gefunden hatte. Er konnte sich nicht mehr erinnern, es aus seinem Rucksack genommen zu haben, aber das musste er wohl, denn es lag neben dem Kamin bei seiner Kleidung zum Trocknen. Jetzt, da er es genauer betrachtete, vermutete er, dass es sich um ein altes Notizbuch handeln musste. Er hob es auf. Wieder wog es schwer in seiner Hand. Es wirkte alt und ramponiert, aber weder zerfleddert noch anderweitig beschädigt. Yannik betrachtete es und strich mit seiner Hand über das weiche Leder. An manchen Stellen wirkte es rissig und das Papier des Notizbuches hatte sich an manchen Stellen gelblich verfärbt. Wo es wohl herkam? Wer es dort verloren hatte, und wie lange musste es schon dort gelegen haben?

Yannik band die Schnur auf und schlug es wahllos auf. Er konnte den Geruch von Staub wahrnehmen, als ob das Büchlein doch schon in die Jahre gekommen war. Manche der Seiten waren eingeknickt oder hatten Eselsohren. Einige schienen sogar herausgerissen zu sein, dafür hatte man anderer Stelle etwas hineingeschoben. Während er darin herumblätterte, sah er etliche verschiedene Handschriften, Skizzen und sogar eine Karte.

»Was machst du da?«

Yannik zuckte vor Schreck zusammen. Das Buch rutsche ihm dabei aus der Hand und viel polternd zu Boden.

»Gott, musst du mich so erschrecken!«

Er fuhr herum. Er fühlte sich ertappt, ganz so, als hätte er Lillys Tagebuch gelesen und nicht irgendein fremdes Notizbuch. Seine Ohren fühlten sich an, als würden sie glühen.

»Sorry«, erwiderte Lilly, lächelte dann entschuldigend und dennoch hob sie fragend ihre Augenbrauen. »Hast du was Interessantes gefunden?«

»Weiß noch nicht, vielleicht eine Art Notizbuch. Es lag vorhin auf dem Weg«, erklärte er und bückte sich, um das Buch aufzuheben. Dabei fiel ihm auf, dass sich ein Stoß Seiten aus dem Buch gelöst hatte und nun daneben lag. Er griff danach und erkannte, dass es mehrere Seiten von einem anderen Notizblock waren, die in der Mitte gefaltet und dann in das Büchlein gelegt worden waren. Die Schrift war in akkurater, sauberer Form, zumindest am Anfang. Aber schon beim Überfliegen stellte er fest, dass sie gegen Ende hin eher hektisch und viel krakeliger wirkte, als wäre es in Eile hingeschmiert worden. Er setzte sich auf einen der Sessel und fing an zu lesen.

»Eigentlich ist die Hütte ganz schön, wem sie wohl gehört? Ein Glück, dass ich sie gefunden habe. Sie steht so verlassen mitten im Wald und doch scheint irgendjemand hier häufiger

zu leben, wenn ich mir die Vorräte so ansehe. Als mich das Gewitter vorhin überraschte und ich mich hier untergestellt habe, war ich froh darum. Vielleicht finde ich ja morgen endlich einen Weg, um aus diesem elenden Wald herauszukommen, der nicht enden zu scheint. Und trotzdem fühlt es jetzt so an, als würde die Zeit einfach stillstehen ...«

Yannik hielt kurz inne. Das weckte sein Interesse. Zwar fehlte ein Datum auf dem Zettel, aber die Schrift war noch nicht wirklich verblichen. Sein Verstand versuchte sofort, die Lücken mit seiner Fantasie zu füllen. Die Person, die das geschrieben hatte, hatte ebenfalls die Nacht hier verbracht.

Schon lustig, welche Zufälle das Leben so spielt, dachte er und las weiter. Die Verfasserin – insgeheim ging er von einer Frau aus, denn die Form der Handschrift glich eher Lillys schöner, schwungvoller Schrift als seiner krakeligen Schmiererei – schien sich mit ihrem Bericht ablenken zu wollen. Sie hatte sicher hier darauf gewartet, dass das Unwetter vorbeigehen oder die Nacht enden würde. Sie erzählte von einem Ausflug in eine nahe Klamm, die sie unternommen hatte und wie wunderbar das Wasser bei dem heißen Wetter gewesen war, ehe sie von dem Unwetter überrascht worden war.

»Es ist schon ein seltsames Büchlein. Es steht allerhand Zeug drinnen, Tagebucheinträge, Einkaufslisten, Skizzen von Gärten und Zimmern, sogar mehrere Bilder von einem Hirsch mit einem prächtigen Geweih. Schon verrückt, das Buch lag einfach hier aufgeschlagen auf dem Tisch. Ich habe den unbändigen Drang verspürt etwas hineinzuschreiben, was ich auch getan habe. Und weil es sich richtig angefühlt hat, schreibe ich nun auf meinem Block diese Seiten, da ich das Büchlein nicht sinnlos füllen will, ehe ich es ganz gelesen

habe. Wie es wohl hergekommen ist und wie lange es schon …«

Hier riss der Text plötzlich mitten im Satz ab. Yannik blätterte die Seite um und tatsächlich, dort ging es weiter. Aber als er es las, lief es ihm kalt den Rücken herunter. Kurz hatte sein Herz einen Schlag ausgesetzt.

»Nicky?« Lillys Stimme klang nervös. »Was ist los?«

»Ich … ich«, stammelte er und sah sie dann an. »Keine Ahnung. Hör dir das mal an …«

»Himmel, bin ich gerade erschrocken. Da habe ich mir doch glatt eingebildet, Schritte vor der Tür zu hören. Da ist wohl die Fantasie mit mir durchgegangen, he he … Kein Wunder, es war auch ein anstrengender Tag.

Bei dem Wetter ist sicher <u>niemand</u> hier draußen. Man würde ja nicht mal einen Hund vor die Tür …

Da! Da war es schon wieder! Diesmal bin ich mir <u>sicher</u>. Eine Diele auf der Veranda hat geknarrt. Es war die Gleiche, die auch bei mir geächzt hatte, als ich ankam. Das kann doch nicht sein!«

Yannik hielt inne und schluckte. Langsam wurde ihm mulmig zumute. Er wusste genau, welche Diele gemeint war und wie sie klang. Leise knisterte das Feuer im Kamin.

»Es war sicher nur ein Waschbär. Gibt es die überhaupt bei uns? Wie auch immer. Als ich durch das Fenster gesehen habe, war da nichts. Die Hütte liegt an einer unbefestigten Forststraße, die bei diesem Regen sicher eine einzige Schlammbahn ist. Hier kommt keiner her. Das sind nur meine Nerven. Aber allein das Wissen, dass erst vor Kurzem wieder

ein Mädchen verschwunden ist ... Nein, daran denke ich jetzt nicht. Nur weil es angeblich immer wieder zu Vermissten-fällen rund um Sonnfelsen kommt, muss das hier nichts damit zu tun haben, ich sehe nur Gespenster. Es ist ... »

Wieder endete der Text mitten im Satz. Danach wurde die Schrift größer, undeutlicher, als hätte man den Text hektisch hingekritzelt.

»Etwas ist da draußen! Ich höre, wie es um die Hütte schleicht. Dieses kehlige Schnaufen! Was ist das nur?! Ich kann nicht weg! Verdammt! Etwas ist gegen die Tür geprallt. Was tue ich denn jetzt?! Ich habe keinen Empfang und hier ist kein Telefon! Hoffentlich hält die Tür, hoffentlich ...«

Dann kam nichts mehr. Die Hälfte der Seite war frei und bis auf ein paar Spritzer – es war mit ziemlicher Sicherheit Matsch – war sonst nichts mehr zu sehen. Der Ruf einer Eule schallte durch die Nacht und fuhr ihm wie ein Eiszapfen durch die Adern. Kalter Schweiß bildete sich auf seiner Stirn und um ein Haar wäre er aufgesprungen.

Ruhig, Yannik, dachte er. *Ganz ruhig. Das bildest du dir nur ein.*

Seine Finger krampften sich um das Blatt Papier. Sein Blick sah zu den Fenstern, aber diese hatten sich aufgrund des Lichtes drinnen und der Dunkelheit draußen zu Spiegeln ver-wandelt. Und doch bildete er sich ein, dass sich ein brauner Fetzen in seinem Blickwinkel bewegt hatte. Er sprang auf. Das konnte doch nicht sein! Etwas schien ihn zu beobachten, da war er sich plötzlich sicher.

»Nicky?«

»Ich … äh«, stammelte er und sah sie dann an. »Das hat mich wohl etwas aufgewühlt«, erklärte er und strich sich verlegen durch die blonden Haare. Aber als er Lilly in die Augen sah, sah er dort ebenso Unsicherheit. Draußen klapperte es. Beide sahen sich ängstlich an.

»Flipp jetzt nicht aus ...«, sagte seine Cousine. »Aber ich habe vorhin auch schon gedacht, dass ich etwas gehört habe, als du draußen pinkeln warst. Ich dachte, ich bilde mir das nur ein und da ist nichts, aber seitdem werde ich das Gefühl nicht los, dass wir beobachtet werden.«

»Dein Ernst?!«

Sie zuckte mit den Schultern und lächelte entschuldigend. Draußen frischte der Wind auf. Etwas kratzte über die Holzfassade der Hütte.

Nur die Äste der nahen Bäume!

Etwas knackte vor der Tür. Wahrscheinlich war ein Ast abgebrochen und zu Boden gefallen.

Oder jemand ist auf einen Ast getreten!

Und dann klang es wirklich so, als ob jemand draußen auf und ab ging. Es klang nach schweren Stiefeln mit Absätzen. Klack, klack, klack.

»Oh Gott, das sind eindeutig Schritte!«, zischte Yannik und wich einige Schritte zurück, bis er mit den Kniekehlen an den Couchtisch stieß. *Das Messer,* dachte er triumphierend. Er drehte sich und griff nach dem Küchenmesser, mit dem Lilly vorhin das Brot und die Salami geschnitten hatte. Wenigstens würde er sie verteidigen können.

Ein animalisches Schnaufen, fast ein Röhren, das ganz und gar nicht menschlich klang. Dann schlug klappernd ein Fensterladen gegen das Fenster. Lilly entfuhr ein Schrei, worauf Yannik erneut zusammenzuckte. Er schien plötzlich in Strömen zu schwitzen. Sein Herz hämmerte immer schneller in seiner Brust und seine Muskeln vibrierten regelrecht vor Anspannung. Wieder schlug der Fensterladen klappernd gegen das Fenster. Sie mussten sich in dem Wind draußen aus ihrer Verankerung gelöst haben. Ja, so musste es sein. Das war die einzige rationale Erklärung, außer jemand hatte sie mit Absicht gelöst.

»Wir müssen hier weg«, sagte Yannik. »Etwas ist da draußen!«

»Spinnst du?! Wohin sollen wir denn?«

»Weiß nicht, vielleicht einfach der Straße folgen.«

»Das doch Wahnsinn!«

»Siehst du die braunroten Spritzer auf der letzten Seite! Wer immer hier war, ist hiergeblieben und hatte dann keine Zeit mehr … Das ist Blut Lilly, Blut!«

Er wusste nicht warum, aber er war sich ziemlich sicher, dass er recht hatte. Wenn sie hierblieben, dann würden sie sterben. Sein Herz glich einem wummernden Bass. Seine Haut schien vor Aufregung förmlich zu kribbeln. Was immer da draußen war – so genau wollte er es eigentlich auch gar nicht wissen –, würde bald hereinkommen und dann saßen sie in der Falle. Die Schritte schienen sich wieder zu entfernen, doch dann kratzte etwas über die Holzwand hinter ihnen. Yanniks Nackenhaare stellten sich auf und er konnte nur mit Mühe einen Aufschrei unterdrücken.

»Es ist am Schlafzimmer«, flüsterte Lilly und sah ihn an. »Bist du dir sicher?«

Yannik nickte und sein Griff um das Messer wurde stärker. Er hob es etwas an, um es ihr zu zeigen.

»Aber du gehst voraus«, sagte er und sah sie durchdringend an. »Du läufst vor! Du musst dich um den Weg kümmern.«

Sie zögerte, nickte dann aber und stand auf. Sie griff ihren Rucksack, zog eine Taschenlampe hervor und schaltete sie ein. Auch Yannik griff nach seinem Rucksack und schulterte ihn. Dann schlichen sie zur Tür und lauschten. Draußen war nichts zu hören. Es war ruhig. Fast zu ruhig.

»Jetzt!«, flüsterte Yannik und riss die Tür auf.

←→

Sie rannten durch die dunkle Nacht. Der weiße Lichtkegel von Lillys Lampe leuchtete aschfahl vor ihnen und bewegte sich hektisch über den unebenen Boden. Kurz blitzte ein Huf-abdruck in dem lehmigen Boden auf, aber Yannik kümmerte sich nicht weiter darum. Sie folgten Fahrrinnen, in denen sich schlammiges Wasser gesammelt hatte. Wichen Wurzeln, Steinen und Brombeersträuchern aus. Schweiß rann ihm die Stirn herunter und brannte in seinen Augen. In seiner linken Seite schien bei jedem Atemzug ein glühender Dorn zu stecken. Aber sie durften jetzt nicht stehen bleiben. Sie mussten weg. Schnell.

Er sah immer wieder Kratzspuren auf den Stämmen der Bäume. Dann röchelte etwas hinter ihnen und Yannik meinte, den feuchten, heißen Atem in seinem Nacken zu spüren. Er wagte es nicht, sich umzudrehen. Sein Herz schlug wild und hart. Seine Muskeln brannten vor Anstrengung. Es röhrte wieder, dann zerfetzte ein gewaltiger Knall die Nacht.

»Weiter!«, rief er. »Schneller!«

Über ihnen kreischte eine Eule und flatterte auf. Yanniks Gefühl, dass es die richtige Entscheidung gewesen war, war nun fast greifbar. Adrenalin strömte durch seinen Körper und er rannte, so schnell er konnte, und folgte dabei Lilly. Sträucher und Bäume schossen an ihnen vorbei. Feine Äste rissen ihm die Arme und Wangen auf, aber er merkte den Schmerz kaum. Ihr Schritte platschten im Wasser auf der Forststraße und sie hatten Mühe, nicht auf dem lehmigen Boden das Gleichgewicht zu verlieren. Doch sie schafften es irgendwie.

Und dann, urplötzlich und ohne Vorwarnung, waren sie draußen aus dem Wald und die Straße führte über eine breite Wiese. Ohne darauf zu achten, rannten sie weiter. Aber nichts schien ihnen mehr zu folgen. Keine Schritte, kein Schnaufen. Nichts bis auf den Regen. Yannik warf einen Blick zurück und bildete sich ein, zwei Lichtpunkte orange glühen zu sehen. Später fiel ihm ein, dass das mit Sicherheit die Fenster der Hütte gewesen sein mussten. Dort brannte das Feuer noch immer und den Schein des Lichts musste man sicher sehr weit sehen. Zumindest sagte er sich das später immer wieder, aber ganz sicher, war er sich nie.

Sie waren gänzlich allein auf einer schmalen Schotterstraße. Irgendwann wurden sie etwas langsamer, aber sie blieben nicht stehen. Dann, endlich, nach einer gefühlten Ewigkeit, tauchte ein großes Bauernhaus, in dem noch Licht brannte, vor ihnen auf und sie rochen den vertrauten Geruch von Kühen, Mist und Heu. Sie sahen einander an und nickten sich aufmunternd zu.

»Und was sollen wir sagen?«, fragte Lilly, während sie über den Hof zwischen dem Stall und Haus gingen. Ihre Schritte knirschten auf dem Kies.

»Die Wahrheit«, erwiderte Yannik. »Wir waren auf dem Rückweg von einer Wanderung und wurden von einem Gewitter überrascht.«

»Vielleicht solltest du das Messer wegstecken«, meinte Lilly und erst da fiel ihm auch, dass er es immer noch fest umklammert hielt.

»Du hast recht«, murmelte er und verstaute es in seinem Rucksack.

»Und was ist mit der Hütte und … du weißt schon?«

Yannik zuckte mit den Schultern. »Vielleicht müssen wir ja gar nicht davon erzählen. Glauben wird es uns eh keiner.«

»Aber da war etwas, ich habe es gehört.«

»Ich doch auch, aber … Jetzt klopfen wir erst einmal und dann sehen wir schon, wie es läuft …«, sagte er und erinnerte sich an das Notizbuch. Ihm fiel auf, dass er es bei all der Hektik im Haus hatte liegen lassen. Sie atmeten beide durch, sahen einander ein letztes Mal an, und Lilly nickte ihm erneut auffordernd zu. Yannik wusste, nun war er wieder an der Reihe. Er war der Glückspilz der beiden. Dann dachte er ein letztes Mal an das Büchlein. Vielleicht sollten sie morgen bei Tageslicht umkehren und es holen. Aber dann wurde ihm klar, dass ihn keine zehn Pferde zurück in den Wald und zu dieser Hütte bringen würden.

Schade eigentlich, dachte er und klopfte an die Tür. *Da standen sicher noch einige spannende Dinge drinnen …*

StephanRoth
© *StephanRoth*

Wattpad-Profil:
https://www.wattpad.com/user/StephanRoth

- 340 -

2023 | Die Sekte

Viele Gestalten in schwarzen Kutten tummelten sich um den großen Platz, mitten im tiefen Wald.

Sie alle warteten auf die Ankunft ihres Herren. Bald würde er erscheinen und sie alle würden ihn ehren und dann würde es zur Zeremonie kommen. Endlich nach so vielen Tagen, würden sie es weitergeben. Es wurden immer mehr Leute und dann erschien er. Er trug wie alle anderen auch, eine schwarze Kutte. Der einzige Unterschied war, dass in seiner Kutte noch viele verschiedene Zeichen eingestickt waren. Von vielen dieser Zeichen wusste man noch nicht einmal die Bedeutung. Nur er wusste sie.

»Wir tragen das Buch nun schon seit zwei Monaten bei uns. Doch nun ist die Zeit gekommen, um es an jemandem weiterzugeben. Wir werden einen kleinen Wettkampf machen und der Gewinner wird das Buch als Preis bekommen. Diejenigen, die sich gut genug für den Wettkampf halten, melden sich bis übermorgen um Mitternacht bei dem Botschafter.«

»Oboedimus Domino in aeternum et in saeculum saeculi«, beendete er seine Rede.

»Oboedimus Domino in aeternum et in saeculum saeculi«, schallte es zurück.

Die Masse löste sich auf. Nur eine Gestalt blieb zurück. Es war ein Mädchen. Sie hieß Reese, doch hier kannte sie keiner unter dem Namen. Hier nannte man sie Secret. Zu Reese passte dieser Name mehr als alles andere. Sie war diejenige, die am meisten in den Menschen unterging. Sie war still und meldete sich nie zu Wort. Sie war ein ganzes Geheimnis. Verschlossen und trotzdem wachsam.

Reese schritt langsam auf Zero zu, er war der Botschafter.

»Ich möchte mich anmelden.«

»Name?«

»Secret.«

»Okay. Viel Glück.« Er gab ihr einen Zettel. Der Zettel war wie ein Ticket. Ein Ticket, mit dem sie Glück oder Leid gewinnen könnte. Denn hier konntest du dir nie sicher sein, ob du überleben würdest. Der nächste Tag verging und Reese fand sich wieder auf der Lichtung ein. Außer ihr waren noch 12 andere Teilnehmer dabei. Reese kannte keinen Einzigen von ihnen. Doch das war wahrscheinlich besser. Wenn man noch nicht wusste, was die Aufgabe war und wer Freund oder Feind sein würde, war es immer besser keine Verbindung zu den Mitstreitern zu haben. »Willkommen bei dem kleinen Wettkampf, der euch das Buch als Preis verleihen könnte. Der Wettkampf besteht darin, 3 Tage im Wald überleben zu können. Ja, ich weiß keine besonders schwierige Aufgabe, aber freut euch lieber nicht über euer Glück. Ihr werdet mit Peilsendern ausgestattet, so dass wir immer wissen, wo ihr seid. Wenn die 3 Tage vorbei sind, werden wir euch zurück-holen. Derjenige, der überlebt hat und uns ein Glas voller Rosenblätter übergibt, hat gewonnen.«

»Und jetzt, viel Spaß bei den Wettkämpfen. Omnes opti-mis.«

Alle 12 Teilnehmer wurden in einem dunklen Van in den Wald gefahren. Es war ein Wald, von dem man sagte, es wären schon viele Menschen in ihm verloren gegangen. Manchmal hört man Schreie aus dem Wald. Viele sagen, es wären die Schreie der Verlorenen.

Doch Reese war bereit, für das Buch drei Tage im Wald zu bleiben. So gut wie jeder würde sie und die anderen für ver-rückt halten, doch viele aus ihrer Sekte glaubten, dass das

Buch heilig war. Wie alt das Buch war, wusste keiner so genau, aber es musste schon wirklich sehr alt sein. Vermutlich vor dem Zweiten Weltkrieg. Reese interessierte sich eigentlich nicht sonderlich für das Buch. Es war aus braunem, an manchen Stellen schon etwas abgewetztem Leder. Aber das Buch zog sie irgendwie an. So viele Menschen hatten es schon in der Hand gehalten und ihre Gedanken in ihm hinterlassen. Reese wollte auch eine von ihnen sein. Ihr Anführer hatte das Buch im Wald gefunden und von da an war es zum heiligen Buch montiert worden. »Aussteigen«, ertönte eine tiefe Stimme. Reese wurde die Augenbinde abgenommen und sie sah wieder Licht.

Die anderen 12 Teilnehmer wurden auch aus den Autos rausgelassen und standen nun mit einigen Meter Abstand auf der Lichtung verstreut. Reese bemerkte, wie der Motor von den Autos angemacht wurde und sie wegfuhren. Auch die anderen Teilnehmer gingen in verschiedene Richtungen los.

Reese hatte sich wie die anderen auch auf den Weg gemacht und war inzwischen sehr tief im Wald gelandet. Sie hatte einen kleinen Fluss gefunden und Beeren, die sie essen konnte. Sie kletterte auf einen Baum der zwar hoch, aber trotzdem leicht zu besteigen war. Dann setzte sie sich auf einen Ast und schaute über die Kronen der anderen Bäume hinweg. Es war schon ziemlich dunkel geworden.

»Aaah!« Reese wurde von einem angsterfüllten Schrei, aus dem Schlaf gerissen. Sie spähte zwischen den anderen Ästen nach unten. Dort konnte sie zwei Gestalten ausmachen. »Nein! Bitte nicht!«, flehte eine Gestalt, die am Boden lag. Vor ihr stand die zweite Gestalt. Sie hielt vermutlich ein Messer in der Hand. Genau in diesem Moment drehte Reese ihren Kopf weg. Sie hörte nur noch einen Schrei. Dann Stille.

Sie wartete, bis die andere Gestalt weggegangen war. Leise schlich Reese von dem Baum hinunter. Auf dem Boden lag ein Mädchen, vermutlich nicht älter als sie selbst. Ihre Augen waren starr und ausdruckslos. Reese schluckte und lief in die andere Richtung. Es war zu gefährlich, hierzubleiben. Auch wenn vom Töten bei dem Wettkampf nie die Rede war, hatte sich nun jemand dazu entschlossen und Reese hatte das Gefühl, er würde nicht der Einzige sein.

Der nächste Tag begann und Reese ging weiter. Sie wusste nicht, wo sie hin gehen sollte. Aber ihr Baugefühl sagte, sie sollte sich besser eine Höhle suchen. Als sie in der Nacht weitergegangen war, hatte sie noch zwei weitere, entfernte Schreie gehört.

Alles in ihr, hatte sich gesträubt weiterzugehen. Aber ihr blieb ja keine andere Wahl. Außerdem musste sie sich langsam auf die Suche der Rosenblätter machen. Sie hatte nur einen kleinen Rucksack, indem nichts außer das Glas und der Peilsender drinnen war. Reese ging immer weiter und weiter und so langsam konnte man immer mehr durch die Baumwipfel hindurchschauen. So konnte sie nun auch sehen, dass die Sonne schon hoch am Himmel stand. Es war also Mittag. Außerdem wuchsen hier auch immer mehr verschiedene Pflanzenarten und die Chance wurde höher, dass sie die Rosen doch noch finden würde. Als der Himmel schon dunkler wurde, kam sie an einem Felsen vorbei. Er war nur etwa so groß wie Reese selbst und sie ging um ihn herum. Dort wuchsen tatsächlich zwei Rosensträucher. Sie pflückte so viele Rosenblätter, bis das Glas voll war. Dann drehte sie sich um und kletterte wieder auf einen großen Baum, der in der Nähe stand. Reese packte ihren Rucksack neben sich. Sie hatte noch ein paar Beeren gepflückt. Doch die beste Nahrung war das auch nicht. Reese Magen knurrte, doch sie konzentrierte sich darauf, dass sie morgen Abend schon wieder etwas Richtiges zu Essen hätte. Plötzlich hörte Reese ein Geräusch. Es waren Schritte, die im Laub leise raschelten. Wieder lugte sie nach unten. Und wieder sah sie die Gestalt mit dem Messer. Diesmal war das Messer zwar in die Seitentasche des Rucksacks gesteckt, aber es guckte noch etwas heraus. Die Gestalt näherte sich immer mehr den Rosen. Doch das durfte nicht passieren. Es sollte nur einen Gewinner geben. Reese wusste nicht, was sie in diesem Moment tun sollte. War es zu gefährlich hier auf dem Baum zu bleiben? Oder sollte sie lieber noch warten, bis die Person weg war? Und wer würde dann das Buch bekommen?

Reese dachte nicht so genau nach. Sie stieg den Baum leise wieder herunter. Wenn sie nah genug von hinten an die Gestalt dran schleichen könnte, würde sie vielleicht an das Messer kommen. Dann wäre die Person keine Gefahr mehr für sie.

Da Reese keine andere Möglichkeit einfiel, schlich sie sich leise an die Person heran. Sie war schon fast bei ihr. Doch dann hielt die Person inne und drehte sich um.

»Was…«

Reese drehte sich auch um und rannte weg. Doch die Person folgte ihr. Reese rannte immer weiter und es ging ihr immer mehr die Luft aus. Ihr blieb nichts anderes übrig, als stehen zu bleiben. Auch die Gestalt hinter ihr wurde langsamer. »Das war keine besonders gute Idee von dir. Hast du die Rosenblätter?«

»Nein«, antwortete Reese.

»Du lügst. Es war kein Zufall, dass du nur wenige Meter entfernt warst. Deine Lüge wird dir nun auch nicht helfen. Es kann nur einer gewinnen und das werde ich sein.«

»Ja? Davon, dass du hier mit einem Messer rumrennst, war aber auch nie die Rede! Was denkst du wohl, werden die mit dir machen, wenn sie erfahren, dass du deine eigenen Sektenmitglieder tötest?«

»Pah! Das interessiert die doch sowieso nicht.«

Reese wollte grade noch versuchen, sich irgendwie das Leben zu retten, doch dann hörte sie mehrere Autos. Diese hielten vor ihr an.

»Befehl vom Anführer. Der Wettkampf endet früher. Ihr seid die Einzigen, die noch übrig sind. Wer von euch hat die Rosen? Secret oder Bale?«, fragte ein Mann.

Bale wurde starr.

»Ich«, sagte Reese und holte das Glas hervor.

»Gut. Und du?«

»Ich… Ich habe sie nicht«, sagte Bale und sein Kiefer spannte sich an.

»Dann ist der Gewinner wohl klar. Glückwunsch Secret.« Reese konnte es nicht fassen! Bis eben hatte sie noch gedacht, sie wäre nicht die Einzige, die ein Glas voller Rosenblätter hätte. Aber eigentlich war es ja klar. Bale hatte, nachdem er sich umgedreht hatte, das Glas fallen gelassen.

Während Reese Atem noch etwas schneller ging, waren Bales Augen nun zu Eis geworden. Seine Wut auf Reese wurde immer größer und größer.

Der Tag ging zu Ende und am Abend wurde Reese das Buch überreicht. »Glückwunsch Secret. Das Buch ist nun in deinem Besitz. Cave«, sagte der Anführer. Reese nickte.

Das Buch wurde ihr schnell überreicht und eine halbe Stunde später, war sie auf dem Weg nach Hause. Als sie angekommen war, schlug sie das Buch auf. Es war aus braunem Leder und viele Seiten waren schon beschrieben. Auf der einen Seite stand ein Gedicht. Auf der anderen, war etwas auf Französisch geschrieben.

Reese begann mit einer weißen Doppelseite. Zuerst zeichnete sie die Muster von dem Umhang des Anführers auf. Die Zeichen, von denen keiner wusste, was sie bedeuteten. Dann zeichnete sie eine Gestalt im schwarzen Umhang, die mit einem Messer auf eine Gestalt am Boden herabschaute. Erst später wurde Reese bewusst, dass sie sich selbst am Boden gezeichnet hatte. Und dann hatte sie immer wieder dieses Wort geschrieben. Cave. Sei vorsichtig.

Der nächste Tag begann und Reese trat vor die Tür. Doch dann fand sie einen Zettel auf dem Boden.

Das wird dir noch leidtun.

Es war klar, wer das geschrieben hatte, und Reese würde ihn sofort dafür aufsuchen. Doch leider war das nicht so einfach, da Bale heute gar nicht bei der Versammlung dabei war. Sie suchte ihn überall, aber konnte ihn nicht finden. Schließlich ging sie zu Zero.

»Hast du Bale gesehen?«

»Gestern. Aber nur weil er austreten wollte. Er ist nicht mehr einer von uns«, erzählte Zero mit dunkler Miene.

»Ach so. Na ja, trotzdem danke.« Zero nickte ihr zu und drehte sich dann um.

Als Reese mit ihrem Auto nach Hause fuhr, bemerkte sie, dass ihr ein anderes Auto folgte. Ein schwarzer Audi tauchte in regelmäßigen Abständen immer wieder hinter ihr auf. Egal wie viele Abzweigungen sie fuhr, der Audi folgte ihr.

Erst überlegte Reese, ob sie vielleicht in ein Café fahren sollte. Aber eigentlich war es auch egal. Denn wenn Bale es war, der am Steuer des Audi saß, würde er schon wissen, wo sie wohnte. Sie fuhr also wie gewohnt weiter und bog dann auf die Einfahrt ab. Der Audi fuhr an ihr vorbei.

Während Reese in ihr Haus ging, drehte der Audi eine Runde und kehrte dann zu Reese Haus zurück. Es war schon dunkel und er stellte ihn vor dem Haus ab. In dem Audi saß Bale. Er hatte seine schwarze Kutte an. Sie war ihm tief ins Gesicht gezogen. Er trat aus dem Auto raus und schritt auf das Haus zu.

Reese saß inzwischen in Jogginghose und einem Shirt auf dem Sofa. Doch sie hatte kein gutes Gefühl. Die Rollos hatte sie schon alle runtergefahren. Dann hörte sie plötzlich einen Schlag. Er kam aus dem Vorgarten. Reese schritt vorsichtig auf das Fenster neben der Tür zu und schaute heraus. Nichts war zu erkennen.

Dann hörte sie wieder einen Schlag diesmal an genau der anderen Seite des Zimmers. »Hallo? Bale, wenn du das bist...« Wieder ein Schlag. Nun konnte man sie in regelmäßigen Abständen an den Fenstern hören. Es war, als würde sich das Haus drehen.

Reese schaltete das Licht aus und machte ein Rollo nach oben. Dort draußen stand er. In schwarzer Kutte und mit einem Messer in der Hand. Reese wich zurück und schnappte sich das Buch von dem Sofa Tisch.

Sie wollte nicht mehr tyrannisiert oder verfolgt werden. Aber das Buch gab sie einem wie Bale auf keinen Fall. Sie entschied sich, das Buch wegzugeben, auch wenn sie es nur kurz gehabt hatte. Sie machte die Tür auf und rannte zu ihrem Auto. Dann stieg sie ein und fuhr, so schnell es ging, los. Sie war sich sicher, dass Bale ihr folgte. Trotzdem fuhr sie zum Wald. Sie parkte und nahm sich ihr Handy, um die Taschenlampe einzuschalten. Sie ging noch ein paar Minuten durch den Wald und legte das Buch in einem hohlen Baumstamm ab. Es war nicht das beste Versteck, aber sie hoffte, das es jemand anderes schneller finden würde. Dann drehte sie sich um und ging zu ihrem Auto, in der Hoffnung das Buch würde in guten Händen landen.

Vivien
© *YVivienY*

Wattpad-Profil:
https://www.wattpad.com/user/YVivienY

2047 | Fuchs und Falke

Tresore haben die gute Eigenschaft, Wertgegenstände vor unberechtigten Zugriff zu schützen. Gleichermaßen haben sie die schlechte Eigenschaft, dass sie auf den Fundort ebenjener Gegenstände deutlicher hinweisen, als ein in roter Farbe gepinseltes Hinweisschild mit der Aufschrift: »LIEBER EINBRECHER, WAS DU SUCHST BEFINDET SICH GENAU HIER!«

Normalerweise gleicht die eingangs erwähnte gute Eigenschaft des Tresors diesen Nachteil aus.

Normalerweise …

Der Hersteller dieses Modells hatte nicht mit Moonfox und Shadowhawk gerechnet.

»Speise nun das Entschlüsselungsprogramm ein«, erklang die Stimme ihres Partners aus dem Kopfhörer in Moonfox‹ Ohr. »Dieser Auftrag ist das reinste Kinderspiel. Wenn das so weitergeht, können wir hinterher noch schick essen gehen. Worauf hättest du Lust, Foxy? Vietnamesisch?«

Die Diebin antwortete nicht. Auch wenn der Inhaber der Villa laut Hawks Informationen heute aushäusig und das Gebäude somit leer stehend war, wollte sie nicht auf sich aufmerksam machen. Zu viele Beutezeuge weniger talentierter Verbrecherbanden waren gescheitert, weil sich ihr Intel mitten in einer Operation als unwahr herausgestellt hatte.

»Wieder, die kalte Schulter, was?« Hawks seufzte übertrieben. »Entspann dich. In zwei Minuten ist der Tresor auf und in fünfen bist du über alle Berge.«

Moonfox rollte mit den Augen. Hawks hatte gut Reden. Er saß ja auch mehrere Kilometer entfernt in seinem kleinen

Hackerparadies, futterte seelenruhig Nachos und beobachtete alles über die Kameras seiner ferngesteuerten Drohnen.

Angespannt ließ sie den Blick durch den Raum wandern. Es war stockfinster. Ihr Nachtsichtgerät störte sich nicht daran. Im besten Schwarz-weiß gab der Infrarotsensor die Konturen ihrer Umgebung zum Besten. Also, wenn es denn so viele gegeben hätte.

Das Arbeitszimmer war unnötig groß. Nur ein einzelner Schreibtisch stand verloren wie das beim Schulausflug absichtlich zurückgelassene Problemkind in der Mitte. Hohe Regale schmückten die Wände des Raumes anstelle von Tapeten, überfüllt mit allerlei wertlosen Schnickschnack. Der Innenarchitekt schien ein Faible für Kontraste zu haben.

»Entschlüsselung abgeschlossen. Hab ich schon mal erwähnt, dass ich Smarthomes liebe? Besonders, wenn die Leute ihre Tresore da mit dran hängen?«

Ein Klicken lenkte ihre Aufmerksamkeit zurück auf den Tresor. Moonfox grinste. Das war immer das Beste an ihrem Job: die Beute in Empfang nehmen. Worum es sich wohl diesmal handeln würde? Ihr Kunde hatte in diese Richtung keine genauen Angaben gemacht, nur, dass es nicht schwer zu tragen sein würde. Vermutlich wieder so ein langweiliger Mikrochip. Oder doch ein juwelenbesetztes Familienerbstück?

So schwungvoll wie bei einer dicken Stahltür nur möglich, riss Moonfox den Tresor auf. Ihre Vorfreude erlosch augenblicklich.

»Hawks ... siehst du das?«

»In deinem Nachtsichtgerät befindet sich eine MINI-Pixel 4200NT mit 4K2K-Auflösung. Natürlich sehe ich das!« Seine Stimme troff vor Sarkasmus.

»So was haben selbst meine Großeltern nicht mehr benutzen müssen ...« Vorsichtig nahm sie den vergilbten Klumpen eines Buches in die behandschuhten Hände. Die Seiten lösten sich bereits vom Einband und wurden behelfsmäßig mit zwei Schnüren in einer annähernd rechteckigen Form gehalten.

»Deine verdrehte Vorstellung von Geschichte bringt mich jedes Mal an den Rand der Tränen.«

Moonfox schnaubte empört. »Und du wunderst dich, wieso ich dir die kalte Schulter zeige.«

Ein gequetschtes Geräusch erklang, ganz als versuche Shadowhawk, eine bissige Antwort hinunterzuschlucken. »Wie auch immer, steck's ein und dann Abflug. Der Kunde bezahlt schließlich dafür.«

»Sofern er sich keinen Scherz mit uns erlaubt hat.« Eilig nahm sie ihren Rucksack vom Rücken, wickelte das Buch in die darin befindliche Decke und steckte es ein.

»Unterschätze niemals den Wert von Informationen, Foxy. Wer weiß, was in diesen Seiten für Geheimnisse schlummern.«

Abermals verdrehte Moonfox die Augen. Sie konnte sich nicht vorstellen, dass in diesem alten Schmöker noch etwas drinstehen sollte, was irgendeinen Wert haben könnte. Besonders, da man wichtige Informationen nicht auf Papier festhielt. Das hatte doch keinerlei Back-up!

»Dieser Einbruch ist ein Witz.«

»Das ist kein Einbruch, sondern *Beschaffung schwer zugänglicher Besitztümer unter Einsatz eigenmächtiger Zugangsberechtigungen.* Bitte halte dich an Melodys Angaben. Ich würde mich niemals mit gemeinen Dieben zusammentun.«

»Wie auch immer.« In einer flinken Bewegung schulterte Moonfox den Rucksack und zog die Riemen fest, damit sie im Zweifelsfall nirgends hängen blieb.

Der Rückweg war noch einfacher als der Einstieg. Moonfox öffnete das Fenster und seilte sich wie eine Spinne mit dem, in ihren Gürtel integrierten, Enterhaken ab. Das Sicherheitssystem ließ sie gewähren. Schließlich hatte Hawks es schlafengelegt. Leichtfüßig landete sie im Gras und ließ das Seil in ihren Gürtel zurückschnellen. Mit schnellen Schritten hielt sie auf ihr E-Motorrad zu und verstaute den Rucksack in der Transportbox. Beinahe lautlos startete sie die Maschine und fuhr unbehelligt die Einfahrt hinunter, durch das schmiedeeiserne Tor, welches sich auf einen Befehl von Hawks liebevoll hinter ihr schloss.

Ernsthaft, diesen Auftrag hätte jeder 08/15-Gauner erledigen können: Keine Wachen, halb gare und teils veraltete Systeme mit bekannten Sicherheitslücken … Melody hatte zwar gesagt, dass es keine Herausforderung werden würde, aber der Kunde hatte günstigere Teams abgelehnt. Er wollte die besten Leute, die Melody vermitteln konnte. Ganz egal, ob das den Preis verfünf- oder sogar verzehnfachen würde.

Na ja, ihr sollte es recht sein.

»Ich benachrichtige jetzt den Kunden und vereinbare die Übergabe.« Shadowhawk kicherte. »Meinst du, ich sollte es ihm vielleicht per Fax schicken?«

Moonfox runzelte unter ihrem Helm die Stirn. »Was ist ein Fax?«

»Hättest du dich bei der Stadt für den Job eines Sesselfurzers beworben, wüsstest du das.«

Moonfox seufzte innerlich. Sie erinnerte sich wieder, warum sie fordernde Aufträge bevorzugte. Je einfacher der

Job, desto breiter wurde der Wasserfall an Sarkasmus, der aus Hawks‹ Mund plätscherte.

»Hast du überhaupt die Kontaktdaten des Kunden?«, fragte Moonfox, während sie mit mehr als 150 Sachen die Landstraße runterpreschte. »Das geht doch alles über Melody.«

»Natürlich geht das alles über Melody«, frotzelte Hawks zurück. »Ehrlich, Foxy, wenn du nur so klug wärst, wie du heiß bist …«

»… dann wärst du leider immer noch so fett, wie du klug bist.«

»Das weißt du nicht.«

»Wie kann jemand, der den ganzen Tag vor einem PC hockt und Nachos futtert, nicht fett sein?«

»Ich würde dir dazu ja gerne die ärztlichen Befunde dazu vorlegen, aber belassen wir es lieber bei: Du würdest dich wundern.«

Darauf schwieg Moonfox. Sie wusste nicht viel über Shadowhawk, denn er gab beinahe nichts über sich preis. Noch nicht einmal sein Aussehen kannte sie. Meetings wohnte er immer nur über Bildschirme bei und dafür benutze er einen virtuellen Avatar: passend zum Namen einen düsteren Hoodie mit schwarzen Haaren im Animestyle. Dass er Nachos mochte, wusste Moonfox auch nur, weil sie ihn gefragt hatte, was da im Hintergrund immer so knusperte.

Die anderen hatten daraus geschlossen, dass Hawks sie wohl mochte. Selbst Melody konnte ihre Freude nicht darüber verstecken, wie glücklich sie war, endlich eine Partnerin für Hawks gefunden zu haben, mit der sich der IT-Experte verstand. Sie waren nicht umsonst die Besten der Besten.

»Der Kunde hat schneller geantwortet, als erwartet«, unterbrach Shadowhawk sie in ihren Gedanken. »Die Übergabe findet in vierzig Minuten am Punkt Epsilon statt.«

Das Display ihres E-Motorrads aktivierte sich und zeigte eine Karte, durch die sich eine auffällig rote Linie schlängelte. »Ich habe mir erlaubt, dir die Route direkt zuzuschicken. Natürlich mit allen Geschwindigkeitskontrollen und Polizeipatrouillen, damit du dich austoben kannst.«

Moonfox grinste und beschleunigte. »Besten Dank.«

So sausten die Kilometer und die Minuten dahin. Moonfox genoss diesen kurzen Moment der Ruhe, in ihrem sonst nervenkitzelnden Job, genoss den kalten Fahrtwind der Nacht, der wie ein energiegeladenes Haustier um sie herumtobte. Während der ganzen Fahrt schwieg Shadowhawk. Kein Alarm, der in der Villa geschlagen worden war, keine Polizeipatrouillen, die ihr entgegenkamen und denen sie ausweichen musste. Sie hatten den Einbruch perfekt durchgeführt.

Vor ihr tauchte die Stadt auf, so plötzlich, als hätte ein berühmter Fernsehmagier sie dorthin gezaubert, obwohl sie schon die ganze Zeit über da gewesen war.

Moonfox drosselte die Geschwindigkeit und passte sich den langweiligen Verkehrsregeln an, um nicht aufzufallen. »Nähere mich Punkt Epsilon.«

Ein lang gezogener Seufzer in ihrem Ohr zeigte, dass Shadowhawk sein Mikro reaktiviert hatte. »Du hast einen GPS-Tracker und befindest dich in Sichtweite von drei meiner Drohnen, Foxy. Ich bin wie dein Schatten. Es hat einen Grund, wieso das Wort Teil meines Codenamens ist. Ich weiß immer genau, wo du bist.«

»Was dir nichts nützt, wenn du mit dem Kopf woanders bist«, gab Moonfox flapsig zurück. »Nicht, dass du wieder abgelenkt bist, weil du dir während der Arbeit einen Stream reinziehst.«

»Das!«, erwiderte Shadowhawk so schnell, dass Moonfox sich seinen erhobenen Zeigefinger bildlich vorstellen konnte, »ist eine bodenlose Unterstellung.«

Sie verdrehte die Augen. »Du hast gekichert wie ein Mädchen.«

»Das passiert, wenn die Leute ihre Wertsachen mit Witzen anstelle von Sicherheitssystemen zu schützen versuchen. Jetzt stell das Gequatsche ein, du bist fast da. Konzentriere dich auf die Übergabe.«

Moonfox schwieg. Sie hatte die Retourkutsche erkannt, denn normalerweise war sie es, die Hawks auf diese Weise zurechtwies. Sie war hier wirklich unterfordert. Sie atmete tief durch. Konzentration. Schließlich war sie ein Profi. Zeit, dass sie sich wieder wie einer verhielt.

Langsam surrte das E-Motrorrad durch den Verkehr, bis sie in eine unbelebtere Gegend einbog. Hohe, mit Graffiti besprenkelte Häuser rotteten sich am Straßenrand wie die Banden zusammen, die zwischen ihnen hindurchschlichen und der Asphalt unter den Rädern fühlte sich an wie aus dem letzten Jahrhundert.

Der Anblick versetzte ihr einen Stich im Herzen. Hier wohnte fast niemand mehr. Seit der Zerfall um sich griff und die Menschen die Behandlungskosten nicht mehr stemmen konnten, starben die Armen wie die Fliegen. Punkt Epsilon war nur eines, vieler solcher Beispiele.

Moonfox biss die Zähne zusammen und sperrte die aufwallenden Gefühle zurück in den Käfig der Profession. Sie konnte später wütend sein und auf Sandsäcke einschlagen.

Zielsicher folgte sie einem Labyrinth aus Seitenstraßen, bis sie ihr Gefährt schlussendlich vor einer zufällig scheinenden Hauswand parkte. Die letzte Minute des Weges überbrückte sie zu Fuß. Dann erreichte sie ihr Ziel: Eine schmale, rechtwinklig geknickte Seitengasse, in der einen Großteils des Mülls auf den Boden, anstatt in den rostigen Blechtonnen am Rand lag.

Der Kunde war noch nicht da und Moonfox widerstand dem Impuls, Hawks darüber zu informieren. Er wusste es sicher eh schon. Sie hatte eine seiner Drohnen bemerkt. Das Licht einer flackernden Neonreklame hatte sich für einen kurzen Moment auf dem metallenen Körper widergespiegelt, bevor das Flugobjekt aus ihrer Wahrnehmung verschwunden war.

Hawks machte seinem Namen wirklich alle Ehre. Schon so manches Mal hatte Moonfox sich gefragt, ob Hawks nicht eine AI und war und die Drohnen somit sein wirklicher Körper. Die Schnelligkeit, mit der er Informationen hin und her spielte, rechtfertigten diesen Verdacht. Es gab inzwischen Programme, die einen Menschen so perfekt imitieren konnten, dass man den Unterschied nur merkte, wenn man genau drauf achtete.

Moonfox schüttelte den Kopf. Unsinn! Dann hätte Melody ihm Manieren einprogrammiert.

»Der Kunde ist auf dem Weg und näherte sich aus vorgesehener Richtung«, teilte Shadowhawk mit.

Das war schon mal gut. Es kam immer wieder vor, dass Kunden bei der Übergabe ihren eigenen Stunt versuchten. Hielten sie sich schon bei der Ankunft nicht an die Vorgaben, war der Deal geplatzt. Trotzdem gab es Sicherheitsmaßnahmen. Punkt Epsilon mochte nicht so wirken, aber Moonfox kannte mehr als zehn mögliche Fluchtrouten, durch die sie bei einem Überfall sofort entkommen konnte. Nichts wurde dem Zufall überlassen.

Sie ließ den Rucksack von ihren Schultern rutschen und nahm ihn in die Hand. Dieser alte Schmöker hatte ein ganz schön ordentliches Gewicht. Von wegen, leicht zu tragen. Zeit, diesen Ballast loszuwerden.

»Der Kunde betritt die Gasse. Und wartet. Dein Auftritt, Foxy.«

Das ließ sich Moonfox nicht zweimal sagen. Lautlos bog sie um die Ecke. In der Mitte des Gassenabschnitts stand der Kunde: eine gedrungene Gestalt, die sich gänzlich in einen hellbraunen Mantel verhüllte; nur die verfranzten Enden eines buschigen Schnauzbarts lugten unter der Kapuze hervor. Der Körperbau des Kunden war für seine geringe Größe zu breit – vielleicht sah es auch nur so aus, weil er gebeugt lief. In der Hand hielt er einen schwarzen Aktenkoffer.

»Haben Sie die Ware?« Seine Stimme kratzte stärker in ihren Ohren als manch einer von Hawks Kommentaren an ihrem Stolz.

»Alles, was im Tresor zu finden war.« Wie zum Beweis klopfte Moonfox auf ihren Rucksack.

»Kann ich mich davon überzeugen?«

Moonfox nickte. »Bleiben Sie da stehen.« Vorsichtig ging sie einige Schritte in die Gasse, legte den Rucksack auf den Boden und entfernte sich wieder. *Total unnötig,* maulte ihre innere Stimme. *Der Kunde hat die gesamte Summe im Voraus bezahlt. Was hätte er davon, dich anzugreifen?*

Skeptisch beobachtete Moonfox, wie sich der Kunde dem Rucksack näherte. Irgendetwas stimmte an der Situation nicht. Sie konnte es fühlen, dieses unangenehme Kribbeln wie zu viel Prosecco in ihrem Magen. Moonfox wollte abhauen, aber Melodys Regeln verlangten, dass sie anwesend blieb, bis der Kunde die Ware geprüft hatte.

Indes hatte der Alte den Rucksack erreicht und ging umständlich vor ihm in die Hocke. Er legte den Aktenkoffer beiseite, entriegelte ein Zahlenschloss und öffnete ihn. Er war leer. Erst dann sah er in den Rucksack und holte das in die Decke gewickelte Büchlein hervor. Vorsichtig, als könnte es bei seiner Berührung zu Staub zerfallen, entpackte er das Buch und hielt es wie einen Schatz in seinen Händen.

»Endlich«, hauchte er und seine Stimme schwankte wie ein betrunkener Seemann. »Nach all den Jahren.« Wie ein Stofftier drückte er das Buch an seine Brust.

Das Kribbeln in ihrem Bauch verstärkte sich und Moonfox tastete nach der Pistole an ihrem Gürtel. »Sie bestätigen den Erhalt der Ware?«

Der Mann nickte und ließ das Buch sinken. Vorsichtig legte er es in den Aktenkoffer und schloss ihn. »Ja, es ist das Richtige. Sie haben ausgezeichnete Ar...«

Ein leises *Piff* unterbrach ihn in seiner Freude. Leblos kippte der Körper des Alten zur Seite.

Scharfschütze! Hinter mir!

Reflexartig machte Moonfox eine Hechtrolle nach vorne und griff noch in der Bewegung nach dem Koffer. Ein stechender Schmerz fuhr durch ihren Oberarm, als sie das nächste Geschoss streifte.

Moonfox biss die Zähne zusammen und entschied sich für Fluchtoption drei. Sie rollte über die Kante der Treppe, die zu einem Souterraineingang führte und damit heraus aus der Sicht des Schützen. Eine weitere Patrone schlug beinahe lautlos über ihr in die Wand.

»Halt! Stehenbleiben!« Die laute Stimme donnerte förmlich durch die Gasse.

Das hättest du wohl gerne. Eilig entriegelte sie das elektronische Türschloss mit der bekannten Kombination, öffnete die Tür und flüchtete ins rettende Innere. Auf der anderen Seite empfing sie ein zwielichtiger Lagerraum, in dem sich allerlei Kisten mit Vorräten türmten. Doch statt die angrenzende

Küche der mit Melody kooperierenden Karaokebar zu betreten, legte Moonfox den Aktenkoffer auf den Boden, schob eine der Kisten beiseite und förderte so eine versteckte Luke zutage. Sie griff nach dem Koffer und stieg die Trittleiter in das Loch hinein, schloss die Klappe über sich und brachte mit einem Hebel die Kiste über ihr wieder in Position. Dann stieg sie hinab.

»Verdammt noch mal, Hawks!«, zischte sie erbost und versuchte, den Schmerz in ihrem Arm zu ignorieren. »Ein Scharfschütze! Wie konntest du den mit deinen Drohnen übersehen!? An so vielen Orten kann der sich nicht versteckt haben. Dein Fail des Jahres hat mich fast das Leben gekostet!«

Hawks antwortete nicht.

Und jetzt wusste Moonfox auch, was ihr so verdächtig vorgekommen war: Er hatte bereits während der Übergabe geschwiegen. Und normalerweise schlug er ihr gerade dort wichtige Infos, durchsetzt mit seinen üblich dummen Bemerkungen um die Ohren.

»Melody, bitte melden. Kannst du mich hören?«

Nichts. Jemand musste ihre Verbindung unterbrochen haben. Wer immer ihnen auf den Fersen war, wusste also, wie sie arbeiteten. Das war nicht gut. Absolut gar nicht gut.

Vorsichtig ließ sie sich die letzten Stufen hinunter auf den Boden fallen und setzte ihre Stirnlampe auf. Sie stand in einem abzweigenden Kellergang. Die Luft roch feucht und modrig. Wirklich nicht ihre liebste Fluchtroute, aber gegen einen Schützen die effektivste. Ratlos sah sie sich auf der Kreuzung um. Wohin? Links, rechts, geradeaus? Normalerweise gab Hawks ihr diese Infos durch.

Moonfox traf eine Entscheidung und rannte nach links. An der nächsten Kreuzung rannte sie geradeaus, dann rechts und wieder nach links, folgte den Pfad, den sie im Training geprobt hatte. Dieses Labyrinth würde ihre Verfolger beschäftigen.

Das war kein Attentat gewesen. Irgendjemand hatte sie überwacht und darauf gewartet, dass ihr Kunde die Ware überprüfte. Das bedeutete, dass diese Leute an das Buch wollten. Dieses zerfledderte Bündel Papier, welches sie nun bei sich trug.

Ich hätte den Müll, einfach liegen lassen sollen!

Trotzdem hielt sie den Griff des Koffers weiter fest. Wenn Menschen für dieses Buch mordeten, dann musste es sich um etwas handeln, dass Melody zu einem Haufen Geld machen konnte. Das heißt, zusätzlich zur Gage des Alten gäbe es einen ordentlichen Bonus!

Sie erreichte eine Stelle, an der weitere Metallstufen an der Wand senkrecht nach oben führten. Mit dem Koffer in der Hand kletterte sie nach oben und öffnete die morsche Holzluke über sich. Sie zog sich hoch in einen staubigen Keller. Eine Treppe führte in eine leer stehende Wohnung. Die Zimmer waren längst ausgeräumt und die Fenster mit Brettern vernagelt. Trotzdem prüfte Moonfox jeden Raum, bevor sie sich ins Obergeschoss begab. Sie wollte nicht von ein paar zugedröhnten Junkies oder neugierigen Obdachlosen überrascht werden, auch wenn Melodys Leute diesen Ort regelmäßig »säuberten«.

Sie betrat das Zimmer. Im Gegensatz zu den übrigen fand die hier eine Luftmatratze zusammen mit einem ordentlich aufgeräumten Schlafsack auf dem Boden liegen. Daneben stand Wasser, ein paar Dosen Energydrinks sowie Schokoriegel.

Schweratmend ließ Moonfox den Koffer auf das Schlaflager fallen und griff nach einem Energydrink. Während sie noch wartete, dass sich ihr Atem beruhigte, trat sie an das Fenster. Sie presste sich an die Wand und hob mit einem Finger das Rollo an, um auf die Straße zu spähen.

Wie vorgesehen befand sich unter ihr, gut versteckt zwischen zwei Müllcontainern, ein alter Roller, den sie zur Flucht weiterverwenden konnte. Wenn sie denn alleine wäre. Zwei komplett in Schwarz gekleidete Gestalten liefen die Straße entlang und kontrollierten die Seitengassen. Sie trugen Sturmgewehre im Anschlag. An der Kreuzung trafen sie mit zwei weiteren zusammen. Einer von ihnen hielt etwas in der Hand.

Moonfox verengte die Augen zu Schlitzen, wodurch ihr Nachtsichtgerät den Zoom aktivierte. Sie knirschte mit den Zähnen. Es war eine von Hawks Drohnen.

Die Männer tauschten ein paar Worte, bevor sie wieder in Zweigruppen ausschwärmten.

Moonfox ließ das Rollo zurückfallen und nahm einen Schluck von ihrem Energydrink. Die Flucht konnte sie vergessen. Die Angreifer besaßen augenscheinlich genügend Männer für eine großflächige Suche. Hawks war blind und nicht zu erreichen. Jeder Schritt nach draußen glich einem Himmelfahrtskommando. Allerdings ... in diesem schmutzigen Zimmer wie eine Ratte im Käfig zu hocken und auf Rettung zu warten, ging ihr mehr als nur gegen den Strich.

Sie schob sich das Nachtsichtgesicht auf die Stirn und setzte sich auf den Schlafplatz. Sie griff nach dem Koffer. Er hatte ein mechanisches Zahlenschloss mit drei Ziffern.

»Kinderkacke«, brummte Moonfox und begann mit dem Ausprobieren der Kombinationen. Es gab nur tausend. Damit war sie schneller fertig als Hawks mit dem Tresor in der Villa. Wenn sie hier lebend raus wollte, brauchte sie Informationen. Sie musste wissen, wieso ihre Angreifer dieses Buch wollten.

Es dauerte nicht lange, dann lag der Koffer offen vor ihr. Vorsichtig nahm sie das Buch in die Hand und löste den Bindfaden, der es zusammenhielt.

Schon nach den ersten Seiten wusste sie: Dieses Büchlein war völlig nutzlos. Nichts als eine wertlose Zettelsammlung. Alte Tagebucheinträge, Notizen, sogar Gedichte. Meist völlig unleserlich. Nach einigen Seiten fielen ihr zerknitterte Briefe entgegen. Schnulzige Liebeserklärungen eines gewissen Henry Berrycloths, der wohl nicht wusste, was Smartphones sind.

Ungeduldig blätterte sie weiter und riss dabei aus Versehen einige Seiten raus, die tatsächlich noch am Rücken des Buches geklebt hatten. Darunter grinste ihr eine besonders hässliche Karikatur entgegen die mit »Mr. Morris« betitelt war. Wenn sie sich die äußerst respektvollen Details in Form von Pickeln und gelben Zähnen so ansah, war er wohl nicht sehr beliebt gewesen.

Ärgerlich griff Moonfox nach ihrem Energydrink und stieß die Dose dabei um. Eilig bekam sie sie zu fassen, aber das Unglück war bereits geschehen. Ein größerer Teil war auf die Seiten geraten, die sich gierig vollsogen.

Moonfox zuckte mit den Schultern und nahm einen weiteren Schluck aus der Dose. *So energetisch ist dieses Werk sicher noch nie gewesen.*

Sie blätterte weiter durch die Seiten. Und hielt inne. Dieser Text war anders als die anderen, das merkte sie sofort. Die Schrift, mit Füller gesetzt, wirkte eloquent und doch waren die Buchstaben zittrig, als hätte der Schreiber sie in großer Nervosität geschrieben. Neugierig geworden, begann sie zu lesen:

»Dies sind die Aufzeichnungen von Dr. Emelie Kronhardt, die das Geheimnis eines krankheitsbefreiten Lebens lüftete.

Ihre Methode zur Zellerneuerung hat das Potenzial, das Leben eines Menschen maßgeblich zu verlängern und darüber hinaus frei von Beschwerden zu halten. In mehreren Fällen konnte sie bei ihren Patienten Arteriosklerose sowie viele verschiedene Formen von Krebs erfolgreich und nachhaltig behandelt werden. Erste Erfolge von Kronhardts Therapie konnten bereits 2015 nachgewiesen werden. Aktuelle Versuchsreihen zeigen sogar Erfolg bei Zerfall. Wenn Sie nun in den Besitz dieser Aufzeichnungen gelangt sind und sich fragen, wieso sie bisher nichts von der Kronhardt-Therapie gehört haben, dann liegt das daran, dass es nicht gewollt ist. Die Kronhardt-Therapie ist einfach, preiswert und nachhaltig erfolgreich. Faktoren, die unser Gesundheitssystem nicht wünscht.«

Moonfox machte eine Pause. Auf dem ersten Blick schien ihr das unlogisch. Gerade, weil in den letzten Jahren immer schlimmere Krankheiten auftauchten, verursacht von den biologischen Waffen, die verschiedene Terrorgruppen unbedacht im Krieg verwendeten. Allen voran der Zerfall, bei dem die Zellen im Körper nach und nach abstarben.

Auch Moonfox Eltern waren an Zerfall gestorben. Sie erinnerte sich an die Besuche im Krankenhaus als kleines Mädchen. An die Medikamente, an die Operationen, mit denen man den Zerfall zu verlangsamen versucht hat. Sie hatten die Therapie eingestellt, als auch Moonfox‹ kleine Schwester am Zerfall erkrankt war. Nicht viel später waren sie gestorben.

Ein weiteres Mal überflog Moonfox die gerade gelesenen Zeilen.

»2015 bereits … Man hätte sie retten können.« Moonfox wusste, dass sie gerade den Heiligen Gral der Medizin in den Händen hielt. Kein Wunder, dass Menschen dafür töteten. Mit diesem Wissen ließen sich Millionen machen. Oder … Moonfox schluckte. Man konnte Millionen verlieren. Die Hersteller der Anti-Zerfall-Medikamente, AsclepiusCorp, sahen es sicher gar nicht gerne, wenn sie plötzlich überflüssig wären.

»Was für eine kranke Scheiße!« Wenn diese Leute dort draußen von der AsclepiusCorp angeheuert worden waren, konnte Moonfox einpacken. Melody mochte Einfluss und Kontakte in der Unterwelt haben, aber hier hatten sie es mit einem Milliardenunternehmen zu tun. Mit denen brauchte sie nicht verhandeln, denen konnte sie nicht einmal drohen, das Buch zu vernichten. Das war womöglich selber deren Ziel.

Moonfox sah wieder auf den Text.

»Ich schreibe diese Zeilen, während ich versuche, Dr. Kronhardts Aufzeichnungen in Sicherheit zu bringen. Wer immer Sie sind, verwahren Sie sie gut. Bis zu dem Tag, an dem sie gebraucht werden. F. Tyson.«

Zitternd hob Moonfox die nächste Seite an.

Fette, rote Buchstaben füllten die komplette Seite: *»Wer das liest, ist doof!«*

Wütend schleuderte Moonfox das Buch in die Ecke, wodurch Mr. Berrycloths Liebesbriefe wie Herbstlaub durch den Raum segelten. Die wohl einzig nützliche Information in diesem Buch und irgendein kleines Bratzenkind hatte seinen infantilen Joke darüber geschmiert! So ein Dreck!

Schweratmend stand Moonfox im Zimmer und funkelte den Haufen Papier an. Hätte sie den Koffer doch bloß in den toten Händen ihres Kunden gelassen!

Das Krachen von Holz im unteren Stockwerk ließ sie aufhorchen. Ihre Verfolger. Was nun?

Sie warf einen Seitenblick zum Fenster. Draußen stand immer noch der Roller. Allerdings befand sich dort auch nach wie vor mindestens ein Scharfschütze.

Hastig presste sie sich neben der Tür an die Wand. Kein Laut war vom Flur zu hören, kein Licht verriet die Position ihres Gegners. Sie waren Profis. Moonfox jedoch auch.

Kaum lugte das gefährliche Ende des Sturmgewehrs um die Ecke, hatte Moonfox den Lauf der Waffe bereits beiseitegestoßen. Schüsse durchlöcherte den Boden. Moonfox gab ihrem Gegner keine weitere Gelegenheit; ihr rechter Ellenbogen fand zielsicher sein Gesicht. Geschickt fing sie den Körper auf, während sie bereits eilige Schritte auf der Treppe vernahm. Mit dem Körper als Schutzschild trat sie auf den Gang. Sofort schlugen die Kugeln ein wie in einen Sandsack. Moonfox rannte los. Und erst jetzt bemerkte der zweite Angreifer seinen Fehler. »Du Sohn einer ...« Weiter kam er nicht, da Moonfox ihn den durchlöcherten Körper seines Kameraden entgegen stieß, worauf beide zusammen die Treppe hinunter polterten.

Wie eine Katze sprang Moonfox hinterher, bereit, ein weiteres Mal zuzustoßen. Ihre Eile war unnötig. Der zweite Angreifer war entweder tot oder bewusstlos. Regungslos lag er unter dem Körper seines Kameraden.

Erleichtert ließ Moonfox ihren Atem entweichen. Das würde ihr eine kurze Pause einbringen. Sobald die beiden Männer vermisst wurden, würden sich die verbleibenden Kräfte ihrer Feinde auf dieses Gebäude konzentrieren. Sie musste hier weg, bevor ...

Ein Vibrieren unterbrach ihren Gedankengang. Es kam aus der Tasche des Mannes, den sie als Schutzschild missbraucht hatte. Moonfox bückte sich und zog ein Handy hervor. Es zeigte den Anruf einer unterdrückten Nummer. Sie zögerte. Der Mann hatte mit Sicherheit ein COM-Gerät an seinem Ohr. Der einzige Grund, wieso man ihn anrufen würde, war, dass man bereits von seinem Tod wusste. Vermutlich wurden die Lebenszeichen ihrer Verfolger überwacht.

Langsam hob sie das Handy ans Ohr und bestätigte den Anruf. Zeit, zu verhandeln. »Ja?«

»Yo, Foxy! Hast du mich vermisst?«

Moonfox hätte beinahe das Handy fallen lassen. »Hawks!«, rief sie aus. »Was? Wie?«

»Du errätst nie, wo ich mich gerade erfolgreich eingehackt habe.«

Moonfox zog die Brauen zusammen. »AsclepiusCorp.«

Ein anerkennender Pfiff ertönte. »Out of the Box, Miss Fox.«

»Lass die Sprüche und hol mich hier raus. Da draußen patrouilliert gefühlt eine ganze Armee! Wie konntest du das übersehen!?« Sie versuchte einem der Männer sein Sturmgewehr zu entreißen, gab ihre Bemühung aber schnell auf. Mit einer Hand konnte sie die Waffe sowieso nicht zielsicher tragen.

»An dem Wie arbeite ich noch. Viel wichtiger: hast du die Ware?«

Moonfox schlich in Richtung der aufgebrochenen Haustür und spähte auf die Straße. »Vergiss die Ware. In dem Buch steht nichts. Sag mir lieber, wie ich …«

»Hast du die Ware?«

Irritiert zögerte Moonfox. »Nein, sie liegt im Zimmer über mir und …«

»Hol sie. Sofort!«

»Hawks, das Buch ist unnütz …«

»Sofort! Vorher helfe ich dir nicht.«

Moonfox knirschte mit den Zähnen. Wenn dieser Depp von einem Partner sie doch nur ausreden lassen würde. »Na schön.« Eilig rannte sie die Treppe zurück nach oben. Sie klemmte sich das Handy unters Ohr und verschnürte das Buch mit dem Bindfaden, der es zuvor schon beisammengehalten hatte. Die verteilten Seiten ignorierte sie. »Ist sichergestellt«, knurrte sie. »Was nun?«

»Nimm den Hinterausgang.«

Erneut hastete Moonfox die Treppe hinunter. Schüsse erklangen auf der Straße, gefolgt von Schreien und wütenden Rufen. Die Diebin zögerte nicht, sondern zog sich in den hinteren Teil der Wohnung zurück. »Sicher, dass *raus auf die Straße* eine gute Idee ist?«

»Du kannst auch den Geheimweg im Keller nehmen. Sofern du dir zutraust, es mit sechs Leuten von Asclepius gleichzeitig aufzunehmen, versteht sich.«

»Ts.« Leise öffnete Moonfox die Tür zum Hinterhof und trat nach draußen. »Ich hoffe, du hast den Scharfschützen diesmal im Blick.«

»Keine Sorge, Foxy, ich sehe jetzt alle!«

Shadowhawk übertrieb nicht. Moonfox wusste zwar nicht, wie viele dieser Asclepius-Leute da draußen lungerten, aber Hawks führte sie sicher an ihnen vorbei. Ab und zu ertönten Schüsse und die Diebin kam nicht umhin sich zu fragen, ob ihre Verfolger sich mit anderen Banden anlegten.

Nach einigen Minuten hielt Hawks sie an. »Siehst du die Mülltonne da drüben? Schmeiß die Ware da rein.«

Froh, den Papierhaufen endlich loszuwerden, hob Moonfox den Deckel der Tonne an. Sie zögerte.

»Was ist?«, hörte sie Hawks fragen. Er klang ungeduldig.

»Das ist keine Mülltonne, sondern ein geheimes Postfach. Melodys Leute werden hier später vorbeikommen und die Ware bergen.«

»Ganz genau«, bestätigte Hawks. »Also wirf die Ware rein, damit ich dich hier rauslotsen kann.«

Moonfox rührte sich nicht. »Lüg nicht. Es gibt keinen Ausweg.«

»Was? Natürlich gibt es den. Das ist nur eine Sicherheitsvorkehrung. Hörst du die Schüsse nicht? Hier ist gerade echt …«

»Ach ja? Sicherheitsvorkehrung? In anderen Worten, du weißt nicht, ob du mich hier lebend herausbekommst.«

»Ich bekomme dich hundertpro lebend hier raus. Versprochen. Jetzt pack die Ware in die Tonne, du darfst keine Zeit verlieren!«

Sachte legte Moonfox den Deckel zurück. »Du wirst uns dann beide hier rausbringen müssen.«

Hawks knirschte mit den Zähnen. »Melody wird toben.«

»Dann mach deinen Job und gib ihr keinen Grund dafür.«

Ihr Partner antwortete nicht sofort. Von seiner lockeren Sorglosigkeit war nichts geblieben. In all der Zeit, die sie nun zusammen arbeiteten, hatte Moonfox das nicht erlebt.

»Schön«, sagte er. »Folg der Gasse und an der nächsten Biegung rechts.«

Eine Weile folgte sie seinen Anweisungen. Bei der dritten Biegung jedoch, konnte sie sich gerade noch unbemerkt hinter der Mauer halten. Auf der Straße dahinter standen zwei Streifenwagen und blockierten den Fluchtweg. Hastig wich sie wieder zurück in den Schatten der schmalen Seitengasse. »Scheiße, Hawks. Da sind die Cops! Sag nicht, dass du die nicht gesehen hast!«

Hawks antwortete nicht sofort. »Das ist dein sicherer Ausweg, Foxy.«

»Wie bitte?« Moonfox hätte beinahe das Buch fallen lassen. »Ich soll mich der Polizei stellen!?«

»Ganz genau«, bestätigte Hawks ernst. »Asclepius ist überall und liefert sich Scharmützel mit den Cops und diversen

Banden. Das ganze Viertel hat sich in ein Schlachtfeld verwandelt. Ich weiß, dir gefällt das nicht, aber es ist der beste Weg, dich lebend hier rauszubringen.«

»Wehrlos und in Handschellen, meinst du?«

»Foxy, bitte! Das ist eine Nummer zu groß für uns.«

»Zu groß für uns … Und das von dir!«

»Ich will nicht noch einen Partner verlieren!«

Überrascht hielt sie inne. Davon hörte sie zum ersten Mal. Andererseits erklärte das einiges für sie.

Zwiegespalten trat sie von einem Bein aufs andere. Selbst wenn sie den Cops ihre bisherigen Verbrechen gestand und man ihr mildernde Umstände zusprechen würde, müsste sie mit mindestens fünf Jahren Haft rechnen.

»Es geht nicht, Hawks«, flüsterte sie. »Ich kann Lily nicht allein lassen.«

»Wer ist Lily?«

»Tu nicht so scheinheilig!«, zischte sie erbost. »Der Meisterhacker will mir weismachen, dass er keinen Backgroundcheck bei mir gemacht hat? Du weiß genau, dass ich die Anti-Zerfallstherapie meiner kleinen Schwester bezahle.«

»Wenn du hier stirbst«, erwiderte Hawks ernst, »rettest du deine Schwester nicht. So kannst wenigstens du leben. Gib's auf, Zerfall ist unheilbar.«

Schwer fühlte sie das Buch in ihrer rechten Hand. »Ich geb nicht auf. Es gibt Hoffnung.«

»Wenn du auf Kronhardts Zellregenerationstherapie anspielst«, Hawks machte eine dramatische Pause, »ihre Therapie wirkt nicht. Hat sie noch nie. Die Untersuchungen sind gefälscht. Das ist durch mehrere Quellen belegt.«

Seine Worte schmerzten mehr, als der Streifschuss an ihrem Oberarm. »Mehrere Quellen … ist Asclepius auch eine davon?«

»Foxy, *bitte!*«

»Halt! Keine Bewegung!«

Moonfox wirbelte herum und sah sich mit dem Lauf einer Knarre konfrontiert, an dessen Ende ein Cop hing.

»Waffe fallen lassen und die Hände dahin, wo ich sie sehen kann!« Und leiser fügte er hinzu. »Ich hab sie gefunden. Danke für den Tipp, Control.«

»Tipp …?« Moonfox Hand schloss sich um das Handy. »Hawks, du Verräter.«

»Besser ein Verräter, als die Vergangenheit noch mal zu erleben.«

»Du sollst das Zeug fallen lassen!«, schrie der Cop und kam näher.

Das Handy fiel zu Boden.

»Das Buch auch!«

Moonfox‹ Finger krallten sich in die Seiten. »Wie du willst!« Und mit aller Macht warf sie dem Cop das Buch entgegen. Überrumpelt wollte dieser es auffangen, doch seine Bewegung war unkoordiniert, weshalb ihm die Blättersammlung mit dem Buchrücken direkt ins Gesicht schlug.

Moonfox ergriff die Chance und entschied sich für die Flucht. Hinter ihr ertönten die wütenden Rufe des Cops, doch sie hatte bereits genügend Abstand gewinnen können. Immerhin, ganz am Ende hatte dieses Buch doch einen Nutzen gehabt …

Alo
© *Alopex_Lagopus*

Wattpad-Profil:

https://www.wattpad.com/user/Alopex_Lagopus

2150 | Der Zweitkörper

Remi fühlte, dass etwas nicht in Ordnung war.

Was bei anderen Menschen ein Symptom beginnender Paranoia sein mochte, war in seinem Fall ein Anzeichen von Berufskompetenz im Endstadium. Als professioneller Gauner, Schmuggler und Kopfgeldjäger musste er immer wachsam und jederzeit fluchtbereit sein. Die Agenten des Galaktischen Sicherheitskorps hatten ihre Spione überall und Tris (das durchgeknallte Alfa-Lundi-Miststück) war vermutlich auch noch immer hinter ihm her.

Vorsichtig spähte Remi hinter einem mannshohen Ständer mit intergalaktischen Holo-Grußkarten hervor. Eine langbeinige Angorianerin in einem neongrünen Einteiler, mit verdrecktem Fell und blutrot unterlaufenen Augen lungerte vor den Lebenszeit-Automaten im hinteren Teil des Tankstellen-Ladens herum. Vermutlich wollte sie sich durch Prostitution ein paar Sekunden Extra-Lebenszeit verdienen.

Remis Blick wanderte zum Eingang des Ladens. Durch mehrere milchig angelaufene Scheiben konnte er auf die Flugplattform der Raumstation hinaussehen, die von weißen Chemolaternen nur unzureichend erhellt wurde und deren Tore zum Weltall hin von einem wabernden Kraftfeld verschlossen wurden. Nur eine Handvoll Landeplätze waren belegt. Bei den meisten Schiffen handelte es sich um private Shuttles oder um kleine, zivile Frachter, aber dazwischen stand auch ein gepanzertes Bergungsschiff. Ein älteres Exemplar. Eines von der Sorte, das über verdächtig viel Stauraum im Boden verfügte und vermutlich von Schmugglern dazu benutzt wurde, um SALZ in die Separatistengebiete zu befördern.

Remi schürzte missbilligend die Lippen. Er hatte sich schon vor Jahren aus dem SALZ-Schmuggel zurückgezogen. Nach der Großen Separation und seit der Gran Keisar verkündet hatte, dass seine Venatori (bekanntermaßen Ankläger, Richter und Henker in Personalunion) das Sicherheitskorps verstärken würden, war ihm die Angelegenheit zu heikel geworden. Wer sich mit den Handlangern des Gran Keisar anlegte, war entweder dumm wie eine deidalische Dörrpflaume oder vollkommen verzweifelt. Und Remi war nichts von beidem.

Als hätte er es mit seinen Gedanken heraufbeschworen (und Remi war abergläubisch genug, um zu denken, dass so etwas prinzipiell möglich wäre), öffneten sich in diesem Moment die Automatiktüren des Tankstellen-Ladens und die Crew des Bergungsschiffs drängte herein. Zu Tarnungszwecken hatten sich die Männer alte, gebraucht aussehende Arbeiterkleidung besorgt, doch Remi konnten sie nichts vormachen. Immerhin hatte er diese Nummer selbst schon ein paar Mal (und ziemlich erfolgreich, wie er fand) durchgezogen.

Deshalb wusste er auch bereits beim Anblick der Männer, dass es Ärger geben würde. Wer soeben das halbe Universum durchquert hatte – in gebrauchten Klamotten, mit einem höchstwahrscheinlich gestohlenen Schiff, auf der Flucht vor den Venatori und mit ein paar hundert Kilo hochgefährlichem Roh-SALZ im Gepäck – war so vollgepumpt mit Adrenalin (und anderen Substanzen), dass jeder Funke zu einer Explosion führen konnte. Und wenn das geschah, wollte Remi nicht in der Nähe sein.

Während die Schmuggler in den Laden einfielen, kurz und wenig erfolgreich mit einem Werbehologramm boxten und sich auf die Regale mit den Snacks stürzten, zog Remi den Kopf ein und huschte zwischen zwei Regalreihen mit Werkzeugen und Ersatzteilen hindurch zur Kasse. Dort erwartete ihn ein schlaksiger Angestellter mit fettigen Haaren, einem massiven Akne-Problem und einem labberigen Shirt, das ein Siebdruck-Porträt von Arren Cosma (der verhassten Separatistenführerin) zierte.

Exzentrisch, dachte Remi und knallte dem jungen Mann eine Packung gesalzene Yoomi-Maden auf den Tresen.

Quälend langsam tippte der Tankstellen-Angestellte den zu bezahlenden Betrag in seine altmodische Rechenmaschine. Dabei zuckte sein Blick immer wieder nervös zu den Neuankömmlingen, die den vorderen Teil des Ladens zerlegten.

Als der junge Mann endlich das erwartete Zeichen gab, wischte Remi mit der Tätowierung an seinem Handgelenk über die in den Tisch eingelassene Scan-Oberfläche. Ein hohes Piepsgeräusch ertönte, gefolgt vom Rattern der Rechenmaschine, was eine erfolgreiche Abbuchung signalisierte – allerdings nicht von Remis Konto. Er hatte die Tätowierung irgendeinem Angestellten des Galaktischen Großreichs aus dem Arm geschnitten und sich selbst angenäht. Eine gute Arbeit (jedenfalls, wenn man nicht so genau hinsah).

Remi schnappte sich seine Yoomi-Maden, wich den SALZ-Schmugglern aus und marschierte zur Tür.

Draußen stank es nach Treibstoff-Gasen, Schmiermitteln und mehrfach gefilterter Luft. Irgendwie dumpf, irgendwie schal, wie altes Frittierfett oder die Sümpfe auf Kall-

Eine Bewegung im Augenwinkel ließ Remi herumfahren. Instinktiv tastete er nach seiner Pulswaffe, die er in einem Achselholster unter seinem Mantel trug.

»Schau mal, was ich gefunden hab!«

Eine blasse Hand hielt ihm ein altes, vergilbtes Büchlein mit einem abgenutzten Ledereinband hin. Zu der Hand gehörte ein dürres Männlein in einer viel zu weiten Latzhose, mit einem kahlen Schädel und einem teigigen Gesicht, das zu einem Ausdruck immerwährenden Erstaunens erstarrt war.

»Scheiße, Zwoter!«, schimpfte Remi. »Was machst du denn hier? Hab ich dir nicht gesagt, dass du das Schiff nicht verlassen sollst?«

Zwoter zuckte zusammen, als wäre er geschlagen worden. »Ja, schon, aber ...«

Die Automatiktüren glitten auf und die Angorianerin flüchtete ins Freie hinaus.

Zwoter deutete an Remi vorbei auf den Laden. »Die Männer da drinne müssen dieses Ding verloren haben. Am besten geben wir's ihnen zurück.«

Remi warf einen Blick über die Schulter – gerade rechtzeitig, um zu sehen, wie einer der Schmuggler eine Pulswaffe zückte und damit auf den pickeligen Tankstellen-Angestellten anlegte.

Sofort ließ Remi die Tüte mit den Yoomi-Maden fallen, zog seine eigene Waffe, packte Zwoter am Arm und zerrte ihn mit sich über die Flugplattform.

Doch offenbar waren die angorianische Lebenszeit-Nutte und er die Einzigen, die den Ernst der Lage begriffen hatten.

»Hey! Hey!«, rief Zwoter und wedelte mit dem Büchlein, um die Schmuggler im Innern des Ladens auf seinen Fund aufmerksam zu machen.

»Sag mal, bist du dämlich?«, zischte Remi (obwohl er längst wusste, wie es um die geistigen Kapazitäten seines Zweitkörpers bestellt war).

»Er hat das Buch!«, rief einer der Schmuggler.

Remi fluchte, hob seine Waffe, stellte den Aktivator mit dem Daumen auf Gelb und feuerte ins Innere des Ladens, was die Schmuggler dazu zwang, hinter einem der Regale in Deckung zu gehen. Dann packte er Zwoters Arm fester und rannte los.

»Warum hast du das gemacht?«, jammerte Zwoter, während er mit ihm Schritt zu halten versuchte.

Remi sparte sich eine Antwort.

Sie hasteten über die Flugplattform, durch die konischen Lichtkegel der Chemolaternen (hell-dunkel-hell-dunkel), und retteten sich über die Laderampe auf Remis Schiff, die *Acantha*. Ein unauffälliges Reparaturschiff mit drei Greifarmen, das zur Arbeit an den Außenhüllen von Kreuzern und Raumstationen gemacht war.

Genau in diesem Moment stürzten die Schmuggler mit gezogenen Waffen aus dem Laden.

Remi behielt sie durch die Sichtschirme im Auge, ließ die Laderampe hochfahren und startete die Triebwerke. Die Bordelektronik meldete ihm eine Überdruckwarnung, die er jedoch geflissentlich ignorierte. Erst die zweite Warnmeldung ließ ihn innehalten. Offenbar hatten seine Sensoren ein bekanntes Schiff im Umkreis der Raum-Tankstelle ausgemacht.

Die *Acuela*.

Tris (das durchgeknallte Alfa-Lundi-Miststück) musste ihm bis in diesen abgelegenen Winkel des Universums gefolgt sein – und das nur, weil er sie beraubt hatte. Aber was hatte diese neureiche Schlampe auch erwartet, als sie einen Gauner angeheuert hatte, um ihrem Ex-Mann eins auszuwischen?

Remi ließ sich in den Kapitänssessel fallen, platzierte eine Hand auf dem Regulator und gab Schub. Röhrend erwachten die Triebwerke der *Acantha* zum Leben.

Die Schmuggler nutzten die Gelegenheit und feuerten mit ihren Pulswaffen auf das Schiff, aber ihre Plasmaprojektile konnten die Schilde, die für ein einfaches Reparaturschiff ungewöhnlich widerstandsfähig waren, nicht durchdringen. Mit einem Lichtblitz prallten sie daran ab, was einen stakkato-artigen Klang, wie von einem Hagelschauer, erzeugte.

Ohne darauf zu achten, steuerte Remi eines der Weltraum-Tore an und verließ die Raumstation genau in dem Moment, in dem die *Acuela* auf der anderen Seite eintraf.

›Was is das?‹«, fragte Zwoter, als sie ein paar Galaxien weiter im Cockpit der *Acantha* zusammensaßen.

Remi lümmelte in seinem Kapitänssessel und blätterte in dem gefundenen Büchlein. Eigentlich hatte er geglaubt, dass Bücher nur noch in Museen oder in den Sammlungen exzentrischer Milliardäre zu finden wären. Deshalb hatte er auch gehofft, in dem mysteriösen Büchlein etwas Wertvolles zu finden. Einen Plan zu den Orten, an denen die Schmuggler ihre Beute versteckten, zum Beispiel, oder geheime Schmuggelrouten durch das Zentraluniversum. Identifikationscodes des Galaktischen Großreichs. Eine Schatzkarte mit einem großen roten X. Doch alles, was er fand, war unleserliches Gekritzel. Kauderwelsch in fremden Sprachen. Zeichen, Symbole und andere Malereien.

»Du willst wissen, was das ist?«, knurrte Remi und knallte das Büchlein auf die Frontkonsole. Dabei fiel eine getrocknete Blume, die zwischen den Seiten geklemmt hatte, heraus. »Reine Zeitverschwendung.«

Zwoter wandte rasch den Blick ab und widmete sich wieder dem Übungstresor, den er schon seit Wochen zu knacken versuchte. Ein altmodisches Teil, das noch echte Handarbeit und Fingerfertigkeit erforderte.

Im Galaktischen Großreich lagen die meisten Schätze hinter unzähligen Türcodes, Cyberwalls und DNA-Scannern verborgen, aber in den Separatistenregionen waren die Menschen vorsichtiger – und das nicht ohne Grund. Die Cyber-Crawler des Sicherheitskorps konnten so ziemlich jeden digitalen Code im ganzen Universum aufspüren und entschlüsseln. Da war es sicherer, beim Schutz seiner Wertgegenstände auf analoge Verfahren zurückzugreifen. Dazu kam, dass viele Menschen am Rand des Universums viel zu arm waren, um sich eine ausgeklügelte Sicherheitstechnik leisten zu können. Das machte die Separatistenregionen zu einem lohnenden Ziel für alle Arten von Dieben und Gaunern – und mit einem Zweitkörper würde alles noch viel einfacher werden. Das hatte Remi jedenfalls gedacht.

Verstohlen beobachtete er Zwoters Bemühungen. Der hässliche Kerl werkelte an dem Tresor herum, als besäße er zwei linke Hände.

Remi seufzte innerlich.

Im Grunde war ein Zweitkörper eine gute Sache. Alle Wohlhabenden besaßen einen Zwoter. Es hatte Vorteile, sein Aussehen, sein Wissen und seine Fähigkeiten wechseln zu können. Auf diese Weise konnte sich der dickliche SALZ-Magnat auf den Feierlichkeiten zum Geburtstag des Gran Keisar als attraktiver Casanova ausgeben oder die hohlköpfige Milliardenerbin als gebildete Dame.

Doch Zweitkörper waren teuer. Je nach Ausstattung sogar *unglaublich* teuer. Remi hätte sich selbst das günstigste

Modell niemals leisten können. Aber dann hatte er Zwoter gefunden. In den Schrottbergen eines Müllmondes.

Vermutlich Ausschussware, dachte Remi grimmig. *Oder ein missglücktes Testmodell.* Jedenfalls hatte Zwoter von allem zu wenig abgekriegt. Zu wenig Intelligenz. Zu wenig Geschicklichkeit. Zu wenig Attraktivität und Charme. Kein perfekter Zweitkörper für einen Gauner. So sehr Remi sich auch bemühte, Zwoter sein Wissen und seine Fähigkeiten zu vermitteln, es war, als spräche er mit einer Wand. Er musste sich wohl oder übel eingestehen, dass Zwoter einfach zu blöd und zu hässlich war, um sein Zweitkörper zu sein.

Und dennoch besaß er vielleicht einen Nutzen.

Fast ohne darüber nachzudenken, glitt Remis Hand in die Hosentasche, wo er den Tauscher verwahrte, den er auf Zwoters Parameter eingestellt hatte.

Er konnte seinen Zweitkörper noch immer als Köder benutzen. In Zwoters Körper ein simples, aber profitables Verbrechen begehen und dann, wenn man ihn (zwangsläufig) erwischte, mit einem einzigen Knopfdruck zurück in seinen eigenen Körper wechseln und sich aus dem Staub machen. Dann wäre es sein Zwoter, der im Knast landete. Oder im Sondermüll, wenn die Behörden seine wahre Natur erkannten. Es spielte keine Rolle. Zwoter war bloß ein nutzloser Fleischsack mit einem degenerierten Nervensystem, dem Intellekt eines Kleinkindes und dem Überlebensinstinkt eines Lemmings.

»Vielleicht isses was zu essen«, murmelte Zwoter.

Remi fuhr sich mit den Händen über das Gesicht. »Ist es nicht.«

»Wir könnten versuchen, es zu kochen.«

Remi ächzte. »Es ist ein Buch – und Bücher sind nicht essbar.«

»Es sieht aber essbar aus.«

»Nein«, fauchte Remi, rieb sich die Stirn und zog eine Grimasse. »Wieso hältst du bloß alles, was du findest, für Essen?«

Zwoter zuckte mit den Schultern. Sein rundliches Gesicht war ein Ausdruck kindlicher Unschuld. »Du hast gesagt, diese Gummi-Dinger wären nicht essbar – und dann hast du sie doch gegessen.«

Remi warf ihm einen finsteren Blick zu. »Aber nur weil ich nicht wusste, dass du den Gulasch aus Gummidichtungen gemacht hast.«

Schon bei der Erinnerung zog sich sein Magen unangenehm zusammen.

»Wenn dieses Buch nich essbar is, haben wir ein Problem.«

»Wieso? Sind die Vorräte schon wieder alle?«

Zwoter nickte.

»Und der Rohmasse-Tank?«

»Bis auf den letzten Krümel aufgebraucht.«

Remi schürzte verärgert die Lippen. Wenn Zwoter keinen Aufstand wegen dieses dämlichen Büchleins gemacht hätte, wären ihm wenigstens noch die Yoomi-Maden geblieben. »Wir brauchen dringend ein paar Pallas«, stellte er fest.

Zwoter deutete auf die Tätowierung an Remis Unterarm.

»Nein«, seufzte Remi. »Die hilft uns jetzt nicht. Bei den meisten Handelsposten ist dieser Code bereits gesperrt. Und meine Beute aus der Windon-Sache ist noch in Credits angelegt. Wertlos in dieser Gegend.«

Sein Blick wanderte erneut zu dem nutzlosen Büchlein.

Eventuell konnte er doch einen Vorteil aus dem Ding schlagen. Irgendein Verrückter würde schon ein hübsches Sümmchen dafür zahlen.

Remi setzte sich aufrecht hin und startete den Navigationsmodus.

Eine Warnmeldung wies ihn darauf hin, dass er eine veraltete Version benutzte, und empfahl ihm dringend das neuste Update, aber Remi wedelte mit der Hand vor dem Sensor herum, bis die Meldung verschwand. Als ob er dem Galaktischen Großreich für diesen sogenannten *Aktualisierungsservice* auch nur einen Palli in den Rachen geworfen hätte.

Den Karten entnahm Remi, dass sie sich derzeit am Rand der Suppengalaxie (die Menschen hier waren so arm, dass sie sich nur Suppe leisten konnten) befanden. Kein besonders guter Ort, um ein Artefakt zu verticken.

Artefakt, dachte Remi. Ja, das war ein gutes Wort. Niemand würde ein Vermögen für ein vergammeltes Buch bezahlen, aber für ein Artefakt ... das war eine andere Geschichte.

Voller Vorfreude rieb Remi die Hände aneinander und suchte auf den Karten der angrenzenden Galaxien nach einem Planeten oder einer Raumstation mit einem Handelsposten der Separation. Auf den Handelsposten des Galaktischen Großreichs konnte er sich nicht mehr blicken lassen, wenn er nicht riskieren wollte, wegen SALZ-Schmuggels verhaftet zu werden.

Remi fand keine geeignete Handelsstation, aber dafür etwas Anderes.

»Was hast du?«, fragte Zwoter, dem wohl irgendeine Veränderung an Remis Verhalten aufgefallen sein musste.

»Eine Idee«, erwiderte Remi, legte die Handflächen aneinander und tippte sich mit den Fingern an die Lippen.

»Eine gute Idee?«, fragte Zwoter hoffnungsvoll.

»Keine Ahnung«, murmelte Remi. »Finden wir es heraus.«

Die Raumstation lag im äußersten Quadranten der Maleeni-Galaxie (auch als Pfeifen-Galaxie bekannt). Vor der Großen Separation hatte es zahlreiche Gelehrte aus dem Zentraluniversum in diese Gegend gezogen, doch seit die Separatisten die Kontrolle über die Galaxien jenseits des Nautilus-Gürtels übernommen hatten, war die Maleeni-Galaxie ziemlich heruntergekommen. Im Grenzbereich zwischen dem Galaktischen Großreich und den Separatistenregionen gelegen, war es hier während des Krieges häufig zu kleinen und größeren Scharmützeln gekommen, was die Immobilienpreise ziemlich gedrückt haben musste.

»Was soll das sein?«, hauchte Zwoter, der hinter Remi stand und ihm über die Schulter spähte.

»Sie nennen es *die Zentralbücherei*«, antwortete Remi.

Zwoter warf ihm einen verständnislosen Blick zu. Seine hervorquellenden Froschaugen besaßen die wenig inspirierende Farbe eines granitgrauen Schlechtwetterhimmels.

Wenn es stimmte, dass die Augen die Fenster zur Seele waren, dann musste es sich bei Zwoters Seele um das Äquivalent eines leeren Kartoffelkellers handeln. Wenn er überhaupt eine Seele besaß. Letztendlich war sein Wegwerfbewusstsein nur dazu gemacht, seinen Körper am Leben und bei guter Gesundheit zu erhalten, damit seine Besitzer ihn nach Bedarf benutzen konnten. Doch selbst dafür war Zwoter zu doof, wie sich am schlechten Zustand seiner Haut und seiner Zähne zeigte.

»Bestimmt hat hier jemand Interesse an einem nutzlosen Büchlein oder kann uns sagen, um was es sich dabei handelt.«

»Es sieht nich gut aus«, murmelte Zwoter. »Wir sollten da nich hingehen.«

»Ach, hör schon auf«, erwiderte Remi. »Das ist ein öffentliches Gebäude – und niemand vom Sicherheitscorps weit und breit.«

Er bemühte sich, zuversichtlich zu klingen, doch er musste zugeben, dass ihm beim Anblick der Zentralbücherei ebenfalls mulmig zumute geworden war.

Die äußere Hülle der Raumstation bestand aus amorphem Stahl, Quarzglas und Aluminium, die sich beim Näherkommen zu einem hexagonalen Gebilde verdichteten, in dessen Zentrum etwas zu lauern schien.

Aber das war natürlich Blödsinn. Seine Berufsparanoia musste ihn an der Nase herumführen.

Mit einem besorgten Grummeln im Bauch steuerte er eines der Tore an.

Die *Acantha* glitt durch das Kraftfeld, das die Atmosphäre der Raumstation am Entweichen hinderte, und folgte dem einprogrammierten Kurs zum Haupteingang der Bücherei.

Schon bald machten Stahl und Glas einer im Gravitationsfeld schwebenden Steinplattform Platz. Darauf erhob sich ein beeindruckendes Gebäude mit einer Fassade aus weißem Marmor, mit Gesimsen, Pilastern und steinernen Figuren, die vermutlich irgendwelche hochtrabenden Namen besaßen. Typisch für diese eingebildeten Gelehrten. Mussten sich immer als etwas Besseres fühlen und es das ganze Universum wissen lassen.

Das Bauwerk besaß fünf Geschosse. Auf das oberste Geschoss war eine türkisgrün patinierte Kuppel aufgesetzt. Zwei Türme flankierten den Hauptbau. Beide trugen Turmuhren mit jeweils 17 Stunden, die zur selben Zeit stehen geblieben waren.

Remi landete sein Schiff vor dem großen Portal, das ins Innere des Gebäudes führte.

Das unwohle Gefühl in seiner Magengrube wurde stärker.

Jetzt sei kein Idiot, sagte er zu sich selbst. *Wenn du jetzt einen Rückzieher machst, stehst du vor Zwoter wie ein Trottel dar und der kleine Mistkerl wird noch glauben, dass er recht hatte.*

Remi wandte sich von den Sichtfenstern ab, warf sich seinen alten Armeemantel über, steckte das Büchlein ein und vergewisserte sich, dass er seine Waffe griffbereit hatte. Anschließend tastete er nach dem Tauscher in seiner Hosentasche, überlegte kurz, ob er ihn an Bord lassen sollte, entschied sich dann aber, ihn mitzunehmen.

»Komm schon, Zwoter«, meinte er und marschierte zum Frachtraum, um das Schiff über die Laderampe zu verlassen.

Die Atmosphäre der Raumstation fühlte sich schwer und drückend an. Die Maleeni-Sonne brannte heiß auf sie herunter und ließ den Stahlkäfig, der die Station umgab, lange, spinnenbeinartige Schatten auf den gepflasterten Vorplatz werfen.

»Wieso isses hier so leer?«, wollte Zwoter wissen.

Gute Frage, dachte Remi.

Laut sagte er: »Stell keine so blöden Fragen.«

Er sah sich um und entdeckte ein weiteres Schiff, das etwas abseits stand.

»Sieh doch. Da ist noch jemand.«

Noch während er das sagte, wurde Remi klar, dass dieses zweite Schiff nicht von den Sensoren der *Acantha* erfasst worden war – und es gab nur wenige Systeme, die die Sensoren seines Schiffs überlisten konnten.

Andererseits … Remi blinzelte in das grelle Sonnenlicht … er konnte es nicht genau sagen, aber er glaubte, diesen Schiffstyp zu kennen.

Langsam ging er darauf zu. Die matte Duranium-Carbon-Oberfläche bestand aus vielen kleinen Dreiecken, die einen schlanken, stromlinienförmigen Schiffskörper formten. Am Heck befanden sich zwei Hochleistungs-SALZ-Triebwerke.

Konnte das sein? Hatte er es mit dem Shuttle eines Abramelin-Kreuzers zu tun?

Diese Schiffsklasse wurde hauptsächlich vom Galaktischen Großreich verwendet. Von den Venatori des Gran Keisar.

Remis Puls beschleunigte sich. Sie mussten umdrehen. So schnell wie möglich.

Er fuhr herum und wollte zur *Acantha* zurückrennen, da bemerkte er Zwoter, der soeben durch das Portal im Innern der Zentralbücherei verschwand.

»Scheiße!«, fluchte Remi.

Sein Blick zuckte zwischen dem Shuttle und dem Portal hin und her. Er musste hier weg. Aber das bedeutete, Zwoter zurückzulassen.

Und wenn schon!

Kein Zweitkörper war es wert, dass man sich deswegen mit einem Venatori anlegte.

Remi zögerte.

Wenn er nur kurz hineinging, Zwoter schnappte und gleich wieder verschwand, dann würde der Venatori gar nicht wissen, dass er hier gewesen war. Mit Sicherheit war der Kettenhund des Gran Keisar nicht wegen ihm gekommen.

»Ach, verfluchter Mist«, schimpfte Remi und stapfte auf das Portal zu.

Er würde Zwoter in den Arsch treten, wenn er wegen ihm in Schwierigkeiten geriet.

Seine Wut überflügelte das unangenehme Gefühl in seinem Magen.

Schnellen Schrittes betrat er die Bücherei und gelangte in ein großes, staatsmännisch wirkendes Foyer mit dunklem Parkettboden, grünen Seidentapeten und großen Kristalllüstern, die im hereinfallenden Sonnenlicht geheimnisvoll funkelten. An der Kopfseite der Halle befand sich ein lang gestreckter Tresen. Dahinter erhoben sich mehrere Bücherregale.

Es roch nach schalem Pfeifenrauch, Bohnerwachs und Ammoniak. Der Geruch erinnerte Remi an das Naturkunde-Museum auf Alfa Kali, das er einst mit seinen Großeltern besucht hatte, kurz, bevor es vollständig digitalisiert und abgerissen worden war.

Auffällig war jedoch, dass überall Staub lag und niemand hier zu sein schien.

»Zwoter?« Remi passierte einen Durchgang links des Tresens, der hinter einem Vorhang verborgen lag. »Zwoter?«

Kaum waren die Worte heraus, wäre er beinahe mit seinem Zweitkörper zusammengestoßen.

»Was sollte das?«, fauchte Remi. »Was machst du hier? Wieso-«

Er hielt inne. Sie befanden sich am Rand einer Empore. Dahinter erstreckte sich eine mehrstöckige Halle mit umlaufenden Galerien, die sich spiralförmig bis unter die gewölbte Decke schraubten. Hier und da zweigten schmale, mit altkeisarischen Ziffern markierte Gänge ab, die tiefer in den Bauch der Bücherei führten. Das einzige Licht fiel durch eine kreisrunde Öffnung im Zentrum der Dachkuppel herein. Es reichte jedoch nicht, um die Halle zu erhellen, sondern führte nur dazu, dass die Konturen verschwammen und die in der Luft tanzenden Staubteilchen wie SALZ-Kristalle funkelten. Das Beeindruckendste aber waren die Bücher. Sie waren überall und stapelten sich in den meterhohen Regalen bis unter die Decke. Remi vermeinte, sie in der Dunkelheit rascheln und flüstern hören zu können. Es war ihm, als hätte er einen fremdländischen Dschungel betreten und würde aus unsichtbaren Augen gemustert. Von wilden Tieren, die sich im Unterholz versteckten.

»Da is jemand«, flüsterte Zwoter und deutete zu einem höher gelegenen Wendelgang hinauf.

»Scheiß drauf«, schnappte Remi. »Lass uns von hier verschwinden.«

»Aber was is mit dem Buch?«

»Scheiß auf das Buch.«

Jetzt war es Remi, der eine Bewegung wahrnahm.

Drei Geschosse über ihnen. Da war etwas.

»Hast du Angst?«, fragte Zwoter.

»Nein. Aber da draußen steht das Shuttle eines Venatori.«

Noch während er das sagte, wurde ihm klar, wie bizarr das alles war. Wo waren die Angestellten der Bücherei? Versteckten sie sich? Hatten sie die Raumstation verlassen? War der Venatori gekommen, um genau das herauszufinden?

Wieder diese Bewegung.

Remi kniff die Augen zusammen.

Da war tatsächlich etwas. Ein kurzes Aufblitzen. Eine Lichtreflexion auf einer spiegelnden Oberfläche.

Zögerlich setzte Remi sich in Bewegung, folgte dem Verlauf der Empore und stieg an deren Ende die Treppe in den dritten Stock hinauf.

Zwoter folgte ihm mit staunend aufgerissenem Mund.

Die Luft schien immer dünner zu werden. Gleichzeitig mischte sich der süßliche Gestank von Verwesung in das säuerliche Aroma langsam zerfallender Bücher.

Wie hypnotisiert näherte sich Remi dem Objekt, das sein Interesse geweckt hatte.

Der Atem stockte ihm im Hals. Sein Magen verschlang sich zu einem engen Knoten.

Vor ihm lag ein regloser Körper in den Überresten einer schwarzen Kampfuniform. Der Leichnam trug die charakteristische, gehörnte Helmmaske eines Venatori, die das hereinfallende Tageslicht reflektierte. Obenrum wirkte der Mann unversehrt, doch von der Taille abwärts …

Remi schluckte.

Der Unterleib des Venatori war bis auf die Knochen abgenagt worden.

»Is das-«, begann Zwoter.

»Sag es nicht«, fiel Remi ihm ins Wort. Seine Stimme vibrierte wie ein straff gespanntes Seil.

Zwoter schürzte beleidigt die Lippen. »Ich hab gar nich an Essen gedacht.«

Remi vernahm ein Geräusch, das nach einem schweren Aufprall klang.

»Hey!« Er zückte seine Pulswaffe. »Wer ist da?«

Es waren die Bücher, die ihm antworteten. Sie raschelten und knisterten, als würde ein Herbststurm durch einen Laubwald fahren.

»Zwoter«, knurrte Remi. »Hier geht irgendwas Verrücktes vor.«

Eine verlassene Bücherei am Rande des Universums. Ein toter Venatori. Er hätte auf seine innere Stimme hören müssen.

Das Rascheln der Bücher steigerte sich immer weiter, doch dahinter lauerte noch ein anderes Geräusch. Ein dumpfes Reißen und Schmatzen, das rasch näherkam.

»Los, verschwinden wir!«, rief Remi, fuhr herum und rannte los.

Er hetzte den Weg zurück, den sie gekommen waren. Allerdings schaffte er es keine zehn Schritte weit. Auf einmal wölbte sich eines der Regale zu seiner Linken. Die Bücher purzelten heraus wie Lemminge, die über eine Klippe stürzten. Doch es waren nur leere Hüllen. Nur noch lederne Einbände und von Kleber zusammengehaltene Buchrücken. Die Seiten waren verschwunden – und in der Rückwand des Regals prangte ein gewaltiges Loch.

Remi riss die Arme hoch, um sich zu schützen, wurde aber von etwas Großem in die Rippen getroffen. Er flog zur Seite, brach durch das Geländer und stürzte in die Tiefe.

Im letzten Moment gelang es ihm, sich an einem zerbrochenen Längsstreben festzuklammern. Ein schmerzhafter Ruck ging durch seinen Arm. Er gab einen unterdrückten Schrei von sich. Seine Beine baumelten in der Luft. Die Pulswaffe entglitt seinen Fingern und zerbrach viele Meter unter ihm auf dem Boden im Erdgeschoss.

»Zwoter«, keuchte Remi.

Sein Zweitkörper erschien über ihm und streckte die Hände aus, um ihn hochzuziehen.

»Mach schnell«, drängte Remi.

»Ich mach ja schon.«

Doch noch bevor Zwoter ihn zu fassen bekam, wand sich direkt hinter ihm ein riesenhaftes Geschöpf aus dem Loch in der Bücherwand. Ein leichenblasses, augenloses Etwas mit einem langen, schmalen Körper und einem kreisrunden, zahnbewährten Maul.

»Scheiße!«, fluchte Remi.

Zwoter wandte träge den Kopf. Seine regengrauen Augen weiteten sich wie in Zeitlupe.

Und dann – noch bevor er reagieren konnte – wurde er von der Kreatur am Arm gepackt und gegen eines der Regale geschleudert. Er verschwand aus Remis Sichtfeld.

Das Ungeheuer wandte sich Remi zu. Seine ringförmig angeordneten Zahnreihen rotierten wie die Klingen eines Schnetzlers.

»Verfluchte Scheiße!« Remi kramte mit der freien Hand in seinen Taschen und beförderte das seltsame Büchlein ans Tageslicht. »Hey!«, rief er und wedelte damit in der Luft herum. »Siehst du das?«

Die Kreatur grollte leise. Obwohl sie keine Augen zu besitzen schien, wirkte es, als würde sie die Frage bejahen.

»Hier! Fang!« Remi schleuderte das Büchlein in die Dunkelheit.

Der Kopf der Kreatur ruckte herum, aber sie folgte dem Büchlein nicht.

»Du nutzloses Mistding!«, fauchte Remi. »Du bist wirklich das nutzloseste Büchlein im ganzen Universum!«

Die Kraft in seinem Arm ließ nach. Er spürte den Zug an seinen Muskeln und wusste, dass er sich nicht mehr lange halten können würde. Sein Blick wanderte in die Tiefe. Bis zum Boden waren es sicher mehr als zehn Meter. Es war nicht unwahrscheinlich, dass er bei dem Sturz draufging, aber das war ihm immer noch lieber, als gefressen zu werden.

Kaum hatte er das gedacht, entdeckte er Zwoter, der sich im Hintergrund langsam wieder aufrichtete. Remi wurde Folgendes klar: Er konnte auf sein Glück setzen und hoffen, dass er den Sturz überlebte, oder er rettete sich auf einem anderen Weg.

»Lauf, Zwoter!«, brüllte Remi.

Zwoter warf ihm einen verwirrten Blick zu.

»Nun lauf schon!«

Erst nach dieser erneuten Aufforderung setzte Zwoter sich in Bewegung und rannte über die Galerie zur Treppe. Er schien bis auf ein paar Schrammen und Kratzer unverletzt zu sein und er hatte einen guten Vorsprung.

Das Ungeheuer beugte sich über Remi, sodass ihm sein saurer Speichel ins Gesicht tropfte.

Remi lachte. »Du grottenhässliches Mistvieh.« Er fasste nach dem Tauscher in seiner Tasche. »Du kriegst mich nicht!«

Das Ungeheuer schnellte vor.

Remi ließ los und betätigte im Fallen den Tauscher.

Ein brutales Ziehen schoss durch seinen Körper, als würde man ihm das Rückgrat herausreißen. Remi brüllte vor Schmerz, dann wurde ihm schwarz vor Augen.

Als er wieder zu sich kam, konnte er sich immer noch brüllen hören. Dumpf. Wie aus weiter Ferne. Sein Körper fühlte sich ungewohnt an, schwer und plump. Seine Gedanken waren ähnlich langsam und seltsam zerfahren, sodass es ihm schwerfiel, sich zu orientieren.

Hinter ihm erstarb sein eigener Schrei.

Remi warf einen Blick über seine Schulter. Mehrere Ungeheuer waren aus den ausgehöhlten Bücherwänden gebrochen und hatten seine Verfolgung aufgenommen.

Er zwang seinen Zweitkörper, schneller zu rennen, kam aber auf Zwoters kurzen Beinen nicht halb so gut voran, wie er es von seinem eigenen Körper gewohnt war.

Schwer atmend hetzte er die Treppen hinunter und steuerte auf die Tür zu.

Kurz bevor er den Durchgang zum Foyer erreichte, wurde er von einem der Ungeheuer am Rücken erwischt. Er flog durch den Vorhang, kippte vornüber, schaffte es nicht, sich abzufangen, und landete mit dem Gesicht voraus auf dem staubigen Parkettboden. In nackter Panik rappelte er sich wieder auf und krabbelte auf allen vieren auf den rettenden Ausgang zu. Die Ungeheuer waren an ihm dran. Es war ihm, als könnte er ihre Zähne bereits an seinem Hinterteil spüren. Mit letzter Kraft stemmte er sich in die Höhe, drückte das Portal auf und stürzte ins Freie hinaus. Nach ein paar Stolperschritten sank er erschöpft auf die Knie.

»Du meine Güte … wer bist du denn?«

Verwirrt sah Remi auf – direkt in das verdächtig faltenfreie Gesicht von Tris (dem durchgeknallten Alfa-Lundi-Miststück). Sie zielte mit der Pulswaffe in einer Hand auf das Portal und streckte die andere Hand aus, um ihm aufzuhelfen.

Remi war zu verwirrt, um sie davon abzuhalten.

»Du armes Kerlchen«, säuselte Tris in einem Tonfall, als wäre er ein verletzter Hundewelpe. »Wie bist du denn hierhergekommen? Die Bücherei ist doch schon seit ein paar Dekaden verlassen und wegen Buchwurm-Befalls der Stufe vier zum Hochrisikogebiet erklärt worden. Nicht einmal die Venatori trauen sich noch hierher, seit sie einen ihrer Aufklärer verloren haben.«

Remi konnte Tris nur geistlos anstarren. Blut tropfte ihm aus der Nase. Seine Gedanken waren wie glitschige Fische, die ihm immer wieder durchs Netz schlüpften.

Buchwurm-Befall?

Wieso hatte er das nicht gewusst?

Wieso hatte sein Navigationssystem ihn nicht davor gewarnt?

Tris flippte sich eine blonde Haarsträhne über die Schulter. »Du hast nicht zufälligerweise einen Mann gesehen, der hier reingestürmt sein muss?« Bei den Worten hielt sie eine Hand über ihren Kopf. »Etwa so groß, alter Armeemantel, keine Manieren und sehr von sich eingenommen? Nennt sich selbst Remi, aber ich nenne ihn bloß *den verblödeten Alfa-Kali-Gauner*.«

Remi schüttelte langsam den Kopf.

Tris seufzte. »Oje, du bist nicht der hellste Brennstab im SALZ-Reaktor, was?« Sie lächelte ihm zu. »Aber weißt du was? Du tust mir leid. Ich nehm dich mit nach Alfa Mari.« Sie warf einen letzten Blick zum Büchereiportal. »Wenn dieser dämliche Gauner da rein ist, wird er sowieso nicht lebend rauskommen.« Mit einem lang gezogenen Ausatmen ergänzte sie: »Aber weißt du was? Das ist er selbst schuld.« Sie biss sich auf die Unterlippe. »Nur schade wegen des Geldes, das er mir schuldet.«

Remi sah zu, wie sie ihre Waffe wegsteckte und im gleißenden Sonnenschein zur *Acuela* spazierte, die direkt neben der *Acantha* gelandet war. Auch durch den Nebel in seinem Kopf wurde ihm klar, dass ihm keine andere Wahl blieb, als ihr zu folgen. Selbst wenn es ihm gelänge, den Tauscher zu finden, wäre sein eigener Körper inzwischen vermutlich bis auf die Knochen abgenagt. Er musste sich damit abfinden, dass er tot war.

Nein, nicht er. Nur sein Körper. Und mit ihm Zwoters Bewusstsein, das durch den Tausch gelöscht oder in Remis Körper übertragen worden sein musste. Der kleine Mistkerl war draufgegangen, damit er leben konnte.

Remi senkte den Blick und betrachtete Zwoters labbrigen Hände. *Seine* labbrigen Hände.

»Hey! Kommst du?«, rief Tris. »Dieser verblödete Alfa-Kali-Gauner wird schon seit einer Weile von ein paar fiesen SALZ-Schmugglern verfolgt – und ich wäre gerne weit weg, wenn die hier auftauchen.«

Remi schluckte. Sein Magen hob und senkte sich. Das musste der furchtbarste Tag seines Lebens sein. Und das alles nur wegen dieses nutzlosen Büchleins!

DELL_A_STORY
© *dell_a_story*

Wattpad-Profil:
https://www.wattpad.com/user/dell_a_story

.... | Das Ende

Sektor C3874-Q1.

Wie in Zeitlupe drehte sich das erstarrte, leicht gewellte und von Rissen durchsetzte Leder. Die simple Schnur, die einen Satz zerfledderter Seiten zusammenhielt, war zu einem dürren Zweig gefroren. Ein Buch. Wie lange würde die Reise dieses seltsamen Stücks Weltraummüll wohl dauern, bis es in die nächste Sonne, Quasar oder schwarze Loch fiel? Ein paar Tausend Jahre? Oder eher Millionen? Würde es vorher vom Plasmaantrieb eines Raumschiffs zu Asche verbrannt oder von einem herrenlosen Asteroiden zu Staub zerschlagen werden? Und wie lange zog es wohl bereits seine Bahn durch das leere Vakuum zwischen den Sonnensystemen?

Tiefdurchatmend hob Elrik seinen Blick vom 3-D-Bild des ledernen Bündels, das mittig in den Raum projiziert wurde. Gedankenverloren betrachtete er sein kleines Reich: Weiße Wände, weißer Schreibtisch, weißer Stuhl sowie ein leerer – natürlich ebenfalls weißer – Untersuchungstisch in der Mitte des kreisrunden Zimmers. Mit nur einem Wort könnte er sich auch die purpurnen Wälder von Alpha-Centauri oder die neon-orangene Lagune von Orion-1 projizieren lassen, wie es seine Kollegen bevorzugten. Wie die sich dabei auf ihre Arbeit konzentrieren konnten, war ihm jedoch schleierhaft.

Erneut zog das lederne Bündel seinen Blick an. Worum es sich wohl handelte? Okay, um Leder aus der Haut einer unbekannten Lebensform. In diese waren etwa zweihundert Seiten eines dünn gepressten, pflanzlichen Materials mit Spuren weiterer mineralischer und organischer Substanzen eingebunden. So viel verriet ihm die Spektralanalyse auf die

Distanz. Das Stück Weltraummüll war immer noch nahezu einhunderttausend Kilometer entfernt. Es war Questa nur aufgrund der natürlichen Materialien aufgefallen. Ungewöhnlich in diesem Sektor weitab von jedem bewohnten Planeten.

»Questa. Bitte hol das Stück an Bord«, beschied er seinem Schiff.

»Davon möchte ich abraten«, kam die Antwort der Schiffsintelligenz, deren leicht näselnder Einschlag ihr immer einen minimal arroganten Klang verlieh. »Gemäß Sicherheitsprotokoll sollte es mit einem Plasmastoß neutralisiert werden. Da es sich um organisches Material handelt, könnte es kontaminiert sein. Soll ich die Prozedur starten?«

Die Arroganz bildete er sich vermutlich nur ein, aber die bevormundende Art ging ihm gehörig auf die Nerven. Konnte sie nicht einmal einfach nur machen, was man ihr befahl? Schließlich war er hier die einzige natürliche Intelligenz an Bord.

»Nein. Du hast mich gehört«, bekräftigte er nochmals seine Anweisung.

»Selbstverständlich. Ich höre jedes deiner Worte. Sie widersprechen jedoch dem Sicherheitsprotokoll.«

»Tun sie nicht. Wie du selbst sagst, *sollte* es neutralisiert werden. *Muss* es aber nicht. Wer von uns beiden ist denn hier die Intelligenz, die immer alles auf die Goldwaage legt? Außerdem ist mein Auftrag das Finden von potenziell bewohnbaren Planeten. Und dieses Artefakt könnte auf ein aussichtsreiches Ziel in der Nähe hindeuten.«

Er war stolz auf sich, ausnahmsweise mal den Spieß umzudrehen. Normalerweise versuchte Questa immer recht zu behalten. Sie wäre mit Sicherheit eine exzellente Anwaltsintelligenz geworden, hätte man sie nicht in seinem Schiff verbaut. Leider.

»Die Wahrscheinlichkeit dafür beträgt unter 0,000001 %«, hielt ihm Questa ruhig entgegen. »Im näheren Umkreis existieren keine Sonnensysteme mit bewohnbaren Planeten. Es als Hinweis zu betrachten, könnte ich so deuten, dass du langsam nicht mehr zurechnungsfähig bist.«

»Jetzt mach mal halblang«, entfuhr es ihm. »Es gibt einen Grund, warum ich für diesen Auftrag an Bord bin, und du ihn nicht alleine ausführst. Nun hol das Teil endlich rein.«

»Wie du meinst. Ich vermerke es jedoch im Logbuch. Sollte es aufgrund deiner irrationalen Befehle zu Schäden am Schiff oder Personal kommen, sehe ich mich gezwungen ...«

»Das hättest du wohl gerne«, unterbrach er das hinterhältige Biest, »aber so leicht wirst du mich nicht los. Und jetzt hol das Ding rein, dekontaminier es – ohne es zu zerstören oder zu beschädigen! – und bring es her.«

↩

Wow. Das war ein ziemlicher Hammer. Drei Stunden später lehnte er sich auf seinem weißen Sessel zurück und betrachtete das lederne »Buch«. So nannten es wohl die damaligen Einheimischen auf einem gewissen Planeten namens »Erde« im Sol-System. Es diente zur manuellen Aufzeichnung von Gedanken und Notizen. Mit Questas Hilfe hatte er rund fünfzig Seiten decodiert und die Inhalte in seiner angestammten Sprache lesen können. Teilweise waren es Tagebuchaufzeichnungen, Gedichte, Witze, eine Art Schatzkarte, okkulte Skizzen, fremde Runen und Sinnsprüche. Es ging um Liebe, Verlust, Kriege und Versöhnungen. Einige Blätter enthielten formelhafte Zeichnungen und mystisch wirkende Symbole, mit denen weder Questa noch er etwas anfangen konnten. Am faszinierendsten fand er jedoch diverse realistisch gezeichnete Bilder von beeindruckenden Gebäuden, friedvollen Sonnenaufgängen und endlosen Feldern. Diese waren die einzigen Zeugnisse dieser vergessenen Welt. Was die vielen offenbar unterschiedlichen Schreiber dazu bewogen hatte, ihre Notizen dort abzulegen, darüber konnte er nur spekulieren. Die organischen Rückstände wie Staub, Ruß, Wasserpflanzen, Blut, Schweiß und Tränen zeigten jedoch deutlich die emotionale Verbundenheit. Und auch, dass der Foliant sprichwörtlich an Hunderten verschiedenartigen Orte längere Zeit gelegen haben musste.

Er war überzeugt, dass es sich um eine Art heiliges Buch handelte. Ansonsten hätte es keinesfalls all die Zeit und die vielen Besitzer überstehen können. Vermutlich hatte man es von Generation zu Generation weitervererbt und in Ehren gehalten. Eventuell war es dem jeweiligen Auserwählten nur erlaubt gewesen eine oder zwei Blätter zu beschreiben. Religionen brachten auch heute noch die verrücktesten Traditionen zum Vorschein.

Teilweise waren sogar Datumsangaben auf den Seiten notiert. Aber ohne eine Referenz, einen Kalender oder sonstige Hinweise auf die damalige Zivilisation, war es unmöglich zu sagen, aus welchem Zeitalter der Planetenbewohner, die im galaktischen Archiv als »Menschen« tituliert wurden, es stammte. Die Zerfallsanalyse deutete darauf hin, dass es Tausende Zeiteinheiten alt war. Das Artefakt hatte offenbar eine äonenlange Reise hinter sich. Faszinierend.

Leider gab das zentrale Archiv keine Auskunft darüber, was aus der *Erde* und ihren Bewohnern geworden ist. Wie es schien, wurde sie bereits vor Ewigkeiten verlassen. Eine veränderte Atmosphäre hatte sie unbewohnbar gemacht. Im Anschluss hatte sich niemand mehr für die tote Steinkugel interessiert. Es existierten zig Millionen bewohnbare Planeten allein in seiner Heimatgalaxie, der Milchstraße. Da kam es auf einen mehr oder weniger im Grunde nicht an.

Ob auf jenem »Lost-Planet«, wie man diese Art Welten nannte, wohl vergessene Zeugnisse einer unbekannten, uralten Spezies zu finden waren? Vielleicht sogar noch Ruinen von den Gebäuden, die auf den Zeichnungen zu sehen waren? Die Statue einer Frau, die stolz eine Fackel hob oder auch der pyramidenartige, schlanke Turm, dessen gekreuzte Streben-konstruktion sich bis zu einer endlos hohen Spitze immer weiter verjüngte? Viel Hoffnung hatte er nicht, da die Bewohner vermutlich keine Materialien verwendet hatten, die sich über Äonen hielten. Aber eventuell entdeckte er zumin-dest ein paar Grundmauern, die sich unter der Oberfläche noch abzeichneten.

Seine wissenschaftliche Neugier hatte ihn gepackt. Und praktischerweise könnte der Himmelskörper inzwischen tat-sächlich wieder bewohnbar sein. Daher ließ sich der Abste-cher zur Erde wunderbar mit seiner offiziellen Mission ver-einbaren, ohne dass ihm die vorlaute Schiffsintelligenz Steine in den Weg legen konnte.

»Questa? Setze einen Kurs auf den Planeten«, wies er das Schiff an. »Das Artefakt enthält eindeutige Hinweise, dass die Welt früher bewohnbar war – und möglicherweise inzwischen wieder brauchbare Lebensbedingungen bietet.«

»Aber laut dem galaktischen Archiv ...«

»Ja, ja, ich weiß. Daher fliegen wir dorthin und schauen es uns persönlich an. Also zumindest ich. Du darfst aus dem Orbit zuschauen.«

»Du weißt nicht, ob diese Spezies überhaupt die gleichen Lebensbedingungen wie wir benötigt hatte. Außerdem ...«

»Schluss jetzt. Zum einen kann ja wohl von *wir* keine Rede sein. *Du* bist eine einfältige, rechthaberische Intelligenz und benötigst einfach nur Unmengen von Strom. Zum anderen ist das meine Entscheidung.« Er holte Luft und wartete auf den nächsten Einwand. Als jedoch erstaunlicherweise keiner kam, fuhr er fort: »In Ordnung. Setz den Kurs. Drei ... zwei ... eins ... Energie!«

»Elrik, wir haben das Ziel erreicht«, informierte Questa ihn mit ihrer leidenschaftslosen Stimme.

Sein eigenes Herz jedoch schlug augenblicklich schneller. Endlich mal wieder ein spannender Einsatz. Er ließ sich den dritten Planeten dieses unspektakulären Sonnensystems in den Raum projizieren.

»Oh, wow«, entfuhr es ihm, als die Kugel vor ihm schwebte.

Eine Hälfte lag im Schatten des hiesigen Sterns und war pechschwarz. Logisch, hier lebte niemand mehr, dessen Licht sich als Sprenkel bewohnter Städte abzeichnen konnte. Die andere Halbkugel jedoch schimmerte in sattem Blau mit hübsch gekringelten Wolkenformationen. Unter dem halbdurchscheinenden Weiß zeigte sich ein Kontinent, den ein saftiggrünes Band als offensichtliche Lebensader umschlang. Ohne einen Blick auf die Daten zu werfen, die als endlose Kolonnen an der Seite vorbeimarschierten, war klar: Diese Welt war alles andere als tot. Der Grünstreifen quoll geradezu über vor Leben. Auch die Zusammensetzung der Atmosphäre, achtundsiebzig Prozent Stickstoff und rund zwanzig Prozent Sauerstoff, sowie keine giftigen Gase, war nahezu ideal. Zumindest bräuchte er dort kein Atemgerät.

»Siehst du, Questa«, meinte er triumphierend, »dieser Planet ist ein Volltreffer!«

»Da hast du recht«, stimmte ihm die Schiffsintelligenz zu. Nanu? Plötzlich so kooperativ? »Ich habe das im Missionslog vermerkt. Somit können wir uns jetzt wieder auf den Weg zu unserem nächsten regulären Ziel machen.«

»Was?! Nein! Ich muss mich auf jeden Fall unten umschauen. Um ... Proben zu nehmen und so.«

»Das ist weder notwendig noch rational. Die Werte sind eindeutig.«

War ja klar, dass sie ihm den Ausflug nicht gönnen wollte. Da gab es einmal in zehn Zeiteinheiten etwas Spannendes zu erkunden, sollte er es direkt ignorieren. »Ich werde mich trotzdem unten umsehen, um sicher zu stellen, dass von Flora und Fauna keine Gefahren für potenzielle Siedler ausgehen.«

»Elrik«, jetzt klang die Schiffsintelligenz schon fast wie seine Mutter, »dafür gibt es spezialisierte Einsatzkommandos. Das ist nicht deine Aufgabe und ein irrationales Risiko.«

»Und wozu haben wir dann die passende Ausrüstung und ein Shuttle an Bord? Hm?«

»Dabei handelt es sich ...«

»Ich weiß, worum es sich handelt«, unterbrach er die besserwisserische Questa heute wohl schon zum hundertsten Mal, »aber sie ist dafür geeignet und damit ist das Risiko gleich null. Das ist meine Mission. Ich gehe runter. Vermerk deinen idiotischen Einspruch gern im Log. Die Diskussion ist beendet.«

↞

In der nachfolgenden Vorbereitung bis zum Start des Ein-Mann-Shuttles, in das er seinen Körper mit der voluminösen Überlebensausrüstung presste, beschränkte die Schiffintelligenz sich auf die absolut notwendigen Antworten. Kein weiterer Widerspruch, besserwisserische Sprüche oder Seitenhiebe, dass er sich irrational verhielte. War sie etwa beleidigt?

Wohl kaum, denn Intelligenzen hatten keine Gefühle. Wäre ja auch noch schöner.

»Questa? Abkoppeln«, wies er das Schiff an, um sich endlich auf den Weg in Richtung Oberfläche zu machen.

»Nein.«

»Nein?«, fragte er verblüfft.

»Du hast das kontaminierte Stück Weltraummüll an Bord deines Shuttles gebracht. Die organischen Materialien könnten das fremde Ökosystem verunreinigen und zerstören«, klärte sie ihn auf.

Streng genommen hatte sie damit recht, allerdings nicht in diesem Fall.

»Questa«, jetzt war er derjenige mit dem genervten Eltern-Tonfall. »Einerseits war es für Tausende Zeiteinheiten vakuumgefroren, anderseits stammt es von diesem Planeten. Also wird es ihm ja wohl keinen Schaden zufügen.«

»Das weißt du nicht mit Sicherheit. Daher erlaube ich keine Landung. Zumindest nicht, mit diesem Material an Bord.«

Ihm platzte der Kragen: »VERDAMMT! Es ist nicht deine Entscheidung! Ich befehlige das Schiff und die Mission. Du hast verflucht noch mal meinen Befehlen zu gehorchen. Sobald wir auf Eridma-5 zurück sind, lass ich dich löschen und durch eine fähige Intelligenz austauschen. Das versprech ich dir. Und nun mach hin!«

Mit deutlichem Klacken lösten sich die Halteklammern des Shuttles. Für einen Augenblick schien es dem blau-weiß gesprenkelten Himmel entgegenzufallen und sein Magen begann zu kribbeln. Keine zwei Sekunden später schalteten sich die Antigrav-Triebwerke ein und er flog auf einer lang gezogenen Parabel dem Grünstreifen in der Mitte des riesigen Kontinents entgegen. Endlich. Die Scanner hatten schon aus dem Orbit nicht nur pflanzliches, sondern auch tierisches Leben gefunden. Dort unten brodelte es vor Lebendigkeit. Anzeichen für eine moderne Zivilisation waren jedoch nicht zu finden. Keine aus der Umlaufbahn erkennbaren künstlichen Strukturen, Funksignale oder Energiequellen. Wahrscheinlicher war, dass der Planet zwischenzeitlich tatsächlich ausgestorben war und sich erst mit der Regenerierung der Atmosphäre wieder einfaches Leben ausgebreitet hatte.

Um seine eigene Sicherheit machte er sich keine Sorgen. Mit seinem Schutzanzug könnte er auch in einen brodelnden Vulkan springen. Oder im Meer in über zehntausend Metern Tiefe spazieren gehen. Außerdem hatte er eine Plasmapistole im Gürtel, mit der er problemlos jeden primitiven Angreifer ausschalten könnte.

Inzwischen hatte er die leichten Schleierwolken durchstoßen und näherte sich dem satten Grün. Zeit, sich näher umzuschauen. »Questa. Scan mit dem Shuttle nach künstlichen Strukturen.«

Keine Antwort.

»Questa? Hast du ...«

In diesem Moment wurde eine Grafik auf seiner Frontscheibe eingeblendet, die die Analyseergebnisse seine Anfrage zeigte. Immerhin. Er konzentrierte sich auf die Zahlenkolonnen.

»Schau!«, rief er aus. »Questa? Warum hast du mir das nicht früher gesagt? Das ist eindeutig künstlich! Los, geh tiefer und flieg mich dort hin.«

Die Intelligenz schwieg weiterhin, das Shuttle flog jedoch in die gewünschte Richtung und verringerte die Höhe. Etwa einhundert Kurzmaße unter ihm rauschte ein endloser Dschungel vorbei. Die Bäume waren wahre Riesen und schossen teils bis zu zweihundert Maße gen Himmel. Und überall brodelte es vor Lebendigkeit, auch wenn die Scanner im schnellen Überflug keine einzelnen Lebensformen identifizieren konnten.

In der Ferne stach eine graue Spitze aus dem uniformen Grün hervor. Sein Ziel. Der Scanner überlagerte die Aussicht mit einer 3-D-Grafik und zeigte die wahre Form des Gebäudes. Eine gleichschenklige Pyramide aus überdimensionalen Steinblöcken. Exakt zweihundertfünfzig Kurzmaße hoch mit einer identischen Kantenlänge. Außerdem war es innen in weiten Teilen hohl. Ein gigantisches Bauwerk, das eindeutig handwerkliches Geschick und Kenntnisse der Mathematik benötigte, um es zu errichten. Allerdings bedeutete das nicht, dass es von einheimischen Lebensformen errichtet worden war. Eventuell hatte dieser Planet schon vor ihm fremde Besucher gehabt, die es, aus welchen Gründen auch immer, erbaut hatten.

Genug der Gedankenspiele. Gleich würde er mehr herausfinden. Inzwischen schwebte sein Shuttle über der Pyramide, die wie ein kolossaler Fremdkörper im Dschungel stand. Die Vegetation schien die Steinblöcke zu meiden und endete unmittelbar vor der Kante. Zugänge oder intelligentes Leben waren nicht zu erkennen. Aber primitive Ureinwohner würden sich vermutlich aus dem Staub machen, falls ein unbekanntes Objekt vom Himmel herabschwebte.

»Geh weiter runter. Ich will auf der untersten Stufe aussteigen«, gab er die finale Landeanweisung, die das Fluggerät nahe an den Waldboden führen würde.

Auf einer der Ebenen könnte er bequem laufen und die Umgebung erkunden. Um sich weiter nach oben zu bewegen, bräuchte er jedoch eine Leiter, da ihn die einzelnen Blöcke um mehr als Haupteslänge überragen würden.

Kurz darauf hob sich die hintere Klappe des Shuttles und gab den Blick auf strahlenblauen Himmel und graue Steine frei. Mit einem prüfenden Schritt betrat er den grob behauenen Felsen, der sich im hellen Sonnenschein schnurgerade bis zur Ecke der Pyramide zog. Links die Steinwand der nächsten Stufe und rechts die Baumriesen des wie abgeschnitten wirkenden Waldrandes. Die Blöcke machten einen primitiven, jedoch jungen Eindruck. Als wären sie maximal ein paar Sonnenumrundungen des Planeten alt. Kaum Moos oder Flechten hatten sich in den Ritzen festgekrallt. Altertümliche Kulturen, die mit primitivsten Werkzeugen gigantische Bauwerke erschufen, waren auch von anderen Welten bekannt. Trotzdem beeindruckte es ihn und schien unvorstellbar, wie die Ureinwohner das mit bloßen Händen geschaffen haben sollten.

Apropos Ureinwohner. Wo waren die eigentlich? Sein Blick hob sich von den Steinblöcken, glitt nach rechts und betrachtete den Dschungel eingehender. Unter den weit entfernten Baumkronen, die wie ein zweiter Himmel einen klaren Kontrast schufen, drängte sich in Bodennähe dichter Bewuchs. Farne, Schlingpflanzen, dornige Büsche, junge Bäume mit ausladenden Blättern und überall bunte Blütenkelche in allen Farben des Regenbogens. Je länger er sich konzentrierte, desto mehr entdeckte er: Schwirrende Insekten mit schillernden Flügeln; Vögel, die nach ihnen pickten und sich bis in die obersten Kronen erhoben; braungefleckte affenartige Tiere, die sich von Busch zu Busch schwangen und nach süßen Früchten griffen; ein dunkelgraues Raubtier, das sicherlich das doppelte seines Gewichtes auf die Waage brachte und am Boden gut versteckt auf Beute lauerte. All das auf den wenigen Quadratmetern, die er von seiner erhöhten Position überblicken konnte.

Durch seinen Helm hörte er das Zwitschern, Fiepen und Schreien der Tiere, aber riechen konnte er leider nichts. Ihn abzunehmen, wäre jedoch tatsächlich gefährlich gewesen. Bisher hatte er noch keine Analyse der hiesigen Bakterien und Viren durchgeführt und der Stich eines fremden Insekts konnte potenziell tödlich enden.

Gerade wollte er die weiterhin schweigende Questa nach einem lokalen Scan der Umgebung fragen, da traten drei Gestalten um die entfernte Ecke seiner Ebene. Offensichtlich eine Delegation der Ureinwohner. Großgewachsene Körper mit jeweils zwei Armen und zwei Beinen, einem Kopf mit Augen, Nase, Mund und Ohren. Mickriges Fell spross lediglich aus der Kopfhaut. Die hinteren beiden hatten deutliche primäre Geschlechtsmerkmale an der Brust. Soweit nichts Ungewöhnliches für weibliche Geschöpfe. Es waren wohl Frauen. Die meisten intelligenten Spezies dieser Galaxis waren ähnlich gebaut und verfügten über diese Art Sinnesorgane und Merkmale. Die Anordnung und Anzahl, war häufig den jeweiligen Umweltbedingungen angepasst. Er selbst bildete dabei keine Ausnahme. Auch die spärliche Kleidung und der viele Schmuck, Ketten aus blauen und roten Perlen, gestreifte Federn, ein schmaler Überwurf eines mit geometrischen Mustern überzogenen Schals, ein simpler Lendenschurz sowie lange Speere mit Metallspitzen, passten zur Umgebung.

Was ihn jedoch überraschte, war die schiere Größe der Ureinwohner. Es waren wahre Riesen. Sie überragten ihn locker um das Dreifache! Sein Scheitel reichte ihnen maximal bis an die Kniescheibe. Auf der anderen Seite erklärte das zumindest teilweise die Höhe der Pyramidenstufen. Sie könnten diese problemlos erklettern.

Ruhig blieb er stehen und überließ es ihnen, mit bedachten Schritten an ihn heranzutreten und ihn selbst in Ruhe zu mustern. Was ihnen wohl durch den Kopf ging? Durch das Visier des Helms war sein Gesicht deutlich sichtbar. Aus ihrer Sicht ähnelte er vermutlich am ehesten einem der kleineren Raubtiere hier im Wald. Kurzes Fell mit schwarzen und braunen Streifen. Eine spitze Schnauze mit Schnurbarthaaren sowie Reißzähnen, die er bewusst nicht zeigte. Dazu lebendige goldene Augen, die den ihren nicht unähnlich waren. Aber sein moderner Schutzanzug und das Shuttle dürften ihnen verdeutlichen, dass er eher ein – aus ihrer Sicht – kleinwüchsiger »Gott« als ein simpler Waldbewohner war.

In zwanzig Schritten Entfernung verteilten die drei sich nebeneinander auf den Stufen und hielten inne. Der Mittlere nahm seine Hand an die Brust und verbeugte sich. Auf seiner schlanken Figur zeichneten sich deutlich Muskeln und diverse hellweiße Narben ab. War er ein Krieger? Dafür sprach sein steter, Selbstsicherheit verbreitender Blick sowie seine gerade Haltung. Seine Worte blieben für den Moment jedoch unverständlich. Die Schiffsintelligenz kannte bisher nur die Aufzeichnungen aus dem Buch, keine Töne. Sie würde mehr Material benötigen, um die Laute in seine Sprache umzuwandeln.

Aus Höflichkeit imitierte er die Begrüßungsgeste und antwortete: »Seid gegrüßt, ich weiß natürlich, dass ihr das noch nicht verstehen könnt. Sobald die dämliche Intelligenz endlich mal ihren Job macht, ändert sich das hoffentlich.«

Auch die anderen beiden, jeweils etwa einen halben Kopf kleiner, wie der Mittlere, weniger muskelbepackt sowie mit längerem Kopffell, das ihnen bis auf die Schultern reichte, imitierten die Begrüßung. Am Ende trat der mutmaßliche Häuptling, weiter vor. Mit einer ehrerbietenden Geste beugte er ein Knie und sein Haupt. In einer flüssigen Bewegung griff er seinen Speer, legte ihn quer und bot ihn auf offenen Handflächen an. Ein Gastgeschenk, wie es schien. Da wollte Elrik nicht unhöflich sein, trat vor und nahm unter den aufmerksamen Blicken der anderen beiden das lange Holz entgegen.

»Ähm ... vielen Dank.« Er schritt wieder zurück zu seinem Shuttle. Blöd. Seinen Plasmastrahler oder einen technischen Gegenstand zu übergeben, wäre nicht clever. Und jetzt?

Das schwere Buch! Wer weiß, vielleicht war es ja tatsächlich ein heiliges Artefakt für die Einheimischen. Und selbst falls nicht, sicherlich würden sie seinen grundsätzlichen Nutzen erkennen. Langsam legte er den Speer ab und bedeutet mit Gesten, dass er etwas holen müsste.

Zurück im Shuttle, löste er die Spanngurte von dem in Leder eingebundenen Buch und fragte währenddessen Questa: »Siehst du, die sind alle ganz harmlos. Kannst du die Sprache schon übersetzen?«

Erneut kam keine Antwort. Langsam wurde ihm das zu bunt. Was war mit dieser Intelligenz los? Sie konnte ja wohl kaum eingeschnappt sein, schließlich war sie nur tote Technik.

»Questa. Technischer Test. Kannst du mich hören?«
Schweigen.

»Ich hör dich nicht«, fuhr er fort. »Eventuell ein Defekt im Schutzanzug. Falls du mich verstehen kannst, gib mir ein Zeichen.«

Nichts. Keine Projektion, Flackern des Lichts oder irgendwas.

Sein Magen zog sich zusammen. Sollte die Verbindung zur Schiffsintelligenz abgerissen sein, wäre das ein echtes Problem. Zwar könnte er das Shuttle immer noch manuell steuern, aber das letzte Mal, dass er das probiert hatte, war während seiner Ausbildung an der Akademie. Und wie sollte er sein Hauptschiff im Orbit finden? Die Funkreichweite des kleinen Schiffs war begrenzt. Nicht zuletzt befand er sich weit abseits jeglicher, gängiger Transferroute.

Ruhig, Elrik, sagte er sich. Eventuell war es auch nur ein Defekt des Schutzanzugs. Ein Schritt nach dem anderen. Draußen warteten ein paar Einheimische auf ihn und Questa würde schon einen Weg finden, das Problem zu beheben. Bis dahin müsste er sich mit den Fremden eben mit Händen und Gesten verständigen.

Mit Mühe schleppte er den schweren Ledereinband nach draußen. Die drei Standen weiterhin an ihren Plätzen und sahen ihm aufmerksam zu. Das Buch platzierte er auf dem rauen Steinboden vor dem Anführer, trat einen Schritt zurück und spiegelte dessen Geste.

»Hier. Bitteschön. Das ist mein Geschenk an euch. Keine Ahnung, ob ihr damit was anfangen könnt. Aber besser als nichts, denke ich.«

Mit langsamen Bewegungen und geweiteten Augen, die sowohl Erstaunen als auch Furcht ausdrücken konnten, beugte der Häuptling sich herab. Mit der Handfläche strich er über den ledernen Einband, als wollte er jede Unebenheit erspüren. Schließlich hob er es mit beiden Händen an und richtete sich auf. Bei ihm wirkte es eher wie ein kleines, handliches Buch. Etwas, dass er problemlos mit einer Hand tragen konnte.

»Bitte«, setzte Elrik mit einer auffordernden Geste nach, »du darfst es gerne öffnen, obwohl du vermutlich ebenfalls nichts davon lesen kannst.«

Der Anführer löste die Lederschnur, die die Blätter zusammenhielt und schlug das Buch in der Mitte auf. Sein fragender Blick war eindeutig. Auch die beiden anderen beugten sich zu ihm herüber, um hineinschauen zu können. Mit

Bedacht blätterte er weiter. Die rechte Frau rief laut etwas aus, deutete mit dem Zeigefinger auf die Seite und hielt sich eine Hand vor dem Mund. Offenbar, um ein Lachen zu verdecken, so wie sich ihr Körper schüttelte. Die andere schmunzelte. Sie waren belustigt. Diese Geste war ebenfalls sehr universal. Zumindest für Spezies mit flexibler Gesichtshaut. Bei ihm selbst wäre das eher ein bedrohliches Zähnefletschen.

Kopfschüttelnd blätterte der Anführer weiter. Auch die folgenden Seiten schienen Interessantes zu beinhalten. Sie deuteten in das Buch, lachten, unterhielten sich und machten fragende Gesten. Immerhin gefiel sein Geschenk.

»Ähem ... Entschuldigung?«, wendete er sich an die drei, damit sie hier endlich mal vorankamen. »Könnt ihr mir zeigen, wo ihr wohnt?« Er verdeutlichte seine Worte mit universalen Schlaf- und Essensgesten.

Die Linke machte die anderen darauf aufmerksam, dass Elrik etwas wollte. Sie blickten auf und bekamen große Augen.

»Was ist los?«, fragte er alarmiert.

Doch die Ursache für ihre Überraschung lag offenbar hinter ihm. Was zum ...? Schnell wirbelte er herum. Verflucht! Sein Shuttle verschwand in diesem Moment über den Bäumen!

»Questa!«, schrie er und lief hilflos ein paar Schritte zu der Stelle, an der bis vor wenigen Sekunden das Fluggerät angedockt war. »Was soll das! Questa! Antworte mir verdammt!«

Fassungslos starrte er in den Himmel und erntete Schweigen. Seine Gedanken drehten sich im Kreis. Wie war das möglich? Ein technischer Defekt? War die Intelligenz durchgeknallt? Hatte sie wirklich Gefühle entwickelt?

Erst langsam sickerte die Erkenntnis in seinen Geist, dass das Wie und Warum keine Rolle spielte. Er war hier gestrandet. Ohne Schiff im Orbit würde sein Notsignal, dessen Radiowellen sich nur in Lichtgeschwindigkeit ausbreiteten, mehrere tausend Zeiteinheiten benötigen, um von jemandem empfangen zu werden. Falls es überhaupt die dichte Atmosphäre dieses Planeten durchdringen konnte.

Verflucht.

Kraftlos ließ er sich auf den Boden plumpsen und starrte weiterhin in den leeren Himmel, als könnte das Shuttle jederzeit wieder auftauchen. Aber den Gefallen tat ihm das Schicksal nicht. Was sollte er jetzt tun?

Ein Schatten fiel über seinen Platz. Irritiert drehte er sich im Sitzen um. Die drei Ureinwohner hatte er komplett vergessen. Der Anführer, dessen Namen er aufgrund der fehlenden Übersetzung immer noch nicht kannte, hatte sich hinter ihn gehockt und bot seine Hand an, um ihm aufzuhelfen. Der Ausdruck auf seinem Antlitz war schwer zu deuten. Aber sicherlich hatte er kapiert, dass Elrik kein göttliches Wesen, sondern ein gestrandeter, am Boden zerstörter Sternenreisender war.

Nochmals atmete er tief durch, griff die überdimensionalen Finger des Fremden und ließ sich in die Höhe ziehen. Einer der beiden anderen trug das Buch ehrfürchtig mit den Händen und lief – vermutlich aus Rücksicht auf seine kurzen Beine – mit gemächlichen Schritten voran.

Mit einem letzten Blick in den leeren Himmel verabschiedete er sich endgültig von der Hoffnung, diese Welt in aller nächster Zeit wieder verlassen zu können.

✎→

»Elrik, fang!«, rief Waranda und warf ihm eine *Himmelsfrucht* zu, wie sie die kleinen roten, unglaublich süßen Früchte hier nannten.

Das Mädchen lief lachend davon und verschwand um die Ecke einer der kantigen Steinbauten, die den Ureinwohnern, die sich selbst als *Menschen* bezeichneten, als Behausungen dienten. In der ausladenden Stadt, die sich zwischen die Stämme der Baumriesen schmiegte, lebten deutlich über zehntausend Individuen. Dass seine Schiffsintelligenz das damals nicht erkannt hatte, war trotz des dichten Blätterdachs auszuschließen. Inzwischen war er zur Überzeugung gelangt, dass sie ihn und das Buch absichtlich hier ausgesetzt hatte. Warum auch immer.

Er war bereits seit fast einer Sonnenumrundung auf der *Erde,* hatte sich an das Leben bei den Ureinwohnern gewöhnt und ihre Sprache gelernt. Sie wussten sein Knowhow zu schätzen und akzeptierten ihn trotz seines ungewöhnlichen Raubtierkörpers als einen der Ihren.

Das *Himmelsbuch,* wie sie es nannten, hatte inzwischen einen Ehrenplatz im pyramidenartigen Tempel erhalten, auch wenn sie die Inhalte nicht entziffern konnten. Und nicht nur das: Das Konzept von Papierseiten war ihnen bis zum damaligen Zeitpunkt fremd gewesen. Daher hatte Elrik dabei geholfen, eine primitive Papiermühle zu konstruieren und grobe, beschreibbare Blätter zu walzen. Inzwischen hatten sie selbst ein erstes Buch gebunden und dort die wichtigsten Sagen und Legenden ihres Volkes aufgeschrieben.

Aber die Erzählung seiner Landung, die hatten sie nicht in ihr neues Buch eingetragen. Nein. Diese wurde in einer feierlichen Zeremonie auf der letzten – und einzigen – noch freien Seite des *Himmelsbuchs* geschrieben.

Und wer weiß ... falls ihn eines Tages jemand hier aufspürte und er erneut zu den Sternen fliegen durfte, würde er es vielleicht mit auf seine Reise nehmen.

Allan Rexword
© *AllanRexword*

Wattpad-Profil:
https://www.wattpad.com/user/AllanRexword

↤ **ENDE** ↤

Bevor du gehst

Hat dir die Geschichte gefallen? Willst du mehr davon? Dann freuen wir uns über dein Feedback!

*Bücher leben von ihren Lesern, von deren Bewertungen, Feedbacks, Kommentaren und vor allem: **Rezensionen**!*

Bitte nimm dir die Zeit und hinterlasse beim Online-Store deiner Wahl eine Rezension. Egal ob knapp oder ausführlich. Sie hilft anderen, zielgerichtet die schönsten, lustigsten, rührendsten und packendsten Bücher zu finden.

*Für Rückfragen und Kommentare erreichst du alle Autor*innen entweder direkt über die Wattpad-Links unter den Geschichten oder alternativ per E-Mail an:*
    nutzlos@rexword.de

Viele Grüße aus München,
Allan Rexword (Herausgeber)